ତଥାପି ଶୂନ୍ୟତା

ତଥାପି ଶୂନ୍ୟତା

ଭାନୁମତୀ ସାହୁ

BLACK EAGLE BOOKS
2022

BLACK EAGLE BOOKS

USA address:
7464 Wisdom Lane
Dublin, OH 43016

India address:
E/312, Trident Galaxy, Kalinga Nagar,
Bhubaneswar-751003, Odisha, India

E-mail: info@blackeaglebooks.org
Website: www.blackeaglebooks.org

First International Edition Published by
BLACK EAGLE BOOKS, 2022

TATHAPI SHUNYATA (Novel)
by **Vanumati Sahoo**

Cover & Interior Design: Ezy's Publication

ISBN- 978-1-64560-267-5 (Paperback)

Printed in the United States of America

ଉତ୍ସର୍ଗ

ମୋ ପିତା ୰ଭାଗବତ ସାହୁଙ୍କୁ

... ଭାନୁ

ନିଜସ୍ୱ କଥନ

ଆତ୍ମିକଭରା ଜୀବନ ସାଙ୍ଗରେ ବ୍ୟସ୍ତବିବ୍ରତ ମନକୁ ଆଗେଇ ନେଉ ନେଉ କେତେ ସ୍ୱପ୍ନ ସୂର୍ଯ୍ୟୋଦୟର କିରଣ ବିଞ୍ଚିଦେଇଥାଆନ୍ତି ତ ଆଉ କେତେ ସ୍ୱପ୍ନ ସୂର୍ଯ୍ୟାସ୍ତ ସାଙ୍ଗରେ ଅନ୍ଧକାର ଆକାଶରେ ମିଳେଇଯାଆନ୍ତି। ତେବେ ଆଶା ଓ ନିରାଶାର ଆସନ୍ନ ପଥରେ ଚାଲୁଚାଲୁ ପାଦ ଅଟକିଯିବନି ତ ଆଉ ? ଜୀବନ ଡାଏରୀର ପୃଷ୍ଠାଗୁଡ଼ିକ କେତେବେଳେ ଲୁହରେ ଜର୍ଜରିତ ତ କେତେବେଳେ ହସର ଉଚ୍ଛ୍ୱାସରେ ତରଙ୍ଗାୟିତ। ଘରସଂସାର ଭିତରେ କେଉଁଠି ଆଶ୍ୱସ୍ତିର 'ଆହା' ପଦ ଝରିଯାଏ ତ କେଉଁଠି ବ୍ୟକ୍ତବ୍ୟର ନିଆଁଝୁଲ ଖସିପଡ଼େ। କାହାର ବିଶ୍ୱାସର ଶୀତଳସ୍ପର୍ଶରେ ଅବିଶ୍ୱାସର ରଡ଼ନିଆଁ ଅକସ୍ମାତ ଭୁଲିଯାଏ ନିଜର ଧର୍ମ। ଅସରନ୍ତି ଖିଅକୁ ନେଇ ଜୀବନ ତ ବଞ୍ଚିଛି। ଯାରି ଭିତରେ ଗୁନ୍ଥା ହୋଇଛି ଅସୁମାରି ସ୍ୱପ୍ନରାଜି। କୁଲୁକୁଲୁ ନାଦରେ ସ୍ୱପ୍ନମାନେ ଭାସିଆସି ଆଖିରେ ବୁଣିଚାଲନ୍ତି ବିକଶିତର ପରିପୂର୍ଣ୍ଣତା। ଅତୀତର କେତେକେତେ ଧୂସର ଯନ୍ତ୍ରଣାପୂର୍ଣ୍ଣ ଅନୁଭୂତି ମଧ୍ୟ ଏତେ ସହଜରେ ମନରୁ ଲିଭିପାରେନି। ଯାରି ଭିତରେ ସୃଷ୍ଟି ହୋଇଥାଏ ଏକ ଶୂନ୍ୟ ଆବରଣ। ତଥାପି ଭବିଷ୍ୟତର ସୁନେଲୀ କିରଣର ଚିକ୍‌ଚିକ୍ ଦୃଶ୍ୟର ଆବରଣ ଭେଦ କରି ଚାଲିବାର ପ୍ରୟାସ ଜାରି ରହେ। କିନ୍ତୁ ମନରେ ଉଦ୍ରେକ ହୋଇଥିବା ଶୂନ୍ୟ ଭାବନାଟି କିଛିକ୍ଷଣ ପାଇଁ ବାସ୍ତବ ରୂପ ନେଇ ରଙ୍ଗାୟିତ ହୁଅନ୍ତି ଆଖି ସାମ୍ନାରେ। ହୃଦୟର ନିବିଡ଼ତମ ପ୍ରଦେଶରୁ 'ତଥାପି ଶୂନ୍ୟତା'

ଭଙ୍ଗା ଯୋଡ଼ା ସମ୍ପର୍କକୁ ନେଇ ସାର୍ଥକତା ପ୍ରତିପାଦନ କରିବା ପାଇଁ ସାମ୍ନାକୁ ଆସେ। ଯଦି ଏହି ଉପନ୍ୟାସଟି ପାଠକମାନଙ୍କ ମନରେ କିଛିଟା ରେଖାପାତ କରିପାରିଲା ତେବେ ମୁଁ ନିଜକୁ ଧନ୍ୟ ମନେ କରିବି।

ଏହି ଉପନ୍ୟାସଟି 'ସୁଧନ୍ୟା'ର ୨୦୧୮ ପୂଜା ସଂଖ୍ୟାରେ ପ୍ରକାଶିତ ହୋଇଥିବାରୁ ମୁଁ ଏହାର ସମ୍ପାଦିକାଙ୍କୁ ଧନ୍ୟବାଦ ଅର୍ପଣ କରୁଅଛି। ଏତଦ୍ ସଙ୍ଗେସଙ୍ଗେ ମୁଁ ମୋର ସ୍ୱାମୀ ପ୍ରଫେସର ଅରୁଣ ଚ଼ନ୍ଦ୍ର ସାହୁଙ୍କୁ କୃତଜ୍ଞତା ଜଣାଉଛି ଯିଏ ମୋର ଉପନ୍ୟାସଟିକୁ ପୁସ୍ତକ ଆକାରରେ ପ୍ରକାଶ କରିବାକୁ ଅତି ଆଗ୍ରହ ସହକାରେ ସହଯୋଗର ହାତ ବଢ଼ାଇଛନ୍ତି। ସୁନ୍ଦର ପରିପାଟୀରେ ପ୍ରକାଶ କରିଥିବାରୁ ମୁଁ ଏହାର ପ୍ରକାଶକ 'ବ୍ଲାକ୍ ଈଗଲ ବୁକ୍ସ'ଙ୍କୁ ଧନ୍ୟବାଦ ଅର୍ପଣ କରୁଛି। ପରିଶେଷରେ ମୁଁ ସର୍ବନିୟନ୍ତାଙ୍କ ଆଶୀର୍ବାଦ ଭିକ୍ଷା କରୁଛି।

ଭାନୁମତୀ ସାହୁ

ଏହି ଲେଖିକାଙ୍କ ପ୍ରକାଶିତ ପୁସ୍ତକ:

ଉପନ୍ୟାସ

୧. ମାୟା, ପାଦଟୀକା, କଟକ, ୨୦୦୨ (ଏଡସ୍ ଉପରେ ପ୍ରଥମ ଉପନ୍ୟାସ)
୨. ମରୁଭୂମିର ଶୋଷ, ଶୌର୍ଯ୍ୟ ପ୍ରକାଶନ, କଟକ, ୨୦୦୬
୩. ଧୂମାୟିତ ଧରିତ୍ରୀ, କିତାବ ଭବନ, ଭୁବନେଶ୍ୱର, ୨୦୧୪
୪. ବାଘର ପଞ୍ଝା, କିତାବ ଭବନ, ଭୁବନେଶ୍ୱର, ୨୦୧୫
(କଳିଙ୍ଗ ପୁସ୍ତକମେଳା ପୁରସ୍କାର, ୨୦୧୬)
୫. ନିର୍ବାସନ, ଆରୋହୀ, କଟକ, ୨୦୧୬
୬. ବିଷଣ୍ଣ ବୈଶାଖ, ଲଳିତ ପ୍ରକାଶନୀ, ଭୁବନେଶ୍ୱର, ୨୦୧୬
୭. ଅସପୂର୍ଣ୍ଣା, କିତାବ ଭବନ, ଭୁବନେଶ୍ୱର, ୨୦୧୭
୮. ପଦ୍ମାଳୟା ପ୍ୟାଲେସ୍, ଶକ୍ତି ପବ୍ଲିଶର୍ସ, କଟକ, ୨୦୧୭
୯. ମୀରା ମାଈଁ, କିତାବ ଭବନ, ଭୁବନେଶ୍ୱର, ୨୦୧୮
(ଉପନ୍ୟାସ ସମଗ୍ର ପାଇଁ 'ସୁଧନ୍ୟା ଉପନ୍ୟାସ ସମ୍ମାନ', ୨୦୧୮)
୧୦. ନୀଳ ଜହ୍ନ, ଜ୍ଞାନଯୁଗ ପବ୍ଲିକେଶନ, ଭୁବନେଶ୍ୱର, ୨୦୧୯
୧୧. ଚକ୍ରବ୍ୟୂହ, ଜ୍ଞାନଯୁଗ ପବ୍ଲିକେଶନ, ଭୁବନେଶ୍ୱର, ୨୦୨୧

ଉପନ୍ୟାସିକା ସଂକଳନ

୧୨. ଆରୋହଣ, କାହାଣୀ, କଟକ, ୨୦୧୧
୧୩. ପଞ୍ଚପର୍ଣ୍ଣା, ପାଦଟୀକା, କଟକ, ୨୦୧୭

ଗଳ୍ପ ସଂକଳନ

୧୪. ଅବ୍ୟକ୍ତ ସ୍ୱର, ପାଦଟୀକା, କଟକ, ୨୦୦୨
୧୫. ଯେ ମନ ଉଡ଼େ ଯେତେ ଦୂର, କାହାଣୀ, କଟକ, ୨୦୦୬
୧୬. ଜୟନ୍ତ, ତୋ ମା' ଜିତିଯାଇଛି, ଅନ୍ୱେଷଣ ପ୍ରକାଶନୀ, ଭୁବନେଶ୍ୱର, ୨୦୦୭
୧୭. ଅଜଣା ଠିକଣା, ସୁଧନ୍ୟା ପ୍ରକାଶନୀ, ଭୁବନେଶ୍ୱର, ୨୦୦୮
୧୮. ତର୍ପଣ, କାହାଣୀ, କଟକ, ୨୦୧୧
୧୯. ଧୂମକେତୁର ଶୋଷ, ଜ୍ଞାନଯୁଗ ପବ୍ଲିକେସନ୍ସ, ଭୁବନେଶ୍ୱର, ୨୦୧୪
୨୦. ଅଜ୍ଞାତବାସ, ସୁଧନ୍ୟା ପ୍ରକାଶନୀ, ଭୁବନେଶ୍ୱର, ୨୦୧୪
୨୧. ଛଞ୍ଚାଣର ଆଖି, ଜ୍ଞାନଯୁଗ ପବ୍ଲିକେସନ୍ସ, ଭୁବନେଶ୍ୱର, ୨୦୧୪
୨୨. ଲଜ୍ଜା, ଜ୍ଞାନଯୁଗ ପବ୍ଲିକେସନ୍ସ, ଭୁବନେଶ୍ୱର, ୨୦୧୫
୨୩. ରୁଦ୍ଧଦ୍ୱାରର ଶବ୍ଦ, ଜ୍ଞାନଯୁଗ ପବ୍ଲିକେସନ୍ସ, ଭୁବନେଶ୍ୱର, ୨୦୧୬
୨୪. ଶୂନ୍ୟ ଭାବନା, ଅନ୍ୱେଷଣ ପ୍ରକାଶନୀ, ଭୁବନେଶ୍ୱର, ୨୦୧୭
୨୫. ସନ୍ୟାସିନୀ, ଜ୍ଞାନଯୁଗ ପବ୍ଲିକେସନ୍ସ, ଭୁବନେଶ୍ୱର, ୨୦୧୮
(ଗଳ୍ପ ସମଗ୍ର ପାଇଁ ଶ୍ୱେତସଂକେତ ଗଳ୍ପ ସମ୍ମାନ, ୨୦୧୮)
୨୬. ଜୀବନ ବଗିଚାରେ, କିତାବ ଭବନ, ଭୁବନେଶ୍ୱର, ୨୦୧୯
୨୭. ସୁମିତ୍ରାର କାନ୍ଦ, କିତାବ ଭବନ, ଭୁବନେଶ୍ୱର, ୨୦୨୦
୨୮. ଅଦୃଶ୍ୟ ଆଖି, କିତାବ ଭବନ, ଭୁବନେଶ୍ୱର, ୨୦୨୦
୨୯. ମୁଠାଏ ପ୍ରତିଶ୍ରୁତି, ବ୍ଲାକ ଇଗଲ ବୁକ୍ସ, ଓହିଓ, ଆମେରିକା, ୨୦୨୧

କବିତା ସଂକଳନ

୩୦. ଉଦ୍‌ବେଳିତ ତରଙ୍ଗ, ସୁଧନ୍ୟା ପ୍ରକାଶନୀ, ଭୁବନେଶ୍ୱର, ୨୦୦୮
୩୧. ବିଷ କନ୍ୟା, ଅନ୍ୱେଷଣ ପ୍ରକାଶନୀ, ଭୁବନେଶ୍ୱର, ୨୦୧୬

।। ଏକ ।।

'ଇତି, ତୁମର ପ୍ରାଣପ୍ରିୟା', 'ଇତି, ତୁମରି ଧର୍ମପତ୍ନୀ', 'ଇତି, ତୁମରି ଚରଣ ଦାସୀ' ପଢ଼ିଲାବେଳେ ମୋ ମନଟି ଆପେ ଆପେ ନିଜକୁ ପ୍ରଶ୍ନ କଲା - ସତରେ ମୁଁ ସ୍ୱାମୀର ଦାସୀ କି ? ଏହି ଉକ୍ତିଟି ପୁରୁଷ କାହିଁକି ସ୍ତ୍ରୀ ଉପରେ ଲଦିଦେଇଛି ବୁଝିପାରିଲି ନାହିଁ । ରାଜାଙ୍କ ଯୁଗରେ ଦାସୀମାନେ ରାଜାଙ୍କ ଘରେ ଥିଲେ ରାଣୀମାନଙ୍କର ସେବାଶୁଶ୍ରୁଷା କରିବା ପାଇଁ । ଦାସୀମାନେ ସ୍ୱାମୀର ଧର୍ମପତ୍ନୀଙ୍କୁ ବୁଝାଯାଏନି । କିନ୍ତୁ ଧର୍ମପତ୍ନୀର ସ୍ୱାମୀ ସହ ସମାନ ଅଧିକାର ଅଛି । ସ୍ୱାମୀ ସହ ସମାନ ସୁବିଧା ସୁଯୋଗ ପାଇବାର ଅଛି । କିନ୍ତୁ ଆଜିକାଲି କଥା ଟିକିଏ ଆଧୁନିକ ଆଡ଼କୁ ଗତିକଲାଣି । ଶିକ୍ଷିତା, ରୋଜଗାରକ୍ଷମା ପତ୍ନୀମାନେ ନିଜ ଇଚ୍ଛାମୁତାବକ ସମାଜରେ ଚଳିପାରୁଛନ୍ତି । ତଥାପି ଅଧିକାଂଶ ସ୍ତ୍ରୀ ସ୍ୱାମୀଙ୍କ ଆଜ୍ଞାଧାରୀ ଦାସୀ ରୂପେ ଚଳିବାକୁ ପଡୁଛି ଅମାନବୀୟ ସ୍ୱାମୀଙ୍କ ଦର୍ପରୁ !

ଝିଅଟିଏ ଜନ୍ମପରେ ପୁଅପରି ସୁବିଧାପାଇବା ମୁସ୍କିଲ । ଗାଁଗଣ୍ଡାରେ ହେଉକି ସହରରେ ହେଉ ଆଜିକାଲି ପୁଅମାନଙ୍କ ପରି ଝିଅମାନଙ୍କୁ ଗଢ଼ିଲା ବେଳକୁ ମନରେ ଶଙ୍କା ଭରିଯାଏ- କେମିତି ଝିଅଟି ସୁବିଧାରେ ଥାଉ । ଅତୀତରେ ଝିଅମାନଙ୍କୁ ଶିକ୍ଷାଦୀକ୍ଷାରୁ ବଞ୍ଚିତ କରି ରଖାଯାଉଥିଲା ବିବାହ ବେଦୀରେ କନ୍ୟାଦାନ କରି ସନ୍ତୋଷ ପାଇବାକୁ । 'ଝିଅ ପର ଘରୀ' ବୋଲି ଆଖ୍ୟା ଆଜି ପର୍ଯ୍ୟନ୍ତ ମଧ୍ୟ ଚଳି ଆସିଛି । କେବେ ବଦଳିବ ଏ ଉକ୍ତିଟି ତା'ର ସଠିକ୍ ସମୟ କହିହେଉନି । ଝିଅ, ବୋହୂମାନଙ୍କୁ ଆଢୁଆଳରେ ରଖିବାକୁ ସବୁବେଳେ ପୁରୁଷ ଚହେଁ ।

ସେଦିନର ଯୁଗରେ କିଛି ପରିବର୍ତ୍ତନ ଆସିଯାଇଛି । ଏବେ ଝିଅ, ବୋହୂମାନେ କର୍ମନିପୁଣା ଓ ରୋଜଗାରକ୍ଷମା । ତଥାପି ସେମାନଙ୍କ ପ୍ରତି ନିର୍ଯ୍ୟାତନା କମିନି ଅଫିସ୍, ଘରେ ଓ ପରିବାରଙ୍କ ପାଖରୁ । ଏଇ ତ ଦୁଃଖ ନାରୀର !

ଓଃ ମୁଁ କେଉଁ ପ୍ରଶ୍ନରେ ଆଲୁଆମାଲୁଆ ହୋଇ କେଉଁ ଶିର୍ଷକରେ ଆସି ଉପନୀତ ହେଲିଣି । ସେଦିନର ପୁରୁଣା ହଳଦିଆ କାଗଜଟିକୁ ପୁଣି ଚଉତି ରଖିଲାବେଳକୁ ହସ ଲାଗିଲା ମଧ୍ୟ । ଗୁଣୁଗୁଣୁ ହେଲି ଦାସୀ ନା ଆରସୀ । କିଏ କାହିଁକି ଦାସୀ ହେବ ମ ? ସମାନ ଅଧିକାରରେ ମୁଁ ହିଁ ଧର୍ମପତ୍ନୀ ।

ମୋ ସ୍ୱାମୀ ଯଦି ଆଜିକାଲି ଜୋର୍ ଜବରଦସ୍ତ କୌଣସି କାମ ଲଦିଦେବାକୁ ଚାହିଁବେ ତେବେ ମଧ୍ୟ ମୋତେ ରୁଚି ନ ଲାଗିଲେ ଜମାରୁ ଗ୍ରହଣ କରିବିନାହିଁ । ମୁଁ ପ୍ରଥମେ ଭଲମନ୍ଦର ଭାଷା ଓ ଭାବକୁ ଖୋଜେ ଯଦିଓ ୟାଙ୍କ ପାଖରେ ସେସବୁର ଅଭାବବୋଧ ବେଳେବେଳେ ପରିଲକ୍ଷିତ ହୁଏ । ବୁଝିପାରେନି ପୁରୁଷ ବୋଲି ସବୁ ଦୋଷ ମାଫ୍ ହୋଇଯାଉଛି କି ? ନାରୀର ଘର ବାହାରର ଦାୟିତ୍ୱ ପୁରୁଷ ପକ୍ଷେ ତୁଲାଇବା କାଠିକର ପାଠ । ତଥାପି ବାହାଦୂରୀ ମାରି କହିବେ-ଓଃ କି କାମଟେ କି ?

ସତେ ଏଇ ଉକ୍ତିଟି ପୁରୁଷ ପାଇଁ ହିଁ ପ୍ରଯୁଜ୍ୟ ! ନାରୀର ସହନ ଶକ୍ତି ଓ ଧୈର୍ଯ୍ୟ ପୁରୁଷ ପାଖରେ ନାହିଁ । ବୋଧେ ସେଥିପାଇଁ ମା’ ହେବାପାଇଁ ନାରୀ ହିଁ ଯୋଗ୍ୟା ।

- ଆଦ୍ୟାଶା କ’ଣ ପଢୁଛ ? ସ୍ୱାମୀଙ୍କର ପ୍ରଶ୍ନ ଶୁଣାଗଲା ।

ମୁଣ୍ଡଟେକି ଚାହିଁଲି ତାଙ୍କ ମୁହଁକୁ । ଦୃଢ଼ସ୍ୱରରେ ଉତ୍ତର ଦେଲି- ମୋ’ ଇଚ୍ଛା ଯାହାହେଲା ପଢ଼ିଲି । ଏଠି କ’ଣ ତମର ଅନୁମତି ଦରକାର କି ?

- ଖାଲିଟାରେ ଗାଉଁ ଗାଉଁ ହେବ । ସଂଜିତ ହସି ହସି କହିଲେ ।

- ଦେଖ ତୁମର ଚିଠିଗୁଡ଼ିକ । ଭାରି ସଉକରେ ଲେଖିଥିଲ ତ ? ଏବେ ତ ଗୋଟିଏ ହେଲେ ପାଳନ କରିଥିବାର ମୋର ମନେ ପଡୁନି । ବାହାଘର ପରେ ପରେ ଏତେ ରୋମାଣ୍ଟିକ୍ ହେବା ବ୍ୟକ୍ତି ପରଜୀବନରେ ନିର୍ବିକାର ହୋଇଯିବା ପଛର ରହସ୍ୟ କ’ଣ ବୟସର ଚାପ କି ?

- ଆଉ ନୁହେଁ ତ କ’ଣ ? ଯେତେବେଳେ ବୟସ ଥିଲା ସେତେବେଳେ ମଧ୍ୟ ପରିବାରର ଚାପ, ପିଲାମାନଙ୍କ ଚାପରେ ଆମେ ଭାରିଥିଲେ । ଏବେ ବୟସ ଖସିଗଲାପରେ ରୋଗର ଚାପରେ ପୁଣି ଭାରି । ତେଣୁ ଚିଠି ଲେଖିବାର କଥା ଅଲଗା । ତାକୁ ପାଳନ କରିବା ଅଲଗା କଥା । ସଂସାରୀ ହେଲେ ସବୁ ତ ସମ୍ଭାଳିବ । କାହାକୁ ଅଣଦେଖା କରିହେବନି । ସେଥିପାଇଁ ତ ଦୁଃଖରେ ସୁଖରେ ଜଣେ ଜଣଙ୍କ ପାଖରେ ଠିଆ ହୁଅନ୍ତି । କିଏ କାହାଠାରୁ କମ୍ ନୁହେଁ ।

- ତେଣୁ କଥା କଥାକେ ଟାଣୁଆ କଥା ଶୁଣିବାକୁ ମିଳୁଛି ମୋତେ । ଦୀର୍ଘ ସତତିରିଶି ବର୍ଷ ହେଲା ବିବାହ କରିସାରିଲିଣି ତଥାପି ତମର ଅଣଦେଖାକୁ ବରଦାସ୍ତ

କରି ରଖିଛି । କେତେ ବର୍ଷ ମଣିଷ ବଞ୍ଚିବ ଯେ ତମେ ବେଳେବେଳେ ଏପରି ଟିଙ୍ଗ୍‌ଟିଙ୍ଗ୍ ହେଉଥିବ । ସମୟ ତ ଖସିଯାଉଛି ଆମ ହାତ ମୁଠାରୁ ।

- କ'ଣ କହିଲି କି ?

- ଖୁବ୍ ଭଲ କଥା କହୁଛ ତ ଏବେ !

ଶୁଣାଗଲାଣି କଲିଙ୍ଗ୍ ବେଲ୍ । ସଂଜିତ ପୁଣି ଭୁଲିଗଲେ ବାର୍ତ୍ତାଳାପ ଗୁଡ଼ିକୁ । ଟାଣ ସ୍ୱରରେ କହିଲେ- ଯାଅ ଯାଅ କିଏ ଆସିଛି ଦେଖିବ । ରାଗିଯାଇ କର୍କଶ ସ୍ୱରରେ ଆଦ୍ୟାଶା କହିଲା- ତମର କିଏ ଚିହ୍ନାପରିଚିତ ଆସିଥିବେ । ମୋତେ ଟାଣ ସ୍ୱରରେ କହିଲେ ଜମାରୁ ମୁଁ ଶୁଣିବି ନାହିଁ । ଏଠି ଦାସୀପ୍ରଥା ଏବେ ନାହିଁ । ସ୍ତ୍ରୀଙ୍କୁ ସମ୍ମାନ ଦେଇ ଜାଣିଲେ ସମ୍ମାନ ପାଇବ ସ୍ତ୍ରୀଠାରୁ ।

- ବାବ୍‌ରେ ବାବ୍, ତମେ ତ ପୁରା ଦୁର୍ଗାରୂପ ଧାରଣ କରିବ !

- ସେୟା ତ । ଭାବନି ନାରୀ ଦୁର୍ବଳାବୋଲି । ସେ ହିଁ ଅସୁର ସଂହାର କରିବାରେ ସଫଳ ହେଲେ ।

- ତେବେ ଆଜିକାଲି ଝିଅମାନେ ଏତେ ଦୁର୍ବଳା କାହିଁକି ? ନିଜର ଅସଂଯତ ଭାଇରାଲ୍ ଭିଡ଼ିଓ ଫଟୋ କେମିତି ପ୍ରଚରିତ ହେଉଛି ସମାଜରେ ? ଏଠି ପୁଅମାନଙ୍କୁ ଦୋଷ ଦେଲେ ଚଳିବନି ତ ଆଉ ! ନାରୀ ତ ନିଜର ଫାଇଦା ପାଇଁ ଏପରି କୁକର୍ମ କରିଥାଏ ।

- ସତ ତ । ସବୁଠି ସବୁ ନାରୀ ଭଲ ନୁହଁନ୍ତି । କେତେ ନାରୀଙ୍କ ପାଇଁ ପୁରୁଷ ମଧ୍ୟ ନିର୍ଯ୍ୟାତିତ ହୁଅନ୍ତି । ତମେ ତ ସେମାନଙ୍କୁ ଖୁବ୍ ନିକଟରୁ ଚିହ୍ନ ମଧ୍ୟ ।

- କିନ୍ତୁ ତମେ ଲକ୍ଷେରେ ଏକ । କେମିତି ନିଜକୁ ଅବହେଳିତ କରି ସମସ୍ତଙ୍କ କଥା ବୁଝିପକାଅ କେଜାଣି ?

- ବେଶି ପ୍ରଶଂସା କରନି । ମୋର ପରିବାର ମୋର ଭାବନା ପରିସର ଭିତରେ ଅଛି । ଦେଖାଯାଉ ଆଉ କେତେ ବର୍ଷ ଏମିତି ତମମାନଙ୍କ ସେବାରେ ନିୟୋଜିତ ଥିବି । ବୋଉ ବଞ୍ଚିଲାବେଳେ କହୁଥିଲା-ତୁ ଏମିତି କେତେବର୍ଷ ରାନ୍ଧୁଥିବୁ କି ? ମୋ ବୋହୂ ଆସିଲା ପରେ ମୋ ହାତରୁ ରନ୍ଧା ଛଡ଼ାଇ ନେଲା । ତୋର ତ କାମ ଲାଗିଛି । କେତେବେଳେ ଲେଖାଲେଖି କରିବୁ ? ମୁଁ ପାଠ ପଢ଼ିନଥିଲି ବୋଲି ତମମାନଙ୍କୁ ପାଠ ପଢ଼େଇବାକୁ ଚାହିଁଲି । ମୋ ଝିଅ ଶିକ୍ଷିତା ହେଲା । ଆମେ ବାପା ମା' କେତେ ଖୁସି !

ଜାଣେ ବୋଉ କେବେ ଗୋଟିଏ ପଦ ତା' ଜ୍ୱାଇଁ ବିରୁଦ୍ଧରେ କହେନି । ତା' ଜ୍ୱାଇଁ ପ୍ରତି ତା'ର ମନରେ ବହୁତ ଦରଦ ଥାଏ । କଥାରେ କଥାରେ କହିବ- ମୋ

ଜ୍ୱାଇଁ ପରି କାହାର ଜ୍ୱାଇଁଟିଏ ଅଛି କି ? ତମ ପାଖକୁ ଗଲେ ଖାଇଲ ନ ଖାଇଲ ପଚାରିବେ ମଧ୍ୟ । ସେ ତ ଜ୍ୱାଇଁ ନୁହଁ ପୁଅଟିଏ ।

ଆଦ୍ୟାଶା ଚାହିଁଲା ଆକାଶର ଶୂନ୍ୟତାକୁ । ବୋଉର ମମତାର ସ୍ୱର ଏବେ ଆଉ ଶୁଭୁନି । ବେଳେବେଳେ ଆଖିରୁ ଝରିପଡୁଛି ଲୁହ ତା' ମମତାର ଜୁଡୁବୁଡୁ ନିବିଡ଼ତା ଭିତରେ । ବାପା, ବୋଉ କାହାର ହେଲେ ଅମଙ୍ଗଳ ଚିନ୍ତା କରନ୍ତି ନାହିଁ । ସେମାନେ ଯେମିତି ସମସ୍ତଙ୍କୁ ନିଜର କରିବାକୁ ଚେଷ୍ଟା କରୁଥିଲେ ସେମିତି ସ୍ନେହ ଶ୍ରଦ୍ଧା ଜୀବନରେ ପୁଅବୋହୂ ଓ ଆମମାନଙ୍କ ପାଖରୁ ପାଇଲେ । ସେମାନଙ୍କୁ ପୁଅବୋହୂମାନେ ଖୁବ୍ ଯତ୍ନରେ ରଖି ସେବା କରୁଥିଲେ । ଏଇ ତ ବଡ଼କଥା ।

୨୪ ଅପ୍ରେଲ, ୨୦୧୮ ମସିହା ରାତି ତିନିଟା ପାର ହୋଇଯାଇଥିଲା । ସ୍ୱପ୍ନରେ ମୋ ବୋଉକୁ ଦେଖି କହିଲି - ବୋଉ ଭୋକ ହେଲାଣି । ତମେ ସମସ୍ତେ ଖାଇସାରିଲଣି । ମୁଁ ଖାଇବି କ'ଣ ? ବୋଉ ଗୋଟିଏ କଂସା ଗିନାରେ ମେଞ୍ଚାଏ ପଣସକୋଲା ମଞ୍ଜି ବାହାର କରି ସାରି ଆଣି ମୋ ପାଖରେ ଠିଆହେଲା । ସେ ଭିତରୁ ଭଲ ଖୋସାଟିଏ ଖୋଜିଲା । ବୋଉ ଜାଣେ ଚକଟାମକଟା ଜିନିଷ ମୁଁ ଜମାରୁ ଖାଇବି ନାହିଁ । ମୁଁ ପଣସକୋଲାର ମଞ୍ଜି ନିଜେ କାଢ଼ି ଖାଏ । ତେଣୁ ପେଚା ପେଚି ହୋଇଥିଲେ ଖାଇ ପାରିବନି । ତେଣୁ ଗୋଟିଏ ଭଲ ପଣସକୋଲା କାଢ଼ି କହିଲା- ନିଏ ଖାଇବୁ ।

ମୋ ନିଦଟା ଚଟ୍‌କରି ଭାଙ୍ଗିଗଲା । କେତେଦିନପରେ ପୁଣି ବୋଉକୁ ସ୍ୱପ୍ନରେ ଦେଖିଲି । ବୋଉ ମୋ ପାଖକୁ ଆସିଥିଲା । ମୋ ବୋଉ ପରି କିଏ ମୋ ଦାୟିତ୍ୱ ନେଇ ପାରିବନି । ମୋ କାମ ଦେଖିଲେ ଦୁଃଖ କରି କୁହେ - କେଉଁଦିନ ତୋ ହାତରୁ ରୋଷେଇ କାମ ଛାଡ଼ିବ ? କେତେଦିନ ଏମିତି ନିଜ ହାତରେ ବାଢ଼ି ଖାଉଥିବୁ ।

ଜାଣେ ମୁଁ । ବିବାହ ପୂର୍ବରୁ ବୋଉ କାମ କରିବାକୁ ଜମାରୁ କହିବନି, ହାତରେ ବାଢ଼ି ଖାଇବାକୁ ଦେବନି । କହିବ - କେତେଦିନ ବାପଘରର ସୁଖ ପାଇବୁ କି ଆଉ । ମୁଁ ଥାଉ ଥାଉ ମୋ ଝିଅମାନେ କାହିଁକି କାମ କରିବେ ।

ସବୁ ବଦଳିଗଲା ବିବାହ ପରେ । ସ୍ୱାମୀ ଚାହିଁ ବସିଥିବେ ମୋ ହାତକୁ । ବାଢ଼ି ଦେଲେ ଖାଇବେ । କିଏ ସହିଲା କିଏ ପାଇଲା ସମସ୍ତେ ତ ଜାଣନ୍ତି । ଏଥିରେ ପୁଣି ସ୍ତ୍ରୀମାନଙ୍କୁ ଗଞ୍ଜଣାଦେବାକୁ ମଧ୍ୟ ସ୍ୱାମୀଟିଏ ପଛେଇ ନ ଥାଏ ।

ବେଳେବେଳେ ଆଶ୍ଚର୍ଯ୍ୟ ଲାଗେ କନ୍ୟାମାନେ ହିଁ ବେଶି ସହନ୍ତି । କନ୍ୟାଭ୍ରୂଣ ହତ୍ୟାଠାରୁ, ବଧୂମେଧ ଯଜ୍ଞରେ ବଳି ପଡ଼ିବା ହିଁ କନ୍ୟାର ଭାଗ୍ୟରେ ଯେମିତି ଲେଖାଥାଏ । ଜୀବନର ଶ୍ରମଦାନର ପାଉଣା କେବେ ହିସାବ ହୁଏନି । ଖାଲି ନେବାପାଇଁ ପୁରୁଷର ଦାବୀ ଥାଏ । ଏଇ ତ ଦୁଃଖ ନାରୀମାନଙ୍କର ଅବସ୍ଥା ପାଇଁ ।

ମୋ ବୋଉ କମ୍ ସହିଥିଲା କି ? ଆଜି ତ ସ୍ୱପ୍ନରେ ଦେଖିଲି - ଡ୍ରିଙ୍କ ଉପରେ କାନ୍ଥକୁ ଲଗାଇ ଗୋଟିଏ ଡେକ୍‌ଚିରେ ପାଣି ଡେକ୍‌ଚିଏ ଥୁଆହୋଇଛି । ମୁଁ ଟିକିଏ ଉପମା କରିବାକୁ ରହିଁ ଚୁଲିର କଡ଼େଇରେ ସେଥିରୁ ପାଣି ଗିନାଏ ଆଣି ଢ଼ାଳିଦେଲାବେଳେ ବୋଉ କହିଲା - ସେଠୁ ପାଣି ନିଏନା । ସେଇଟା ତୋ ସାନଖୁଡ଼ୀ କୂଅରୁ କାଢ଼ି ରଖିଛି । ଏଠି ମୁଁ ପାଣି ରଖିଛି । ନିଏ ଏଠୁ ।

- ଉତ୍ତର ଦେଲି ଗିନାଏ ପାଣି ଆଣିଲେ କି ଅସୁବିଧା ହେବ ?

ବୋଉ ଚୁପ୍ ରହିଲା । ନିଦ ତ ଭାଙ୍ଗି ଯାଇଥିଲା । ମନେପଡ଼ିଲା ଭାଇଭାଗ ବେଳେ କିଏ କାହାର ଜିନିଷ ଛୁଅଁନ୍ତି ନାହିଁ । ଚୁଲି ଅଲଗା ହୁଏ । ଖାଦ୍ୟ ଅଲଗା ରୋଷେଇ ହୁଏ । କିନ୍ତୁ ପୁରା ଭାଗ ବଣ୍ଟା ହୋଇନଥିଲେ ଘରଟି ସବୁଭାଇଙ୍କର ହୋଇଥାଏ । ଯିଏ ଯାହାର ଚୁଲିରେ ରୋଷେଇ କରନ୍ତି । ମା' ବାପା ଥିଲେ ପାଳିକରି ଖାଦ୍ୟ ଦିଅନ୍ତି ପିଲାମାନେ । ଏଇ ପରିସ୍ଥିତିରେ ମା' ମନରେ କେତେ ଦୁଃଖ ଜାତ ହେଉଥିବ ସେ କଥା ସନ୍ତାନମାନେ ବୁଝିପାରିନଥିବେ । ମା'ଟି ଭାବୁଥିବ ସମସ୍ତଙ୍କୁ ତ ସମାନ ରକ୍ତ ଦେଲି କିନ୍ତୁ ଏକା ମନ କେମିତି ହେଲାନି ? ମା'ର ମମତା ତ ପିଲାଟି ପ୍ରତି ସମାନ ରୁହେ ତଥାପି ସେମାନଙ୍କ ଭାବନାର ପରିବର୍ତ୍ତନ କେମିତି ହୁଏ ?

ଆଖି ଖୋଲି ସଂଜିତ୍‌ଙ୍କୁ କହିଲି - ବୋଉକୁ ସ୍ୱପ୍ନରେ ଦେଖିଲି । ମୁଁ ତ ବିନା ଚିନିରେ ସୁଜି କରୁଥିଲି । ବୋଉ କହିଲା ମୋତେ ଟିକିଏ ଦେବୁ ?

- ମୁଁ ସଫେଇଦେଲି ବୋଉ ମୋର ଡାଇବେଟିସ୍ ଯୋଗୁ ସାଧା ସୁଜି ଖାଇବି ତୁ ଖାଇବୁ ତ ? ସେଠି ଭୁଲିଯାଇଥିଲି "ତା'ର ତ ଡାଇବେଟିସ୍ ଥିଲା ବୋଲି ।"

- ତୁମର ଡାଇବେଟିସ୍ ଡିକ୍ଲେଟ ହେଲାବେଳେ ବୋଉଙ୍କ ଡାଇବେଟିସ୍ ନଥିଲା ତେଣୁ ତୁମେ ସେ ସମୟର ସ୍ୱପ୍ନ ଦେଖୁଛ । ତମ ଦାଦା ବାପାଙ୍କ ଭିତରେ ମନୋମାଳିନ୍ୟ ଥିବା ସମୟର ସ୍ୱପ୍ନ ଏବେ ଦେଖୁଛ । ସତରେ ସେ ସ୍ୱପ୍ନ ଆସେ କେମିତି ? ସ୍ୱପ୍ନରେ ବୋଉ କେମିତି କହୁଛନ୍ତି - ଏ ପାଣି ନିଏନା । ଖୁଡ଼ି କଳି କରିବ ।

ବୁଝିଲ ବୋଉ ବାପା ଭାଇମାନଙ୍କୁ ନିଜ ପାଇଁ ପୁଅପରି ଯାହା କରିଛନ୍ତି ସେଥିରେ ଖୁସିଥିବେ । କିନ୍ତୁ ଯେତେବେଳେ ସେମାନଙ୍କଠାରୁ ଆଘାତ ପାଇଥିବେ ସେତେବେଳେ ଦୁଃଖରେ କେତେ ମର୍ମାହତ ହୋଇଥିବେ ବୁଝି ପାରିନଥିବେ ତୁମ ଦାଦାମାନେ । ପୁଅଠାରୁ ଅଧିକା ସ୍ନେହ ବାଣ୍ଟୁଥିବା ଭାଇ ପ୍ରତି ଭାଇର କଠୋର ବ୍ୟବହାର ସତରେ ଭାରି ବେଦନା ଦାୟକ । ମୁଁ ତ ଜଣେ ପୁଅ । ସାନଭାଇମାନଙ୍କଠାରୁ ଆକ୍ଷେପ ଶୁଣିଲେ କଥାବାର୍ତ୍ତା କରିବାକୁ ଇଚ୍ଛା ହୁଏନି । ମନ ଭିତରେ ଖୁବ୍ ଭାଙ୍ଗିପଡ଼େ । ପୁଣି ପରିସ୍ଥିତି ସହିତ ଚାଲୁଚାଲୁ ସବୁ ଠିକ୍ ହୋଇଯାଏ ।

- କିନ୍ତୁ ମୋ ବୋଉ ପନ୍ଦରବର୍ଷ ବୟସରେ ଶାଶୁଘର ଆସି ଗହଳି ପରିବାର ଭିତରେ କେତେ ଘାଣ୍ଟିହୋଇଛି ସେ ଜାଣେ । କିନ୍ତୁ ସମସ୍ତେ ତା'ର ପ୍ରଶଂସା କରନ୍ତି । କାରଣ ସେ କାହା ବିରୁଦ୍ଧରେ ଅନ୍ୟ ଆଗରେ ଏପରିକି ମୋ ଆଗରେ ମଧ୍ୟ କେବେ କହିବା ଶୁଣିନି । ସମସ୍ତଙ୍କ ଭଲଗୁଣ ହିଁ ବର୍ଣ୍ଣନା କରେ । ମରିଗଲା ପଛେ ବୋହୂମାନଙ୍କ ନାଁରେ କେବେ ହେଲେ ପଦେ କହିନି ।

- ଏଇ ତ ଏକ ଉତ୍ତମ ଗୁଣ ବୋଉଙ୍କର । ପ୍ଲସ ପଏଣ୍ଟ ଦେଖିବା କେତେ ଜଣଙ୍କର ଥାଏ କି ? ତମ ବାପା ବୋଉ ଉଭୟେ ଭଲ । କେମିତି ଯୋଟ ପଡ଼ିଲେ କେଜାଣି !

- କାରଣ ମୁଁ ଜନ୍ମହୋଇ ତମକୁ ବାହାହେବି ବୋଲି ।

- ସେୟା ତ ଠିକ୍ । ଭାବିଲେ ଆଶ୍ଚର୍ଯ୍ୟ ଲାଗୁଛି ତମ ଜନ୍ମର ସାତବର୍ଷ ପୂର୍ବରୁ ବୋଉ ଭାବିନେଇଥିଲେ କେମିତି ଝିଅଟିଏ ଜନ୍ମ ହେବ ବୋଲି । ତେବେ ତୁମେ ତାଙ୍କ କଳ୍ପନା ପ୍ରସୂତ କନ୍ୟାଥିଲ ଜନ୍ମ ପୂର୍ବରୁ । ସତରେ ଏଇ ତ ଆଶ୍ଚର୍ଯ୍ୟ !

ଭାବିଲା ଆଦ୍ୟାଶା- ମଣିଷ ଝୁହେଁ କ'ଣ ? ଟିକିଏ ଭଲପାଇବା, ଟିକିଏ ସମବେଦନା ଦେବା ଦୁଃଖବେଳେ, ଟିକିଏ ଆନ୍ତରିକତାର ସ୍ୱର ଫୁଟେଇବା । କିନ୍ତୁ ପାଏ କେତେ ?

ହତାସ ହୋଇପଡ଼େ ମନଟି । ଗୁଣୁଗୁଣେଇ ହୋଇ କହେ ବିବେକହୀନ ପୁଅମାନଙ୍କଠାରୁ ଆଶା କରିବା ବୃଥା । ଏଇମାନେ ବାପା ମା'ଙ୍କଠାରୁ ନିବିଡ଼ ଭଲପାଇବାର ନିଷ୍କପଟ ମୂର୍ଚ୍ଛନା ନେଇ ଭୁଲିଯାଇପାରିବାର ବ୍ୟକ୍ତିତ୍ୱ ଖଣ୍ଡିଏ । କିନ୍ତୁ ତୁମ ଦର୍ପଣର ପ୍ରତିବିମ୍ବ ନୁହଁନ୍ତି । ସତରେ ଏମାନେ ତ ଗୋଟିଏ ଗୋଟିଏ ବିସ୍ମୟ !

ବାସ୍ ଆଉ କ'ଣ କୁହାଯାଇପାରେ ? ସୁଯୋଗ ପାଇଗଲାପରେ ବିନା ସଂକୋଚ୍‌ରେ ଜାଲ ଫାଶରେ ପଡ଼ିଯାଇ ବିଶୃଙ୍ଖଳିତ ହୋଇ ପଡ଼ିଲେ ମଧ୍ୟ ଜଣାପଡ଼ିବନି ନିଜ ବନ୍ଦୀତ୍ୱର ବ୍ୟକ୍ତିତ୍ୱ ।

ଖୁବ୍ ଉପରକୁ ଉଠୁଛ । ଖୁବ୍ ଉପରକୁ ଉଡ଼ୁଛ । ପାପକୁ ପୂଣ୍ୟ କୁହ । ପୂଣ୍ୟକୁ ପାପ କହ । ପାଖରେ ଗଦା ଗଦା ଟଙ୍କା । ଉଲ୍ଲସିତ ମନ । ଭରପୁର ଆନନ୍ଦର ସମ୍ଭାର । ହାତରେ ସୁନା ମୁଣ୍ଡା । ମାଟିକୁ ଛି ଛି । ପାଦ ତ ଖସୁଛି । ଖସିଲେ ତ ଜଣାପଡୁନି । ଲାଗୁଛି ସିଡ଼ି ଚଢୁଛି । ପରମ୍ପରା ଭାଙ୍ଗୁଛି । ଲାଗୁଛି ସଭ୍ୟ ହୋଇଛି । ଅସଭ୍ୟତାକୁ ପରିହାର କରିଛି ।

ଜବାବ୍ ପାଖରେ ଅଛି । ମୁଁ ସଭ୍ୟ । ମୁଁ ଶିକ୍ଷିତ । ମୁଁ ସମ୍ମାନାସ୍ପଦ ।

କିନ୍ତୁ ନୁହେଁ କି ଏକ ବିଚିତ୍ର କିଙ୍କର ? ମା'କୁ ଭୁଲିଲ । ବାପାଙ୍କୁ ଘରୁ ତଡ଼ିଲ ।

ଗଢ଼ିଲ ସୁନ୍ଦର ସଂସାର । ମିଠା ମିଠା ଅନୁରାଗର ବାସ୍ନାରେ ମନ ଆନ୍ଦୋଳିତ । ସବୁ ତ ପାଖରେ । ଏଠି ମର୍ତ୍ତ୍ୟପୁରର ଭୋଗ ନୁହେଁ ସ୍ୱର୍ଗପୁରର ଭୋଗ । ରାତି ପାହିବନି, ବୟସ ବଢ଼ିବନି, ମରଣ ହେବନି ଏପରି ଅନେକ ଆଶାରେ ଅବଶିଷ୍ଟ ଆୟୁଷ ନେଇ ଭାବନାସିକ୍ତ ମନ ଜୁଡୁବୁଡୁ ।

କିନ୍ତୁ ସୂର୍ଯ୍ୟ ବୁଡ଼ିବାକୁ ବସିଲାବେଳେ ଆକାଶର ଆଲୋକରେ ମ୍ଳାନତା ଭରିଗଲାଣି । ରାତ୍ରୀ ନିଶ୍ଚୟ ଆସିବ । ପୃଥିବୀ ତ ନିଘୋଡ଼ ନିଦରେ ଶୋଇବ । ତମେ ତ ପୁଣି ଗଭୀର ନିଦ୍ରା ଯିବ । ଉଠିବାର ପ୍ରୟାସ ବିଫଳ ହେବ ସକାଳ ପାହିଗଲେ ସୁଦ୍ଧା । ତା'ପରେ କ'ଣ କ'ଣ ?

ଅହଂକାରର ମୃତ୍ୟୁ । ନିରୀହତାର ମୃତ ଅସ୍ତିତ୍ୱ । ଆଶ୍ଚର୍ଯ୍ୟ ! ତମକୁ ପୁଣି ଛୁଇଁବାକୁ ବାରଣ । ତୁମ ଅନ୍ତରାଗର ଶେଷ ମୃତ୍ୟୁ । ନିଜକୁ ଖୋଜିବ କେଉଁଠି ? ଭୂମିରୁ ଭୂମା ପର୍ଯ୍ୟନ୍ତ ଉଡ଼ିବୁଲ ଅଶାନ୍ତ ହୋଇ । କିନ୍ତୁ ଧଳା ଚଦର ତଳେ ତୁମ ମୁଖର ସୌନ୍ଦର୍ଯ୍ୟ ବିଲୀନ । ତୁମର ଶେଷକୃତ୍ୟ ପାଇଁ ଅପେକ୍ଷାରତ ଜନ ।

ବୁଝିପାରୁଥିବ ଯେ ଏହି ଜୀବନ ତ କେତେଗୁଡ଼ିଏ ମୁହୂର୍ତ୍ତର ସମଷ୍ଟିମାତ୍ର । ସଞ୍ଜୀବନୀ ନାହିଁ ଯେ ଅମର ହୋଇଯିବ । ମାଟି ପିଣ୍ଡ ମାଟିର ମଣିଷ । ଜୀବନର ସ୍ୱପ୍ନ ଏକ ଅବୁଝାପଣରେ ହିଁ ପାଉଁଶ ପାଲଟି ଯାଇଥିବ ।

ତୁମେ ବିଶ୍ୱାସ କରିବ କେବେ ? ଭଲପାଇବାଟା ଶୋଇପଡ଼ିଛି କାହିଁକି ? ଟିକିଏ ପାଦଚିହ୍ନକୁ ଖୋଜ । ମାୟାରେ ହଜିଯାଅନି । ପ୍ରତିଧ୍ୱନିତ ହେଉ ତୁମ ଜନ୍ମଦାତା ଓ ଦାତ୍ରୀଙ୍କ ହୃଦ୍‌କମ୍ପନର ଟିକ୍ ଟିକ୍ ଶବ୍ଦ ତୁମ କର୍ଣ୍ଣଗହ୍ୱରରେ । କୁତ୍ସିତ ଆଚରଣ ଭିତରୁ ବାହାରି ଆସି ଋଣଭାରରୁ ମୁକ୍ତିର ପଥ ଖୋଜ ।

ଏଇ ତ ସନ୍ତୋଷ ମନର ଏକ ପ୍ରବାହ । ଏଇ ତ ଆଶୀର୍ବାଦ ଗୋଟାଇବାର ଏକ ଆସ୍ୱାଦନା । କିନ୍ତୁ କେବେ ହେବ ଋଣମୁକ୍ତ ?

ପ୍ରାଚ୍ୟକୁ ପ୍ରତ୍ୟାଖ୍ୟାନ କରି ପାଶ୍ଚାତ୍ୟ ମୂର୍ଚ୍ଛନାରେ ଏତେ ଉନ୍ମତ୍ତ କାହିଁକି ? ଟିକିଏ ଖୋଜ ନିଜ ମାତୃଭୂମିର ହସ !

ଆଜି ଗୋଟିଏ ଗଳ୍ପ ପଢ଼ିଲି । ଖୁବ୍ ମର୍ମାହତ ହେଲି ମଧ୍ୟ । ପାଶ୍ଚାତ୍ୟର ଚଳଣିରେ ପିଲାମାନେ ଏତେ ଉନ୍ମତ୍ତ କାହିଁକି ? ଅନେକ କହନ୍ତି ସେଠି ସବୁ ଶୃଙ୍ଖଳିତ । ପୁଣି କେତେକ କହନ୍ତି ସେଠି ମଣିଷ ବିଶୃଙ୍ଖଳିତ । ତେବେ ଶୃଙ୍ଖଳ ଶାସନ ଭିତରେ ବିଶୃଙ୍ଖଳିତର ଛାପ ଆସିଲା କେମିତି ? ମନମାନିରେ ଚଳ । ଇଚ୍ଛାହେଲେ ପିତାମାତା ପାଖକୁ ଆସ ନଚେତ୍ ନ ଆସ । ନିଜେ ନିଜ ଗୋଡ଼ରେ ଠିଆହେବାର ପ୍ରଚେଷ୍ଟାରେ ଲାଗିରହ । କିନ୍ତୁ ଅସ୍ତିତ୍ୱ ଭିତରେ ପରମ୍ପରାକୁ ତ ଭାଙ୍ଗିଦିଅନି ।

ଏଇ ତ ଆର ମାସରେ ସେ ପୁଅଟି ତା' ସ୍ତ୍ରୀକୁ ଛାଡ଼ପତ୍ର ଦେଲା । ପୁଣି ତୃତୀୟ ପକ୍ଷ ସ୍ତ୍ରୀକୁ ବାହାହେଲା । ଓଃହ, ତେବେ ସେଠା ପରମ୍ପରାରେ ଏହି ସବୁ ବିବାହ ଛାଡ଼ପତ୍ରର ହିସାବ ନିକାଶର ମୂଲ୍ୟ ନାହିଁ କି ! କୁମାରୀ ମାତୃତ୍ୱକୁ ଭୟ ନାହିଁ । ଆଜି ୟା ସାଙ୍ଗରେ ତ କାଲି ତା' ସାଙ୍ଗରେ ଜୀବନଯାପନ କଲେ ମଧ୍ୟ କିଏ ଅଙ୍ଗୁଳି ଦେଖାଇବେ ନାହିଁ । ଦେହସୁଖ କ'ଣ ସବୁଠାରୁ ବଡ଼ ? ତେବେ ଅନୁରାଗ ଓ ବିଶ୍ୱାସର ଧାରାର ପଦଧ୍ୱନି କାହିଁ ବା କେଉଁଠି ଉଜ୍ଜିବୀତ ! ଯୁବ ସମାଜ ଆସ୍ତେ ଆସ୍ତେ ବିଶୃଙ୍ଖଳିତ କାହିଁକି ?

ମନୁଷ୍ୟର ବୁଦ୍ଧି ଅଛି । ସେ ଭାବିପାରେ ତଥାପି ପଶୁସୁଲଭ ଗୁଣକୁ ଆପଣେଇବାରେ ବାହାଦୂରୀ ମାରିଥାଏ କାହିଁକି ।

ସ୍ତ୍ରୀ ଓ ପୁରୁଷଙ୍କ ସଂପର୍କର ପରିଭାଷା ତ ସମସ୍ତଙ୍କୁ ଜଣା । ତେବେ ତା'ର ଆବେଗକୁ ନେଇ ଏତେ ବର୍ଣ୍ଣନା କରି ବାହାବା ନେବା ମଧ୍ୟ ଆଶ୍ଚର୍ଯ୍ୟ ଲାଗେ ।

ଗପଟି ପୁରା ପଢ଼ି ପାରିଲି ନାହିଁ । ମନ ମଧ୍ୟ ବିଷର୍ଣ୍ଣ ହେଲା । ଏମିତି ଖୋଲାଖୋଲି ବର୍ଣ୍ଣନା କରି ଲେଖିଥିବା ଲେଖକ ଜଣକୁ ଆହୁରି ବାହାବା ମିଳୁଛି । ତେବେ ଏହି ସବୁ ପରମ୍ପରା ଭିତରେ ସେଠାର ଯୁବଜଗତ ବଢ଼ିପାରିବେତ ସ୍ୱଚ୍ଛନ୍ଦରେ ?

ଅବୁଝାମନରେ ଦେଖାଗଲାଣି ଝଡ଼, ଘର ଭଙ୍ଗାର ଖଣ୍ଡ ଖଣ୍ଡ ଦୃଶ୍ୟ । ସେଠି ସ୍ୱପ୍ନମାନେ ଭାଙ୍ଗିଯାଆନ୍ତି ପୁଣି ଯୋଡ଼ିହୋଇଯାଆନ୍ତି ଅନ୍ୟଠି । ବିଚରା ସନ୍ତାନମାନେ !

ସେଠି ପିତାମାତା ଆଶା କରନ୍ତି ନାହିଁ କି ପିଲାମାନେ ମଧ୍ୟ ଆଶା ରଖନ୍ତି ନାହିଁ । ସେଠି ନିରାଶା ଭିତରେ ଜୀବନଗତି ବଢ଼ିଚାଲେ । କିନ୍ତୁ ଏଠି ତ ଆଶାର ପ୍ରଦୀପ ଜାଳି ବସନ୍ତି ସମସ୍ତେ । ସନ୍ତାନମାନେ ହିଁ ବାପାମା'ଙ୍କର ମୂଲ୍ୟବାନ ଜିନିଷ । ସନ୍ତାନମାନଙ୍କ ସୁଖ ହିଁ ପିତାମାତାଙ୍କ କାମ୍ୟ । କିନ୍ତୁ ସନ୍ତାନମାନେ ଏତେ ଅବୁଝା କେମିତି ?

ଥରୁଟିଏ ଛାତିରେ ହାତ ରଖି ପଚାରନ୍ତୁ ତ ନିଜକୁ ନିଜେ କେଉଁଠୁ ଆସିଛ !

ଛାଡ଼ । ପଥର ପରି ଦୁଃଖ । ସେଦିନ ମହାନ୍ତିବାବୁଙ୍କ ଆଖିରୁ ବୋହିପଡୁଥିଲା ଲୁହର ଝରଣା । ସତେ ଯେମିତି ବନ୍ଧବାଡ଼ ଡେଇଁ ବୋହୁଥିଲା । ଛାତିରେ ଛାତିଏ ଦୁଃଖର ଭାର ବୋହିବାକୁ ଆଉ ବଳ ନ ଥିଲା । କହି ବସିଲେ - ଜାଣିଛ ନା ? ପିଲାମାନଙ୍କୁ ମଣିଷ ଏତେ ଭଲପାଇବା ଦେଇ ନିଜକୁ ଚିପୁଡ଼ି ଚିପୁଡ଼ି ଶେଷ କରି ଦେଲାପରେ ମଧ୍ୟ ପୁଅମାନେ ଆମ କଥା ଶୁଣିଲେନି । ଅଟକିଗଲେ ବିଦେଶୀ ମାଟିରେ । ଟଙ୍କା ଟଙ୍କା ପାଇଁ ତୃଷାର୍ତ୍ତ । କିନ୍ତୁ...

- ମାନେ ।

ଦେଖୁଛନ୍ତି ତ ଆମ ଦୁଇପ୍ରାଣୀଙ୍କ ଅବସ୍ଥା । ଉଠିବସିପାରୁନୁ । ଡ୍ରାଇଭର ପିଲାଟି ଓ ନର୍ସଟି ଯୋଗୁ ବଞ୍ଚିଯାଉଛୁ ଯେନ ତେନ । କେବେ ମୁକୁଳିବୁ ଏହି ନଶ୍ୱର ଶରୀରରୁ ଜାଣିନୁ । ଭାବିଥିଲୁ ଭଲପାଇବାର ବର୍ଷାରେ ଆମେ ହସିବୁ ବୋଲି କିନ୍ତୁ ଏବେ ଘୃଣାର ଲଘୁଚାପରେ କାନ୍ଦୁଛୁ ଖାଲି । ପୁଅ ଦୁଇଜଣ ସାଫ୍ ସାଫ୍ କହିଦେଲେ - ଏଠି ଆସି ରୁହ ନଚେତ୍ ନିଜ ଭିଟାମାଟିକୁ ଜାବୁଡ଼ି ପଡ଼ିଥାଅ ଆମର ଅବଶୋଷ ନାହିଁ । ତମେ ବାପା ମା'ଙ୍କ ଦାୟିତ୍ୱ ତୁଲାଇଲ । ଏବେ ଆମେ ମଧ୍ୟ ଆମ ଦାୟିତ୍ୱ ତୁଲାଉଛୁ । ତୁମ ଅନୁରୋଧ ରକ୍ଷା କରି ଆମେ ଆଉ ତମପାଖକୁ ଯାଇ ରହିପାରିବୁନି । ଏଠା ଚଳଣିରେ ତମେ ଚଳିପାରୁନ ପରା !

- କାହିଁକି ?

- ମା'ରେ ସେ ଦୁଇଜଣ ବିଦେଶିନୀଙ୍କୁ ବାହାହୋଇ ବିଦେଶୀ ହୋଇଗଲେ । ଏଠି ମୋ ସ୍ତ୍ରୀ ଗାଉଁଲୀ । ସେ ଆଜିପର୍ଯ୍ୟନ୍ତ ମୋ ସେବାପାଇଁ ମରଣଯନ୍ତ୍ରଣା ପାଉଛି । ଏଠି ସ୍ତ୍ରୀ ସ୍ୱାମୀକୁ ଛାଡ଼ିପାରିବନି କେବେ ? ସେଠି ତ ନିଜ ଇଚ୍ଛାରେ ବାହାହୁଅ ।

- ତେବେ ସେମାନଙ୍କ ପିଲାମାନେ କେମିତି ?

- ସେମାନଙ୍କ କଥା ଆଉ କୁହନି । ସେମାନଙ୍କ ଦୃଷ୍ଟିରେ ଆମେ କଳାଲୋକ ଅସଭ୍ୟ ପୁଣି । ଛାଡ଼ ଅନ୍ଧାରି ଘରେ ଅନ୍ଧାରି ଶାସନ । ଏଇ ଡ୍ରାଇଭର ଆମର ବ୍ୟାଙ୍କ୍ କାମ କରିଦେଉଛି । ଅଧିକା ଟଙ୍କା ନେଉଛି । ନେଉ । ଯା'ର ତ ବିବେକ ଅଛି । ହେଲେ ମୋ ପୁଅମାନେ ତ ଅବିବେକୀଗୁଡ଼ା !

ଆକାଶକୁ ଚାହିଁଲେ ମଉସା । ତା'ପରେ ପୁଣି କହିଲେ - ଆମ ବ୍ୟାକୁଳିତ ମନକୁ କ'ଣ ସେହି ବିଦେଶୀବୋହୂ ବୁଝିପାରିବ କି ? ତଥାପି ଅବୁଝା ମନ ପୁଅପାଖକୁ ଫୋନ କରୁଛି । ଭଲମନ୍ଦ ପଚାରୁଛି ଯାହାର ମୂଲ୍ୟନାହିଁ ଆମ ପାଖରେ । ମରିଗଲେ ସେମାନେ ମଧ୍ୟ ଆସି ପାରିବେ କି ନାହିଁ ଜଣାନାହିଁ । ସେଠି ସମୟ ନାହିଁ ପରା ! ଏଠି ତ ଆମର ସମୟ ଆମକୁ ହିଁ ଘାଣ୍ଟୁଛି । ତୋ ମାଉସୀ ବୁଝିପାରୁନି ସତେ ଯେମିତି ! କହୁଛି - 'ପୁଅ ପାଖକୁ ଯିବି । ତା' ପାଖରେ ମରିପଡ଼ିବି ।'

ବାସ୍ତବରେ ସେ ବୋହୂ ତୋ ମାଉସୀଙ୍କୁ ତା' ରୋଷେଇ ଘରେ ପଶାଏ ନାହିଁ । ତା' ଜିନିଷ ଛୁଇଁବାକୁ ଦିଏ ନାହିଁ । ସେମାନଙ୍କ ଆଦାବ୍ କାଇଦା ଅଲଗା । ଏଠି ମାଉସୀ, ସଂକ୍ରାନ୍ତି ଓ ପୂଜାପୂଜିରେ ଘରଦ୍ୱାର ଧୋଇ ବସିବ । ସେଠି ତ ପୁଅର କାଠଘର । ପାଣି ତଳେ ପକେଇବାକୁ ମନା । ତଥାପି ମାଉସୀର ଏତେ ମୋହ କେମିତି ପୁଅପ୍ରତି କେଜାଣି ? କହୁଛି - ହାତୀ ବନସ୍ତରେ ଥିଲେ ମଧ୍ୟ ରାଜାର ।

ଦୁହିଁଙ୍କ ଭିତରେ ବ୍ୟବଧାନର, ଦୂରତା କିଛି କମ୍ ନୁହେଁ । ତଥାପି ମୁଁ ଭୁଲିପାରୁନି

ସେମାନଙ୍କ ଅବୁଝା ପିଲାମାନଙ୍କୁ । ନିଜ ଇଚ୍ଛାରେ ପୁଅ ଝିଅ ସାଙ୍ଗ ଧରି ବୁଲିପାରୁଛନ୍ତି । ଇଚ୍ଛାହେଲେ ରାତିରେ ଘରକୁ ଆସୁନାହାନ୍ତି । ତଥାପି ଆମ ପୁଅମାନେ କିଛି କହୁନାହାନ୍ତି । ପାଟି ଚୁପ୍ । ତେବେ ସେମାନେ କ'ଣ ସନ୍ତାନଙ୍କୁ ଭଲପାଉନାହାନ୍ତି ଆମମାନଙ୍କ ପରି ? ଆମର ଭଲପାଇବା ବେଶି ବୋଲି ବେଶି ଦୁଃଖ ପାଉଛୁ କି !

ଗହିଁଲି ମାଉସୀ ଓ ମଉସାଟେ ମୁହଁକୁ । ଅବଶୋଷର ସ୍ୱପ୍ନମାନେ ଲୁହ ହୋଇ ନିଗିଡ଼ି ପଡୁଥିଲେ ଆଖିରୁ । ଯେଉଁ ଆଖିରୁ ଆନନ୍ଦାଶ୍ରୁ ଗଳିପଡୁଥିଲା ସେଠି ନିରାଶାର ଲୁହ କାହିଁକି ?

ଚୁପ୍ ପଡ଼ିଗଲି ମୁଁ । ମୋ ଆଖିରେ ଆବିଷ୍କାର କଲି ଅନାଗତ ଭବିଷ୍ୟତର ରୂପରେଖା । ଆଜିକାଲି ଆମ ସମାଜରେ ପାଶ୍ଚାତ୍ୟର ପ୍ରଭାବ ତ କମ୍ ନୁହେଁ । ପିଲାମାନେ ମଣ୍ଡା, ଆରିଷା, କାକରା ପରିବର୍ତ୍ତେ ଖୋଜୁଛନ୍ତି ବର୍‌ଗର, ପିଜା, କେକ୍ ଚଉମିନ୍ ଆଦି ବିଦେଶୀ ଖାଦ୍ୟ । ନାକ ଟେକୁଛନ୍ତି ପରମ୍ପରାଗତ ଖାଦ୍ୟକୁ । ଜନ୍ମଦିନ ହେଉକି ବିବାହ ବାର୍ଷିକୀ ହେଉ କେକ୍ ମହମବତୀ ହିଁ ଫେସ୍‌ବୁକ୍ ବା ସୋସିଆଲ୍ ମିଡ଼ିଆରେ ପ୍ରଦର୍ଶନ ହେଉଛି । କୁଆଡ଼େ, ଗଲା ମା' ଷଠୀବୁଢ଼ୀ ପୂଜା ? ଘର ପିଠାର ଥାଳି ? ସବୁ ଯେମିତି ପୁରୁଣା କାଳିଆ ବୋଲି ଧରି ନେଲେଣି ମନରେ । ଜନ୍ମଦିନ ଆସିଗଲେ ଅଣାଯାଉଛି କେକ୍, ଜନ୍ମଦିନ ଉପଲକ୍ଷେ କେକ୍ କାଟ । ଆମ ପିଲାମାନେ ତ ଏହି ଧାରାକୁ ଆପଣେଇବାକୁ ଆଗଭର ତେବେ ତାଙ୍କ ପିଲାମାନେ କାହିଁକି ଆପଣେଇବାକୁ କୁଣ୍ଠାବୋଧ କରିବେ ? ଇଂରାଜୀ ସ୍କୁଲରେ ପଢ଼ିଲେ, ଇଂରାଜୀଚ଼ଳଣୀ ଆପଣେଇଲେ । ପିଲାମାନଙ୍କୁ ଶିଖାଇଲେ ସଭ୍ୟତାର ପରିଭାଷା ସତେ ଯେମିତି ! ତେଣୁ ପିଲାମାନେ ଜିଦିଆ ହୁଅନ୍ତି ଆଉ ବାଣ୍ଟିକୁଣ୍ଟି ଖାଇବାରେ ଦ୍ୱିଧାପ୍ରକାଶ କରନ୍ତି । ସେମାନଙ୍କର ସବୁ ଯେମିତି ଅଧିକାର ବାପା ମା'ଙ୍କ ଉପରେ । ସେମାନେ ସ୍ୱାର୍ଥପରତା ଆଡ଼କୁ ମୁହାଁଉନାହାନ୍ତି କି ? ଆଦ୍ୟାଶା ପ୍ରଶ୍ନ କଲା ନିଜକୁ ନିଜେ ।

॥ ଦୁଇ ॥

ଆଜି ଆଶ୍ଚର୍ଯ୍ୟ ହୋଇ ଆଦ୍ୟାଶା ଚାହିଁଲା ତା' ନାତି ମୁହଁକୁ ? ତା'ର ଏକା ପ୍ରଶ୍ନ ଥିଲା - ଆଈ ତୁ ମୋ ଚଷମା ନେଲୁ କାହିଁକି ? କହ, ନେଲୁ କାହିଁକି ?

ଚାହିଁଲି ଚାନ୍ଦିପୁର ସମୁଦ୍ରକୁ । ତା'ର ପାଣି ଏବେ ଏକ କିଲୋମିଟର ଦୂରରେ ଅଛି । ବୋଧେ ଭୋରରୁ କୂଳକୁ ଆସିଥିଲା କି କ'ଣ ? ଏବେ ପାଣି ଅଳ୍ପ ଅଳ୍ପ ଚାନ୍ଦିପୁର ବେଳାଭୂମିରେ ଅଛି । କେତେକ ଦେଖଣାହାରୀ ସମୁଦ୍ରଭିତରକୁ ପଶି ଦୂରକୁ ଦୂର ଚାଲିଛନ୍ତି । ପଇଡ଼ବାଲା ଡାକୁଛି - ମିଠା ପଇଡ଼ । ମିଠା ପଇଡ଼ ।

ଛେଳି ଚାରିପାଞ୍ଚଟି ଏପଟ ସେପଟ ହେଉଛନ୍ତି ଖାଦ୍ୟ ଅନ୍ୱେଷଣରେ । ପଇଡ଼ରେ ଲାଗିଥିବା ଶସକୁ ଛାଟି ଛାଟି ଖାଇବାରେ ବ୍ୟସ୍ତ । ଅନେକ ଯାତ୍ରୀଙ୍କ ସମୁଦ୍ର ଦର୍ଶନ ପାଇଁ ଆଗମନ। ବିଭିନ୍ନ ଦୃଶ୍ୟର ଫଟୋ ଉତ୍ତୋଳନ କରିବାରେ ଅନେକ ନିମଗ୍ନ । ତେଣୁ ଇଚ୍ଛାହେଲା ପିଲାଙ୍କ ଚଷମା ଟିକିଏ ପିନ୍ଧିବାକୁ । ଫଟୋ ଉଠିଲା । ଏଥିରେ ନାତିର ମୁହଁ ଫଣ ଫଣ। ଆଖିରେ ଆଖିଏ ଲୁହ । ଅଭିଯୋଗର ସ୍ୱର - ମୋ ଚଷମା ପିନ୍ଧିଲୁ କାହିଁକି ?

- କହିଲି ତୋ ଆଈ, ତେଣୁ ପିନ୍ଧିଲି ତୋପରି ପିଲାଟିଏ ହୋଇ ଯିବାକୁ ।

- କହ କାହିଁକି ପିନ୍ଧିଲୁ ? ମୁଁ ଆଉ ଏ ଚଷମା ପିନ୍ଧିବିନି ।

ଅଜାଙ୍କ କଡ଼ାସ୍ୱର - ତୋ ଚଷମା ସରିଯାଉଛି କି ? ତୁ ଆସିଲେ ଆଈ ତୋତେ ଖୁଆଇଦେଉଛି କେମିତି ? ଆଈ ପିନ୍ଧିଲା ତ ତୋର ଅସୁବିଧା କେଉଁଠି ?

- କାହିଁ ପିନ୍ଧଲୁ ମୋ ଚଷମା ? ବାରମ୍ବାର ଏହି ପ୍ରଶ୍ନରେ ଆଦ୍ୟାଶା ମନ ତ ପୁଣି ପ୍ରଶ୍ନ କଲା - ତେବେ ଏମାନେ ବଡ଼ ହେଲେ ଅନ୍ୟର ମନକଥା ବୁଝିବେ କେମିତି ?

ଝିଅ କହିଲା - ମା' ତାକୁ ବୁଝାନି । ସେ ନ ବୁଝୁ । ଭାରି ଅଝଟିଆ ପିଲା ।

ଭାବିପାରିଲିନି ପିଲାଙ୍କୁ ଏବେ ନ ବୁଝାଇଲେ ସେ ଆଉ ବୁଝିବ କେବେ ? ଚେଷ୍ଟା କଲି ତାକୁ ବୁଝାଇବାକୁ । କହିଲି - ଏସବୁ ଜିନିଷ ତୋ ବାପାର ଓ ମା' ଟଙ୍କାରେ କିଣାଯାଇଛି । ତୁ ଏମିତି ଖାଲି କଥାରେ ମୁଣ୍ଡ ନ ଖେଳାଇ ସ୍କୁଲରେ ଭଲ ପଢ଼ି କ୍ଲାସରେ ଫାଷ୍ଟ ହେବାକୁ ଜିଦି କରିବା ଉଚିତ୍ ।

ଭୁଲିଗଲା ନାତି । କହିଲା - ନିଏ ମୋ ଚଷମା ପିନ୍ଧିବୁ । ଆଉ କ'ଣ ଋହୁଁଛୁ ? ମୁଁ ଫାଷ୍ଟହେଲେ ଭଲ ଋକିରୀ କରିବି । ବହୁତ ଟଙ୍କା ପାଇବି । ସେତେବେଳେ ତୋତେ କ'ଣ ଦେଲେ ଖୁସି ହେବୁ ?

କିହିଲି - ମୁଠାଏ ଋଉଳ ହିଁ ଯଥେଷ୍ଟ ହେବ । ଆଉ କିଛି ଦେବୁନି । ମନ ତ ନଥିବ ଆଉ କିଛି ପାଇବାକୁ ।

- ତତେ ଗୋଟିଏ ବିଲ୍‌ଡ଼ିଙ୍ଗ୍ ମୋ ଟଙ୍କାରେ ତିଆରି କରିଦେବି ।

- କ'ଣ କରିବି ଏତେବଡ଼ ଘର ? ଏବେ ତୋ ଅଜାଙ୍କ ଘର ତ ମୋତେ ଭାରି ହୋଇପଡ଼ିଲାଣି । ତାକୁ ମଧ୍ୟ କେତେବେଳେ ଛାଡ଼ିଦେଇଯିବି । ଘର ମୋର ଆଉ ଦରକାର ହେବନି ।

ହସିଲେ ମୋ ସ୍ୱାମୀ । ଅନିଚ୍ଛାକୃତ ଭାବରେ କହିଲେ - ସେ ମୁଠାଏ ଋଉଳ ଅର୍ଥ ବୁଝିପାରିବନି କି ଘରଛାଡ଼ି ଯିବାର ମର୍ମ ବୁଝିବନି ।

- ହଁ, ମୁଁ ମଧ୍ୟ ଜାଣେ । ଆଉ ଆମେ ମୃତ୍ୟୁପରେ କ'ଣ ଋହିଁବା କି ପୁଅ ନାତି ପାଖରୁ କହିଲ ?

- ଓଃ ସେ ତ ମୃତ୍ୟୁ ବିଷୟରେ କିଛି ଜାଣିନି । ତାକୁ କହ ସବୁ ଦେବୁ ।

ଆଦ୍ୟାଶାର ଆଖିରୁ ବୋହିପଡ଼ିଲା ଲୁହ । ଭାବିଲା ମୋ ବାପା, ବୋଉ ଆଉ ଦୁନିଆଁରେ ନାହାନ୍ତି । ଖୁବ୍ ମନେ ପଡ଼ନ୍ତି ସେମାନେ । ଆଶ୍ଚର୍ଯ୍ୟ ଲାଗେ ସେମାନେ ପୁଣି ଆମଠାରୁ ଦୂରେଇ ଗଲେ ସମୟ ସ୍ରୋତରେ । ସେମାନଙ୍କର କେତେ ଆଶା ସ୍ୱପ୍ନ ଥିଲା । ସେମାନେ କେତେ ଆମଠାରୁ ପାଇଲେ କି ନିରାଶ ହେଲେ ଦିନେ ହେଲେ ପାଟି ଖୋଲି କହିଲେ ନାହିଁ । ତେବେ ସେମାନେ ମାଟିରେ ମିଶିଗଲା ପରେ ଖୁବ୍ ଶାନ୍ତିରେ ଥିବେ ତ !

ଏହି ପ୍ରଶ୍ନ ମୋତେ ହିଁ ଆନ୍ଦୋଳିତ କଲା କେମିତି ? ଆଖି ପୋଛି ଆଦ୍ୟାଶା ନିଜକୁ ପ୍ରଶ୍ନ କଲା - ମୁଁ ତାଙ୍କୁ ଦେଇଛି କ'ଣ ?

ଆଖିରୁ ଝରିପଡୁଥିଲା ଟୋପା ଟୋପା ଲୁହ । ବାପାଙ୍କ ସ୍ୱର ଶୁଣାଯାଉଥିଲା ମନ ଭିତରେ - ଝିଅ, ତୁମେମାନେ ଭଲରେ ରହିଲେ ଆମେ ଖୁସି ।

ବୋଉ ସ୍ୱର ଶୁଣାଯାଉଥିଲା - ମୋ ପିଲା କେତେ କାମ କରି ଦୁର୍ବଳ

ଦେଖାଯାଉଛି । ଭାରି ଝଡ଼ିଯାଇଛି । ଭଲରେ ଖିଆପିଆ କରୁନୁକି ? ମା' ଥିଲେ ସିନା ତମକଥା ବୁଝିପାରିବ । କି ଡାଇବେଟିସ୍ ରୋଗ ହେଲା କି ତୋତେ । ଆମର ଭାରି ମନଦୁଃଖ ହେଉଛି ।

ଆଖିରେ ନାଚିଗଲା ବାପା ଓ ବୋଉଙ୍କ ମୁହଁ । ତେବେ ମୁଁ ସେମାନଙ୍କ ପ୍ରତିବିମ୍ବର ଏକ ନମୂନା । ସେମାନଙ୍କ ସମୟ ସରିଯାଇଛି । ବିଶ୍ୱାସ ହଉନି ମୋତେ । ନୀରବିଯାଇଛି ମୋ ମନ । ଖୋଜୁଛି ମୋ ବାପା ବୋଉଙ୍କୁ । କିନ୍ତୁ ସେମାନେ ଏବେ କେଉଁଠି ?

ନାତି ପ୍ରଶ୍ନ କଲା ଅଣଆଇ ଅଜା କାହାନ୍ତି ?

ଆଚମ୍ବିତ ହେଲି ଏହି ପ୍ରଶ୍ନ ଶୁଣି ଏହିକ୍ଷଣି । ଆଦ୍ୟାଶା କହିଲା- ସେମାନେ ସେମାନଙ୍କ ବାପା ମା'ଙ୍କ ପାଖରେ ଅଛନ୍ତି ।

- ତାଙ୍କର ଗାଁ କେଉଁଠି ?
- ବହୁତ ଦୂରରେ ।
- କ'ଣ ଉଡ଼ାଜାହାଜରେ ଯାଇ ପାରିବନାହିଁ ।
- ନାଇଁ ।
- ତେବେ କେଉଁ ଯାନରେ ଯିବି । ମୁଁ ଭଲ ଯାନଟିଏ ତିଆରି କରିଦେବି ।
- ବିନା ଯାନରେ ଯାଇହେବ ।
- କେମିତି ?
- ଆଲୋକ ଗତିରେ, ବିଦେହରେ ।
- ମାନେ ।
- ବୁଝିପାରିବୁ ନାହିଁ । ବଡ଼ହେଲେ ବୁଝିପାରିବୁ ?
- କହ ଆଈ ମୁଁ ବୁଝିପାରିବି ।
- ଆରେ ଦେଖେ ସମୁଦ୍ର । କେମିତି ପୋତ ଭାସି ଆସୁଛି ।
- ସେଇ ଦୂରରେ ତ ।
- ହଁ ହଁ ସେହି ଦୂରକୁ ଅନା ।

ଆଦ୍ୟାଶାର ମନରେ ଉଠୁଥିଲା କୋହ ବୋଉ ବାପାଙ୍କ ଶୂନ୍ୟତାକୁ ନେଇ । ଭଗବାନ ହିଁ ସଂପର୍କର ଯୋଡ଼ିକୁ ସ୍ୱର୍ଗରେ ଗଢ଼ି ମର୍ତ୍ତରେ ଜୀବନ୍ୟାସ ଦିଅନ୍ତି ! ଭଲପାଇବାର ନିଛକ ପ୍ରତିରୂପକୁ ଆଖି ସାମନାରୁ କେବେ ଦୂରେଇ ହୁଏନି । ସେଇ କଳାଜୋତା ଓ ନାଲିମୋଜା ପିନ୍ଧି ଗୋରା ତକ୍‌ତକ୍ ସୁନ୍ଦର ପୁଅଟିକୁ ଯିଏ ଦେଖିବ ଭାବି ବସିବ "ମୋ ପୁଅ ହୋଇଥାଆନ୍ତି କି !" କିନ୍ତୁ ସେମିତିଆ ପୁଅଟିକୁ ଜନ୍ମ ଦେବାର ବୟସ ତ ବାଲ୍ୟ ବିବାହ କରିଥିବା କନ୍ୟାଟିର ନଥିବ, ତେବେ ତାକୁ

ଦେଖିଲାପରେ କଳ୍ପନାର ସହାୟତାରେ ଜୀବନ ଇତିହାସର ସୂତ୍ରଧରମାନଙ୍କ ଭିତରେ ଖୋଜିବାକୁ ତ ଚେଷ୍ଟା କରିବ ! ଅପୂର୍ଣ୍ଣତାର ଫାଙ୍କରେ ସେହି ପୁଅଟିର ମୁହଁଟି କାହିଁକି କେଜାଣି ବାରମ୍ବାର ଧସେଇ ପଶିଆସିଥାଏ । ତେଣୁ ନୀରବରେ ସେଇକ୍ଷଣି ଭାବିବସେ - "ମୋର ଯଦି ସୁନ୍ଦରୀ ଝିଅଟେ ଜନ୍ମ ହୁଅନ୍ତା ତେବେ ଏହି ପୁଅ ସହିତ ବାହା କରନ୍ତି ।"

ବାରବର୍ଷର ବାଲ୍ୟ ବିବାହିତା କନ୍ୟା ମନରେ ସେ ଯୁଗରେ ଝିଅ ଜନ୍ମର କଳ୍ପନା ଓ ଭାବନାର ଖୁସିର ମୁହୂର୍ତ୍ତକୁ ଭଗବାନ ବୋଧେ ଅଣଦେଖା କରିବାକୁ ଚାହିଁନଥିଲେ । ଏହି ରହସ୍ୟମୟ ଭାବନାକୁ ସ୍ୱୀକୃତ ଦେବାକୁ ଭଗବାନ ବୋଧେ ସମୟକୁ ଅପେକ୍ଷା କରିଥିଲେ ।

ପ୍ରତିଛବିରେ ସଂପର୍କ ଯୋଡ଼ିବା ଯିଏ ଶୁଣିଲେ କହିବ ତୋ ଝିଅ ତ ଜନ୍ମ ହୋଇନି । ଝିଅ ଜନ୍ମହେବ କି ନାହିଁ ଜଣାନାହିଁ । ପୁଣି ଏତେ କଳ୍ପନାର କଅଁଳା ସ୍ୱପ୍ନରେ ଆତୁର କେମିତି ?

କାରଣ ସେଇ ବାରବର୍ଷର କନ୍ୟାଟିର ବାଲ୍ୟବିବାହ ନଅ ବର୍ଷରେ ସରିଯାଇଥିଲା । ଶାଶୁଘରକୁ ପୁଆଣୀହୋଇ ଆସିବାକୁ ଆଉ ଦୁଇ ବର୍ଷର ଅବଧି ବାକିଥିଲା । ତେଣୁ ସ୍ୱପ୍ନ ଆଙ୍କିବାର ଯଥାର୍ଥତା ଥାଇପାରେ । ଭଗବାନଙ୍କ ଏହି ମାଆଟିର ଇଚ୍ଛାକୁ ସୁଯୋଗ ଦେବାକୁ ଚାହିଁଥିବେ । ତେଣୁ ଝିଅଟିଏ ଗଢ଼ିଦେଇ ସେଇ ଉଣେଇସି ବର୍ଷ ମାଆର ଗର୍ଭରୁ ଜାତ କରାଇଥିଲେ ମାତୃତ୍ୱର ମମତା ଡାକରେ ।

କେବେ ହେଲେ ମା'ଟି ମନକଥା ଖୋଲି କହିନଥିଲା ଝିଅଟି ଆଗରେ । ଝିଅଟି ବିବାହ କରି ଆଈ, ଜେଜେମା ହେଲାପରେ ମୃତ୍ୟୁର ଦ୍ୱାର ଦେଶରେ ଉପନୀତ ମା'ଟି ସ୍ୱୀକାରକଲା "ଯେଉଁ ପୁଅଟି ସହିତ ମୁଁ ମୋ ଝିଅକୁ ବିବାହ ଦେବିବୋଲି ମୋତେ ବାରବର୍ଷ ହେଲାବେଳେ ଠିକ୍ କରିଥିଲି ସେଠି ମୋ ଝିଅର ବାହାଘର ହେଲା କେମିତି ?"

ଆଶ୍ଚର୍ଯ୍ୟ ହୋଇ ଝିଅ କହିଲା - ବୋଉ ଏହା କିପରି ସମ୍ଭବ ହେଲା ?

- ମୋ ମନ କଥା ମୋ ମନରେ ଥିଲା । କାହାକୁ କହିନଥିଲି । କିନ୍ତୁ ମନେମନେ ଭାବୁଥିଲି ସେଇ ପୁଅଟି ମୋ ଜ୍ୱାଇଁ ହେବ । ତୋ ଶାଶୁ ତ ପୁଅ ପାଇଁ କୋଡ଼ିଏ ଉପରେ କନ୍ୟା ଖୋଜି ଖୋଜି କେଉଁଠି ପସନ୍ଦ କଲେନି । ଶେଷରେ ତୋ ସହିତ ବାହାଘର କରିବାକୁ ଜିଦି ଧରିଲେ କେମିତି ? ତୋ ଶ୍ୱଶୁରଙ୍କ ଇଚ୍ଛା ଥିଲା କି ନାହିଁ ଠିକ୍‌ରେ କହିପାରିବି ନାହିଁ । ତୋ ବାପା ମଧ୍ୟ କଥାରେ ଏପଟ ସେପଟ ହେଉଥିଲେ । କିନ୍ତୁ ଆମ ଦୁଇଜଣ ନାରୀଙ୍କ ମନ ଅନୁସାରେ ଆମ ପୁଅ ଝିଅଙ୍କ

ବାହାଘର ହେଲା । ମୋ ମନ ଖୁସି । ମୋ ମନଲାଖି ଜ୍ୱାଇଁଟିଏ ପାଇଲି । ଝିଅ ବିଭାକରି ପୁଅ ପାଇଲି । ଜନ୍ମ ନ କଲେ କ'ଣ ହେଲା ? ସେ ମଧ୍ୟ ପୁଅପରି । ମୋ ଜ୍ୱାଇଁଙ୍କୁ ଭଗବାନ ଭଲରେ ରଖନ୍ତୁ । ତୁ ମୋର ମାନସ କନ୍ୟା ଥିଲୁ ଜନ୍ମ ପୂର୍ବରୁ !

ଆଦ୍ୟାଶା ଆଖିରେ ଲୁହ ଜକ ଜକ । ମା'ର ଗର୍ଭ ଗୃହ କେତେ ଯେ ପ୍ରତିଭାକୁ ଜନ୍ମ ଦେଇଥାଏ ତା'ର ହିସାବ କାହିଁ ? ତଥାପି ଆଜିକାଲି ସନ୍ତାନମାନେ ସେ ଜନ୍ମଦାତ୍ରୀଙ୍କ ପ୍ରତି ଏତ ନିର୍ଦ୍ଦୟ କାହିଁକି ? କେବେ ଫେରାଇ ପାରିବନି ନିଜ ପୂର୍ଣ୍ଣତାର ପ୍ରତିଦାନକୁ । ଈଶ୍ୱର ତ ତମ ସାମନାରେ ଆସି ଦଣ୍ଡାୟମାନ ହୋଇ ଉପଦେଶ ଦେବେନି- ତୁମେମାନେ ଠିକ୍ କରୁନ । ତୁମେମାନେ ବିବେକକୁ ଭୁଲିଯାଉଛ । ତୁମେମାନେ ପୂର୍ଣ୍ଣତାର ଶୋଷ ଭିତରେ ଧାବମାନ । କିନ୍ତୁ ସେହି ଛୋଟ ବିନ୍ଦୁଟିର ସୃଷ୍ଟି ମା' ଗର୍ଭକୋଷରେ ପ୍ରମାଣ ହୋଇ ରହିଛି ନାରୀଟିର । ମା'କୁ ହସିବାକୁ ଦିଅ । ତାକୁ ସମ୍ମାନ ଦିଅ । ତାକୁ କିଳିବିଲି କରନି । ତାକୁ ଲାଞ୍ଛନା କି ନିର୍ଯ୍ୟାତନା ଦିଅନି । କାରଣ ନାରୀର ଅଶ୍ରୁରେ ଶୂନ୍ୟତା ହିଁ ଭରିଯାଏ । ତା'ର ଖୁସିରେ ପୂର୍ଣ୍ଣତାର ଅନାଗତ ଜୀବନର ପାଦଚିହ୍ନ ମଧ୍ୟ ଆଙ୍କି ଦେଇଥାଏ ।

ଈଶ୍ୱର ସର୍ବତ୍ର ବିଦ୍ୟମାନ । ସେ ସଂପର୍କର ପ୍ରେମମୟ ଭାବନାରେ ଅତୀତର ପ୍ରତିରୂପର ଖୁସିର ମୁହୂର୍ତ୍ତକୁ ହାତଛଡ଼ା କରିବାକୁ ଦିଅନ୍ତି ନାହିଁ ।

ଆକସ୍ମିକ ଦୃଶ୍ୟମାନ ହୁଏ ଅତୀତର କେତୋଟି ଘଟଣା । ଆଦ୍ୟାଶା ଆଖିର ଲୁହକୁ ପୋଛିଲା ନିଜ ପାପୁଲିରେ । ଏଇ ପାପୁଲିର ସ୍ପର୍ଶ ବୋଉର ସ୍ପର୍ଶରେ ଆତ୍ମୀୟତା ଭରିଥିଲା ଏକ ଅଜଣାପ୍ରେମରେ । ମାଆ ଆଉ ଝିଅର ଭୂମିକା ଭିତରେ ବୋଉର ପଞ୍ଚତତ୍ତ୍ୱଶରୀରର ଅବସାନ ଘଟିଲାଣି । ସେଦିନର ସେଇ ମାଆ ଭୂମିକାରେ ଉପବିଷ୍ଟ ଥିଲା ମୋ ବୋଉ । 'ମୁଁ ଥିଲି ଏକ ଅନାଗତ କଳ୍ପନା ରାଜ୍ୟର କନ୍ୟାର ପ୍ରତିରୂପଟିଏ !'

ବୋଉ ଖୁବ୍ ମନେପଡ଼େ । ତା' ଶୂନ୍ୟତାର ବେଦନାସିକ୍ତ ମୁହୂର୍ତ୍ତରେ ଲୁହର ବନ୍ୟା ଝରେ । ଅସମର୍ଥ ହୋଇପଡ଼େ ଆଜି ମୁଁ । ମୋ ବୋଉ, ଯିଏ ମୋ ଖୁସିରେ ମୁହୂର୍ତ୍ତରେ ଆତ୍ମହରା ଥିଲା ସେ ଆଜି କେଉଁଠି ଅଛି ?

ଈଶ୍ୱର ଜାଣନ୍ତି ତା' ଅସ୍ତିତ୍ୱର ରୂପରେଖକୁ । ମନେମନେ ଭାବି ବସେ ମୋ ବୋଉ ପୁଣି ମୋ ବୋଉ ହୋଇ ଜନ୍ମ ହେବକି ? ମୋ ଶାଶୁ ପୁଣି ମୋ ସ୍ୱାମୀଙ୍କ ମା' ହୋଇ ଜନ୍ମହେବେ କି ?

ଏହି ଜନ୍ମମୃତ୍ୟୁର ଚକ୍ରଭିତରେ ସବୁ ତ ଅସ୍ପଷ୍ଟ । ଜନ୍ମର ସମ୍ମୋହନ ପରେ ପୂର୍ବ ଜନ୍ମ ତ ଅଦୃଶ୍ୟମାନ । ବଦଳି ଯାଉଛି ଶରୀରର ଗଠନ । ବଦଳିଯାଉଛି ସ୍ଥାନ କାଳ ପାତ୍ରର ସଂପର୍କ । ତଥାପି ନିବିଡ଼ ପ୍ରେମର ଜ୍ୱଳନ୍ତ ବାସ୍ତବତା ହିଁ ମୋ ବୋଉ ।

ବୋଉର ଆୟୁଷ ସରିଯାଇଛି । ସେ କିନ୍ତୁ ତା'ର ସନ୍ତାନମାନଙ୍କୁ ଛାଡ଼ିଯାଇଛି ସୃଷ୍ଟିର ସଂଯୋଜନାରେ ସହାୟତା କରିବାକୁ । ମୁଁ ସେହି ଝିଅ ଯିଏ ଏବେ ପିତୃମାତୃହରା । କାହାକୁ ବୋଉ ଡାକି ପାରିବିନି ଆଉ !

ମନେଅଛି, ବାଲ୍ୟକାଳେ କଣ୍ଢେଇ ଖେଳ ଖେଳିଛି କଣ୍ଢେଇର ମାଆ ଭୂମିକାରେ ଅବତୀର୍ଣ୍ଣ ହୋଇ । ବର କନ୍ୟାର ବେଶରେ ନିଜକୁ ଠିଆ କରେଇ ନଥିଲୁ । ବାଲ୍ୟକାଳରେ କୌଣସି କିଶୋର ଖିଆଲ ମନରେ ଆସେନି । ହସଖୁସିର ମିଛିମିଛିକା ଖେଳରେ ବାଲ୍ୟକାଳ କଟିଗଲାବେଳେ ସବୁ ସଂପର୍କର ଡୋରି ଭାରି ଟାଣୁଆ ଥାଏ । ମିଠା ମିଠା ଲାଗେ ଜୀବନର ମୁହୂର୍ତ୍ତଗୁଡ଼ିକ ।

କିନ୍ତୁ ପାଞ୍ଚବର୍ଷର ଝିଅଟିଏ ଗାଢ଼ନିଦରେ ସ୍ୱପ୍ନରେ ଯଦି ନିଜ ସ୍ୱାମୀର ପ୍ରତିରୂପ ଦେଖେ ତେବେ ଝିଅଟି ତ ଚମକି ପଡ଼ିବ ! 'ଏହି ବର୍ଷକର ପୁଅଟି ପୁଣି ତା' ବର ?'

ଆଶ୍ଚର୍ଯ୍ୟ ! ଈଶ୍ୱର ଠିକ୍‌ରେ ବୁଝନ୍ତି କନ୍ୟା ଆଦ୍ୟାଶାର ଅବଳା ମନକୁ । ତା' ସାମ୍‌ନାରେ ଗୋଟିଏ ଦଶବାର କି ପନ୍ଦର ବର୍ଷର କିଶୋରଟିର ପ୍ରତିମୂର୍ତ୍ତୀକୁ ଭେଟେଇନଥାନ୍ତି । କାଳେ ଝିଅଟିର ଏହି କଅଁଳ ମନରେ ଏହି ବାହାଘରର ରୂପରେଖର ଛବି ଉଦ୍ରେକ ହୋଇନଥିବ ବୋଲି । ଅବଶ୍ୟ ସେ ବୁଝନ୍ତି ଝିଅର ମନ । ତେଣୁ ତା' ଭବିଷ୍ୟତ ବରର ଶିଶୁରୂପ ତାକୁ ଦେଖାଇଲେ ମଧ୍ୟ ଝିଅଟିର ମନ କଳୁଷିତ ହେବନି । ସେ ମଧ୍ୟ ଭୁଲିଯିବ ସମୟଚକ୍ରରେ ।

ଗୋଟାଏ ଜୀବନ ଜନ୍ମର ହଜିଲା ସ୍ମୃତି । ଆତ୍ମୀୟଙ୍କୁ ହରେଇବାର ଅବଶୋଷରେ ମନରେ ଭରିଯାଏ ଶୂନ୍ୟତାର ସ୍ପନ୍ଦନ । ଯୁଇର ନିଆଁରେ ଦାଉଦାଉ ହୋଇ ଜଳୁଥିବା ମୃତ ଶରୀରର ଯନ୍ତ୍ରଣା ତ ନାହିଁ । ଛଟପଟ ହୋଇ ମୁକୁଳିଯିବାକୁ ଋହେଁନି ମୃତକ । ଲାଗୁଥାଏ ଶୂନ୍ୟତାର ନିଶୁଣିରେ ସେ ଯେପରି ଚଢୁଛନ୍ତି ସ୍ୱର୍ଗରେ ପାଦ ଥାପିବାକୁ । ଅନ୍ତିମ ଆୟୁଷ ସରିଯାଇଛି । ଦର୍ପ, ଦମ୍ଭ ଅଭିମାନ ମାଟିରେ ମିଶିଯାଇଛି । କିନ୍ତୁ ସମ୍ପର୍କର ସେତୁ ଲମ୍ବିଯାଇଛି କେଇ ପୁରୁଷଧରି ।

ଜୁଇ ଲିଭିଯାଏ ଜଳର ସ୍ପର୍ଶରେ । ଶୂନ୍ୟତାର ନିରବତା ଲୁହ ଭିତରେ କେଇ ବର୍ଷ ପାଇଁ ବିଷାଦର ଅବସର୍ଣ୍ଣତା ଭରିଦିଏ । କାଳାନ୍ତରର ଗତିରେ ଦୁଃଖର ପ୍ରତିଧ୍ୱନି ଆସ୍ତେ ଆସ୍ତେ ଶୁଣାଯାଏ, ତଥାପି ଆତ୍ମୀୟଙ୍କ ସ୍ନେହ, ପ୍ରେମ, ମମତାର ଝଲକ ଭିନ୍ନ ଭିନ୍ନ ସମୟରେ ଉଦ୍‌ଭାସିତ ହୁଏ ଆଦ୍ୟାଶା ଭାବନା ରାଜ୍ୟରେ ।

ମୋ ଶାଶୁ ଯିଏ ମୋ ସ୍ୱାମୀଙ୍କ ମା' ଓ ମୋର ଡାକରେ ମା' ମଧ୍ୟ । ସେ ମଧ୍ୟ କୌଣସି ଗୁଣରେ ମା' ଭୂମିକାରୁ ନ୍ୟୁନ ନଥିଲେ । ବାହାହୋଇ ଆସିଲା ବେଳେ ସେ ହିଁ ପ୍ରଥମେ ମା'ର ଭୂମିକାକୁ ପାଳନ କରି ପୁଅ ବୋହୂର ସୁଖକୁ ଅଗ୍ରାଧିକାର ମଣିଥିଲେ ।

ଆଦ୍ୟାଶା ହସିଲା ଟିକିଏ । ମେଞ୍ଚାଏ ମଲ୍ଲିଫୁଲ ବାଡ଼ିରୁ ତୋଳି ତାକୁ ଦେଇ କହନ୍ତି ନିଏ ମାଳାକରି ବେଣୀରେ ପିନ୍ଧିବୁ । ତା' ଖଟରେ ମେଞ୍ଚାଏ ବିଞ୍ଚିଦେଇ କହନ୍ତି - ଭଲ ବାସିବ ।

ସେଇ ମନଟି ଛୁଇଁଯାଇଥିଲା ସ୍ନେହର ପାଖୁଡ଼ା ମେଲାଇ । ଜିଇଁବାର ସ୍ୱପ୍ନରେ ମିଠା ଭରିଦେଇଥିଲା । ଚିନ୍ତା କ'ଣ ? ଏତେ ଭଲପାଇବା ହୃଦୟଙ୍କ ମେଳରେ ଘୃଣାର ଭାବ ଆସିବ କୁଆଡୁ ? ବେଳେବେଳେ ପାଖରେ ବସାଇ କହନ୍ତି- ମୋ ପୁଅଟି ଏଣ୍ଟୁଏ ପରି ଏପଟ ସେପଟ କଥାରେ ମୁଣ୍ଡ ହଲେଇବ । କେଉଁଠି ବାହାହେବ କି କେଉଁ ଝିଅ ତା'ର ପସନ୍ଦ ସେ କେବେ ମୁହଁ ଖୋଲି କହିବନି । ତା'ର ଭଲମନ୍ଦର ମାଲିକ ଆମେ ବାପାମା' ଥିଲୁ । ତୁ ତ ଜାଣୁ ତୋ ଶ୍ୱଶୁରଙ୍କୁ ଭଲରେ ଚର୍ଚ୍ଚା କରିଦେଲେ ସେ ତାକୁ ହିଁ ବାହାବା ଦେବେ । ମୁଁ କିନ୍ତୁ କାହାର ତୋଷାମଦ କଥାରେ ଫସିଯିବା ନାରୀ ନୁହେଁ । ମୁଁ ଖୋଜିବି ତା'ର କେଉଁଠି ତ୍ରୁଟି ରହିଛି ଯେ ସେ ଏମିତି ଚ଼ତୁର ଶବ୍ଦରେ ଆମକୁ ଆପ୍ୟାୟିତ କରୁଛି । କାହାର ଖାଇବା ପିଇବାରେ ମୁଁ ତ ମୋହିତ ହୋଇଯିବିନି । ମୁଁ ପରା ଧନୀଘର ଝିଅ । ମୋ ବାପଘରେ ଯାହାଖାଇଛି କିଏ ଆଉ ଖାଇଥିବ କି ?

ବଧୂବେଳେ ଆଦ୍ୟାଶା ଶୁଣୁଥିଲା ମା'ଙ୍କ ବାକ୍ୟଗୁଡ଼ିକ । ସେ ଖୁବ୍ ଆଗ୍ରହରେ କହୁଥିଲେ ତୁ ମୋର ବଡ଼ବୋହୂ । ଅନ୍ୟମାନେ କେବେହେଲେ ତୋ ସହ ତୁଳନୀୟ ହୋଇପାରିବେ ନାହିଁ । ତୁ ମନ ବୁଝୁଥିବା ଝିଅଟିଏ ଥିଲୁ । ତୁ ମୋ ଘରକଥା ଜାଣିବା କଥା । ମୁଁ ତୋତେ ବୋହୂକଲି ଖାସ୍ ତୋ ଗୁଣ ସକାଶେ ।

ସେଦିନ ଚମକି ପଡ଼ିଲା ଆଦ୍ୟାଶା । ପ୍ରକୃତ କଥାଟି କ'ଣ ?

- ଏମିତି ରହିଁଛୁ ଯେ । ଯେଉଁଦିନ ଦୁଇଟା ଭିତରେ ବୋହୂ ଚୟନ କରିବା ପ୍ରକ୍ରିୟା ଆରମ୍ଭ ହେଲା ସେଦିନ ମୋ ପୁଅ ବାପାଙ୍କ କଥାରେ ହଁ ଓ ମୋ କଥାରେ ହଁ ମାରି ଉଭୟଙ୍କୁ ସନ୍ତୁଷ୍ଟ କଲାପରି ମୁଣ୍ଡ ଟୁଙ୍ଗାରିଲା । ମୁଁ ବୁଝିପାରିଲି ପୁଅ ମନର ଦ୍ୱନ୍ଦ୍ୱ । ବାପାଙ୍କ ଅନୁପସ୍ଥିତିରେ ତାକୁ ପଚାରିଲି - କେଉଁଠି କନ୍ୟାଚ଼ୟନ କରିବି କହ ?

ସେ ରହିଲା ନୀରବ । ତଥାପି ପୁଣି ପଚାରିଲି । କିଛି ଠିକ୍ କରି ଉତ୍ତର ଦେଇପାରିଲା ନାହିଁ । ମୁଁ ଠିକ୍ କଲି ତତେ । ଯେମିତି ହେଲେ ବୋହୂକରି ଘରକୁ ଆଣିବାର ସ୍ୱପ୍ନ ଦେଖିଲି । କିନ୍ତୁ ତୋ ଶ୍ୱଶୁର ଅନ୍ୟ କନ୍ୟାଟି ଘରକୁ ଯିବାକୁ ବାହାରିଲାବେଳେ ମୁଁ ତମଘରକୁ ଯିବାକୁ ପ୍ରସ୍ତୁତ ହେଲି । ବାଧହୋଇ ମୋ ଯାତ୍ରାରେ ସହଯାତ୍ରୀ ରୂପେ ଚାଲିଲେ ତୋ ଶ୍ୱଶୁର । ଯାପରେ ମୋ' ପୁଅ ସହିତ ତୋର ବାହାଘର ପୁରା ପକ୍କାକରି ଫେରିଲି । ବୁଝିସାରିଥିଲି ତୋ ଶ୍ୱଶୁରଙ୍କ ମନର ଭ୍ରମର ଉଦ୍ରେକକାରୀ

ଜଣକ ଆମ ଶୁଭଚିନ୍ତକ ନୁହଁନ୍ତି । ମୁଁ ମା' । ମୁଁ ମୋ ସନ୍ତାନର ଭଲମନ୍ଦ ବୁଝିବାର ଅଧିକାର ବେଶି ଅଛି । ପିଲାଙ୍କର ମନ ଓ ଶରୀରକୁ ମା'ଟି ହିଁ ବେଶି ବୁଝିଥାଏ । ଥରେ ବାହାଘର ସରିଗଲେ ଆଉ ହାତରେ ଭାବିବାକୁ ସମୟ ନଥାଏ । ତେଣୁ ଭାବିଚିନ୍ତି ସିଦ୍ଧାନ୍ତ ନେବା ଦରକାର ।

ପୁଲକିତ ଦୃଶ୍ୟର କଥା ଏବେ ନୀରବି ଯାଇଛି । ମା'ଙ୍କ ଅସ୍ଥି ଗଙ୍ଗାରେ ବିସର୍ଜିତ । ମୋ ଅଶ୍ଳଥ ମନ ତାଙ୍କ ସ୍ମୃତିରେ ଏବେ ମଧ୍ୟ କବଳିତ ହୁଏ । ଚିହ୍ନା ମୁହଁକୁ ଏତେ ସହଜରେ ଭୁଲିହୁଏନି ।

ମନେପଡ଼ିଲା ଆଦ୍ୟାଶାର । ସେ ମଧ୍ୟ ମା'ଟିଏ । ଅତୀତରେ ଛୁଆଟିର ଉପସ୍ଥିତିର ଆଭାସରେ ସନ୍ତାନ ରକ୍ତରେ ସେ ଖୋଜିଛି ଛୁଆର ସୌନ୍ଦର୍ଯ୍ୟ, ସୁଗୁଣ, ଆୟୁଷ, ଜ୍ଞାନର ଉତ୍‌କର୍ଷତା । କେତେ ଠାକୁରଙ୍କ ପାଖରେ ଅଳି କରିଛି ନିଜର ସନ୍ତାନର ସୁଖ ମନାସୀ ।

ମା' ନିଜ ରକ୍ତରେ ସନ୍ତାନକୁ ଗଢ଼େ । ତେଣୁ ସନ୍ତାନର ସୁଖଠାରୁ ତା' ପାଇଁ ଆଉ କିଛି ବଡ଼ ଜିନିଷ ନାହିଁ । ତଥାପି ସନ୍ତାନ ଆଜି ବୁଝେ କେଉଁଠି ମମତ୍ୱର ସ୍ୱାର୍ଥତ୍ୟାଗକୁ । ବାପା ମନରେ ଏତେ ଭାବନା ସନ୍ତାନ ଜନ୍ମ ପୂର୍ବରୁ କେବେ ଉଦ୍ରେକ ହେବନି । ସେ ଚିହ୍ନିଛି ସଂଜିତ୍‌ଙ୍କ ପରି ବାପାମାନଙ୍କୁ !

ଆଜି ଆଦ୍ୟାଶା ବିଶ୍ଳେଷଣ କରୁଥିଲା ପ୍ରକୃତରେ ବାପାଠାରୁ ମା'ର ଭଲପାଇବା ଖୁବ୍ ବେଶି । କିନ୍ତୁ ସ୍ତ୍ରୀ, ବୋହୂ ଭୂମିକାକୁ ଗ୍ରହଣ କରି ପାଳନ କରୁକରୁ ନିଜର ଅସହାୟତାର ଜୀବନ ବାଟ ଉଗାଳେ କେମିତି ?

ସମୟ ସାଙ୍ଗରେ ମନର ମମତ୍ୱର ସୌଧରେ ମଧ୍ୟ ଶିଉଳି ଲାଗେ । ଚରିତ୍ର ଗୁଡ଼ିକ ମଧ୍ୟ ସମୟାନ୍ତରରେ ବଦଳିଯାଆନ୍ତି । ସେମାନଙ୍କ ଇଚ୍ଛା କାହା ଇଙ୍ଗିତରେ ପରିଚାଳିତ ହୁଏ ଭାବିବାକୁ ସମୟ ପାଇବା ପୂର୍ବରୁ ସଂପର୍କର ଖୁସିର ମୁହୂର୍ତ୍ତରେ ଭରିଯାଏ ଅବିଶ୍ୱାସ ।

ସବୁ ତ ମାୟା । ମାୟାର ପ୍ରଲେପରେ ପିତଳ ମଧ୍ୟ ସୁନା ପାଲଟିଯାଏ, କିନ୍ତୁ ସତ୍ୟର ଦ୍ୱାରଦେଶରେ ଜୀବନ୍ତ ହୋଇପାରେନି ମୃତକ ଜଣକ । ତେବେ ଏତେ ରାଗରଷା ଅଭିମାନରେ ଏତେ ବର୍ଷ ସନ୍ତୁଳିତ ହେବା ଦରକାର କ'ଣ ? ବଞ୍ଚିବ ତ ଶାନ୍ତିରେ ବଞ୍ଚିଥାଅ । ଗୋଟାଏ ଜୀବନ । ଟିକିଏ ପବନ । ତାରି ଭିତରେ ହାଡ଼ମାଂସର ଛାଞ୍ଚ ଉପରେ ଚମଡ଼ାର ଆସ୍ତରଣଟି । ତାକୁ ଅମୃତ ଓ ବିଷର ସ୍ୱାଦ କିଏ ଚଖାଇଲା ? ଛୋଟ ମନରେ କିଏ ଅସୂୟାଭାବ ଭରିଲା ? କାହିଁକି ପବିତ୍ର ଭାବନାରେ ଅପବିତ୍ରର ଚେତନା ପଶିଲା ? କାହିଁ ଏମାନେ ତ କିଏ ଏମିତି ନଥିଲେ ? ସମସ୍ତେ ଥିଲେ

ସଂପର୍କ ଫୁଲର ଗୋଟିଏ ଗୋଟିଏ ପାଖୁଡ଼ା । ପାଖୁଡ଼ା ଛିଣ୍ଡିଲା କାହିଁକି ? କାହାର ଭୁଲ ? କିଏ ଦାୟୀ ? ଅଶାନ୍ତିରୁ ମୁକୁଳିବାର ରାସ୍ତା ତ ପାଖରେ ପଡ଼ିଛି । ତାକୁ ଚିହ୍ନିଲେ ହେଲା ।

ମାୟା ମରୀଚିକା ତ ଆବୋରି ବସିଛି କାଳକାଳକୁ । ସତ୍ୟ, ତ୍ରେତୟା, ଦ୍ୱାପର, କଳି ସବୁଯୁଗରେ ଏହି ମାୟା ବ୍ୟାପୃତ । କେଉଁଠି କମ୍ ତ କେଉଁଠି ଅଧିକ । ଏବେ କଳିକାଳ ତ । ମୁକୁଳିବାର ବାଟ ବାହାରୁଛି ନା ନାହିଁ ।

ଓଃ, ଆଜିକାଲି ସଂଜିତଙ୍କ ଟିକିଏ ଟିକିଏ କଥାରେ ଚିଡ଼ିଚିଡ଼ା ପଣ ବାହାରି ହୋଇପଡୁଛି । କେତେ ବୁଝେଇବ ଅବୁଝାଙ୍କୁ । ନାରୀର ବୁଝିବାଶକ୍ତି ପୁରୁଷ ପାଖରେ ଅଛି କେତେ ? ପୁରୁଷଙ୍କର ଅଭିମାନ ଓ ଦର୍ପ ଯେ ସେମାନେ ଟଙ୍କା ରୋଜଗାର କରି ଘର ଚଳଉଛନ୍ତି ତେଣୁ ଘରର ସୁବିଧା ଅସୁବିଧା ବୁଝିବା ପାଇଁ ନାରୀ ହିଁ ନିୟୋଜିତା ।

ତେବେ ଝିଅ ଚାକିରୀ କରି ସ୍ତ୍ରୀ, ମା' ହୋଇଛି । ସେଠି ସେ ମଧ୍ୟ ରୋଜଗାରକ୍ଷମା । ସେଠି କ'ଣ ନାରୀ ଅଭିମାନରେ କହିବ କି ମୁଁ ମଧ୍ୟ ରୋଜଗାରକ୍ଷମା । ମୋର ଘର ଦାୟିତ୍ୱ ନେବା ଏତେ ବାଧ୍ୟବାଧ୍ୟକତା ନାହିଁ ।

କେବେ ଝିଅ ଏ କଥା କହିବ ନାହିଁ । ସନ୍ତାନ, ସ୍ୱାମୀକୁ ନେଇ ତା' ଘର । ସେ ହିଁ ଘରକୁ ସୁଖଶାନ୍ତିରେ ଭରିବ । ଏଠି ବାଦବିବାଦର ପ୍ରଶ୍ନ ଉଠୁନି ଆଉ ।

ଜୀବନର ପାହାଚ୍ ଆମ ପୂର୍ବପୁରୁଷମାନେ ଚଢ଼ିଚଢ଼ି ଗଲେଣି । ଏବେ ଆମର ମଧ୍ୟ ପାହାଚ୍ ଚଢ଼ିବାର ବେଳ ସରିନି । ଦିନେ ସରିଯିବ ମନର ତୃଷା । ମୁକୁଳି ଯିବ ପ୍ରାଣ । ତା'ପରେ କେଉଁ ରୂପରେ ଶୂନ୍ୟରେ ଘୁରିବ ତାକୁ ଜଣା । ମାଟିକୁ ଛୁଇଁବାକୁ ପୁଣି ସେ ଚେଷ୍ଟା କରିବ । ଶୂନ୍ୟତା ଭିତରେ ପୂର୍ଣ୍ଣତାକୁ ପୁଣି ଖୋଜିବ । ଇଚ୍ଛାକୁ ସ୍ୱପ୍ନର ଚାଦରରେ ବୁଣିବୁଣି ଉଜ୍ଜୀବିତ କରିବ । ମମତା ସ୍ପର୍ଶର ଶିହରଣରେ ପୁଣି ମା'ର ଗର୍ଭଗୃହକୁ ଆବୋରି ବସିବ ।

ମା' । ଭଲପାଇବାର ଏକ ସ୍ମୃତିଲିପି ହୋଇ ରହିଆସିଛି । କିନ୍ତୁ ବେଳେବେଳେ ମା' ମନର ଭଲପାଇବାର ଅସହାୟତା ସୃଷ୍ଟି କରେ କିଏ ! ଏଇ ତ ସନ୍ତାନମାନେ । କିନ୍ତୁ ମା' କେଭେ ନୁହେଁ ।

ଏଠି ବସି ବସି କ'ଣ ଲେଖୁଛ ? ସଂଜିତଙ୍କ ପ୍ରଶ୍ନ ଶୁଣାଗଲା ।

- ମନକୁ ଯାହା ପଶିଲା ଲେଖିଲି । ତୁମର ଏଠି ଅସୁବିଧା କେଉଁଠି ? ପୁରୁଷ ହିଁ ଭୋଗବାଦରେ ବିଶ୍ୱାସ ରଖେ । ତା' ପାଖରେ ମୋହମାୟାର ରଙ୍ଗର ମହକ ଏତେ ମାତ୍ରାରେ ରଙ୍ଗେଇ ହୁଏନି ।

- ବୁଝିଲ ଆଦ୍ୟାଶା ତମେ ହିଁ ମୋ ଭୁଲ ଖୋଜୁଥାଅ ।

– ତମର ଭୁଲ ଖୋଜିଲି କେଉଁଠି ! ତମପରି ସ୍ୱାମୀଟିଏ ଥିବାରୁ ମୁଁ ତ ପୁରୁଷମାନଙ୍କ ବିଷୟରେ ଦୁଇପଦ ଲେଖିପାରୁଛି । ଯଦି ତୁମେ ମୋତେ ନିର୍ଯ୍ୟାତନା ଦିଅନ୍ତ ତେବେ ମୋର ସ୍ୱାଧୀନତା ଆସନ୍ତା କୁଆଡ଼େ ? ତମେ ହିଁ ମୋ ସାତଜନ୍ମର ସ୍ୱାମୀ ପରା ।

ସେଠୁ ପ୍ରସ୍ଥାନ କଲେ ସଂଜିତ ହସିଦେଇ ।

॥ ତିନି ॥

ଜନ୍ମରୁ ମହାପ୍ରୟାଣ ପର୍ଯ୍ୟନ୍ତ ମଣିଷ ଜୀବନର ଅସ୍ତିତ୍ୱକୁ ମହାର୍ଘ ବୋଲି ମତ ଅଛି । ଜୀବନରେ ଭୋଗହୁଏ ଅନେକ ସୁଖ ଦୁଃଖର ଦିନ । ଅଲକ୍ଷ୍ୟରେ କେତେ ଘଟଣାର ସ୍ମୃତି ଆଖିରୁ ଲିଭିଯାଏ ତ ଆଉ କେତେ ସ୍ମୃତି ଜୀବନ୍ତ ହୋଇ ଶେଷପର୍ଯ୍ୟନ୍ତ ମନରେ ବସାବାନ୍ଧି ରହିଥାଏ । ବିଧାତାଙ୍କ ଭାଗ୍ୟଲେଖାକୁ ସାମ୍ନା କରୁକରୁ କେତେବେଳେ ମୃତ୍ୟୁ ଯେ ପହଞ୍ଚିଯାଏ ସମୟ ଜଣାପଡ଼େନି । ଦୀର୍ଘ ସତୁରୀ ଅଶିବର୍ଷର ଜୀବନ ମଧ୍ୟ ଛୋଟ ଲାଗେ । ଆଉ କେତେ ବର୍ଷ ସୁନ୍ଦର ପୃଥିବୀର ସବୁଜିମାରେ ବଞ୍ଚିବାକୁ ଇଚ୍ଛା ହୁଏ । କାମନା, ଲୋଭ, ମୋହ, ମାୟାର ଅନ୍ତ କାହିଁ ଜୀବନର ଲମ୍ବା ସମୟରେ ? ମୃତ୍ୟୁପରେ ହିଁ ପୂର୍ଣ୍ଣଚ୍ଛେଦ ପଡ଼େ ଜୀବନ ପ୍ରତିବିମ୍ବର ସ୍ୱପ୍ନଗୁଡ଼ିକ । ସତରେ ମଣିଷ କେତେ ମୋହାସକ୍ତ ଆଉ ଲୋଭାସକ୍ତ ! ଜାଣୁଛି ଆଉ କେତେବର୍ଷ ପରେ ପୃଥିବୀରୁ ବିଦାୟ ନେବ ସେ । ବିଦାୟ ପରେ ପରେ କେଇଟା ବର୍ଷ ପାଇଁ ସ୍ମୃତିର ପସରାରେ ସେ ରହିଯାଇ ପାରେ । କିନ୍ତୁ ତା'ପରେ ତା' ପାଦଚିହ୍ନର ଚିତ୍ର ଆସ୍ତେ ଆସ୍ତେ ଲିଭିଲିଭି ଆସେ ସମୟର ଲହରୀରେ । କିନ୍ତୁ ଏକଥା ବୁଝୁଛି କିଏ ? ସକାଳୁ ସକାଳୁ ସଂଜିତ୍‌ଙ୍କ ମୁଣ୍ଡକୁ ବିଗାଡ଼ିଦେଲାଣି ଆଦ୍ୟାଶା । ତାର ଏକା କଥା ଶୁଣିଶୁଣି ମୁଣ୍ଡଟା ଭାରି ହୋଇଗଲାଣି - ଯେତେ କହିଲି ମୋ କଥା କ'ଣ ଶୁଣିଲ ? ଆଉ ହଜାରେ ସ୍କୋୟାର ଫିଟ୍‌ର ଜାଗା ଅଧିକ ରଖିଥିଲେ କ'ଣ ପଚିସଢ଼ି ଯାଉଥିଲା କି ? ବ୍ୟାଙ୍କରେ ଟଙ୍କା ଜମେଇ କି ଲାଭ ମିଳିଲା ? ଚାହୁଁଚାହୁଁ ରାଜଧାନୀରେ ଜାଗାରେଟ୍ ହୁହୁ ହୋଇ ବଢ଼ିଗଲା । ଦୁଇଶହ ଟଙ୍କା ସ୍କୋୟାର ଫିଟ୍ ଥିବା ଜାଗା ଏବେ ସାତ ବର୍ଷରେ ପନ୍ଦର ଶହ ହେଲାଣି । କେତେ କହିଲି ଆଉ ଟିକିଏ ବଡ଼ଜାଗା ରଖ, କ'ଣ ଶୁଣିଲ ? ଓଲଟି କହିଲ "ଟଙ୍କା କାହିଁ ? ପିଲାମାନେ ପାଠ ପଢ଼ିବେ, ଝିଅର ବାହାଘର ହେବ ?"

ସଂଜିତ୍ ହାଇ ମାରିଲେ । ସତ ତ ଥିଲା ଆଦ୍ୟାଶାର କଥା । ଯେତେବେଳେ

ତା ମୁଣ୍ଡକୁ ପିତ୍ତ ଚଢ଼ିବ ସେ ହିଁ ଜାଗା ଆଉ ସୁନାରେ ଅଟକିଯାଇ ତୁଳନାତ୍ମକ ଶୀର୍ଷକର ପହଞ୍ଚି ଦୋଷ ଦେବ ସଂଜିତ୍‌ଙ୍କୁ । ହଁ ତା କଥା ଶୁଣିଥିଲେ ଚାରିହଜାର ସ୍କୋୟାର ଫିଟ୍ ଜାଗା ହୋଇଯାଇଥାଆନ୍ତା । ହେଲେ ମଣିଷର କ'ଣ ଦୂରଦୃଷ୍ଟି ଅଛି କି ? କିଏ କ'ଣ ଜାଣିଥିଲା ଷଷ୍ଠ ବେତନ କମିଶନକୁ ସରକାର ଏତେ ଶୀଘ୍ର ସୁପାରିଶ କରିଦେବେ ବୋଲି । ଗତାନୁଗତିକ ରୀତିରେ ସବୁ ତ ଚାଲିଛି । ଦରମାକୁ ନେଇ ସ୍ୱପ୍ନ ଦେଖାଚାଲିଛି । ସଂସାରରେ ଜୀବନର ଗତି ସହିତ ପରିବାରର ଜଞ୍ଜାଳର ଭାର ବୋହି ଚାଲିଛନ୍ତି ସେ । ସୁଖବେଳେ ମନରେ ଆତ୍ମସନ୍ତୁଷ୍ଟି ଭରିଯାଏ ଆଉ ଦୁଃଖବେଳେ ଜୀବନରେ ନୈରାଶ୍ୟର ଛାଇ ଖେଳିଯାଏ । ଗାଣିତିକ ହାରରେ ଲାଭକ୍ଷତିର ହିସାବ ଭିତରେ ଜୀବନ ଯେ କେତେବେଳେ ସରିସରି ଯାଉଛି ଭାବିବାକୁ ସମୟ ମିଳେନି । ଲୋଭକୁ ସାଙ୍ଗ କରି ଦାହ ହୁଏ ଜୁଇରେ । ତାପରେ....

ହଠାତ୍ ଆଦ୍ୟାଶାର ପ୍ରବେଶ ଘର ଭିତରକୁ । ହାତରେ ଧରିଛି ଆଜିର ଗୋଟିଏ ଖବର କାଗଜ । ନିର୍ଦ୍ଦିଷ୍ଟ ପେଜ୍‌ର ପ୍ରକାଶ ପାଇଥିବା ରିୟଲ ଇଷ୍ଟେଟ୍‌ର ଏକ ସୁନ୍ଦର ପ୍ଲାଜାର ଚିତ୍ରକୁ ଆଣି ଉପସ୍ଥାପନା କଲା ସଂଜିତଙ୍କ ସାମ୍‌ନାରେ ଆଉ କ୍ଷୋଭର ସହ ଯୁକ୍ତି କଲା - ଯେତେ କହିଲେ କିଏ ମୋ କଥା ଶୁଣିଲେ କି ? ହେଇ ଦେଖ ଆମ ପାଖାପାଖିରେ ଏହି କଂପାନୀଟି ଫ୍ଲାଟ୍ ବିକ୍ରି କରିବ, ତମେ ଗୋଟିଏ ବୁକ୍ କଲ । ପ୍ରଥମେ ତିନିଲକ୍ଷ ଦେବ । ଆଉ ପଞ୍ଚଚାଳିଶ ଦିନ ଭିତରେ ସାତ ଲକ୍ଷ ଦେବ । ତାପରେ ବ୍ୟାଙ୍କର ସୁବିଧା କରେଇ ଦେବ ସେହି ବିଲଡର । ଚିନ୍ତା କ'ଣ ? ଅବସର ପରେ ଯେଉଁ ଦଶଲକ୍ଷ ଟଙ୍କା ପାଇଲ ସେଇଟା ହିଁ ବିନିଯୋଗ କରିଦିଅ ଘର ଜାଗାରେ ।

- ତମ ମୁଣ୍ଡ ଖରାପ ହୋଇଗଲାଣି ବୋଧେ । ଜାଗା ଆଉ ସୁନା ପାଇଁ ତମର ଏତେ ଆକର୍ଷଣ କାହିଁକି ? ଯେଉଁ ଦୋମହଲା ଘରେ ଆମେ ଅଛେ ସେଥିରେ ଘର ଖାଲି ପଡ଼ିଛି ଯେ ସଫା କଲାବେଳକୁ ମଣିଷ ନାକେଦମ୍ । ଗୋଟିଏ ଭଲ ଚାକରଟିଏ ମିଳୁନି ଯେ ଘର କାମ, ବଗିଚା କାମରେ ଆମେ ଦୁଇଜଣ ଧନ୍ଦିହୋଇ ଯାଉଛେ । କିଏ ବୁଝିବ ଆଉ ପୁଣି ଜାଗା ଘର କିଣା କଥା ? ପିଲାମାନେ ତ ନିଜ ଚାକିରୀରେ ଏତେ ବ୍ୟସ୍ତ ଯେ ବର୍ଷକୁ ଥରେ କି ଦୁଇଥର ଆସିଲାବେଳକୁ ସମୟ ପାଉନାହାନ୍ତି । ଏଥିରେ ଧନ ଲୋଭ ଆହୁରି ବଢ଼ିଛି । ସେଦିନ ପୁଅ କହିଲା ପରା- କ'ଣ କରିବ ଏତେ ଜାଗା ଘର ?

- ସବୁ ତା ପାଇଁ ରଖିବି । ଭବିଷ୍ୟତରେ ତାର ଉପକାରରେ ଆସିବ ।

- ଆରେ, ଆଗ ନିଜକଥା ଚିନ୍ତା କର । ଏହି ସଚ୍ଚୋଟ ଚାକିରୀରେ ଯେତିକି କଲି କ'ଣ କମ୍ କି ? ପୁଅର ତ ବଡ଼ ଚାକିରୀ । ସେ ଆମଠୁ ଆହୁରି ଅଧିକା ଜାଗା

ଘର କିଣିବ । ଏଥିରେ ତମର ଚିନ୍ତା କ'ଣ ? ଯେତେଦିନ ବଞ୍ଚିବା ଖୁସିରେ ରହିବା । ଆଉ ଏସବୁ ଧନସମ୍ପତ୍ତି ପଛରେ ଗୋଡ଼ାଇବା କି ଦରକାର ?

– ତମ ପାଖରେ ଭଡ଼ଭଡ଼ ହେବା ସବୁ ନିରର୍ଥକ । ମୁଁ ସେହି ବିଲଡ଼ର ପାଖକୁ ଫୋନକରି ସବୁ ବୁଝି ଆସି ତମଠାରୁ ବାହାବା ଶୁଣିବା ବଦଳରେ ଗାଳି ଖାଇଲିଣି । କ'ଣ ମିଳିବ ମୋର ଏ ଧନ ସମ୍ପତ୍ତିରୁ ?

ଅସନ୍ତୋଷ ବକ୍ତବ୍ୟଟି ଉପସ୍ଥାନ କରି ଆଦ୍ୟାଶା ସେଠୁ ପ୍ରସ୍ଥାନ କଲାବେଳେ ତା ମୁହଁରେ ଫୁଟି ଉଠୁଥିଲା ଆଧୁନିକ ମଣିଷକୁ ଗ୍ରାସ କରିଥିବା ଲୋଭର ସ୍ଖଳନ । ଆହୁରି ସରଳ ବ୍ୟାଖ୍ୟାରେ କହିଲେ ହେବ ଆତ୍ମପ୍ରତିଷ୍ଠାର କାମନା । ସଂଜିତଙ୍କୁ ଏବେ ଆଉ ଜାଗା ଘର ଚିନ୍ତା ବ୍ୟତିବ୍ୟସ୍ତ କରୁନି । କାହାର ଘରଦ୍ୱାର ଅବଲୋକନରେ ଈର୍ଷାଜନିତ ଅଧୋଗତିର ଧାରା ମନରେ ଖେଳୁନି । ନିଜର ସ୍ୱାସ୍ଥ୍ୟ ଓ ରୋଗ ବିଷୟରେ ସଚେତନ ହେଉ ହେଉ ମନରେ ଅନେକ ଚିହ୍ନା ପରିଚିତଙ୍କ ପ୍ରୟାଣର ପୂଣ୍ୟତିଥିଗୁଡ଼ିକ ମନ ଭିତରକୁ ଅନୁଧାବନ କରୁଛନ୍ତି ନୀରବରେ । ଜୀବନର ମହାର୍ଘତାର ମୂଲ୍ୟ ଉତ୍କର୍ଷତାର ମାପକାଠିରେ ଅନୁଭୂତ ହେଉଛି । ପଂକ୍ତି, ଭୁରିଭୋଜନ, ଆତିଥ୍ୟସେବାର ସ୍ମରଣର ପରିବେଶରେ ଜୀବନ ସତେଯେମିତି ଧନ୍ୟ ହୋଇଯାଉଛି । ଶେଷଯାତ୍ରାର ସ୍ମରଣୀୟ ଦିବସରେ ଆସ୍ତେ ଆସ୍ତେ ମନୁଷ୍ୟର ଭୂମିକାକୁ ନେଇ ଯେତିକି ଚର୍ଚ୍ଚା ନହୁଏ ତାଠାରୁ ବେଶି ପରିବେଷଣ ହୁଏ ଉଚ୍ଛପାହ୍ୟାର ମୂଲ୍ୟ । ଅଧିକରୁ ଅଧିକ ଆକର୍ଷଣୀୟ ହୋଇପଡ଼େ ମନୁଷ୍ୟର ଭାଗ୍ୟର ଶୀର୍ଷତା । ସାଧାରଣତଃ ଯିଏ ସଂସାରରୁ ବିଦାୟ ନେଲା ସେ ଏସବୁ ଅନୁଭୂତିକୁ ସ୍ପର୍ଶ କରିପାରେନି । ତଥାପି ଧନୀଠାରୁ ଗରୀବ ପର୍ଯ୍ୟନ୍ତ ପାଳନ କରନ୍ତି ଆତ୍ମୀୟଙ୍କ ପୂଣ୍ୟତିଥି । ଜନ୍ମତିଥିଠାରୁ ପୂଣ୍ୟତିଥି ପର୍ଯ୍ୟନ୍ତ ଜୀବନ ଉପରେ କିଏ ବା କେତେକାଳ ଆଲୋଚ଼ନା କରେ । ମନୁଷ୍ୟର ଗୁଣାତ୍ମକ ମୂଲ୍ୟବୋଧ ହିଁ ଆଲୋଚ୍ୟ ହୋଇ ରହିଯାଏ କେତେକାଳ ପାଇଁ । ସମସ୍ତେ ତ ସେହି ସ୍ୱନାମଧନ୍ୟ ଅଧିକାରୀର ସୌଭାଗ୍ୟ ଅର୍ଜନ କରିପାରି ନଥାନ୍ତି । ତେଣୁ ଜୀବନର ସମୟ ସୀମାର ଗାର କାହାର ଲିଭିଯାଏ ଖୁବ୍ ଅଳ୍ପ ଦିନରେ ମଧ୍ୟ । ତଥାପି ମୃତ୍ୟୁ ପର୍ଯ୍ୟନ୍ତ ଜୀବନର ଅନ୍ତ କାହିଁ ?

ହେଇ, ଏଇ ମାର୍ଗଶୀର ମାସରେ ପଟ୍ଟନାୟକବାବୁଙ୍କ ହଠାତ୍ ହାର୍ଟ ଷ୍ଟ୍ରୋକ୍ ହୋଇଗଲା । ହାତରେ ଚା କପ୍‌ଟି ଧରି ଦୁଇ ଢ଼ୋକ ଚା ପିଇଛନ୍ତି କି ନାହିଁ । ଦୁଇଦିନ ତଳେ ସାନ ପୁଅର ବାହାଘର ସାରି ଖୁବ୍ ମନଖୁସିରେ ବୋହୂ ଆଣିଥିଲେ । ସାହି ବନ୍ଧୁବାନ୍ଧବଙ୍କୁ ପୁତ୍ର ବାହାଘରର ରିସେପସନ୍ ଭୋଜି ଖୁଆଇ ସାରିଥିଲେ ମଧ୍ୟ । ଅଚାନକ ଏପରି ଘଟି ପୃଥିବୀରୁ ସବୁଦିନ ପାଇଁ ଚାଲିଯିବେ ଏକଥା ସେ କ'ଣ ସ୍ୱପ୍ନରେ ଭାବିଥିବେ

କି ? ପତଳା ଶରୀର । ବୟସ ପଞ୍ଚଷଠି ହେବ ବୋଧେ । ସକାଳେ ସଂଧ୍ୟାରେ ୱାକ୍‌ରେ ଯାଆନ୍ତି । ତଥାପି ଚା ଢ଼ୋକ ଭିତରେ ଜୀବନ ଶୋଷି ହୋଇଗଲା କେମିତି ? ତେବେ ଜୀବନର ଭରସା କ'ଣ ? ଏଥିରେ ଆଦ୍ୟାଶାର ଲୋଭ ଆହୁରି କମୁନି । ଜମି ସୁନା ଶବ୍ଦ ପଛରେ ଆକ୍ରାନ୍ତ ହୋଇ ସୁଖ ସମୟରେ କାହିଁକି ବା ଭରୁଛି ବିଷାଦର ଛାଇ । ଜୀବନକୁ କ'ଣ ବୁଝିପାରିନି ! କେତେବେଳେ ବୁଝିବ ଆଉ ?

ଆଦ୍ୟାଶାକୁ ବୁଝିଛନ୍ତି ସଂଜିତ । ତାର ନିଜର ଶାଢ଼ି, ସୁନା ଅଳଙ୍କାର ପ୍ରତି ଏତେ ଲୋଭନାହିଁ । କିନ୍ତୁ ପିଲାମାନଙ୍କ ପାଇଁ କିଣିବାକୁ ସଉକ କରୁଛି । ହେଲେ ପିଲାମାନଙ୍କର ସୁନା ପ୍ରତି ଲୋଭନାହିଁ । ପୁଅ ବିରକ୍ତ ହୋଇ କହୁଥିଲା- ମା' ଏତେ ହଳ ହାର ମାଳ ଗଦେଇବାରେ କି ପ୍ରୟୋଜନ ? ବହୁତ ସମୟ ନଷ୍ଟ ହେଉଛି ଏସବୁ ନେଇଆଣି ଥୋଇଲାବେଳକୁ ।

ଚିହିଁକି ଉଠି ଆଦ୍ୟାଶା କହିଥିଲା- ଏସବୁ ତୋ ପାଇଁ ରଖିଛି ।

- ମୋ ପାଇଁ ଏସବୁ ରଖି ତୁ କାହିଁକି ଧନ୍ଦି ହୋଇଯାଉଛୁ ମୁଁ ବୁଝିପାରୁନି ।

- ତୁ ବୁଝିବୁନି ମା'ର ମନ ।

- ସଂଜିତ୍ ଦୀର୍ଘଶ୍ୱାସ ଛାଡ଼ିଲେ । ଆଧୁନିକ ମନ କାହିଁକି ଧାବମାନ ହେଉଛି ଲୋଭ ମୋହ ପଛରେ ? କାହିଁ ତାଙ୍କ ବାପା ତ ଗାଁରେ ପୁଅମାନଙ୍କ ପାଇଁ ଗୋଟିଏ ଅଲଗା ଅଲଗା ରୁମ କରିନଥିଲେ । କାହିଁ ଧନସଂପତ୍ତି ସେମାନଙ୍କ ପାଇଁ ଠୁଳ କରି ରଖି ନଥିଲେ । ଓଲଟି ଜମିଗୁଡ଼ିକ ବିକ୍ରି କରିଦେଇ ନିଜେ ଜଞ୍ଜାଳରୁ ମୁକ୍ତ ହୋଇଥିଲେ । ଅଥଚ୍ ସେ ନିଜେ ପୁଅପାଇଁ କ୍ୟାପିଟାଲ୍‌ରେ ଦୋମହଲା ଘର କରିଛନ୍ତି । ତଥାପି ଆଦ୍ୟାଶାର ମନରେ ଶାନ୍ତି ନାହିଁ । ଆହୁରି ଜାଗା ବଡ଼ ହୋଇଥାଆନ୍ତା ବୋଲି ଅଶାନ୍ତି ହେଉଛି ବେଳେବେଳେ । ସତେ ଯେମିତି ଲୋଭର ଅନ୍ତ ନାହିଁ । ଆଉ ଟିକିଏ ଆଉ ଟିକିଏ ଚଢ଼ିବାକୁ ବସାବାନ୍ଧିଛି ମନରେ । ଶେଷରେ ଶୂନ୍ୟତା ଆସିବ । ଆଉ କାମନାର ପରିସମାପ୍ତି ଘଟିବ । ତାପରେ ସବୁ ଭୁଲିହୋଇଯିବ । ଜନ୍ମ କେବେ ହୋଇଥିଲା, ମୃତ୍ୟୁ କେବେ ଆସିଲା, ଏମିତିକି ଶରୀରର ସ୍କେଚ ମଧ୍ୟ । ସବୁ ସ୍ୱପ୍ନପରି ଲାଗୁଛି ।

ଭାବିନିଅ ଜୀବନ ଏକ ସ୍ୱପ୍ନର ଗାଲିଚାରେ ଘୁରୁଛି । ଦୁଃଖ କରନି । ଅବଶୋଷ ରଖନି । କର୍ତ୍ତବ୍ୟ କରିଯାଅ । ସମୟରେ ସଳିତା ପରି ଦୀପରେ ଜଳୁଥାଏ । ହେଇ ଆଦ୍ୟାଶା ଭାବୁଥିଲା- କେମିତି ଯିବ ବମ୍ବେ ? ଏତେବାଟ ଟ୍ରେନରେ ଯିବା କଷ୍ଟ ଲାଗିବ । କେମିତି ଝିଅର ଡେଲିଭରିଟା ସୁରୁଖୁରୁରେ ହେବ ? କେମିତି ମେଡ଼ିକାଲ୍ ଲିଭ୍‌ଟା ମିଳିବ ? ସବୁ ଠିକ୍ ହୋଇଗଲା । ଆଦ୍ୟାଶା ଭୁଲିଗଲାଣି ଯିବା କଷ୍ଟ । ଆଉ ଝିଅର ଚିନ୍ତା ମଧ୍ୟ ଗଲା । ନାତିଟିଏ ଜନ୍ମପରେ ସେମାନେ ଫେରିଆସିଥିଲେ । କେମିତି

ଉଡ଼ାଜାହାଜରେ ସେମାନେ ଫେରିଲେ ଭାବିବାକୁ ସମୟ ନାହିଁ। ଟ୍ରେନ ବାତିଲ୍ ଯୋଗୁ ଆଉ ପ୍ଲେନ୍ ଟିକେଟ୍ ମିଳି ଯିବାରୁ ସେମାନେ କରିଥିଲେ ପ୍ଲେନ ଯାତ୍ରା। କିଛି ଅସୁବିଧା ନାହିଁ। ସବୁ ଯେମିତି ଚାଲିଛି ଆଉ ଚାଲିଥିବ। ଭାବିଭାବି ବେଶି ଭୟ କି ଶୋଷକୁ ମନରେ ପଶାଇଲେ ବ୍ୟାକୁଳ ହୋଇଉଠିବ ମନ। ଉଦ୍‌ବିଗ୍ନ ମନରେ ଦେଖାଦେବ ବିଭିନ୍ନ ରୋଗ। ବାପା ଓ ମା'ଙ୍କ ମୃତ୍ୟୁ ହେଲା। ଆସ୍ତେ ଆସ୍ତେ ସମସ୍ତେ ପାଶୋରିଦେଲେଣି ସେମାନଙ୍କ ସ୍ମୃତିକୁ। କଦାଚିତ୍ ମନରେ ଉଙ୍କିମାରେ ସେମାନଙ୍କ ବିଷୟରେ ସଂଳାପ। ଏଇମିତି ଆମ ପିଲାମାନେ ମଧ୍ୟ ଭୁଲିଯିବେ ଆମକୁ। ମୁଠାମୁଠା ସ୍ମୃତିକୁ ନେଇ ତ ଆଉ ସମୟର ପାଦରେ ପେଷିଦେବେନି। ସ୍ୱପ୍ନ ଦେଖିବେ ଭବିଷ୍ୟତର। ଏଇପରି ଚାଲିବ ପିଢ଼ି ପରେ ପିଢ଼ି।

ସଂଜିତ ଚାହିଁଲେ ଆକାଶକୁ। ଆକାଶ ଏବେ ଖାଁ ଖାଁ ଲାଗୁଛି। ସଂଧ୍ୟା ଉପନୀତ। ତାରାମାନେ ବିଞ୍ଚିହୋଇ ପଡ଼ିନାହାନ୍ତି ଆକାଶ ବକ୍ଷରେ। ପବନ ସ୍ଥିର ହୋଇଯାଇଛି ଯେମିତି। ଦେହରୁ ଝାଳ ବୋହିଲାଣି। ସୁଲୁସୁଲୁ ପବନ ବହୁନି କାହିଁକି ? ତା ମାନେ ନୁହେଁ ଯେ ଶୂନ୍ୟତା ଖେଳିଯାଇଛି ଚାରିପାଖରେ। ପବନ ଅଛି। ଠିକ୍‌ରେ ପଶୁଛି ପ୍ରଶ୍ୱାସରେ। ସଜୀବତାର ଆଧାର ଦେଇ ଜୀବନର ମୂଲ୍ୟକୁ ରାସ୍ତା ଦେଖାଉଛି। ଶୂନ୍ୟତା କାହିଁ ବା ଆଉ ? ଚାରିପାଖରେ ଭରିରହିଛି ପବନର ଆସ୍ତରଣ ଆଉ ସେ ସେହି ଆସ୍ତରଣ ଭିତରେ ବୁଡ଼ିଯାଇ ଖୋଜୁଛନ୍ତି ପୁଣି ଶୀତଳ ପବନ। କେମିତି ଏ ଦ୍ୱନ୍ଦ୍ୱ? ପ୍ରାଚୁର୍ଯ୍ୟ ଭିତରେ ଶୂନ୍ୟତା କାହିଁ ଆଉ ? ତଥାପି ମାୟାଜାଲରେ ପଡ଼ି ସେ କାହିଁକି ଛଟପଟ ହେଉଛନ୍ତି। ସବୁ ତ ଠିକ୍ ଚାଲିଛି ଆଉ ଚାଲିଥିବ ଅନେକ ବର୍ଷ ବର୍ଷ ଧରି।

ସଂଜିତଙ୍କ ଆଖିରୁ ଖସିପଡ଼ିଲା ଦୁଇ ବୁନ୍ଦା ଲୁହ। ଭବିଷ୍ୟତ ସ୍ୱପ୍ନ, ସମ୍ପର୍କର ସୂତାକୁ ସମୟର ଅର୍ଘ୍ୟଥାଳିରେ ଧରି ସେ ପୁଲକିତ ହୋଇ ଜୀବନର ସ୍ୱାଦକୁ ଗ୍ରହଣ କରିବେ। ଭୁଲିଯିବେ ଅତୀତର ଦୁଃଖ ଓ ଫିକାଫିକା ଅନ୍ଧାରର ସମୟକୁ। ସେ ବି ଜୀବନ୍ତ। ନୁହନ୍ତି ଅସହାୟ। ଦୃଷ୍ଟିଭଙ୍ଗୀରେ ପରିବର୍ତ୍ତନ ଲୋଡ଼ା। ଦୁଃଖ ଓ ସୁଖ ସବୁ ତ ସ୍ୱପ୍ନପରି ଭାସିଭାସି କେତେବେଳେ ଜୀବନର କୂଳରେ ଲାଗୁଛି ତ କେତେବେଳେ ଦୂରେଇ ଯାଉଛି। ଏଥିପାଇଁ ଚିନ୍ତା କାହିଁକି ?

ସଂଜିତ୍ ନିଜ ଦେହରେ ବୁଲାଇ ଆଣିଲେ ହାତ ଦୁଇଟି। ନାକପୁଡ଼ାରେ ଜୋର୍‌ରେ ନିଶ୍ୱାସ ନେଲେ। ଚେୟାରରୁ ଉଠି ଆଗକୁ ଟିକିଏ ଚାଲିଲେ। ତାପରେ ମନକୁ ମନ କହିଲେ- ଆପତ୍ତି କିଛି ନାହିଁ ଆଉ। ମୁଁ ଜୀବନ୍ତ। ବଞ୍ଚିଛି ଜୀବନର ସ୍ୱୀକୃତି ମିଳିଲା ପର୍ଯ୍ୟନ୍ତ। ଯାଏ ଟେନିସ୍ ଟିକିଏ ଖେଳିବି ପାର୍କରେ। ଭାବିବିନି

ଫ୍ରୋଜନ ସୋଲଡ଼ର କଥା । ଛାଡ଼ ବାକି କଥା । ବାସ୍ ଖୁବ୍ ସରଳ ହୋଇଯିବ ନିଜସ୍ୱ ଜୀବନର ଶୈଳୀଟି । ଏତେ ଭାବପ୍ରବଣତାର ମୂଲ୍ୟ କାହିଁ, ଲାଭକ୍ଷତିର ହିସାବ କାହିଁ ? ଟିକିଏ ଫୁରୁସତ ଦରକାର ଜୀବନକୁ ଚିହ୍ନିବାରେ । କାହିଁ ତ ଦେଖାଯାଉନି ଜୀବନରେ ଶୂନ୍ୟତାର ରେଖାଚିତ୍ର ? ବାସ୍ ଉଦାର ଚିତ୍ତରେ ଅନୁଭବ କର ଉତ୍ତୁଙ୍ଗ ଜୀବନର ନଭଶ୍ଚୁମ୍ବୀର ସୌନ୍ଦର୍ଯ୍ୟକୁ । ଯାନ୍ତ୍ରିକ ଜୀବନଠାରୁ ପ୍ରାକୃତିକ ଅନ୍ତର୍ମୁଖୀକୁ ପଦାନତ କରନି । ଅନୁସନ୍ଧାନ କର ଜୀବନର ତତ୍ତ୍ୱକୁ ଓ ତାର ମହାର୍ଘ ଅସ୍ତିତ୍ୱକୁ । ଏଇ ତ ବାପା ଚାଲିଗଲେଣି ଆରପୁରକୁ । ତାଙ୍କର ଫଟୋକୁ ସେ ଚାହିଁଛନ୍ତି ।

॥ ଘରି ॥

ଆପଣାପଣର ଚହଲା ନଈରେ ଦୁଃଖସୁଖର ନୌକା ବାହିବାକୁ ପଡ଼େ ତ । ରାତି ନ ପାହୁଣୁ ହଠାତ୍ ନିଦଟା ଭାଙ୍ଗିଗଲାଣି । ଆଦ୍ୟାଶା ରୁମ୍‌ର ଲାଇଟ୍ ସୁଇଚ ଅନ୍ କଲା । ୱାଲ୍ କ୍ଲକ୍‌କୁ ଚାହିଁଲା । ସମୟ ଭୋର ଚାରିଟା । ଅଗଷ୍ଟ ମାସ । ବାହାରେ ଝିପିଝିପି ବର୍ଷା ଲାଗିଛି । ତେଣୁ ମେଘଭରା ଆକାଶଯୋଗୁ ଭୋର ହେବା ସମୟକୁ କାଉ କୋଇଲି କି କୁକୁଡା ସମ୍ଭବତଃ ଅନୁଧ୍ୟାନ କରି ପାରିନାହାନ୍ତି ନା କ'ଣ ? ବାହାରଟା ଖୁବ୍ ଚୁପ୍‌ଚାପ୍ । ପୋର୍ଟିକୋରେ ଜଳୁଥିବା ବାର୍‌ଲାଇଟ୍‌ର କିଛିଟା ଉଜ୍ଜ୍ୱଳ ଆଲୁଅ ଘରର ଝରକାଦେଇ ରୁମ୍‌ର ଅନ୍ଧକାରକୁ କିଛିଟା ଦୂରେଇ ଦେଇଛି । ସେ ରୁମ୍‌ର ଲାଇଟ୍ ସୁଇଚ ଅଫ୍ କଲା । ଖଟରେ ପୂର୍ବବତ୍ ଚୁପ୍ ଚାପ୍ ପଡ଼ିରହିଲା । କିନ୍ତୁ ଆଖିକୁ ନିଦ ଆସୁନଥିଲା । ମନରେ ଅନେକ ଭାବନା ଭିତରେ ସେ ସନ୍ତୁଳିତ ହୋଇପଡୁଥିଲା । ମନଟା ଖୁବ୍ ଅଶ୍ୱସ୍ତି ଲାଗୁଥିଲା । ଆଖିକୋଣରୁ କେଇବୁନ୍ଦା ଲୁହ ବୋହି ଆସୁଥିଲା । ତା ପାଖରେ କିଏ ନଥିଲେ ତା ଲୁହ ସ୍ପର୍ଶ କରିବାକୁ କି ପୋଛିଦେବାକୁ । ସଂଜିତ ଅନ୍ୟ ଏକ ରୁମ୍‌ର ବେଡରେ ଶୋଇଛନ୍ତି । ଆଜିକାଲି ଦୁଇଜଣ ଦୁଇଜଣଙ୍କଠାରୁ ଜାଣିଜାଣି ଅଲଗା ହୋଇ ଶୁଅନ୍ତି । ସେ ଜାଣେ ସଂଜିତ୍ ପାଖରେ ଶୋଇଲେ ଠିକ୍‌ରେ ତା ନିଦଟା ହୁଏନି । ରାତିରେ ବହୁତଥର ସେ ଟୟଲେଟ୍ ଯାଆନ୍ତି । ସେ ସମୟରେ ଖଟରୁ ଉଠିବା ପୁଣି ଖଟରେ ଶୋଇବା ଶବ୍ଦରେ ତାର ନିଦ ଭାଙ୍ଗିଯାଏ । ଏହାବ୍ୟତୀତ ସଂଜିତ ଉଚ୍ଚ ରକ୍ତଚାପ ରୋଗୀ । ରାତିରେ ଠିକ୍‌ରେ ନିଦ ନହେଲେ ତାଙ୍କୁ ଦିନସାରା ହାଲିଆ ଲାଗେ । ତେଣୁ ସେ ରାତିରେ ଔଷଧ ଖାଇ ଆରାମ୍‌ରେ ଅନ୍ୟରୁମ୍‌ରେ ଶୋଇଗଲେ କାହାର ନିଦ ଉପରେ ଆଉ ଆଞ୍ଚ ଆସିନଥାଏ । ସ୍ୱାସ୍ଥ୍ୟପାଇଁ ଦୁଇଜଣ ସତର୍କତା ଅବଲମ୍ବନ କରିଥାଆନ୍ତି ଯଦିଓ ମନୋମାଳିନ୍ୟ କି କଳିଗୋଳ ସେମାନଙ୍କର ନଥାଏ ।

ଆଜିକାଲି ରାତିରେ ମଝିରେ ମଝିରେ ନିଦ ଭାଙ୍ଗିଯାଏ କାହିଁକି ? ବୟସ ସହିତ ନିଦ କମିଗଲାଣି, ଆଉ ରୋଗଟି ବଢ଼ିଗଲାଣି ।

ବର୍ଷା ହେଲେ ମଧ୍ୟ ଗରମ ଜୋର୍‌ରେ ପଡ଼ିଛି । ଦେହରୁ ଝାଳ ଗମ୍‌ଗମ୍ ବୋହିଗଲାଣି । ଏ.ସି. ଦୁଇଦିନ ହେଲା ଖରାପ ହୋଇପଡ଼ିଛି । ମେକାନିକ୍‌କୁ କହିକହି ପାଟି ବଥା ହେଲାଣି । ତଥାପି ତାର ଦେଖାନାହିଁ ।

ଆଜିକାଲି ତ ସମସ୍ତେ ନିଜ କଥାରେ ବ୍ୟସ୍ତ । କିଏ କାହାକୁ ପଚାରୁଛି ?

ଅଚାନକ ସେ ଖଟରୁ ଉଠିଲା । ସଂଜିତଙ୍କ ରୁମ୍ ଆଡକୁ ଅଗ୍ରସର ହେଲା । ଖଟ ପାଖରେ ପହଞ୍ଚିଲାବେଳକୁ ସଂଜିତ ସ୍ୱର ଶୁଣାଗଲା- କ'ଣ ହେଲା ?

- କିଛି ନାହିଁ । ଏମିତି ତମକୁ ଦେଖିବାକୁ ଚାଲିଆସିଲି ।

- ଏଠି ଶୋଇପଡ଼ ।

- ମୋତେ ନିଦ ଲାଗିଲାନି ବୋଲି ଉଠିଆସିଲି ।

- କାହିଁକି ?

- ଭାରି କଷ୍ଟ ଲାଗୁଛି । ତମ ଘର କଥା ଭାବିଲା ବେଳକୁ ଭାରି ଦୁଃଖ ମଧ୍ୟ ଲାଗୁଛି । ଯେତେ ଚେଷ୍ଟା କଲେ ମଧ୍ୟ ତମ ଦୁଇଭାଇଙ୍କ ଭିତରେ ଲାଗିଥିବା କଳିଗୋଳର ପ୍ରଭାବରୁ ମନକୁ ଦୂରେଇ ହେଉନି । ସଂପର୍କର ଖିଅକୁ କାଟିବାକୁ ଚେଷ୍ଟାକଲେ ମଧ୍ୟ କାଟିପାରୁନି । ମନକୁ ଯେତେ ବୁଝାଇଲେ ମନ ବୁଝୁନି ।

- ହଁ ଆମେ ଛୋଟ ଥିବାବେଳେ ମା' ବାପା, ଭାଇ ଭଉଣୀଙ୍କ ଗହଣରେ ଘରଟା ଭାରି ଭଲ ଲାଗୁଥିଲା । ଆସ୍ତେ ଆସ୍ତେ ଘରର ସଂପର୍କ କେମିତି ଭାଙ୍ଗିଭାଙ୍ଗି ଯାଉଛି । ଆଉ ଇଚ୍ଛା ହେଉନି ଗାଁକୁ ଯିବାକୁ । ମୋର ମଧ୍ୟ ଏକେଲାବେଳେ ସେମାନଙ୍କ କଳିଗୋଳ କଥା ମୁଣ୍ଡ ଭିତରେ ପଶିଯାଉଛି । ମୋ ମୁଣ୍ଡଟା ଭାରାକ୍ରାନ୍ତ ଲାଗୁଛି ।

- ଏମିତି କାହିଁକି ହେଉଛନ୍ତି ସେମାନେ ?

- ସଂଯମତା ସେମାନଙ୍କ ପାଖରେ ନାହିଁ । ଛୋଟ ଛୋଟ କଥାକୁ ନେଇ କଳି କରିବାରେ ବ୍ୟସ୍ତ । ମୋର ମଧ୍ୟ ବୟସ ହେଲାଣି । ଏ ଭିତରେ ମୁଣ୍ଡ ପଶେଇବାକୁ ମୋର ବଳ ନାହିଁ । କେତେ ବୁଝାଇବା ସେମାନଙ୍କୁ ? ବୁଝିଲେ ସିନା ଘରେ ଶାନ୍ତି ଆସିବ । କିଏ ଶୁଣୁଛି ମୋ କଥା ? ଫୋନ କଲେ ତ ଜଣେ ତ ଅନ୍ୟଜଣକ ବିରୁଦ୍ଧରେ ବିକ୍ଷୋଦ୍‌ଗାର କରି ଚାଲିଛନ୍ତି । କ'ଣ ମୋ କଥା ଶୁଣିବାକୁ ସେମାନେ ପ୍ରସ୍ତୁତ କି ? ବଡ଼ଭାଇ ହିସାବରେ ମୁଁ ବୁଝାଉଛି । ମା'କୁ ମଧ୍ୟ କହିଛି ସେମାନଙ୍କୁ ବୁଝାଇଦେବାକୁ । ବାପାଙ୍କ ନାଁ ପକେଇଲେ । ବାପା ବଞ୍ଚିଥିଲେ ଭାରି ମନଦୁଃଖ କରିଥାଆନ୍ତେ ?

– ହଉ, ତମେ ଆଉ ମନଦୁଃଖ କରନି । ଚୁପ୍ କରି ଶୋଇପଡ଼ । ମୁଁ ଏଠୁ ଉଠି ଯାଉଛି । ଦୁଇଜଣ ପାଖାପାଖି ଶୋଇଲେ ଇଆଡୁ ସିଆଡୁ ଗପରେ ତମ ନିଦରେ ବ୍ୟାଘାତ ସୃଷ୍ଟି ହେବ । ତମେ ଆରାମ୍‌ରେ ଶୋଇପଡ଼ । ଆଉ ଘରକଥା ଭାବନି କହି ଆଦ୍ୟାଶା ଚାଲିଆସିଲା ତା ବେଡ୍‌କୁ ।

ବେଡ୍‌ରେ ପଡ଼ି ଯେତେ ଚେଷ୍ଟାକଲେ ମଧ୍ୟ ତାକୁ ନିଦ ଆସୁନଥିଲା । କାଉର କା କା ଶବ୍ଦ ଶୁଣାଗଲାଣି । ପାଖ ସଜନା ଗଛରେ ପକ୍ଷୀମାନଙ୍କର ଉଡ଼ିବାର ଫଡ୍‌ଫଡ୍ ଶବ୍ଦ ଶୁଣାଗଲା । ଆଦ୍ୟାଶାର ଇଚ୍ଛା ହେଲା ଉଠିପଡ଼ି ନିତ୍ୟକର୍ମ ସାରି ପ୍ରାତଃଭ୍ରମଣରେ ଯିବାକୁ । କିନ୍ତୁ ଜଣେ ସ୍ତ୍ରୀଲୋକ ସକାଳୁ ସହର ରାସ୍ତାରେ ଏକାଏକା ଯିବା ନିରାପଦ ନୁହେଁ । ସଂଜିତ୍ ଉଠିଲେ ମିଶିକରି ଯିବେ । ପାଖରୁମ୍‌ରୁ ସଂଜିତ୍‌ଙ୍କ ଘୁଙ୍ଗୁଡ଼ି ଶବ୍ଦଟା ଆଦ୍ୟାଶାର କାନରେ ବାଜିଲା । "ଏ କ'ଣ ଏତେ ଶୀଘ୍ର ପୁଣି ଶୋଇପଡିଲେ"- ତା'ର ଗୁଣୁଗୁଣୁ ସ୍ୱର ଶୁଣାଗଲା ।

ଆଦ୍ୟାଶା ଭାବୁଥିଲା ସମୟଟା କେତେ ଶୀଘ୍ର ସରୁଛି । ଚାହୁଁଚାହୁଁ ବୋହୂ ହୋଇ ଆସିବାର ସତେଇଶ ବର୍ଷ ପୁରିଗଲାଣି । ସେ ସମୟର ପରିସ୍ଥିତି ଆଉ ସ୍ନେହ ସଂପର୍କର ଡୋରି ଆଜି ନାହିଁ । ବଡ଼ଭାଇଙ୍କ କଥାକୁ କିଏ ଆଉ ଗୁରୁତ୍ୱ ଦେଉନାହାନ୍ତି । ତଥାପି ଗାଁ ଘରେ ଅଶାନ୍ତି ହେଉ କି ଅନ୍ୟ ଭାଇଭଉଣୀଙ୍କର କିଛି ଅସୁବିଧା ହେଉ ସେଥିରେ ସଂଜିତଙ୍କ ସହିତ ସେ ମଧ୍ୟ ସନ୍ତୁଳିତ ହେଉଛି । ସଂପର୍କରୁ ଦୂରେଇ ରହି ମଧ୍ୟ ସଂପର୍କର ସୂତାକୁ କାଟି ହେଉନି । ସତରେ କ'ଣ ଦୂରକରି ହୋଇପାରିବ ରକ୍ତର ସଂପର୍କକୁ ?

କିନ୍ତୁ ଆଜି ସେହି ଏକା ରକ୍ତର ଭାଇଭାଇ ଭିତରେ ଏତେ ବିଦ୍ୱେଷର ତୀବ୍ରତା ଲାଗିଛି ଯେ ଭାବିଲାବେଳକୁ ଆଖିରେ ଲୁହ ଭର୍ତ୍ତି ହୋଇଯାଉଛି । କୁଆଡେ ହଜିଯାଇଛି ଭଲପାଇବାର ସଂପର୍କଟା ? ସବୁ ଭାଇ ବିବାହିତ । ସମସ୍ତଙ୍କର ପିଲାଛୁଆ ହେଲେଣି । ଯିଏ ଯାହାର ଚାକିରି ଆଉ ବ୍ୟବସାୟ ଭିତରେ ବ୍ୟସ୍ତ ଅଛନ୍ତି । ତଥାପି ହିଂସାଦ୍ୱେଷ ଭାବଟା କ'ଣ ଦୂରେଇ ପାରୁଛନ୍ତି ସେ ଦୁଇ ଭାଇ ? ଶାଶୁ କେତେ ବ୍ୟସ୍ତ ହେଉଛନ୍ତି ସେ ଜାଣନ୍ତି । ପିଲାମାନଙ୍କ ମନରେ ଅନ୍ୟପ୍ରତି ଯଦି ବିଦ୍ୱେଷ ଭରି ଦେଇଥିବ ତେବେ ବଡ଼ହେଲେ ସେ ଛୋଟପିଲାଟିର ବଡ଼ଭାଇ ପ୍ରତି ସମ୍ମାନ ଆସିବ କୁଆଡୁ ? ପିଲାଟିଏ ଜନ୍ମବେଳେ ଗୁଣ ପ୍ରକାଶ କରିନଥାଏ । ସମୟ ସାଙ୍ଗରେ ପରିବାରର ଗୁଣକୁ ଗ୍ରହଣ କରେ । ବାପାଙ୍କ ଅପେକ୍ଷା ମା' ଗୁଣରେ ପିଲାଏ ବେଶି ପ୍ରଭାବିତ ହୁଅନ୍ତି । ଏଠି ଭାଇଭାଇ ଭିତରର ତିକ୍ତତାର ଜନ୍ମଟା ନିଶ୍ଚୟ ବୁଝିହେଉଛି । ଶାଶୁ ଜଣକ ନାଁରେ ଅନ୍ୟ ପୁଅପାଖରେ କହିବାଯୋଗୁ କଳି ବଢୁଛି । ଭାଇଭାଇ ଭିତରେ ଥିବା ମଧୁର

ସଂପର୍କଟା ଫିକା ପଡିଯାଉଛି । ହଁ ଆଉ କେତେବର୍ଷ ଯେ ? ଜଣେ ଭାଇ ଅନ୍ୟଭାଇର ଦୋଷ ଦେଖିବାରେ ତତ୍‌ପର ।

ଆଦ୍ୟାଶା ଆଖିରୁ ଲୁହ ପୋଛିଲା । ଆଜି ପୁଅର ପରୀକ୍ଷା । ଜାନୁୟାରୀରେ ଝିଅର ପି.ଜି. ପରୀକ୍ଷା । ସେମାନଙ୍କୁ ଗାଁ ଘର ବିଷୟରେ କିଛି କହିବାକୁ ସେ ଉଚିତ୍ ମଣିନି । ପିଲାଦୁଇଙ୍କ ଆଉ କିଛି ଟେନସନ୍ ନାହିଁ । ସେମାନଙ୍କୁ ବୁଝାଇଦେଲେ ବୁଝିପାରିବେ । କିନ୍ତୁ ଦୁଇ ଦିଅରଙ୍କୁ କେତେ ବୁଝେଇବ ? କାଲି ରାତିରେ ସଂଜିତ ବୁଝାଇ ବୁଝାଇ ମୁଣ୍ଡବିନ୍ଧା ବଢ଼ାଇଦେଲେ । ଅଳ୍ପକିଛି ଖାଇଦେଇ ଶୋଇବାକୁ ଚାଲିଗଲେ । ଆଉ ଶୋଇବାକୁ ଯିବାବେଳେ କହିଲେ- ଘର କଥା ବୁଝିବୁଝି ମୁଁ ରିଟାୟର୍ଡ ହେବାକୁ ବସିଲିଣି । ଅଥଚ୍ ଏ ଭାଇମାନେ ବୁଝିପାରୁନାହାନ୍ତି । ଗାଁରେ ବାପା, ଜେଜେଙ୍କ ନାଁ ପକଉଛନ୍ତି ।

ଆଦ୍ୟାଶା କହିଥିଲା- ମୋ ପିଲାମାନେ କେବେ ଆମକୁ ଟେନସନ୍ ଦେଇନାହାନ୍ତି । ଏବେ ତମଘର କଥା ଶୁଣିଶୁଣି ମୋ ମୁଣ୍ଡ ମଧ୍ୟ ଭାରି ହୋଇଗଲାଣି । ତମେ ପିଲାଦିନୁ କେମିତି ଚଳୁଥିଲ ?

ପିଲାଦିନଟା ଭଲ ଲାଗୁଥିଲା । ଏବେ ଆଉ ସେ ଭଲପାଇବା ନାହିଁ ଭାଇଭଉଣୀମାନଙ୍କ ମଧ୍ୟରେ ।

ଆଦ୍ୟାଶା ଭାବିବାକୁ ଲାଗିଲା- ଆଜି ପାଖରେ ପିଲାମାନେ ନାହାନ୍ତି । ରୁମ୍‌ଗୁଡ଼ିକ ଖାଲି ପଡିଛି । ପିଲାମାନେ ପାଖରେ ଥିବାବେଳେ ପିଲାଙ୍କୁ ସ୍ନେହମମତା ବାଣ୍ଟିବାରେ ତାର ସମୟ ସରିଯାଉଥିଲା । ଦିନଟା କେମିତି ସରିଯାଉଥିଲା ଜଣାପଡୁ ନଥିଲା । ପିଲାଙ୍କ ଖାଇବା ପିଇବା, ପାଠପଢ଼ା ଭିତରେ ତା'ର ସମୟ କଟିଯାଉଥିଲା । ଦୁଇଜଣଯାକ ମା' ପାଖରେ ଶୋଇବାକୁ ଚାହାନ୍ତି । ସେତେବେଳେ ସୁଜିତ୍‌ଙ୍କ କଡ଼ାସ୍ୱର- ଏତେ ହୋମ୍‌ସିକ୍ କରିଦେଲେ କେମିତି ହଷ୍ଟେଲ୍‌ରେ ରହିବେ ?

ଆଜି ସବୁ ବଦଳିଯାଇଛି । ମେଡ଼ିକାଲ ହଷ୍ଟେଲରେ ରହି ଝିଅର ପାଠପଢ଼ା ସରିଲାଣି । ଆଉ ପୁଅ ମେଡ଼ିକାଲ ହଷ୍ଟେଲରେ ରହି ପଢୁଛି । ସମୟସାଙ୍ଗରେ ସେମାନେ ମଧ୍ୟ ଆଡ଼ଜଷ୍ଟହୋଇ ଚଳି ସାରିଲେଣି । କିନ୍ତୁ ଗାଁରେ ରହୁଥିବା ଦୁଇ ଭାଇ ଏବେ ଗାଁରେ ଲୋକହସା ହେଉଛନ୍ତି । କେବେ ଆଉ ସେମାନେ ମିଳିମିଶି ଚଳିବେ ? ଶାଶୁଙ୍କୁ ଫୋନ କଲାବେଳେ ସେ କହିଲେ- ବୋହୂ, ଅନେକଥର ଦୁଇ ଭାଇଙ୍କ ମଧ୍ୟରେ ମନୋମାଳିନ୍ୟ ହୋଇଛି କିନ୍ତୁ ମୁଁ ଚୁଲି ଅଲଗା ହେବାକୁ ଦେଇନି । ଏଥର ମୁଁ ଆଉ ସେମାନଙ୍କୁ ମିଶାଇ ପାରିବିନି । ଯିଏ ଯାହା ବାଟରେ ରାନ୍ଧି ଖାଉଛନ୍ତି ।

ଛୋଟଛୋଟ କଥାକୁ ମୋଟ କଲେ କଥା ତ ସରିବନି କିନ୍ତୁ ବଢ଼ିଯିବ । ଆଜି

ମଧ୍ୟ ପିଲାମାନଙ୍କ କଥାକୁ ନେଇ କଳି । ଭାରି ଖରାପ କଥା । ସଂଜିତ ସାନଭାଇକୁ ବୁଝେଇବାକୁ ଫୋନ ରିଙ୍ଗ୍ କଲାବେଳେ ସେ ମଝିଆଭାଇର ଦୋଷ ବଖାଣି ଚାଲିଥିଲା । ଆଉ ସଂଜିତ୍ ଯେତେବେଳେ କହିଲେ ମିଳିମିଶ ଚଳ ସେତେବେଳେ ସାନଭାଇର ଅଭିଯୋଗ - ମୁଁ ଯେଉଁ ଘର କରିଛି ତା' ବାକି ଟଙ୍କା କ'ଣ ତମେ ଶୁଝିବ ?

ସଂଜିତ କହିଥିଲେ- ମୁଁ ଘର ତିଆରି ଲୋନ୍ ଟଙ୍କା ମାସକୁ ଷୋହଳ ହଜାର ସୁଝୁଛି । ତୁ ସେମିତି ତୋ ଲୋନ୍ ଶୁଝିବୁ । ବଡ ବୋଲି ମୁଁ ଭାଇଭଉଣୀ ପଢ଼ା ସାଙ୍ଗକୁ ଘରକୁ ସାହାଯ୍ୟ କଲି । ତମେ କାହାକୁ କିଛି ସାହାଯ୍ୟ କରିଛ କି ? ଖାଲି ସାହାଯ୍ୟ ପାଇଛ । ଏବେ ତୁ ଯଦି ତୋ ଦରମା କମ୍ ବୋଲି କହୁଛୁ ତେବେ ଦୋମହଲା ଘରପାଇଁ କାହିଁକି ଋଣ କରିଛୁ ? ଯିଏ ଯାହାର ଆୟକୁ ଦେଖି ବ୍ୟୟ କରିବ । ତୁ ସିନା ଆଠୁ ତାଠୁ ମାଗି ଆଣିଛୁ ଘର ତିଆରି ପାଇଁ, ମୁଁ କିନ୍ତୁ କାହାଠାରୁ ଗୋଟିଏ ପଇସା ମାଗିନି । ବ୍ୟାଙ୍କ ଲୋନ୍ ଆଣି ଏକମହଲା କଲି । ରିଟାୟାର୍ଡ ପରେ ଆଗ ଟଙ୍କା ସୁଝିବି ତାପରେ ଉପର ଘର ଚିନ୍ତା କରିବି । ଏବେ ନୁହେଁ ।

- ମୋର ତ ଚାକିରି ଆହୁରି କୋଡିଏ ବର୍ଷ ଅଛି ।

ସାନ ଭାଇର ଦାମ୍ଭିକ ସ୍ୱର ଶୁଣି ସଂଜିତ୍ କହିଥିଲେ- ତେବେ ତୋର ଚିନ୍ତା କ'ଣ ? ଏମିତି ବ୍ୟସ୍ତ ହେଉଛୁ କାହିଁକି ?

ଆଦ୍ୟାଶାର ଅନ୍ୟାୟ କଥା ଶୁଣିବାକୁ କି ସହିବାକୁ ଧୈର୍ଯ୍ୟ ନଥାଏ । କିନ୍ତୁ ଶାଶୁଘର ବୋହୂ ହୋଇ ଆସିଲା ଦିନଠାରୁ ଅନ୍ୟାୟକୁ ଦେଖିବାକୁ ଓ ସହିବାକୁ ପଡୁଛି । ପାଟିଖୋଲିଲେ କଳି ହୋଇଥାଆନ୍ତା । ପାଟିବନ୍ଦ କରି ଏତେବର୍ଷ ରହିବାପରେ ମଧ୍ୟ ଶାଶୁଙ୍କଠାରୁ କୌଣସି ପ୍ରଶଂସାପତ୍ର ସେ ପାଇନି । ତା ଆଗରେ ତାକୁ ଭଲ କହିଲେ କ'ଣ ହେବ ପଛରେ ମଧ୍ୟ ଖରାପ ବୋହୂ ବୋଲି କହନ୍ତି । ଆଦ୍ୟାଶା ଶୁଣେ ତଥାପି ପ୍ରତିକ୍ରିୟା କରେନି । ଯାହାର ଯାହା ପ୍ରକୃତି କେବେ ବଦଳା ହୋଇ ପାରିବନି । ତେଣୁ ତା' ପଛରେ ଗାଳି ଦେଉଥିବା ସଦସ୍ୟଙ୍କ କଥା ଶୁଣି ସେ କାହିଁକି ବା ମନଦୁଃଖ କରିବ ? ସେ ଲୋକଦେଖାଣିଆ ପ୍ରଶଂସାରେ ଉତ୍ଫୁଲିତା ନୁହେଁ କି ନିନ୍ଦାରେ ଚିନ୍ତିତା ନୁହେଁ । ସେ ତ ଅନ୍ୟାୟ କରିନି । ସେ ସତ କହିଛି । ଯଦି ତା' ସ୍ପଷ୍ଟବାଦିତାକୁ କିଏ ଅଲଗା ରୂପଦେଇ ତୁଳନା କରି ଜାଣିଜାଣି ତାକୁ ଗାଳିଦିଏ ସେଥିରେ ତାର କ୍ଷତି କ'ଣ ? ଯିଏ ଗାଳିଦିଏ ତାର କ୍ଷତି ହେବ । ସେ କାହିଁକି ସେ ଅଯଥା ଗାଳିକୁ ଗ୍ରହଣ କରିବ ? ମିଥ୍ୟା କଥାକୁ ସେ ଘୃଣା କରେ । ସଂଜିତ୍‌ଙ୍କଠାରୁ ମିଥ୍ୟ କଥା ଶୁଣିଲେ ସେ ରାଗରେ ନିଆଁବାଣ ହୋଇ ଉଠେ । ମା' ଗୁଣେ ପୁଅ କହେ । କାହାପାଖରେ ମାତ୍ରାଟା କମ୍ ବେଶି ରହିଥାଏ । ଏଥିରେ ଦୋଷ ଦେବା କାହାକୁ ? ତାକୁ ଲାଗେ ସତରେ ସେ

କ'ଣ ଏମିତି ଘରକୁ ବୋହୂ ହୋଇ ଆସିଥିଲା କି? ନାହିଁତ? ସେ ସମୟଟା ଆଜି ପରି ନଥିଲା । ଶଶୁରଙ୍କ କଡ଼ା ନିୟମରେ ଘର ଚଳୁଥିଲା । ପୁଅମାନେ ବାପାଙ୍କୁ ମାନି ଚଳୁଥିଲେ । ଆଜି କିନ୍ତୁ ବାପାଙ୍କ ଅନୁପସ୍ଥିତିରେ ଘରଟା ବିଶୃଙ୍ଖଳିତ ହୋଇପଡିଛି । କିଏ କେତେ କାହାକୁ ବୁଝାଇବ ଆଉ?

ଦୁଇ ଦିନ ତଳେ ସ୍ୱପ୍ନରେ ଶଶୁରଙ୍କୁ ଆଦ୍ୟାଶ୍ୟା ଦେଖିଥିଲା । ଶଶୁର ତା'ର ଗୋଟିଏ କବିତା ଶୁଣି କହିଥିଲେ- 'ବଢ଼ିଆ ଲେଖିଛୁ । ଆମେ ସମସ୍ତେ ଗୁଡ଼ିପରି ଉଡୁଛେ ଆଉ ଆମ ନଟେଇସୂତାଟା ଅନ୍ୟ ଜଣକ ହାତରେ । ଦିନେ ଆମେ ଗୁଡିପରି ଉଡ଼ିଉଡ଼ି କଟିଯିବା ।' ସେତେବେଳେ ଆଦ୍ୟାଶାର ନିଦ ଭାଙ୍ଗିଯାଇଥିଲା । ବହୁଦିନପରେ ଶଶୁରଙ୍କୁ ପୁଣି ସ୍ୱପ୍ନରେ ଦେଖିଲା କାହିଁକି? ବୋଧେ ମହାଳୟା ପାଖେଇ ଆସୁଛି ବୋଲି ନା କ'ଣ? ସଂଜିତ୍‌ଙ୍କୁ ସ୍ୱପ୍ନକଥା କହିଥିଲା । ଗୁଡ଼ି କବିତାଟିଏ ଲେଖିସାରିଲା ବେଳକୁ ମଝିଆ ଦିଅରଙ୍କଠାରୁ ଫୋନ୍ ଆସିଲା - ଭାଉଜ ଘରେ ଗଣ୍ଡଗୋଳ ।

- କାହା କାହା ଭିତରେ ?

- ଆମ ଦୁଇଭାଇଙ୍କ ଭିତରେ ।

- ହଉ ତମେ ତମ ନନାଙ୍କୁ ଏ ବିଷୟରେ କୁହ ।

ଫୋନ ସେଦିନ ରଖିଦେଇ ଆଦ୍ୟାଶା ଭାବିଥିଲା - ଶଶୁର କ'ଣ ତାକୁ କହିବାକୁ ଚାହୁଁଥିଲେ? ଦୁଇଦିନ ଆଗରୁ ଘରେ କଳି ଲାଗିଥିଲା । କିନ୍ତୁ ବଡ଼ଭାଇଙ୍କ ବ୍ଲଡ୍‌ପ୍ରେସର ଯୋଗୁ ଡେରିରେ ମଝିଆଭାଇ ଜଣାଉଛି । ହଉ ସଂଜିତ୍ ଆସନ୍ତୁ । ଘର କଥା ବୁଝିବେ । ବୟସ ସାଙ୍ଗରେ କଳି ମଧ୍ୟ ବଢ଼ିଗଲାଣି ।

ଘର କଥାରେ ମୁଣ୍ଡ ପଶେଇବାକୁ ସଂଜିତ ଅନିଚ୍ଛା ପ୍ରକାଶ କରି କହିଲେ- ଏଥର ମୁଁ ଆଉ କଳିର ମୀମାଂସା କରିପାରିବି ନାହିଁ । ସେମାନେ ତ ମୋ କଥାକୁ କି ମୋ ରୋଗକୁ ଭାବିପାରୁନାହାନ୍ତି । ଆଉ ମୁଁ ସେମାନଙ୍କୁ ବୁଝାଇବାକୁ କେତେ ଚେଷ୍ଟା କରୁଛି । ତଥାପି ସେମାନେ ଶୁଣୁନାହାନ୍ତି କିଛି ହେଲେ । ଏଥର ଗାଁକଥା ମା' ବୁଝୁ ଓ ଠିକ୍‌ରେ ଚଳନ୍ତୁ ।

ହଠାତ୍ ଗୁଣ୍ଡୁଚିମୂଷାର ରଡ଼ି ଆଦ୍ୟାଶା କାନରେ ବାଜିଲା । ଖଟରୁ ଉଠି ଘଣ୍ଟାକୁ ଚାହିଁଲା । ସକାଳ ଛଅଟା ବାଜିଲାଣି । ଧଡ଼ପଡ଼ ହୋଇ ଉଠିପଡ଼ିଲା । କବାଟ ଖୋଲି ମିକ୍ସଚ଼ର କିଛି ନେଇ ପାଚେ଼ରୀ ଉପରେ ରଖିଦେଲା । ଗୁଣ୍ଡୁଚିମୂଷା ବାଦାମ୍‌କୁ ଦୁଇହାତରେ ଧରି ଖୁବ୍ ଆରାମ୍‌ରେ ଖାଉଥିଲା । କୁଆଟିଏ ଆସିଯିବାରୁ ସେ ଟିକିଏ ଘୁଞ୍ଚିଗଲା । କାଉଟିଏ କିଛି ଖାଇ ଉଡ଼ିଗଲାପରେ ପୁଣି ଗୁଣ୍ଡୁଚିମୂଷା ଖାଇବା ଆରମ୍ଭ

କଲା । ସେ ଭାବିଲା କି ସମନ୍ୱୟ ରକ୍ଷାକରି ଏମାନେ ଚଳୁଛନ୍ତି । ଅଥଚ଼ ଆମ ମଣିଷ ମଣିଷ ଭିତରେ ଓ ନିଜ ରକ୍ତ ରକ୍ତ ଭିତରେ ଖାଇବା ପିଇବାକୁ ନେଇ ଏତେ ଗଣ୍ଡଗୋଳ ଲାଗୁଛି । ଆମେ ମଧ୍ୟ ଉନ୍ନତ ପ୍ରାଣୀ । ଅଥଚ଼ ଶିଖୁଛେ କ'ଣ ? କିଏ ଜାଣେ କାହାର ପ୍ରାଣ କେତେବେଳେ ଗୁଡ଼ିପରି କଟିଯିବ । ତଥାପି ଦ୍ୱେଷଟା ବୁଝିପାରୁନେ ଆମେ । ନିର୍ବୋଧ ମଣିଷର ହିଁ ମନର ବାସନା ମେଣ୍ଟେନା !

ସଂଜିତ୍‌ଙ୍କର ଆକ୍ଷେପର ସ୍ୱର ଶୁଣାଗଲା । ଛୁଟିଦିନଟାରେ ଏତେ ସକାଳୁ ସକାଳୁ ଉଠୁଛ କାହିଁକି ?

- ନିଦ ତ କେତେବେଳୁ ଭାଙ୍ଗିଗଲା । ମନ ବିଚ଼ଳିତ ଲାଗିଲା ।

- କ'ଣ ପାଇଁ ?

- ତମ ଘର ପାଇଁ । ମୋର ସଂପର୍କର ସୂତାଟା ପରା ତମ ଘରେ ବନ୍ଧା ହୋଇଛି ଯାଇଛି । କେମିତି କାଟିବି ଆଉ ?

- କିଛି ଭାବିବା ଦରକାର ନାହିଁ । ରାତିରେ ଶୋଇଗଲା ପରେ ମୋ ମୁଣ୍ଡବିନ୍ଧା କମିଗଲା ।

- ମୋର ନିଦ ଭାଙ୍ଗିଗଲା ପରେ ମୁଣ୍ଡବିନ୍ଧା ଆରମ୍ଭ ହୋଇଯାଇଛି ।

- ଆରେ ଗୁଡ଼ି କବିତା ପରା ଲେଖିଛ । ତମେ ଗୁଡ଼ିପରି ଉଡ଼ିଯାଅ ।

- ଯେତେ ଉଡ଼ିଲେ ମଧ୍ୟ ସଂପର୍କର ସୂତାକୁ ମୁଁ ପାଥେୟ କରିଛି । ଗୁଡ଼ି କଟିଗଲା ପରେ ଆଉ ସୂତାର ମୂଲ୍ୟ କ'ଣ ? ଏବେ ମୋର କଟିଯିବାର ସମୟ ଆସିନି ପରା ।

।। ପାଞ୍ଚ ।।

ସଂଜିତ୍ ଭାବୁଥିଲେ- ସେଦିନ ଗହୀର ମଝିରେ ଠିଆହୋଇଥିଲି ମୁଁ । ଉପରେ ଆକାଶ ଓ ପାଦତଳେ ଜମି । ଆଖିପାଉନି ଲମ୍ବିଯାଇଥିବା ଜମିଗୁଡ଼ିକୁ । ଠାଁ ଠାଁ ଜମି ନଣ୍ଡା ହୋଇଗଲାଣି ମଧ୍ୟ । କେଉଁ ଜମିରେ ଧାନକେଣ୍ଡା ଝୁଲୁଛି ମଧ୍ୟ । କିନ୍ତୁ ପାଦତଳ ଜମି ଶ୍ରୀହୀନ ଦିଶୁଛି । କଳେଇ ବିଡାସବୁ ଶଗଡ଼ରେ ବୁହାସରିଲାଣି । ମାଟି ଉପରେ କଟା ଧାନର ଡାଙ୍ଗଗୁଡ଼ିକ ଟିକିଏ ଅସତର୍କ ହେଲେ ପାଦକୁ କଷ୍ଟ ଦେଉଛି । ଆରପଟ ଜମିରେ ହାଁ ହୋଲ୍ଲା ଚାଲିଛି । ହଳିଆମାନଙ୍କ ପାଇଁ ବାପା ଆଜି ଜମିରେ ଖିରି ରାନ୍ଧୁଛନ୍ତି । ପ୍ରଥମେ ଜମିରେ ଖିରୀ ପୂଜାହେବ ଓ ତା'ପରେ ସମସ୍ତେ ପତର ପକାଇ ଖାଇବେ । ପ୍ରତିବର୍ଷ ବିଲକାମ ସରିଲାପରେ ଏମିତି ଗୋଟାଏ ପର୍ବ ହୁଏ । ମୁଁ ଆଉ ମୋ ଭାଇମାନେ ଶଗଡ଼ରେ ବସି ଜମିକୁ ଯାଇ ଥାଉ । ଭାରି ଖୁସି ଲାଗେ ଭାଡ଼ିରେ ବସିବାକୁ । ଭାଡ଼ି ବୋଇଲେ ବାଉଁଶ ଓ ପାଳ କି ନଡ଼ାରେ ତିଆରି ହୋଇଥିବା ଅସ୍ଥାୟୀ ଆଶ୍ରୟସ୍ଥଳୀଟି ।

ଦୂରରୁ ନିଆଁ ଦେଖୁଥିଲି । ସାନ ହଳିଆ ପିଲାଟା କାଠଖଣ୍ଡଗୁଡ଼ିକୁ ଚୁଲି ଭିତରକୁ ଠେଲୁଥିଲା । ଚୁଲିଉପରେ ବସିଥିବା ବଡ଼ ହଣ୍ଡାରେ ବଡ଼ ହଳିଆ ସାଧୁ ପାଖ କୂଅରୁ ଗରା ଗରା ପାଣି ଆଣି ଢ଼ାଳୁଥିଲା ।

- ବାସ୍ ସେତିକି । ଦଶ ଗରା ପାଣି ହେଲା ପରା । ବାପାଙ୍କ ସ୍ୱର ଶୁଣାଗଲା ।
- ହଁ ସାଉକାର । ସେହି ଚାଉଳତକ ନେଇ ଧୋଇ ଆଣିବି ।
- ଯାଆ ଧୋଇଆଣେ - ବାପାଙ୍କ ପାଟି ଶୁଣାଗଲା ।

ମୁଁ ଜାଣେ ବାପାଙ୍କୁ ରୋଷେଇ ଜଣାନାହିଁ । ତେଣୁ ବୋଉ ଦଶ ଗରା ପାଣିକୁ କେତେ ଚାଉଳ କେତେ ଚିନି କି ଗୁଡ଼, ନଡ଼ିଆ ଓ କେତେ ଲୁଣ ସବୁ ହିସାବ କରି ଦେଇଛି । ଘିଅରେ ତେଜପତ୍ର ବଘାରିଲା ପରେ ବାପାଙ୍କୁ ପାଣି ଢ଼ାଳିବାକୁ ପରାମର୍ଶ ଦେଇଛି ବୋଉ । ବର୍ଷରେ ଥରଟିଏ ପାଇଁ ବାପାଙ୍କୁ ଏ ଖିରୀର ତଦାରଖା କରିବାକୁ

ପଡ଼େ । ବାପାଙ୍କ ଅପେକ୍ଷା ହଳିଆ ମୂଲିଆ ଖିରୀ ତିଆରି କରିବା ଭଲ ଜାଣିଥାଆନ୍ତି । ସାଧାରଣତଃ ସେମାନଙ୍କ ଘରେ ମାଣ୍ଡିଆ ଜାଉ କି ଚାଉଳ ଖିରୀ ବହଳା ହୋଇ ତିଆରି ହୁଏ । ସେଥିରୁ ମେଞ୍ଚାଏ ଖାଇଦେଇ କାମକୁ ଆସନ୍ତି ବୋଲି ମୁଁ ଶୁଣିଛି । ବାପା ଆଜି ପାଏସ୍ କରୁନାହାନ୍ତି, କରୁଛନ୍ତି ଜାଉ । ଟିକିଏ ବହଳା ଖିରୀ । ଯେମିତି ପତରରୁ ବୋହିଯିବନି । ହଳିଆ ମୂଲିଆଙ୍କ ରୁଚି ଅନୁଯାୟୀ ତିଆରି ହେବ । କିନ୍ତୁ ମୋତେ ସେ ଜାଉ ଭଲ ଲାଗେନି । ତଥାପି ଜମିରେ ଖାଲିପତର ପଡ଼ିଲାବେଳେ ମୁଁ ମଧ୍ୟ ଗୋଟିଏ ଖଲି ପକାଇ ସେମାନଙ୍କ ଗହଣରେ ବସିଯାଏ ଖାଇବାକୁ । ଖାଇଲାବେଳେ କିଏ କିଏ ପ୍ରଶଂସା କରି କହନ୍ତି– ସାଉକାର ଭଲ ଲାଗୁଛି ଜାଉ ।

ବାପା ଟିକିଏ ମୁରୁକି ହସି କହନ୍ତି- ମୋତେ ଏସବୁ ଜଣାନାହିଁ । ଘରେ ପରା ସବୁ ଯୋଗାଡ କରି ଦେଇଛନ୍ତି ।

ମୁଁ ଖାଇଲାପରେ ସେ ଭିତରୁ ସେମିତି କିଛି ସ୍ୱାଦ ପାଏନି । କିନ୍ତୁ ଅନ୍ୟମାନଙ୍କ ଖାଇବା ସାଙ୍ଗରେ ତାଳଦେଇ ଭଲଲାଗୁଛି ଭାବିନେଇ ଖାଇଥାଏ । ମଜା ଲାଗେ ସେଦିନ କଥା । ପାଛିଆ ଧରି ଛୋଟଛୋଟ ପିଲା ଜମିରୁ ଧାନକେଣ୍ଡା ଗୋଟାଇ ଥାଆନ୍ତି । ଶଗଡରେ ବସି ଜମିକୁ ଯିବା ଓ ଆସିବା ଥିଲା ଏକ ଅନନ୍ୟ ଅନୁଭୂତି ।

କିନ୍ତୁ ଆଜି ସେ ଜମି ଅଛି । ମୁଁ ଯାଉନି ଜମିକୁ । ବାପା ସେଠାକୁ ଯାଇ ଖିରୀ କରୁନାହାନ୍ତି । ସେଦିନର ସବୁ ଦୃଶ୍ୟ ମନର ଚାରିକାନ୍ଥରେ ଲିପି ହୋଇ ରହିଯାଇଛି । ଆଜିକାଲି ଜମି ଭାଗୁଆଳି ଧାନ ଆଦାୟ ପରେ ଘରେ ଆଣି ପହଞ୍ଚେଇ ଦେଉଛି ଧାନବସ୍ତା । ଝିନ୍‌ଝଟ ନାହିଁ କିଛି । ମାଲିକତ୍ୱ ଆମର କିନ୍ତୁ ଜମି କାମ ଭାଗୁଆଳିର । ଶଗଡ଼ ହଳ, ହଳିଆ ଘରେ ନାହିଁ । ଖଳାବାରିରେ ବଡ଼ବଡ଼ ଧାନଗଦା ଆଉ ଶୋଭାପାଉନି । ମାର୍ଗଶିର ଗୁରୁବାର ଆସିଲେ ଜେଜେମା ଖଳାବାଡ଼ିରେ ଲିପା ପୋଛା କରି ଆଉ ଝୋଟି ଦେଉନି । ଘରେ ଢ଼ିଙ୍କି ନାହିଁ । ଧାନକଳ ଗାଁରେ ହେଲାପରେ ଢ଼ିଙ୍କିର ପ୍ରୟୋଜନ କମିଗଲା । ଆଉ ଆସ୍ତେ ଆସ୍ତେ ଢ଼ିଙ୍କି ମଧ୍ୟ ଘରର ଅଦରକାରୀ ବସ୍ତୁ ହୋଇଗଲା । ଘରର ରୂପରେଖ ବଦଳିବାକୁ ଲାଗିଲା । ଧାନ, ମୁଗ, ବିରିର ଖମାର ଘରଗୁଡ଼ିକ ଭାଙ୍ଗିଦେଇ ସେଠାରେ ରହିବାପାଇଁ ଘର ତିଆରି ହେଲା । ସମୟ ବଦଳିବା ସହିତ ମୁଁ ମଧ୍ୟ ବଦଳିଗଲି । ଗାଁକୁ ବସ୍‌ରେ ଯାଉଯାଉ ଅପଲକ ନୟନରେ ଚାହିଁ ରହିଥିଲି ଗହିର ଆଡ଼କୁ । ଭୁଲିଯାଇଥିଲି ମୁଁ ଏବେ ବଡ଼ ହୋଇଯାଇଛି ବୋଲି । ମୁଁ ସେହିଦିନର ଦଶ ବର୍ଷ ପିଲାଟିଏ ପରି କେତେବେଳେ ବିସ୍ତୀର୍ଣ୍ଣ ଆକାଶକୁ ତ କେତେବଳେ ସୀମାହୀନ ଗହିରକୁ ଚହିଁ ରହିଥିଲି ।

– ଆରେ ଦେଖ ଦେଖ । ଏହି ରୋଡ଼ସାଇଡ଼ ଜମିଗୁଡ଼ିକରେ କେତେ ଘର

ହୋଇଗଲାଣି । ଭୁବନେଶ୍ୱରରେ ଖଣ୍ଡିଏ ଦୂରିଆ ଜମି କିଣିବାକୁ ଯେତେ କହିଲେ ତମେ କ'ଣ ଶୁଣୁଛ ? ଭବିଷ୍ୟତରେ କେତେ ରେଟ୍ ହୋଇଯିବ ପୁଣି ତ ! ଆଦ୍ୟାଶାର ସ୍ୱର ଶୁଣାଗଲା ।

ଚମକିଗଲି ମୁଁ । 'ହଁ ଜମିରେ ତ ସୁନା ଫଳେ । ଆଉ ସେଠି ଘରକଲେ କେମିତି ପାଇବ ଫସଲ ! ଖାଦ୍ୟ ଅଭାବ ଲାଗିରହିବ ।' ଦ୍ୱିଧାରେ କହିଲି ।

- ଛାଡ଼ ହେ କଥା । ଲୋକମାନେ ଦୂରିଆ ଜମି କିଣି, ଏବେ ଜମିବାଡ଼ି କିଣାରେ କୋଟିକୋଟି ଟଙ୍କା କମେଉଛନ୍ତି । ତମେ ଏଠି ମୋତେ ଜ୍ଞାନ କଥା ଶୁଣଉଛ । ଯଦି ତମ ଗାଁର ସଡ଼କପାଖ ଜମିଗୁଡ଼ାକ ବିକି ଦିଅନ୍ତ ତେବେ ସେହି ଟଙ୍କାରେ ତମେ ଭୁବନେଶ୍ୱରରେ ଜମି କିଣନ୍ତ । କ'ଣ ମିଳୁଛି ଏତେ ଜମିଜମାରୁ କହିଲ ? ତମେ ଯେମିତି ହେଲେ ବାପାଙ୍କ କାନରେ ଏକଥା ପକେଇଦିଅ । ବାକି ମୁଁ ସମ୍ଭାଳିନେବି । ଶୁଣାଗଲା ସ୍ୱର ଆଦ୍ୟାଶାର ।

- ଗାଁ ଜମିରୁ ଆମକୁ କ'ଣ ମିଳିବ ? ବାପା ତ ବୁଝୁଛନ୍ତି ।

- ସବୁବେଳେ ସବୁ ଜିନିଷ ପ୍ରତି ଏତେ ଅନାସକ୍ତ ହୋଇ ପଡୁଛ କାହିଁକି ? ତମେ ତ ବାପାଙ୍କ ପୁଅମାନଙ୍କ ଭିତରୁ ଜଣେ ମଧ୍ୟ । ଭାଗ ପାଇବ ନା ନାହିଁ । କିଏ ଗାଁଘରେ ରହୁଛି । ହେଲେ ଜମିରୁ କିଛି ଟଙ୍କା ପାଇଯାଅ ।

- ପିଲାମାନେ ତ କିଏ କେଉଁଠି ଯାଇ ଚାକିରୀ କଲେନି । ଗାଁରୁ ଭାଗ ଖୋଜିଲେ ଅସୁନ୍ଦର ହେବ । ମୁଁ ଏକଥା କହିବିନାହିଁ । ପିଲାମାନେ ତ କେତେ ଗଛ ଚିହ୍ନି ପାରିନାହାନ୍ତି । ଆମ ସାଙ୍ଗରେ ବୁଲି ବୁଲି ଘରର ଚାରିକାନ୍ଥରେ ଆବଦ୍ଧ ହୋଇ ପଢ଼ାପଢ଼ି କରି ଚାକିରୀ କଲେଣି । ଏବେ ବେଶି ଲୋଭ ଲାଗୁଛି କାହିଁକି ?

- ତମେ ନ କହିଲେ ମୁଁ ଏକଥା ମା'ଙ୍କୁ କହିବି ।

ଗାଁ ଘରେ ପହଞ୍ଚିଲାବେଳକୁ ସଂଧ୍ୟା ଟପିଗଲାଣି । ଖୋଲା ଅଗଣାଥିବା ଘରଟି ଭାରି ଖୋଲାଖୋଲା ଲାଗୁଥିଲା । ଘରେ ପହଞ୍ଚିଲା ପରେ ଗାଁର ଭାବଟା ଆହୁରି ବିକଶିତ ହୋଇଯାଏ । ପାଖପଡ଼ିଶା ବୟସ୍କମାନଙ୍କୁ ଦେଖିଲେ ହାତ ଆପେ ଆପେ ଯୋଡ଼ିହୋଇ ପ୍ରଣାମ କରେ । ଭୁଲି ହୋଇଯାଏ ନିଜର ପ୍ରତିପତ୍ତି ଓ ପ୍ରତିଷ୍ଠା କଥା । ଆଜିକାଲି ବାପାଙ୍କ ଅଣ୍ଟା ଟିକିଏ ନଇଁ ଆସିଲାଣି । ମା'ର ଦେହ ଭଲ ରହୁନି । ସେମାନଙ୍କ ପାଖରୁ କିଛି ଆଶା ରଖିବା ଉଚିତ୍ ନୁହେଁ । ମୁଁ ପୁଅ ହୋଇଥିବାରୁ ସେମାନଙ୍କ ମନକୁ ଟିକିଏ ମଜଭୁତ୍ କରିବା ଦରକାର । କଥା କହୁକହୁ ମା' କହିଲା - ଗାଁରେ ଅମ୍ଭର ଥିବାରୁ ଆମେ କିଛି କଷ୍ଟ ଜାଣି ପାରୁନୁ । ସେମାନେ ଆମର ସେବା ଶୁଶ୍ରୁଷା କରୁଛନ୍ତି, ତମେମାନେ ତ ଦୂରଦୂରାନ୍ତରେ ରହୁଛ । ଚାକିରୀ ପାଇଁ ଏଠି ସେଠିକୁ ବଦଳି ହୋଇ

ଯାଉଛ, ଆଉ ଆମ କଥା ବୁଝିବ କେମିତି ? ସେମାନଙ୍କ ମନଦେଇ ଚଳିବାକୁ ପଡୁଛି । ବାପା ଆର ମାସରେ ରାସ୍ତାକଡ଼ର କେତେଜମି ବିକି ଦେଲେ । ଦଶ ଲକ୍ଷ ଟଙ୍କା ପାଇଲେ । ତାକୁ ବ୍ୟବସାୟ କରିବାକୁ ଦେବେ ।

ଚମକିଗଲି ମୁଁ । ଆମକୁ ନ ପଚାରି ପୁଣି ବିକିଦେଲେ ସେହି ସାନଭାଇର କଥା ଅନୁସାରେ । ଘର କେମିତି ଚଳୁଛି ସେ କଥା ଆମକୁ କହୁନ । ଟଙ୍କା ପଠାଇ ଦେଲେ ତମେ ଖୁସ । କିନ୍ତୁ କହୁନୁ ଯେ ଜମି ବିକ୍ରି ହୋଇଯିବ ବୋଲି । ଏମିତି ଗୁରୁତ୍ୱପୂର୍ଣ୍ଣ ଘଟଣା ଆମେ ଜାଣିନୁ । କ'ଣ କହିବ ଆଉ ? ତମେ ତ ବଡ଼ମାନଙ୍କୁ ସାନମାନଙ୍କ ଆଗରେ ଛୋଟ କରିଦେବାକୁ ଚାହିଁଛ । ଆମର ବିନା ପରାମର୍ଶରେ ସାନପୁଅର କଥା ରଖୁଛି । ଯଦି ତମେ ବଞ୍ଚିଥାଉ ଥାଉ ବଡ଼ଭାଇମାନଙ୍କୁ ସମ୍ମାନ ଦେବାକୁ ସାନମାନଙ୍କୁ ଶିଖାଇଲ ନାହିଁ ତେବେ ପରେ ସାନମାନେ ଆମକୁ ମାନିବେ କାହିଁକି ! ଥରଟିଏ ପାଇଁ କେମିତି କହିପାରିଲନି - 'ପଚାରେ ବଡ଼ପୁଅମାନଙ୍କୁ । ଏସବୁ ଘର ଓ ଜମି ମଧ୍ୟ ସେମାନଙ୍କ ।' ଆମକୁ ତ ଏବେଠାରୁ ବେଦଖଲ କରି ଦେଲଣି ତମ ସମ୍ପତ୍ତିରୁ । ଆଉ ପରେ କିଛି ଅସୁବିଧା ହେବନି ଆମକୁ ।

- ତୁ ରାଗିକରି କହୁଛୁ ଏସବୁ ।

- କାହାକୁ ରାଗିବି ? ଅଭିମାନରେ କହୁଛି । କେମିତି ବାପା ଓ ତୁ ବଶୀଭୂତ ହୋଇଗଲ ଅମ୍ବର କଥାରେ ?

- ତମେ ପରା ଚାକିରି କରିଛ ବାହାରେ ?

- ଫୋନ୍ ଟିକିଏ କରିପାରି ପଚାରି ଥାଆନ୍ତ ହେଲେ ? ଛାଡ଼ ! ତମ ସମ୍ପତ୍ତି ତମେ ଯାହା କରୁଛ କର ।

ପହଞ୍ଚିଗଲା ସାନଭାଇ ଅମ୍ବର । ଉପରେ ପଡ଼ି କହିଲା - କି ଲାଭ ଧାନରୁ ହେଉଥିଲା କି ? ମୂଳ ମଜୁରୀ ଓ ସାର ଦେଇ ତ ଅଧିକା ଖର୍ଚ୍ଚାନ୍ତ ହେଉଥିଲେ ବାପା । ମୁଁ ବାପାଙ୍କୁ ଠିକ୍ ଉପଦେଶ ଦେଇଛି ।

- ତୁ ଠିକ୍ କି ଭୁଲ ଉପଦେଶ ଦେଇଛୁ ଏକଥାର ମର୍ମ ତୁ ଜାଣୁ । ତୋ ମନରେ ଆବିଳତା ଆମ ପାଇଁ ଥିଲା କି କ'ଣ ? କାଳେ ଆମେ ଜମି ଭାଗରେ ନେଇଯିବୁକି ? ହଉ ଏଠି ତ ଆମେ କୁଣିଆ ।

- ମା' ଗୋଟିଏ ଥାଳିର ମେଞ୍ଚାଏ ଆରିସାପିଠା ଆଣି କହିଲା - ଖାଅ । କର୍ପୁରକେଳି ଚାଉଳରେ । ବାସ୍ନା ହେଉଛି ତ ?

ମୁଁ ଥାଳିରୁ ଗୋଟିଏ ପିଠା ଆଣି ଖାଉ ଖାଉ କହିଲି - ଭଲ ଲାଗୁଛି । ବାସ୍ନା ହେଉଛି ପିଠାଟା ।

ମା'ର ଆଖିରୁ ଲୁହ ବୋହିଗଲା । ଛଳଛଳ ଆଖିରେ କହିଲା - ସେହି ଜମିପରା

ବିକ୍ରି ହୋଇଗଲା । ଆମେ ଏ ବୟସରେ ଭାରି ଅସହାୟ । ଘରା ନାହିଁ ତା' କଥା ନ ଶୁଣିବାକୁ । ବାପା ପରା ବାଧ୍ୟବାଧକତାରେ ଆଖିରେ ଲୁହ ନେଇ ଜମି ବିକିଦେଲେ । ଗାଁରେ ରହିବା ପାଇଁ ଆମେ ଚାହିଁଛୁ । ତେଣୁ ସେମାନଙ୍କ କଥା ମାନିବୁନି କେମିତି ?

ମୁଁ ଅଗଣାରେ ପଡ଼ିଥିବା ଚୌକିରେ ବସିଥିଲି । ଭାବୁଥିଲି ଘର ଭିତରେ ମଧ୍ୟ ବାପା ମା' କେଡ଼େ ଅସହାୟ ? ବଳବୟସ ଗଲେ ସବୁ ଯେମିତି ବଦଳିଯାଉଛି । ନ୍ୟାୟ ଅନ୍ୟାୟର ପରିଭାଷା ପଢ଼ିବାକୁ ଆଖିରେ ଜ୍ୟୋତି ନାହିଁ ଯେମିତି । ମୋ ମନରେ ମହାଭାରତର ଭୀଷ୍ମ ପିତାମହଙ୍କ କଥା ମନେପଡ଼ିଗଲା । ମନକୁ ସଂଯତ କରି ସେ କେମିତି କୌରବଙ୍କ ପକ୍ଷ ଦେଲେ । ଅଧର୍ମକୁ ସାହାଯ୍ୟ କଲେ । ଯାହାର ଖାଇବ ତା'ର ତ ଗୁଣ ଗାଇବାକୁ ବାଧ୍ୟ ।

ବାପାଙ୍କର କ୍ଷୀଣ ସ୍ୱର ଶୁଣାଗଲା - ଏହି ବୟସରେ ମୋର ଆଉ ଘରା କ'ଣ ? ତମେମାନେ ତ ଟଙ୍କା ରୋଜଗାର କରୁଛ । ତମର ଆଉ ଚିନ୍ତା କ'ଣ ?

ମୁଁ ଆବାକ୍ ହୋଇ ଚାହିଁଲି ବାପାଙ୍କ ଅସହାୟ ମୁହଁକୁ । ଆପେ ଆପେ ପାଟିରୁ ବାହାରିଲା - ବାପା, ତମେ ପରା କହୁଥିଲ ଜମି ସହ ସୁନା ରୂପା ଟଙ୍କା ପଇସା ତୁଳନା ହୋଇପାରିବନି । ମାଟି ମା' ଯୋଗୁ ଆମର କ୍ଷୁଧା ଦୂର ହେଉଛି । ଦୁର୍ଭିକ୍ଷବେଳେ ପରା ଟଙ୍କାପଇସା ପାଖରେ ଥାଇ ମଧ୍ୟ ଲୋକମାନେ ଶସ୍ୟ ପାଇବା ପାଇଁ ଉହଳ ବିକଳ ହୋଇ ମରୁଥିଲେ । ଏବେ ବଦଳିଯାଉଛ କେମିତି ?

- ଯୁଗ ବଦଳୁଛି ଆଉ ତା' ସାଙ୍ଗରେ ପାଦ ଦେଉଦେଉ ମୁଁ ପୁଣି ବଦଳିଗଲିଣି । ଦେଖେ ମୋ ଚେହେରାକୁ ।

ମୁଁ ଆଉ କିଛି ନ କହି ବାପାଙ୍କୁ ଚାହିଁଲି । ଲମ୍ବା ଚଉଡ଼ା ମୋଟାଶୋଟା ବାପାଙ୍କ ଶରୀର ଏବେ ଖୁବ୍ ଜୀର୍ଣ୍ଣଶୀର୍ଣ୍ଣ ହୋଇଯାଇଛି । ବଳ ନାହିଁ ଆଉ ଦେହରେ କି ମନରେ ।

- ଚାହିଁଛୁ କ'ଣ ?

- ଆକାଶକୁ । ଯାହାର ଦେହଟା ଏତେ ବିସ୍ତୀର୍ଣ୍ଣ । ଅଥଚ କ୍ଷୀଣ ହୁଏନି କେବେ !

ହସି ଉଠିଲେ ବାପା । 'ଆଉ କେତେ ବର୍ଷ ପରେ ସେହି ବିସ୍ତୀର୍ଣ୍ଣ ବକ୍ଷରେ ମୁଁ ତାରାଟିଏ ହୋଇ ଲୁଚି ଯିବିରେ । ଏମିତି ଚାହିଁ ଚାହିଁ ମୋତେ ଖୋଜିଲେ ମଧ୍ୟ ଚିହ୍ନି ପାରିବନିରେ ।'

ଦିନେ ଶ୍ମଶାନ ମଝିରେ ଠିଆହୋଇ ବାପାଙ୍କୁ ଖୋଜୁଥିଲି ପାଉଁଶ ଭିତରୁ । ସେ ଏଇ ଦୁଇଘଣ୍ଟାରେ ଜଳିଗଲେ କେମିତି ନିଜର ଅସ୍ତିତ୍ୱକୁ ହରାଇ । ଆଉ ବାପା ମିଳିବେନି ମୋ ପ୍ରଶ୍ନର ଉତ୍ତର ଦେଇ ମନ ବୁଝାଇବାକୁ । ମୋ ଆଖିରୁ ଲୁହଟୋପା ଖସିପଡୁଥିଲା ଏକ ଅଭାବଶୂନ୍ୟ ମନରୁ ।

।। ଛଅ ।।

ହଜାରେ ଟଙ୍କାରୁ ଋରି ଟଙ୍କା କମ୍‌ରେ ସଂଜିତ୍ ଆରମ୍ଭ କଲେ ଅଧ୍ୟାପକ ଋକିରି । ଏଇ ଋକିରି ଭିତରେ ସେ ପୁରଣ କରିବେ ସମସ୍ତଙ୍କ ଇଚ୍ଛା । ମାନେ ବାପାଙ୍କ ପାଖକୁ ମାସକୁ ଦୁଇଶହ ଟଙ୍କା ପଠାଇବାର କଡ଼ା ନିୟମ । ତା'ପରେ ଘରବାଲାକୁ ଭଡ଼ା ବାବଦରେ ଅଢ଼େଇଶହ ଟଙ୍କା ପ୍ରତିମାସରେ ପଇଠ । ତା' ବାଦେ ଜି.ପି.ଏଫ୍. ପାଇଁ ଶହେଟଙ୍କାର ଡିପୋଜିଟ୍ । ଏସବୁ ଛାଡ଼ି ଦେବାପରେ ତିନିଜଣଙ୍କ ପୋଷଣ । ନିଜେ ତ ଜଣେ, ଆଉ ଜଣେ ସ୍ତ୍ରୀ ଆଉ ଝିଅ ମୀରା । ଛୋଟ ପିଲାଙ୍କ ପାଇଁ ଅଧିକା ଖର୍ଚ୍ଚ । କ୍ଷୀର ସାଙ୍ଗକୁ ଅଧିକାଂଶ ବେଳେ ଦେହ ଖରାପ ପାଇଁ ଡାକ୍ତର ଚିକିତ୍ସାର ଖର୍ଚ୍ଚର ବହୁଳତା ବେଳେବେଳେ ପକେଟକୁ ଶୂନ୍ୟ କରିଦିଏ । କଟକ ସହରରେ ଘର ଭଡ଼ା । ଦୁଇ ବଖୁରିଆ ଛାତ ଘର । ଛୋଟ ରୋଷେଇ ଘର ସାଙ୍ଗକୁ ଛଅରେ ଛଅ ଫୁଟ ଲମ୍ବ ଓସାରର ଗୋଟିଏ ଛୋଟ ବାରଣ୍ଡା । ସେହି ବାରଣ୍ଡାକୁ ଦୁଇ ରୁମ୍‌ର କବାଟ ଓ ରୋଷଇ ଘରର କବାଟ ମଧ୍ୟ ରହିଛି । ପଛପଟକୁ ବାରଣ୍ଡା ଉନ୍ମୁକ୍ତ । କାଠର କି ଲୁହାର ଜାଫ୍ରି ନାହିଁ ଅଗଣା ଆଡ଼କୁ । ଅଗଣାରେ କୂଅ, ଗାଧୁଅ ଘର ସହିତ ଲାଟ୍ରିନ୍‌ର ସଂଯୋଗ । ଟଙ୍କା ଅନୁସାରେ ଘର । ଭଲ ଘର ଋହିଁଲେ ସେମିତି ଟଙ୍କା ଦେବାକୁ ହେବ । ତେଣୁ ଅଢ଼େଇ ଶହ ଟଙ୍କାରେ ଆଉ କିଏ ଯୋଗାଇଦେବ ପାଇପ ଘରର ସୁବିଧା । ବଡ଼ ଡାକ୍ତରଖାନାର ନାଁରେ ବେଶି ଲୋକ ଟାଣି ହୋଇ ଆସନ୍ତି କଟକ ଅଭିମୁଖେ । ରୋଗୀ ତ ପଡ଼େ ଡାକ୍ତରଖାନାରେ । ଆଉ ତା' ସାଙ୍ଗରେ ଆସିଥିବା ଆତ୍ମୀୟସ୍ୱଜନ ବା ଦେଖିବାକୁ ଆସୁଥିବା ଆତ୍ମୀୟଙ୍କ ଭିଡ଼ ଜମେ ସଂଜିତ୍‌ଙ୍କ ଘରେ । ଏହା ବାଦେ ରେଭେନ୍‌ସା କଲେଜର ମୋହରେ ଅନେକ ଦୌଡ଼ନ୍ତି ନାମ ଲେଖାଇ ପଢ଼ିବାର ସୁଯୋଗ ନେବାପାଇଁ । ଏଥିରେ କେତେ ଜଣ ଚିହ୍ନାପରିଚିତ ମୁହଁ ତ ଥାଆନ୍ତି । ଆଡ଼ମିସନ୍ ନେବାଠାରୁ ହଷ୍ଟେଲ୍‌ରେ ରୁମ୍ ମିଳିବା ପର୍ଯ୍ୟନ୍ତ ଅବସ୍ଥାନ ଜମାନ୍ତି ସଂଜିତ୍‌ଙ୍କ

ଭଡ଼ା ଘରେ । କାହାକୁ ମନା କରିବ ? କିଏ ଚିହ୍ନା ପରିଚିତ ତ କିଏ ଆତ୍ମୀୟ । ଏହି ସବୁ ଭାରରେ ଭାରକ୍ରାନ୍ତ ମନ କେବେ କେବେ ବିଚଳିତ ହୋଇ ପଡ଼େ । ଆଉ ଆଦ୍ୟାଶା ସାନ୍ତ୍ୱନା ଦେଇ କୁହେ - କେମିତି କାହାକୁ ମୁହଁ ଫୁଲେଇ କଥା କହିବ? ସେମାନେ ତ ଆମ ଲୋକ । ଘରେ ଯାହା ଅଛି ଖାଇ ପିଇ ରହନ୍ତୁ । କିଛି କହିଲେ ଖରାପ ଭାବିବେ ।

ସଂଜିତ୍‌ଙ୍କ କହିବା ପାଇଁ ଆଉ ପାଟି ଖୋଲେନି । ସେ ଚୁପ୍ ରହିଯାଆନ୍ତି । ବେଳେବେଳେ କହନ୍ତି- କ୍ୱାଟରସ୍ ମିଳୁଥିଲା । ଭବାନୀ ସାର୍ ସେଠି ରହୁନାହାନ୍ତି । ଶହେ ପଚିଶ ଟଙ୍କା ଦେଇ ରିଡ଼ର କ୍ୱାଟରସ୍‌ରେ କେତେବର୍ଷ ରହିଯାଇଥାଆନ୍ତି । ଅନେକ ବଡ଼ବଡ଼ କୋଠରୀ ଭିତରେ ଆମେ ଦୁଇଜଣ ଗୋଟିଏ ପିଲାଙ୍କୁ ନେଇ ରହିଥାଆନ୍ତେ କେମିତି ? ପୁଣି ଛତ୍ରବଜାରକୁ କ୍ୱାଟରସ୍ ଲାଗିଛି । ପୁଣି ତା'ର କଣ୍ଡିସନ ସେତେ ଭଲନୁହେଁ । ପାଣି ଟ୍ୟାପ୍ ଲାଗିଛି । ପାଣିର ସୁବିଧା ଅଛି ହେଲେ ଆମେ ତ ମାତ୍ର ତିନିଜଣ । ସେଥିପାଇଁ ମୁଁ ବାପାଙ୍କ କଥା ଅନୁସାରେ ସେହି କ୍ୱାଟରସ୍‌ରେ ରହିବା ଉଚିତ୍ ମଣିଲି ନାହିଁ । ଭାବୁଛି ସେଠି ରହିଥିଲେ ଠିକ୍ ହୋଇଥାଆନ୍ତା । ଏତେ ଲୋକବାକଙ୍କ ଭିତରେ ଏ ଘର ଆମକୁ ଅଣ୍ଟୁନି । କିନ୍ତୁ ସେ ଘର ଆହୁରି ଖାଲି ଲାଗୁଥାଆନ୍ତା ।

ଆଦ୍ୟାଶାର ଆଶ୍ୱାସନା ବାଣୀ ଶୁଣନ୍ତି । ଯେଉଁ କଥା ଗଲାଣି ତା' କଥା ଭାବୁଛ କାହିଁକି ?

- ଭାବିବିନି କେମିତି ? ଆଜି ତମେ କହୁଛ ପାଣି କାଢ଼ି କାଢ଼ି ତମ ହାତ ବିନ୍ଧିଲାଣି । ହେଲେ ମୁଁ ଏଘର ଛାଡ଼ି ଯାଇପାରୁନି । ମୋ ପାଖରେ ଆଉ ବଳକା ଟଙ୍କା ରହୁନି ଯେ ଚାରିଶହ ଟଙ୍କାର ଘରଟିଏ ଭଡ଼ା ନେବି । ଚଳେଇ ନିଅ ଏଠି । କଲୋନୀର କ'ଣ ଅନ୍ୟମାନେ ଚଳୁନାହାନ୍ତି କି ? ଘର ଛାଡ଼ି କିଏ ଯାଉଛି ?

- ହଁ ସମସ୍ତେ ଚଳୁଛନ୍ତି । କିନ୍ତୁ ସମସ୍ତେ ତ ସମାନ ନୁହଁନ୍ତି । ତମେ ଅନ୍ୟମାନଙ୍କ ସହ ମୋତେ ତୁଳନା କର କାହିଁକି ?

- ତମର ମନୋବଳ ବଢ଼େଇବାକୁ ।

- ନା ମୋର ହାତ ଓ ଗୋଡ଼ ବିନ୍ଧା ବଢ଼େଇବାକୁ ।

- ଯାହା ଭାବୁଛ ଭାବ । ମୋର ଆଉ ଉପାୟ ନାହିଁ ।

ଆଦ୍ୟାଶାର ଅଭିମାନର ସ୍ୱର - ମୋର ଯାହାହେଲେ ତମର ଚିନ୍ତା ନାହିଁ । ତମେ ତ ତମ ବାଟରେ ଖାଇପିଇ ଦେଇ ଯାଉଛ । ବୁଝିପାରୁଛ କି ମୋ କଷ୍ଟକୁ ?

- ଆରେ ମୋ ରିସର୍ଚ୍ଚ କାମ ଚାଲିଛି । ଆସୁ ଆସୁ ରାତି ସାତଟା ଆଠଟା ବାଜି ଯାଉଛି । ତମେ ତ ଘର ଚଳେଇ ନେଉଛ । ମୋର ଚିନ୍ତା କ'ଣ ?

ଆଜି ସେଇ ଘର ଆମ ପାଖରେ ନାହିଁ । ଦରମା ବଢ଼ିବା ସଙ୍ଗରେ ଆମର ଘରଭଡ଼ା ବଢ଼ି ଯାଇଥିଲା । ସବୁ ସୁବିଧାଥିବା ଘର ଆମର ପ୍ରଥମ ଚୟସ୍ ଥିଲା । ଚବିଶ ଘଣ୍ଟା ପାଣି ଆସୁଥିବା ଘରକୁ ଆମେ ପ୍ରିଫର କରି ଆସିଛୁ । କଟକ ଘର ଛାଡ଼ିବା ପରେ ଦରମା ବଢ଼ିଥିଲା । ସଂଜିତ୍ ଅଧିକା ଟଙ୍କାରେ ଘରଭଡ଼ା ଦେବାକୁ ପ୍ରସ୍ତୁତ ହେଲେ । ଯିଏ ଶୁଣିଲା କହିଲା – ଏତେଟଙ୍କା ଘରଭଡ଼ା ଦେଇ ମୋଜାଇକି କି ମାର୍ବଲ ଘରେ ରହିବା କି ଦରକାର ? ନିଜ ଘର କଲେ ମାର୍ବଲ କରିବ ।

ଗଭୀର ଆଶ୍ୱସ୍ତିରେ ସେ କହିଥିଲେ – ବୁଲି ବୁଲି ତ ଜୀବନର ତେତିଶି ବର୍ଷ କଟିଯିବ । ବୁଢ଼ାବେଳେ ନିଜଘର କରି ସୁବିଧାରେ ରହିବା ଯେତିକି ଯୁକ୍ତିଯୁକ୍ତ ସେତିକି ଭଡ଼ାଘରେ ସୁବିଧାରେ ରହିବା କ'ଣ ଯୁକ୍ତିଯୁକ୍ତ ନୁହେଁ କି ? ଏତେ ବର୍ଷ ଯଦି ହନ୍ତସନ୍ତ ହୋଇ ଚଳିବ ତେବେ ରିଟାୟାର୍ଡ଼ପରେ କେମିତି ସୁଖ ମିଳିଯିବ ? ଜୀବନର ମୂଲ୍ୟବାନ ସମୟକୁ ଅସୁବିଧା ଭିତରକୁ ଠେଲି ଦେବା କାହିଁକି ? ଟଙ୍କାର ଅଭାବ ଥିଲେ ଅନ୍ୟକଥା । କିନ୍ତୁ ଟଙ୍କା ଥିଲେ ଏତେ କାର୍ପଣ୍ୟତା କାହିଁକି ?

ଏ ଉକ୍ତିକୁ କିଏ ଗ୍ରହଣ କରୁ କି ନକରୁ କିନ୍ତୁ ଆଦ୍ୟାଶା ମର୍ମେ ମର୍ମେ ଗ୍ରହଣ କରିଛି । ପିଲାମାନେ ଯୋଗ୍ୟ ହେଲେ ଟଙ୍କା କାହା ପାଇଁ ସଞ୍ଚିବ ?

ଦେଖୁ ଦେଖୁ ସମୟର ସ୍ରୋତରେ ବୋହିଆସି ଆଜି ସଂଜିତ୍ ପଞ୍ଚାବନ ବର୍ଷରେ ଉପନୀତ । ଆଉ ତିନିବର୍ଷ ପରେ ରିଟାୟାର୍ଡ଼ । ନିଜ ପୁଅର ଡାକ୍ତର ପାଠ ପଢ଼ା ଆଉ ଦୁଇବର୍ଷ ପରେ ସରିଯିବ । ଭୁବନେଶ୍ୱରରେ ନିଜ ଘରକୁ ସେ ମାର୍ବଲ, ଟାଇଲ୍‌ରେ ସୌନ୍ଦର୍ଯ୍ୟକରଣ କରିଛନ୍ତି । କିନ୍ତୁ ଅବଶୋଷ ବେଳେବେଳେ ଉଙ୍କି ମାରେ ତାଙ୍କ ମନରେ କେତେ କଷ୍ଟରେ ଥିଲେ କଟକରେ ? ବର୍ତ୍ତମାନ ପାଣିର ଅଭାବ ନାହିଁ ନିଜ ଘରେ, ବୋର୍‌ୱେଲ୍ ଖୋଳି ମୋଟର ବସେଇ ପାଣିର ବ୍ୟବହାର ଇଚ୍ଛା ଅନୁସାରେ ସମ୍ପାଦନ ହୋଇପାରୁଛି । ପୂର୍ବପଟକୁ ଘରର ମୁହଁ । ତେଣୁ ସକାଳର ସୂର୍ଯ୍ୟକିରଣର ପ୍ରବେଶ ଅକ୍ଳେଶରେ ହୋଇପାରୁଛି । ଚିନ୍ତା କ'ଣ ? ତଥାପି ରୋଗଗୁଡ଼ିକ ବୟସକୁ ଅପେକ୍ଷା କରି ବସିଥିଲେ ନା କ'ଣ, ପଚାଶ ଡେଇଁ ଡେଇଁ ବିଭିନ୍ନ ରୋଗ ଗ୍ରାସ କରି ବସିଲା ଶରୀରକୁ । ମାସକୁ ଶହ ଶହ ଟଙ୍କାର ଔଷଧ ଖର୍ଚ୍ଚ ହେଉଛି । ରୋଗ ଉପଶମ ହେଉଛି କିନ୍ତୁ ପୁରାପୁରି ଭଲ ହେଉନି । ଆଉ ଆଦ୍ୟାଶାର ରୋଗ ପଚାଶ ବର୍ଷ ନ ହେବା ପୂର୍ବରୁ ବାହାରିଗଲାଣି । ଯନ୍ତ୍ରଣା ଭିତରେ ବଞ୍ଚିବାର ଲାଳସା ଆହୁରି ବଢ଼ିଯାଇଛି । ସଂଜିତ୍ କହିଲେ– ଏବେ ଷଷ୍ଠ ବେତନ କମିଶନ ରିପୋର୍ଟ ଦେଇଛି । ଦେଖିବ ଆମର ୟୁଜିସି ସ୍କେଲ୍‌ରେ ମୋର ଦରମା ମିନିମମ୍ ଷାଠିଏ ହଜାର ଛୁଇଁବ । ହଁ ରିଟାୟାର୍ଡ଼ମେଣ୍ଟ ପୂର୍ବରୁ ଆମ ସରକାର ଦେଇ ସାରିଥିବେ ୟୁଜିସି ସ୍କେଲ ଦରମା । ଯାହା ଏରିୟର

ମିଳିବ ଭାବୁଛି ଘର ପାଇଁ ଆଣିଥିବା ବ୍ୟାଙ୍କ୍ ଲୋନ୍‌ଟା ଶୁଝି ଦେବି । ରିଟାୟାର୍ଡ଼ ପରେ ମୁଣ୍ଡ ଉପରେ ଋଣ ରଖିବା ଉଚିତ ନୁହେଁ । ଯଦି ଟଙ୍କା ବଳକା ହେବ ତେବେ ଉପର ଘର କରିବି ନଚେତ୍ ପୁଅ କରୁ । ଲେକ୍‌ଚରରର ଚାକିରିରେ କେତେ ଆଉ କରିବି ? ପିଲା ଦିଟାଙ୍କୁ ମେଡ଼ିକାଲ ପଢ଼େଇଲି । ଭାଇ ଭଉଣୀଙ୍କୁ ପଢ଼ା ପାଇଁ ଟଙ୍କା ପ୍ରାୟ କୋଡ଼ିଏ ବର୍ଷ ଦେଲି । ନିଜ ଟଙ୍କାରେ ଜାଗା କିଣି ଘର କଲି । ଝିଅ ବାହାଘର କଲି ଯେ କାହାଠାରୁ ଗୋଟିଏ ପଇସା ଆଣିନି କି କେଉଁ ଭାଇ ଦେଇନାହାନ୍ତି । ଜଗିରଖି ଚଳି ଚଳି ଏତେବର୍ଷ ଗଲା । ଏଥର ଭାବୁଛି ତମ ପାଇଁ ଗୋଟିଏ ବଡ଼ ହାର କିଣିଦେବି ।

ଚମକି ପଡ଼ି ଆଦ୍ୟାଶା କହିଲା - ଦେବ ଦେବ ବୋଲି ତିରିଶି ବର୍ଷ ଗଲାଣି । ଏ ବୁଢ଼ୀ ବେଳକୁ ହାର କିଣିବ କାହିଁକି ?

- ତମକୁ କିଛି ତ ଦେବାକୁ ହେବ । ବାହାଘର ସମୟରେ ପାଖରେ ଟଙ୍କା ନଥିଲା ବୋଲି ସୁନାର କିଛି ଉପହାର ଦେଇପାରି ନଥିଲି । ଏବେ ଟଙ୍କା ପାଇଲେ କିଣି ଦେବି । ସେତେବେଳେ ତମକୁ ଦେଇଥିବା ମୁଣ୍ଡର ରୂପାଫୁଲକୁ ତମେ ତ କେବେ ପିନ୍ଧିନ । ତମକୁ ପରା ମୁଣ୍ଡ ଫୁଲଟା ଭଲ ଲାଗୁନି ।

- ଥାଉ ତମ ସୁହାଗ କଥା । ହାର ନ ଦେଲେ କ'ଣ ହେଲା ? ଦେଇଥିଲ ତ ରୂପା ଫୁଲଟେ । ଏତେ ବର୍ଷ ଆମେ ତ ସୁବିଧାରେ ଚଳି ଆସିଛେ । ଆଉ କେତେବର୍ଷ ନିଜ ଘରେ ଚଳିଯିବା । ତମେ ତମପାଇଁ କରିଛ କ'ଣ ? ମୁଁ ତ ପର ନୁହେଁ ଯେ ମୋତେ ତମେ ଦେଇନ ବୋଲି ମନ ଦୁଃଖ କରିବି । ଦରମା ଟଙ୍କାରେ ଯାହା କରିଛ ସବୁତ ଆମ ପାଇଁ । ଏଥିରେ ଦେବା ନ ଦେବା କଥା ଉଠୁଛି କାହିଁକି ? ଏବେ ରୋଗକୁ ଦେଖି ତମେ ଡରିଯାଉଛ । ଏମିତି ଡରିଲେ ହେବ କି ? ମଣିଷର ବଞ୍ଚିବାର ଇଚ୍ଛା ତାକୁ ଅଧିକା ବର୍ଷ ବଞ୍ଚେଇ ରଖେ । ତମେ ମନଦୁଃଖ କଲେ ଔଷଧ କେମିତି କାଟୁ କରିବ ? ମୋର ତ ପୁଣି ଏବେ ରୋଗ ବାହାରିଲାଣି । ମୁଁ ହତାଶ ହୋଇଯିବି କାହିଁକି ? କାଲି ପୁଅର ପାଠ ସରିବ । ସେ କେମିତି ଭଲ ପି.ଜି. ପାଇବ । ତା'ର କେମିତି ବାହାଘର ହେବ ସେହି କଥା ଆମେ ଭାବିବା ଦରକାର । ଦୁଃଖ ଦୁର୍ଦ୍ଦଶା ଭିତରେ ସଢ଼ି ସଢ଼ି ଲୋକ ତ ପୁଣି ବଞ୍ଚି ରହୁଛନ୍ତି । ଖାଇବାକୁ ଖାଦ୍ୟ ନାହିଁ କି ରୋଗପାଇଁ ଔଷଧ ନାହିଁ ତଥାପି ସେମାନଙ୍କ ବଞ୍ଚିବାର ମୋହ କମିଯାଉନି । ଆମ ପାଖରେ ସବୁଥାଇ ଆମେ ରୋଗରେ ପଡ଼ିଗଲେ ଏମିତି ଭାଙ୍ଗି ପଡ଼ିବା କାହିଁକି ? ଚାକିରିରୁ ରିଟାୟାର୍ଡ଼ କରି ପେନ୍‌ସନ୍ ପାଇବ । ନାତି ନାତୁଣୀଙ୍କ ସହ ହସଖୁସିରେ ରହି ରୋଗ କଥା ପୁରାପୁରି ଭୁଲିଯିବ ।

- ଦେଖାଯାଉ ।

- ପୁଣି ଏ ହତାଶବୋଧ କାହିଁକି ? ଏବେ ତମ ବ୍ୟାଙ୍କ୍ ଅଫିସର ଭାଇ କହୁଥିଲେ - 'ଭାଉଜ, ନନା ବ୍ୟାଙ୍କ ଚାକିରି ଛାଡ଼ି ଠିକ୍ କରିଛନ୍ତି । ଏବେ ମୁଁ ବ୍ୟାଙ୍କ୍ ଭିତରେ ପଶି ଯାଇ ଘରକୁ ଆସିବାକୁ ସମୟ ପାଉନି । କାହିଁକି ଲେକ୍‌ଚ଼ରରସିପ୍‌ଟା ଛାଡ଼ିଦେଲି ସେତେବେଳେ ? ଏବେ ଆମର ଦରମା ମଧ୍ୟ ଅଧ୍ୟାପକମାନଙ୍କଠାରୁ କମି ଗଲାଣି ।'

- ବ୍ୟାଙ୍କ୍‌ରେ ଅଧିକା ଦରମା ମିଳୁଥିଲା । ଆଉ ମୁଁ ଚାରି ଶହ ଟଙ୍କା କମ୍‌ରେ ଲେକ୍‌ଚ଼ରର ସିପ୍ ଜଏନ୍ କଲି । ମୋତେ ଟିଚିଙ୍ଗ ଲାଇନ୍ ଭଲ ଲାଗେ । ସେତେବେଳେ ସେ କହୁଥିଲା 'ଭାଇ, ଅଧ୍ୟାପକ ଚାକିରିରେ ଭାତ ଡାଲମା ଖାଇବା ଛଡ଼ା ଆଉ କ'ଣ ଖାଇପାରିବ ।' ଆଜି କାହିଁକି ପସ୍ତେଇ ହେଉଛି ।

- ତମର ୟୁଜିସି ଦରମାକୁ ଦେଖି ।

- ସେହି ଅଧ୍ୟାପକ ଚାକିରି କରି ଘରକୁ, ଭାଇମାନଙ୍କୁ ସାହାଯ୍ୟ କରିଛି । ନିଜେ ପଛକେ ଅସୁବିଧାରେ ପଡ଼ିଛି ହେଲେ ସମସ୍ତଙ୍କୁ ସାହାଯ୍ୟର ହାତ ତ ବଢ଼ାଇଛି । ଆମେ ଦୁଇଭାଇ ଘରକୁ ଯଥାସାଧ୍ୟ ସାହାଯ୍ୟ କରି ତୃପ୍ତ ଅଛୁ । ସେଥିପାଇଁ ତ କମ୍ ଟଙ୍କାର ଘର ଭଡ଼ା ନେଇଥିଲି କଟକରେ । ତମେ କଷ୍ଟ ପାଇଲ । ମୋ ପିଲାମାନଙ୍କ ଉପରେ ସେହି କଷ୍ଟର କିଛି ଅଂଶର ପ୍ରଭାବ ମଧ୍ୟ ପଡ଼ିଲା । ଦେଖିବାକୁ ଗଲେ ବହୁ ସନ୍ତାନସନ୍ତତି ଘରର ପୁଅ ହୋଇଥିବାରୁ ତା'ର ପ୍ରଭାବ ମୋ ପିଲାଙ୍କ ଉପରେ ପଡ଼ିଲା ମଧ୍ୟ । ସେତେବେଳର ଦୁଇ ଶହ ଟଙ୍କା ଏବର ଦୁଇ ହଜାରଟଙ୍କା ହେବ । ଦରଦାମ ବଢ଼ିବା ସାଙ୍ଗକୁ ଦରମା ମଧ୍ୟ ବଢ଼ୁଛି ।

- ତମ ଦରମାକୁ ଦେଖି ତମ ଭାଇମାନେ କହୁଛନ୍ତି 'କ'ଣ କରୁଛ ଏତେ ଟଙ୍କା ?

- ତେବେ ସେମାନେ ତାଙ୍କ ଦରମା କ'ଣ କରୁଛନ୍ତି ? କାହାକୁ ସାହାଯ୍ୟ କରୁଛନ୍ତି । ନିଜ ପିଲାଛୁଆଙ୍କ ପାଇଁ ଖର୍ଚ୍ଚ କରି ନିଜ ପାଇଁ ରଖୁଛନ୍ତି । ଏଥିରେ ଏମିତି ବ୍ୟକ୍ତବ୍ୟ ଦେବା କି ଦରକାର ? ଆମ ଚାକିରି ସରି ଆସିଲାଣି । ସେମାନଙ୍କର ଚାକିରି ଆହୁରି କୋଡିଏ ପଚିଶ ବର୍ଷ ଅଛି । ସେମାନେ ଚାକିରି ଶେଷକୁ ଲକ୍ଷେ କି ତା' ଉପରେ ଦରମା ପାଉଥିବେ ।

- ସେତେବେଳେ ଆମେ ତାଙ୍କୁ ଏକଥା କହିବା ।

- ମଣିଷ ବଞ୍ଚିଥିଲେ ସିନା ।

- ହଁ ତମେ ବଞ୍ଚିଥିବ । ଆହୁରି ବହୁତ ବର୍ଷ ଜୀବନକୁ ଉପଭୋଗ କରିବ । ତମ ପିଲାମାନଙ୍କ ଓ ନାତି ନାତୁଣୀଙ୍କ କଥା ବୁଝିବ । ପେନ୍‌ସନ୍ ମିଳୁଥିବ ଆଉ ତମର

ଚିନ୍ତା କ'ଣ ? ଭାଇ ପଚାରୁ କି ନ ପଚାରୁ ତମ ପୁଅ ଝିଅ ତ ପଚାରିବେ ।

- କିଏ ଜାଣେ ପିଲାମାନଙ୍କ କଥା ?

- ମୁଁ ଜାଣିଛି । ସେମାନେ ତମ କଥା ଜାଣିଛନ୍ତି । ତମେ ଯେମିତି ରୋଗରେ କଷ୍ଟ ପାଇ ହତାଶ ହୁଅ ଆଖିରେ ଦେଖିଛନ୍ତି । ସେଥିପାଇଁ ତ କୌଣସି କଥାରେ ଅଳି ଅଝଟ କରି ନାହାନ୍ତି । କେମିତି ସେମାନଙ୍କୁ ସେମାନଙ୍କ ଲକ୍ଷ୍ୟ ସ୍ଥଳରେ ପହଞ୍ଚାଇବି ସେଇ ଚ଼ିନ୍ତା ମୋତେ ଘାରିଥିଲା । ମୋର ଶାଢ଼ୀ କି ସୁନା ଗହଣା ଲୋଭ ନ ଥିଲା । ମୋ ପିଲାମାନେ ମୋର ଆସେଟ୍ ।

- ସତରେ ମୁଁ ଭାବି ପାରୁନଥିଲି ପିଲାମାନଙ୍କୁ କେମିତି ଲାଳନ ପାଳନ କରିବି । ସେମାନଙ୍କୁ ମଣିଷ କରିବି କେମିତି ?

- ସବୁ ସେହି ଠାକୁରଙ୍କ କୃପା ।

- ହଁ ତାଙ୍କରି ଆଶୀର୍ବାଦରୁ ଆମେ ଆଜି ଏତେବର୍ଷ ଦାମ୍ପତ୍ୟ ଜୀବନଯାପନ କରି ପିଲାମାନଙ୍କୁ ସତ୍ ବାଟରେ ଆଣି ଆଗେଇ ଆସିଛେ । କାଲି ମଧ୍ୟ ତାଙ୍କରି କରୁଣାରୁ ସବୁ ରୋଗ ଶୋକ ଦୂର ହୋଇଯିବ । ଆମ ପିଲାଙ୍କ ଉପରେ ଠାକୁରଙ୍କ କରୁଣା ଥାଉ । ସେମାନେ ଜୀବନରେ ସଫଳ ହୁଅନ୍ତୁ ।

- ହଁ ଏହି ଆତ୍ମବିଶ୍ୱାସକୁ ସୁଦୃଢ଼ କର । ଗଭୀର ବିଶ୍ୱାସ ପ୍ରଭାବରେ ତମର ସବୁ ଇଚ୍ଛା ପୁରଣ ହେବ । ତମେ ମନ ଭିତରେ ସାଇତି ରଖିଥିବା ଦୁର୍ବଳ ଭାବନାକୁ ଦୂର କରିଦିଅ । ଦେଖିବ ତମେ ଆହୁରି ସୁସ୍ଥସବଳ ହୋଇ ଉଠିବ । କିଛି ନୂଆ ଅଭୀପ୍ସାରେ ବାନ୍ଧି ହୋଇଯିବ ।

- ମୁଁ ଭାବୁଛି ଈଶ୍ୱରଙ୍କୁ କିନ୍ତୁ ଭୁଲିପାରୁନି ନିଜ ରୋଗକୁ ।

- ତମେ ଠାକୁରଙ୍କ ଉପରେ ଗଭୀର ବିଶ୍ୱାସ ରଖିନ । ଠାକୁରଙ୍କୁ ପ୍ରବଳ ବିଶ୍ୱାସ ବଳରେ ତମେ ରୋଗଠାରୁ ମୁକ୍ତ ହେବ ଆଉ ବଞ୍ଚିବାର ପ୍ରବଳ ଇଚ୍ଛାକୁ ପୁଣି ଜାଗ୍ରତ କରିପାରିବ ।

- ତମେ ମୋତେ ଏତେ ସାହସ ଦିଅ । ଦୃଢ଼ ମନୋବଳ ହେବାକୁ କୁହ । ମୁଁ କିନ୍ତୁ-

- କିନ୍ତୁର କିଛି ମାନେ ନାହିଁ । ମୁଁ ତମର ସ୍ତ୍ରୀ, ଆଉ ତମ ସହଧର୍ମିଣୀ । ଆଜି ଏତେବର୍ଷ ଆମେ ସାଥିହୋଇ ଆସିଛେ । ତମପାଇଁ ମୁଁ ସବୁ ପାଇଛି ।

- ଆଉ ମୁଁ ମଧ୍ୟ ତମପାଇଁ ସବୁ ପାଇଛି । ଜୀବନରେ ବଞ୍ଚିବାର ସ୍ୱପ୍ନକୁ ଜାଗ୍ରତ କରିଛି । ବଞ୍ଚିବାର ପଥ ସୁଗମ ହୋଇଯାଇଛି ।

- ସେହି ଚେଷ୍ଟା ତମର ସୁଦୂର ବିଜୟୀ ହେଉ ।

- ତମେ ମୋ ସାଙ୍ଗରେ ଥିଲେ ମୋ ରାସ୍ତାର ଦୂରତା ମୋତେ ଜଣାପଡ଼ିବ ନାହିଁ ।

- ହଁ ସତରେ ଆମେ ଦୁଇଜଣ ହାତ ଧରାଧରି ହୋଇ ଆହୁରି ଆଗେଇଯିବା ।

- ଚାହଁ ସେ ଗଛର ସବୁଜପତ୍ରକୁ । କେମିତି ଖରା ପଡ଼ି ଚିକ୍‌ଚିକ୍ କରୁଛି - ସଂଜିତ୍‌ଙ୍କ ସ୍ୱର ଶୁଣାଗଲା ।

॥ ସାତ ॥

ବେଳେବେଳେ ମନ ଭିତରେ ମରୁଭୂମିର ମରୀଚିକାର ଛାୟା ଲୁଚୁକାଳି ଖେଳିଥାଏ। ନିର୍ବୋଧ ମଣିଷ ବୁଝିପାରେନି ସେ ତ ନିଜେ ମାୟାରେ ବଞ୍ଚିଚାଲିଛି। ଜୀବନ ସଂଘର୍ଷ ଭିତରେ କେତେ ଭାବନା ମନର ଝରକା ଖୋଲି ପଶିଆସନ୍ତି ସେମାନଙ୍କୁ ଗଣୁଗଣୁ ଭୁଲିଯାଏ ସେମାନଙ୍କ ସଂଖ୍ୟା। ଅଭିମାନ ମନ ନିଜର ଶକ୍ତିର ପାରକାଷ୍ଠା ଦେଖାଇଥିଲା ବେଳେ ଭୁଲିଯାଇଥାଏ ଭବିଷ୍ୟତକୁ। ତା' ସାମ୍ନାରେ ଉଙ୍କିମାରେ ବି ନିଜର କ୍ଳାନ୍ତ ଅସ୍ତିତ୍ୱ ଟିକକ। ଅବର୍ତ୍ତମାନ ସଂସାରରେ ସେ ହିଁ ଅବୁଝାହୋଇ ଅଙ୍କ କଷୁଥାଏ। ଦୁନିଆ ଖୁବ୍ ଭଲଲାଗେ ନିଜ ପଶାପାଲିର ବିଜୟରେ। କିନ୍ତୁ ହାରିବାର ଅନୁଭୂତିରେ ମନ ଏତେ ଛଟପଟ ହୁଏ କାହିଁକି ? ମୋହ ଭିତରେ ଏତେ ଆସକ୍ତି ରହିଛି ଯେ ମୃତ୍ୟୁକୁ ଭୁଲିଯାଏ ମଣିଷ।

ଆଦ୍ୟାଶାର ମନଟା ଭାରି ଅଶ୍ୱସ୍ତି ଲାଗୁଛି। ବଡ଼ବୋହୂର ଅଦୃଆ ସୂତାରେ ସେ ଛନ୍ଦି ହୋଇଯାଉଛି। ଦୀର୍ଘ ବର୍ଷତଳେ ବଡ଼ବୋହୂର ପଦମର୍ଯ୍ୟାଦାରେ ଶାଶୁଘର ସହିତ ସଂପର୍କର ସେତୁ ବାନ୍ଧିଥିଲା। ସେହି ସଂପର୍କର ଡୋରିରେ ସ୍ୱାମୀ, ଶାଶୁ ଶ୍ୱଶୁର ନଣନ୍ଦ ଦିଅରଙ୍କ ମନକୁ ନେଇ ଚଳି ଆସିଲାଣି ଆଜି ପର୍ଯ୍ୟନ୍ତ। ବାପଘର ଝିଅ ଥିବାବେଳେ ମନଟା ଭାରି ହାଲ୍କା ଥାଏ କିନ୍ତୁ ଶାଶୁଘର ବୋହୂ ହେବାପରେ ନିଜ ମନକୁ ଅନ୍ୟର ମନରେ ବାନ୍ଧି ଚଳିବାକୁ ହୁଏ। ଏ ତ ଗୋଟିଏ ବୋହୂର ସ୍ୱାଭିମାନ ନୁହେଁ। କିନ୍ତୁ ଜବରଦସ୍ତି ବୋହୂର ସ୍ୱାଭିମାନକୁ ଦଳି ଦିଆଯାଏ। ଆଜି ଏତେ ବର୍ଷପରେ ମଧ୍ୟ ସେ ସ୍ୱାଧୀନ ଭାବରେ ଶାଶୁଘର କଥାରେ ମତବ୍ୟକ୍ତ କରିବାକୁ ସ୍ୱାଧୀନତା ପାଇନି।

ଆଜି ସଂପର୍କର ପିତା ଅଂଶଟା ଦିଅର, ନଣନ୍ଦ, ଯାଆ, ଶାଶୁମାନଙ୍କ ମଧ୍ୟରେ ଖେଳେଇ ହୋଇଯାଇଛି। ମିଠା ଅଂଶଟା ଦାଣ୍ଡକୁ ଖୁବ୍ ଚକ୍‌ମକ ଦେଖାଇବାରେ

ପରିବାର ସଦସ୍ୟ ବାହାଦୂରି ନେଇପାରନ୍ତି କିନ୍ତୁ ଘର ଭିତରେ କୁହୁଳୁଥିବା ଯନ୍ତ୍ରଣାର ଅବସାନ କାହିଁ ? ଏତେ ବର୍ଷପରେ ମଧ୍ୟ ଶାଶୁଘର ଭିତରେ ଲାଗିଥିବା ଗଣ୍ଡଗୋଳରୁ ତ୍ରାହି ମିଳୁନି । ନିଜ ପିଲାମାନଙ୍କ ଦାୟିତ୍ୱରୁ ମୁକ୍ତିମିଳିଲା ବେଳକୁ ଶାଶୁଘର ଦିଅରମାନଙ୍କ କଳିଗୋଳରୁ ମୁକ୍ତିମିଳୁନି । ଗାଁଘରର ଅବସ୍ଥା କଥା ଶୁଣିଲାବେଳକୁ ମୁଣ୍ଡଟା ଗୋଳମାଳ ହୋଇଯାଉଛି । ଆଉ ଶାଶୁ ଯିଏ ଶ୍ୱଶୁରଙ୍କ ମୃତ୍ୟୁପରେ ଘରର ସର୍ବେସର୍ବା ସେ ନିଆଁରେ ପେଟ୍ରୋଲ ଢ଼ାଳିବା ପରି କାର୍ଯ୍ୟକରି କି ଖୁସି ପାଉଛନ୍ତି ସେ ଜାଣନ୍ତି ?

ଜାଣିଛି ମା' ପିଲାମାନଙ୍କ ମଙ୍ଗଳ ପାଇଁ ବ୍ୟସ୍ତଥାଏ । କିନ୍ତୁ ଶାଶୁ ପିଲାଙ୍କ ଭିତରେ କେମିତି କଳି କରିବେ ସେ ଚିନ୍ତାରେ ବ୍ୟସ୍ତ । ଯା'ତା' ବିରୁଦ୍ଧରେ କହି ସେ ପିଲାଙ୍କ ମନରେ କଳୁଷିତର ମଞ୍ଜି ବୁଣି ଦେଇଥାଆନ୍ତି ନିଜ ସୁବିଧା ସୁଯୋଗକୁ ଉଣ୍ଡି । କଳି ଲାଗିଲେ କୁମ୍ଭୀର କାନ୍ଦଣା କରି ବଡ଼ପୁଅଙ୍କୁ ସାଉଁଳେଇ ବଖାଣନ୍ତି । ଯାହା ଉପରେ ଅସନ୍ତୁଷ୍ଟ ତା' ବିରୁଦ୍ଧରେ କହି ଚାଲି ଥାଆନ୍ତି ।

ଆଦ୍ୟାଶା ଜାଣେ ଶାଶୁ ମଝିଆ ଦିଅର ଉପରେ ପ୍ରାୟ ଅସନ୍ତୁଷ୍ଟ । କେବେ କେମିତି ଗାଁକୁ ଗଲେ ବା ତା' ପାଖକୁ ଶାଶୁ ଆସିଲେ ବଖାଣି ବସନ୍ତି ମଝିଆ ଦିଅର ଓ ଯାଆ ବିରୁଦ୍ଧରେ କିଛି କଥା । ହଁ ତା'ର ଓ ବଡ଼ପୁଅ (ତା' ସ୍ୱାମୀ) ବିରୁଦ୍ଧରେ ମଧ୍ୟ ପଛରେ ଅନେକ ଗାଳି ଦିଅନ୍ତି ଶାଶୁ । ଶୁଣେ ସେ । କିନ୍ତୁ ଚୁପ୍ ରହେ । ଏହି ଚୁପ୍ ରହିବା ତାକୁ ବହୁତ ବାଧେ । ଅସତ୍ୟ ଓ ଅନ୍ୟାୟକୁ ସହିବା ତା' ପକ୍ଷେ କଷ୍ଟକର ମନେହୁଏ । ବୋହୂ ହୋଇଥିବାରୁ ଆପେ ଆପେ ମୁଣ୍ଡକୁ ନୁଆଁଇ ରହିବା ତା' ପାଇଁ କୁଆଡ଼େ ଶ୍ରେୟସ୍କର । ନୂଆ ବାହାହୋଇ ଆସିଥିବା ଯାଆଟି ମୁହଁ ଛିଞ୍ଚାଡ଼ି କଥା କହିପାରୁଛି ଅଥଚ୍ ସେ ଚୁପ୍ । ସେ ବାହାହୋଇ ଆସିବାବେଳେ ଯେଉଁ ଦିଅରଟି ଦଶମ ଶ୍ରେଣୀରେ ପଢୁଥିଲା ଆଜିକାଲି ତା'ର ଫୁଟାଣିଆ କଥା ଓ ଅସମାନଜନକ ବ୍ୟବହାର କ୍ଷୁବ୍ଧ କରୁଛି ତାକୁ । ତଥାପି ସେ ଚୁପ୍ ।

ଦୁଇଦିନ ତଳେ ଗାଁରେ ମଝିଆଦିଅରଙ୍କ ସହ ସାନଦିଅରଙ୍କ କଳି ଲାଗିଲା । ସେ କଳିର ପ୍ରଭାବ ସେଠି ଯେ ଅନୁଭୂତ ହେଲା ତା' ନୁହେଁ ସବୁ ଭାଇମାନଙ୍କ ମନରେ କିଛି କିଛି ଦୁଃଖ ବୋଳି ଦେଲା । ଆଜିକାଲି ସାନ ଦିଅର ମଦଖାଇ ମାତାଲ ହେଲେ ମଧ୍ୟ ଶାଶୁଙ୍କ ପାଟିରୁ ରାଗ ବଦଳରେ ଲେପ ଦିଆ କଥା ବାହାରୁଛି – ଆଜିକାଲି ସମସ୍ତେ ତ ମଦ ଖାଉଛନ୍ତି ଆଉ ଖାଇଦେଲା ତ ଅସୁବିଧା କ'ଣ ?

ଧନ୍ୟରେ ମା' ? ଯିଏ ପୁଅର ଖରାପ ଗୁଣକୁ ପ୍ରକାରନ୍ତରେ ଉସୁକାଉ ଥାଏ । ସାନ ଦିଅର ଗାଁରେ କେଉଁଠି କିଛି ଅପ୍ରୀତିକର ଘଟଣା ସୃଷ୍ଟି କଲେ ଶାଶୁଙ୍କ ଯୁକ୍ତି ହେବ

- ଆଜିକାଲି ଘର ଭିତରେ ଚୁପ୍ ହୋଇ ବସିଲେ ଚଳିବନି । ଗୁଣ୍ଡାଙ୍କ ସାଙ୍ଗରେ ଗୁଣ୍ଡା ହେବ । ଦରକାର ପଡ଼ିଲେ ଠେଙ୍ଗା, ବନ୍ଧୁକର ସାହାଯ୍ୟ ମଧ୍ୟ ନେବ । ଘର ଭିତରେ ଡରି ବସିଲେ ହେବନି ।

ଆଦ୍ୟାଶାକୁ ଲାଗେ ଶାଶୁଙ୍କ ଏ ଅପରିଣାମଦର୍ଶୀ ପରାମର୍ଶରେ ଦୀକ୍ଷିତ ହୋଇ ସାନ ଦିଅର ମନକୁ ଯାହା ଆସୁଛି ସେୟା କରିଯାଉଛି । ଆଉ ଚାକିରି କରି ଘରକୁ ଟଙ୍କା ଦେଇଥିବା ଭାଇମାନେ ଚୁପ୍‌ଚାପ୍ ତାମସା ଦେଖୁଛନ୍ତି । ସକାଳୁ ସକାଳୁ ସେ ଆଜି ସଂଜିତ୍‌ଙ୍କୁ କହିଲା - ତମେ କିଛି ସମାଧାନ କର ।

- ମୁଁ କ'ଣ କରିବି ? ସେମାନେ ତ ପିଲାନୁହଁନ୍ତି ଯେ ବୁଝେଇ ଦେବି । ମା' ପାଇଁ ଆଜି ସେ ଏମିତି ଉଦ୍ଧତ ହେଇଛି । ଚାକିରି କରି କାହାକୁ ଗୋଟିଏ ଟଙ୍କା ତ ଦେଇନି ଆଉ ଓଲଟି ଗାଁ ଘରେ ରହି ବାପାଙ୍କ ପେନସନ୍‌ରେ ଚଳି ଟଙ୍କା ଜମେଇଛି । ଭୁଲ ହୋଇଗଲା ବାପା କି ମା'ଙ୍କର । ଆମ ପାଖରୁ ତ ପ୍ରତିମାସରେ ଟଙ୍କା ନେଇ ଯାଉଥିଲେ । କାହିଁକି ସାନମାନଙ୍କ ପାଖରୁ ଟଙ୍କାଟିଏ ନେବାକୁ କୁଣ୍ଠାବୋଧ କରୁଥିଲେ ? ସଂଜିତ ଚଢ଼ାଗଳାରେ ଶୁଣେଇଦେଲେ ।

- ବେଶି ଗେହ୍ଲା କରୁଥିଲେ ପରା ।

- ହଁ ସେ ଗେହ୍ଲାଯୋଗୁ ଏବେ ସେ ବଡ଼ଭାଇଙ୍କୁ ବଡ଼ବଡ଼ କଥା କହୁଛି ।

ଆଉ କଥାକୁ ନ ବଢ଼େଇ ସେ ଭାବୁଥିଲା - ଯଦି ଅପତ୍ୟସ୍ନେହଟା ନକରାତ୍ମକ ଦୃଷ୍ଟିକୋଣଦ୍ୱାରା ସଜ୍ଜିତ ହୋଇଯାଏ ତେବେ ସେଠି ଶକ୍ତି ପ୍ରୟୋଗ କରି ସକରାତ୍ମକ ଦୃଷ୍ଟିକୋଣକୁ ଅନୁସରଣ କରିବାକୁ ବାଧ୍ୟ କରିବା ଉଚିତ୍ । ନଚେତ୍ ଗାଁରେ ଘରର ମର୍ଯ୍ୟାଦାହାନି ସହ ଘରେ ତିଷ୍ଠିଥିବା ସମ୍ପର୍କର କ୍ଷତି ହେବ ।

ଫୋନର କ୍ରିଂ କ୍ରିଂ ଶବ୍ଦ ଶୁଣାଗଲା । ସଂଜିତ ଫୋନ୍ ରିସିଭର୍ ଉଠାଇ କଥା ହେବାକୁ ଉଦ୍ୟତ ହେବାବେଳେ ଶୁଣାଗଲା ଗାଁ ମଝିଆଦିଅରଙ୍କ ସ୍ୱର - ନନା ମୁଁ ଏବେ ଆଉ ଘରେ ରହିବିନି । ଭାବୁଛି ଘର ଛାଡ଼ି ଦେବି । ଏ କଳିଗୋଳ ଭିତରେ ରହିବାକୁ ଇଚ୍ଛା ଲାଗୁନି । ମୋର ତ ଏବେ ଖରାପ ବେଳା ପଡ଼ିଛି ।

ତାଙ୍କୁ ପ୍ରବୋଧନା ଦେବା ଛଳରେ ସଂଜିତ କହିଲେ - ଆରେ ତୁ କାହିଁକି ଘର ଛାଡ଼ିଯିବୁ । ଯିଏ ଘରେ କଳି କରୁଛି ଓ ନିଜ ନାଁରେ ଘର ତୋଳିଛି ସେ ଘର ଛାଡ଼ିଯାଉ । ତୁ ଯିବୁନି ।

ଫୋନ୍ କଟିଗଲା । ମୁହଁରେ ବିରକ୍ତର ଛିଟା ଫୁଟି ଉଠିଲା ସଂଜିତଙ୍କ । ମା' ପାଖକୁ ଫୋନ୍ ଲଗାଇଲେ । ମା' ଫୋନ୍ ଉଠାଉ ଉଠାଉ କିଛି କଥା ଶୁଣିବା ପୂର୍ବରୁ ମଝିଆଦିଅରଙ୍କ ବିରୁଦ୍ଧରେ କେତେକଣ କହି ଚାଲିଲେ । ମା' ଡାକକୁ ସେ ଶୁଣିବାକୁ

ପ୍ରସ୍ତୁତ ନଥିଲେ । ବାଧ୍ୟ ହୋଇ ସଂଜିତ ଫୋନ୍ କାଟିଦେଲେ । ଆଦ୍ୟାଶା ମୁହଁକୁ ଚାହିଁ କହିଲେ 'ଯେମିତିଆ ଗଛ ସେମିତି ଫଳ ?'

- ତେବେ ତମେ ପରା ସେଇ ଗଛର ଫଳ । ଖୁବ୍ ଦାମ୍ଭୀକ ସ୍ୱରରେ ଆଦ୍ୟାଶା କହିଲା ।

- ତେବେ କାହିଁ ମା'ର ସେହି ମିଛ ଗୁଣ ମୋ ପାଖରେ ନାହିଁ । କାହିଁ ମା' ମୋତେ ଭଲ ପାଉନି । କାହିଁ ମା' ସତ କହୁଥିବା ପୁଅଙ୍କ ସହ ମତି ମିଳାଇ ପାରୁନି । ମିଛ ଓ ଅନ୍ୟାୟ କଥାକୁ ଖୁବ୍ ପସନ୍ଦ କରୁଛି ମା' । ସତରେ ମା' ଆମକୁ ଜନ୍ମ ଦେଇଥିଲା ତ !

- ଅବିଶ୍ୱାସ କରୁଛ ଜନ୍ମକୁ । ସେ ତମର ମା' । ସମୟ ସାଙ୍ଗରେ ସେ ବଦଳିଯାଇଛନ୍ତି । ତାଙ୍କ ଗୁଣ ସହ ଯାହାର ଗୁଣ ଖାପ ଖାଇଲା ସେ ତାକୁ ଭଲ ପାଉଛନ୍ତି । ବହୁତ ପୁଅ ଥିବାରୁ ପାତରଅନ୍ତର କରୁଛନ୍ତି ।

- ତମେ କହିଲ ତମେ ମା' ହେବା ଅନୁଭୂତିରୁ ତମେ କାହାକୁ ବେଶି ଭଲପାଅ ?

- ମୋର ତ ପାଞ୍ଚ କି ଛଅଟା ପୁଅ ନାହିଁ । ମୋର ତ ଗୋଟିଏ ପୁଅ । ମୁଁ ତାକୁ ଭଲପାଏ ଆଉ ଝିଅ ତ ଗୋଟିଏ ତାକୁ ମଧ୍ୟ ଭଲପାଏ । ପୁଅ ଝିଅ ଭିତରେ ମଧ୍ୟ ପାତରଅନ୍ତର କରେନି । ଝିଅକୁ ଯେତିକି ଭଲପାଏ ପୁଅକୁ ସେତିକି ଭଲପାଏ । ସେମାନଙ୍କ ଭୁଲ ଦେଖିଲେ ଗାଳିଦିଏ । ମିଛ ପ୍ରଶଂସା କରି ଛଳନା କରିବା ମୋଦ୍ୱାରା କେବେ ସମ୍ଭବ ନୁହେଁ । ଭୁଲ୍‌କୁ ସେମାନଙ୍କ ମୁହଁ ଆଗରେ କହିଦିଏ । ପଛରେ ଆ ତା' ଆଗରେ କହିଲେ କ'ଣ ସେମାନେ ସଂଶୋଧିତ ହୋଇପାରିବେ କି ? ସେଥିପାଇଁ ତ ମନଟା ଚିଡ଼ି ଲାଗୁଛି । ଏତେବର୍ଷ ପରେ ମଧ୍ୟ ତମଘରର ସମସ୍ୟା ଆମ ପିଛା ଛାଡୁନି । ପୁଅଝିଅଙ୍କ କଥାରେ ଆମର ବ୍ୟସ୍ତତା ନାହିଁ । ଆଜି ପର୍ଯ୍ୟନ୍ତ ତମଘର କଥାଟା ଆମକୁ ଯନ୍ତ୍ରଣା ଦେଉଛି । ଦୀର୍ଘନିଶ୍ୱାସ ମାରି ଆଦ୍ୟାଶ ପୁଣି କହି ଉଠିଲା - ମୁଁ ଏମିତି ଘରକୁ କାହିଁ ବୋହୂହୋଇ ଆସିଥିଲି, ଯେଉଁଘରେ ଶାଶୁର ଚକ୍ରାନ୍ତରେ ଘରର ଶାନ୍ତ ପରିବେଶଟା କଳୁଷିତ ହୋଇଯାଉଛି ?

- ବାପା ଥିଲେ ସମସ୍ୟାର କିଛି ସମାଧାନ କରିଥାଆନ୍ତେ ।

- ବୟସ ହେଲେ ମନର ମନୋବଳ ଭାଙ୍ଗିଯାଏ । ସେଠି ବାପା ମଧ୍ୟ କଥା କହିବାକୁ ଡରନ୍ତି ?

- ହଁ ବାପା ତ ମଲାପୂର୍ବରୁ କହୁଥିଲେ - 'ମୋତେ ମା'କୁ ଡର ମାଡୁଛି ।'

- ହଁ ନୂଆବେଳେ ବୋହୂ ହୋଇ ଆସିଲାବେଳେ ବାପା ମା' କଳି ଲାଗିଲେ

ବାପାଙ୍କୁ ମୁଁ ଖାଇବାକୁ ଡାକିଲାବେଳେ ବାପା କହୁଥିଲେ - "ବୋହୂ ତୋ ଶାଶୁ ମୋ ଉପରେ ଆକ୍ରମଣ ଅତ୍ୟାଚାର କରୁଛି।" ମୁଁ ସେତେବେଳେ ବୁଝିପାରୁଥିଲି ଏହି ନିନ୍ଦିତା କଥାର ମର୍ମକୁ। ତେଣୁ ତମ ସହ କଳି କରିବାକୁ କେବେ ମୁଁ ଭାବିନି। କାଳେ ତମେ ମଧ୍ୟ ଦିନେ ମୋ ବୋହୂ ଆଗରେ ତମବାପାଙ୍କ କଥାକୁ ପୁନାରବୃତ୍ତି କରି ମୋ ମର୍ଯ୍ୟଦାକୁ ବା ସ୍ୱାଭିମାନକୁ ତଳିତଳାନ୍ତ କରିଦେବ ଏହି ଶୋଚ୍‌ନା ହିଁ ମୋ ନିଭୃତ ମନରେ ବସା ବାନ୍ଧି ଥିଲା। କହିଲ, ଆଜି ପର୍ଯ୍ୟନ୍ତ ତମସାଙ୍ଗରେ ମୁଁ କେବେ କଳି କରିଛି ଆଉ ତମେ ନ ଖାଇ ଉପାସ ଶୋଇଛ ?

ମୁଁ କାହିଁକି ଉପାସ ଶୋଇବି। ଯଦି କେବେ କେମିତି ଆମ ଭିତରେ କିଛି କଥାକୁ ନେଇ ଯୁକ୍ତିତର୍କ ହୋଇଛି ସେଇଟା କଳି ନୁହେଁ। ଦଶ ଘର କମ୍ପେଇ କଳିକଲେ ଆମକୁ ଲାଜ ମାଡ଼ିବ। କହିଲ ?

- ହଁ। କିନ୍ତୁ ତମ ମା' ଏମିତି ପାଟି କରନ୍ତି କାହିଁକି ?

- ତା'ର ଦୁର୍ଗୁଣ। ବାପାଙ୍କୁ ଡରେଇ ରଖିବାର ଏଇଟା ହେଉଛି ବଡ଼ ତୋପ।

- ଓଃ ସେଥିପାଇଁ ଦିନେ ତମ ବାପା କହିଥିଲେ - 'ବୋହୂ, ମୋ ପୁଅ ପାଇଁ ତୁ ଦାୟୀ ରହିବୁ।'

- ବାପା ଠିକ୍ କହିଥିଲେ। କଳିଗୋଳରେ ଘର କଳୁଷିତ ହୁଏ ଆଉ ମନ ଅଶାନ୍ତି ହୁଏ। କ୍ରୋଧ, ହିଂସାର ନିଆଁଟା ସୁଖ ଶାନ୍ତିକୁ ପୋଡ଼ି ଛାର୍‌ଖାର କରିଦିଏ। ଆଜି ଗାଁ କଥା ଶୁଣିଲେ ଆଖିରେ ଲୁହ ଆସୁଛି। ମା'ଠାରୁ ଶିଖିଥିବା ତୋପ ଏବେ ସାନଭାଇ ପ୍ରୟୋଗ କରୁଛି ?

- କ'ଣ ?

- ବଡ଼ପାଟିରେ ଗଣ୍ଡଗୋଳ କରି ସମସ୍ତଙ୍କୁ ଥରେଇଦେବା ହିଁ ମା'ର ତୋପ।

- ଆଉ ତମେମାନେ ଚୁପ୍‌ହୋଇ କାନରେ ହାତ ଦେଇ ଦେଉଛ।

ନା। ଆମେ ସେଠି ରହୁନେ ବୋଲି ଚୁପ୍ ହେଉଛେ। କିନ୍ତୁ ଆଜି ସେମାନଙ୍କୁ କିଛି କହିବାକୁ ପଡ଼ିବ ! ଫୋନ୍ ରିସିଭରଟି ଉଠାଇ ସଂଜିତ୍ ଉତ୍ତେଜିତ ହୋଇ କହିଲେ - 'ଯଦି ଆଗକୁ କେବେ ଘରେ କଳିଗୋଳ ହୁଏ ଘରୁ ସମସ୍ତଙ୍କୁ ବାହାର କରିଦେବି। ବଡ଼ଭାଇ ହିସାବରେ ମୋ କଥା ଅନୁସାରେ ତମେମାନେ ବାହାରେ ଘରଭଡ଼ା ନେଇ ରହିବ। ତାଲା ଝୁଲିବ। କିନ୍ତୁ କଳି ନୁହେଁ।'

ଆଦ୍ୟାଶା କହିଲା- ଶାଶୁ ଚକ୍ରାନ୍ତକରି ଭାଇ ଭାଇମାନଙ୍କ ମଧ୍ୟରେ ତିକ୍ତତା ଭରି ଦେଇଛନ୍ତି। କାହାର କାହାପ୍ରତି ସମ୍ମାନବୋଧ ନାହିଁ। ଅଡୁଆ ସୂତାକୁ ଶାଶୁ ଆହୁରି ଅଡୁଆ କରିବାକୁ ଚାହୁଁଛନ୍ତି। କିନ୍ତୁ କାଲି ଯେତେବେଳେ ମୃତ୍ୟୁ ହେବ, ଯେଉଁ

ଲୁହ ଝରିବ ପୁଅ ଓ ବୋହୂମାନଙ୍କଠାରୁ ସେଇଟା ସତରେ ନା ମିଛର ଲୁହ ହେବ ସେକଥା ତାଙ୍କ ମନରେ ପଶୁନି । ବର୍ତ୍ତମାନ ସହିତ ସେ ସାଲିସ୍ କରି ଚାଲିଛନ୍ତି ।

ସଂଜିତ୍ କହିଲେ - ଯଦି ମା'ର ମୃତ୍ୟୁହୁଏ ଆମେ ଯିବା । କିନ୍ତୁ ମୁଁ ମୁଖାଗ୍ନି ଦେବିନି ।

- କାହିଁକି ? ପ୍ରଶ୍ନକଲା ଆଦ୍ୟାଶା ।

- ଯେଉଁ ପୁଅକୁ ମା' ବହୁତ ଭଲ ପାଉଛି ସେ ଦେଉ । ମା'ର ଆତ୍ମା ଶାନ୍ତି ହେବ । ଅସନ୍ତୁଷ୍ଟ ପୁଅଠାରୁ ମା' କ'ଣ ମୁଖାଗ୍ନି ଆଶା କରେ କି ?

- ତମେ ପରା ବଡ଼ ପୁଅ ।

- ବଡ଼ପୁଅ ବୋଲି ମା'ର ଭଲପାଇବାରୁ ବଞ୍ଚିତ ମୁଁ । ବାପା, ମୋତେ ଭଲ ପାଉଥିଲେ । ତେଣୁ ମୁଁ ବାପାଙ୍କୁ ମୁଖାଗ୍ନି ଦେଇ କ୍ରିୟାକର୍ମ କଲି । କିନ୍ତୁ ମା'ର ନୁହେଁ ।

- ଏପରି କ'ଣ କହୁଛ ?

- ହଁ ମା'ର ମୃତ୍ୟୁ ପୂର୍ବରୁ ମା'କୁ ଏକଥା ମୁଁ ଜଣାଇଦେବି । ସେ ଯେଉଁ ପୁଅଠାରେ ସନ୍ତୋଷ ପାଉଛି ସେ ଦେବ ମୁଖାଗ୍ନି ।

- ମା'ଙ୍କ ମରିବା ପୂର୍ବରୁ ଏହା କିପରି କହିବ ?

- ମରିଗଲା ପରେ ଆଉ କାହାକୁ କହିବି ? ତେଣୁ ମରିବା ପୂର୍ବରୁ ମା'ର ଅନ୍ତିମ ଇଚ୍ଛାଟା ଜାଣିନେବା ଉଚିତ୍ ।

- ମୁଁ ଜାଣିଛି ଯେତେବେଳେ ମା'ଙ୍କୁ ଏ କଥା କହିବ ସେ ତମକୁ ଉତ୍ତର ଦେବେ ଯେ ସେ ତମକୁ ସବୁଠାରୁ ବେଶି ଭଲ ପାଆନ୍ତି ।

- ଜାଣିଛି ପରା ବଡ଼ପୁଅ ବୋଲି ଚାକିରି କରୁକରୁ ମୋ ମୁଣ୍ଡରେ ଘର ଖର୍ଚ୍ଚ ଭାର ଲଦିଦେଲେ ଆଉ ମଲାପରେ ମଧ୍ୟ ଭାର ଲଦିଦେବେ । ମୋତେ ହଇରାଣ କରି ମା'କୁ କି ଶାନ୍ତି ମିଳେ ? ମୁଁ ଏବେ ବିଭିନ୍ନ ରୋଗରେ ଭାରାକ୍ରାନ୍ତ ଆଉ ସେପଟେ ମୋ ମନଟାକୁ ଭାରାକ୍ରାନ୍ତ କରି ଚାଲିଛନ୍ତି ମୋ ନିଜ ରକ୍ତର ସଂପର୍କମାନେ । ବଡ଼ପୁଅ ହେବାଟା ଅଭିଶାପ । ଆର ଜନ୍ମରେ ମୁଁ ସାନପୁଅ ହୁଅନ୍ତି କି ?

- ହଉ ତମେ ବଡ଼ କି ସାନପୁଅ ହେଉଥାଅ ମୁଁ କିନ୍ତୁ ଆଉ ଜନ୍ମ ନେବାକୁ ଚାହୁଁନି । ସତରେ କି ପାପ କରିଥିଲି ଯେ ମୋତେ ଏହି ସଂସାରରେ ଜନ୍ମ ହେବାକୁ ପଡ଼ିଲା ଆଉ ତମକୁ ବାହାହୋଇ ତମଘରର ବଡ଼ବୋହୂ ହେବାକୁ ପଡ଼ିଲା । ଭାରି ହନ୍ତସନ୍ତ ଲାଗିଲାଣି ଏ ଜୀବନଟା । ସତକୁ ମିଛ ସାଙ୍ଗରେ ଯୋଡ଼ିଲେ କୁଆଡୁ ମିଳିବ ଶାନ୍ତି ? ସଂସାର କଲି କିନ୍ତୁ ତମ ପରିବାରର ମିଛୁଆଙ୍କ କଥା ଶୁଣି ଶୁଣି ନର୍କର ଯନ୍ତ୍ରଣା ପାଉଛି । ବାଃ ମହାନ୍ ପରିବାର । ଉତ୍ତମ ସଂପର୍କରେ ଘରର ଶାନ୍ତି ବିରାଜିତ ହୁଏ ।

ମା' ହୁଅନ୍ତୁ କି ବାପା ହୁଅନ୍ତୁ ପିଲାମାନଙ୍କ ପାଇଁ ଭଲ ଚିନ୍ତା କରିବା କଥା । କିନ୍ତୁ ଆଜିକାଲି ଗୋଟିଏ ମା' ପେଟରୁ ଜନ୍ମହୋଇ ଭିନ୍ନ ଭିନ୍ନ ଗୁଣରେ ପିଲାମାନେ ବଞ୍ଚିବାକୁ ଚାହିଁଲାବେଳେ ମା'ଙ୍କ ମନରେ ନିଶ୍ଚୟ ଭଲ ଓ ଖରାପ ଭିତରେ ବାଛବିଚାର ଆସୁଥିବ । ମା'ଙ୍କ ଦୃଷ୍ଟିରେ ଯିଏ ଭଲ ହୋଇପାରେ ତାକୁ ହିଁ ମା' ଭଲ ପାଇବେ । ଏଥିରେ ଆମେମାନେ ଦୁଃଖିତ ହେବା କଥା ନୁହେଁ ।

– ପାତରଅନ୍ତର ମୋତେ ଭଲ ଲାଗେନି ପରା ।

– କିଏ କହିଲା ତମେ ପାତର ଅନ୍ତର କରିନଥାନ୍ତ ବୋଲି ? ତମର ସନ୍ତାନ ସଂଖ୍ୟା ଅଧିକା ଥିଲେ ତମେ ମଧ୍ୟ ଏହି ପାନ୍ତରଅନ୍ତର ରୋଗରେ ଆକ୍ରାନ୍ତ ହୋଇଥାଆନ୍ତ । ତମକୁ ମୁଁ ଠିକ୍ ଚିହ୍ନିଛି ।

– ଶେଷରେ ମୋ ଉପରେ ତୁମେ ତୋପ ପ୍ରୟୋଗ କଲଣି । ଏତେ ଜୋର୍‌ଦେଇ କହିପାରୁଛ ତ ।

– ଯଦି ମିଛକୁ ଏତେ ଜୋର୍‌ଦେଇ କହିବାର ଶକ୍ତି ତମ ଘରେ ଅଛି ସତକୁ ଜୋର୍‌ଦେଇ କହିବାର ସାହସ ମୋର ରହିବ ନାହିଁ କାହିଁକି ?

– ଭାଙ୍ଗିଯାଏ ମନ ପରା ଟିକିଏ କଳିଆ କଥାରେ ।

– ଦୁଃଖ କରିବାର କ'ଣ ଅଛି ?

।। ଆଠ ।।

ଆଦ୍ୟାଶା ଭାବେ ଟିକିଏ ତଳେଇ ଚାହିଁଲେ କାହାମନରେ ଦୁଃଖ ଆସେ ବା ନ ଆସେ ସେଇଟା ତା'ର ହୃଦୟର କୋମଳତା ଉପରେ ନିର୍ଭର କରେ । ନିଜଠାରୁ ଅଧିକ ଦୁଃଖରେ ଥିବା ଲୋକଟି ପ୍ରତି ଅନ୍ତରରେ ସହାନୁଭୂତି ଜାଗି ଉଠେ କେତେଜଣଙ୍କ ପାଖରେ । କିନ୍ତୁ କେତେଜଣ ଉପର ଠାଉରିଆ ଭାବରେ କହନ୍ତି "ଯିଏ ଦୁଃଖ ପାଇଲା ପାଉ, ଆମର ସେଥିରେ କି ଯାଏ କି ଆସେ ।" କିନ୍ତୁ ଅନ୍ୟର ଦୁଃଖ ଦେଖିଲେ ମୋ ମନଟା ଭାଙ୍ଗିଯାଏ ଆଉ ଅନ୍ୟର ଦାରିଦ୍ର୍ୟତା ଦେଖିଲେ ମୋ ମନରେ ଜାଗିଉଠେ କିଛି ଗୋଟାଏ ସାହାଯ୍ୟ କରିବାର ମନୋବୃତ୍ତି । ଯଦିଓ ଏଥିପାଇଁ ମୁଁ ମୋ ଉପରେ କଷ୍ଟ କି ଚାପ ପକାଏ ତଥାପି ସେଥିପ୍ରତି ଭୃକ୍ଷେପ କରେନି । କିନ୍ତୁ ପାଖରେ ଧନ ନଥିଲେ କି ସାହାଯ୍ୟ କରାଯିବ ? ଖାଲି ଶୁଖିଲା ସହାନୁଭୂତି କାହାର ଆର୍ଥିକ ମାନଦଣ୍ଡକୁ ବଦଳେଇ ପାରିବ ନାହିଁ । ପ୍ରତି କ୍ଷେତ୍ରରେ ଟଙ୍କାର ଉପାଦେୟତା ଏତେ ବଢ଼ିଯାଇଛି ଯେ ପାଖରେ ଟଙ୍କା ନଥିଲେ ଖାଇବାକୁ ଗଣ୍ଡେ ମିଳିବନି କି ପିନ୍ଧିବାକୁ ଖଣ୍ଡେ ମିଳିବ ନାହିଁ । ଏହି ଚାପର ସମ୍ମୁଖୀନ ହୋଇଛନ୍ତି କୋଟି କୋଟି ନରନାରୀ । କେତେକଙ୍କ ପାଖରେ କୋଟି କୋଟି ଟଙ୍କା ଅଛି । କେତେକଙ୍କ ପାଖରେ ଟଙ୍କା କିଛି ନାହିଁ ତଥାପି ମଣିଷ ବଞ୍ଚିଛି ଆଉ ଦୁନିଆଁରେ ଦୁଃଖକୁ ସହି ଜୀବନର ରାହାକୁ ଧରିରଖିଛି ।

ସେଦିନ ମନ୍ଦିରରୁ ଦିଅଁ ଦର୍ଶନ ସାରି ବାହାରି ଆସୁ ଆସୁ ରାସ୍ତାର ଦୁଇ ପାର୍ଶ୍ୱରେ ଶହେ ଉପରେ ଭିକାରୀ ବସିଥିଲେ । ସେମାନଙ୍କ ପାଟିରୁ କଥା ବାହାରୁଥିଲା - ଏ ମା' ମୋତେ କିଛି ଦିଅ, ଏ ମା' ମୋତେ କିଛି ଦିଅ ।

ଆଦ୍ୟାଶା ପର୍ସ ଖୋଲି ଟଙ୍କେ ଦୁଇଟଙ୍କା ଯାହା ପାଇଲା ପକେଇ ଚାଲିଲା ସେମାନଙ୍କ ଥାଳିରେ । ସେଥିପାଇଁ ସେ ଆଗରୁ ପ୍ରସ୍ତୁତ ହୋଇ ମନ୍ଦିର ଯିବାବେଳେ ପର୍ସରେ ଚେଞ୍ଜ ନେଇ ଯାଇଥିଲା । କିନ୍ତୁ ଏତେ ଭିକାରୀ ବସିଥିବେ ବୋଲି ତା'ର

ଧାରଣା ନଥିଲା । ଏହା ବ୍ୟତୀତ ମନ୍ଦିର ଭିତରେ ଗୋଟିଏ ବୁଢ଼ୀ ତାକୁ କହିଲା "ମା' ମୋତେ କିଛି ଦିଅ ।" ସେ ପାଞ୍ଚ ଟଙ୍କା ତା' ହାତକୁ ବଢ଼େଇ ଦେଲା । ଆଉ ସେ ବୁଢ଼ୀଟି ଖୁସିରେ ତା' ମୁଣ୍ଡକୁ ଆଉଁସିଦେବାକୁ ଚାହିଁ କହିଲା - "ଏ ମା' ମୋ ପାଖକୁ ଆସେ, ମୁଁ ତୋତେ କଲ୍ୟାଣ କରିବି । ତୋ ପୁଅ ଝିଅଙ୍କ ମଙ୍ଗଳ ହେବ ।"

ଆଦ୍ୟାଶା ତା' ପାଖକୁ ଯିବାବେଳେ ସେ ମୁଣ୍ଡକୁ ଆଉଁସି ଦେଲା ଆଉ କେତେ କ'ଣ କଲ୍ୟାଣ କଲା । ଏଇମିତି ବୁଢ଼ୀ ଆଉ ବୁଢ଼ାମାନଙ୍କୁ ସେ ମନ୍ଦିର ଭିତରେ ଭେଟିଥିଲା ଆଉ ପାଞ୍ଚଟଙ୍କା ସେମାନଙ୍କ ହାତରେ ଧରାଇ ଦେଇ ଭାବିଥିଲା ଏ ପାଞ୍ଚଟଙ୍କାରେ ତା'ର କିଛି ଜଳଖିଆ ଖାଇବାଟା ହୋଇଯିବ । ଇଚ୍ଛାଥିଲା ଟଙ୍କା ଅଧିକ ଦେବାକୁ କିନ୍ତୁ ଦେଇ ହେଲାନି । କାରଣ ସେମାନେ ମଧ୍ୟ ସେମିତି ଲକ୍ଷ ଲକ୍ଷ ଟଙ୍କାରେ ଚଳୁନାହାନ୍ତି । ସଂଜିତ୍‌ଙ୍କ ଚାକିରି ଟଙ୍କାରେ ସେ ଆଉ ତା' ପିଲାମାନେ ଚଳୁଛନ୍ତି । ସେହି ଟଙ୍କାରୁ ଘର ଖର୍ଚ୍ଚ ସାଙ୍ଗକୁ ଘର ତିଆରି, ପିଲାଙ୍କ ପାଠପଢ଼ା ଆଦିରେ ଖର୍ଚ୍ଚ ହେଉଛି । ତେଣୁ ସକ୍ଷମ ଅନୁସାରେ ସେ ଦାନ କରିବାକୁ ପଛାଏ ନାହିଁ । ଇଚ୍ଛା ହୁଏ ଯଦି ତା' ପାଖରେ ଆହୁରି ବେଶି ଟଙ୍କା ଥାଆନ୍ତା, ତେବେ ସେ କାହାକୁ ଦଶଟଙ୍କା କି କୋଡ଼ିଏ ଟଙ୍କା କି ଶହେ ଟଙ୍କା ଏମିତି ଖାଲି ବାଣ୍ଟି ଦିଅନ୍ତା । କିନ୍ତୁ କାହିଁ ତା'ର ଟଙ୍କାର ପ୍ରାଚୁର୍ଯ୍ୟ ? ଚାକିରି ଟଙ୍କାରେ ଟାଣିଟୁଣି ହୋଇ ଚଳିବାବେଳେ କୁଆଡ଼େ ଯିବା ଆସିବା ବେଳକୁ ଖର୍ଚ୍ଚଟା ପଡ଼ି ଗଲେ ଭାରି ବାଧେ । ଆଉ ତା' ସାଙ୍ଗକୁ ସେ କେଉଁ ପଣ୍ଡାକୁ ଶହେ ତ କାହାକୁ ଦେଢ଼ ଶହ ଟଙ୍କା ଦେଇଥାଏ ଅନ୍ନ ଆଉ ଲୁଗାପାଇଁ । ସେ ପଛକେ ଖାଇବ ନାହିଁ କିନ୍ତୁ ତା' ପାଖରେ କିଏ ମାଗିଲେ ସେ ତାକୁ ସେତକ ଢ଼ାଳି ଦେବ । ମନ୍ଦିରରୁ ଫେରିଲା ପରେ ତା' ସ୍ୱାମୀ ଆଉ ପିଲାମାନେ କହିଲେ - ମା' ତ ପର୍ସ ଧରିଲେ ଖାଲି ଟଙ୍କା ବାଣ୍ଟିବ। ଯିଏ ଯାହା ମାଗିଲା ମା' ତ ଦେବ। ସେ ପଣ୍ଡାମାନଙ୍କୁ ଶହେ କି ଦେଢ଼ ଶହ ଟଙ୍କା ଦେବାରେ କି ଦରକାର ଥିଲା ? ମା'ର ପର୍ସକୁ ଦେଖି ସେ ପଣ୍ଡା ଯାହା ଶହେ ଟଙ୍କା ମାଗୁଥିଲା ଜିଦି ଧରିଲା ଦେଢ଼ ଶହ ନେବାକୁ ।

ମୋ ସ୍ୱାମୀ କହିଲେ - ମା'ର ମୁହଁକୁ ଯେ ଦେଖିବ ସେ ତ ଅଧିକା ମାଗି ନେବ ଆଉ ମା' ଦେଇ ଚାଲିବ ।

ଏସବୁ ଶୁଣି ଆଦ୍ୟାଶା ମନରେ ରାଗ ଉଠିଲା । ତଥାପି ରାଗିବା ପରିବର୍ତ୍ତେ କହିଲା - "ସେ ଭାଇନା ତ ଠାକୁରଙ୍କ ମୁଣ୍ଡ ଉପରେ ପାଣି ଢ଼ାଳ ରଖି କହିଲା ଶହେ ଟଙ୍କା ଦେବେ ।" ମୁଁ କେମିତି ମନା କରିଥାଆନ୍ତି କହିଲ ?

ଆଦ୍ୟାଶା ଭାବେ - ଭଗବାନ ମଣିଷକୁ ଏମିତି ଖାଇବାପିଇବାରେ କାହିଁକି ଊଣା କଲେ ? ଯାହାଫଳରେ ପୃଥିବୀରେ ଦେଖାଦେଇଛି ଦୁଃଖି ରଙ୍କି ଆଉ ଠକଙ୍କ

ସମାହାର । ଯଦି ମୋ ପାଖରେ ଶହ ଶହ ଟଙ୍କା ଥାଆନ୍ତା ତେବେ ମୁଁ ବାଣ୍ଟି ଦିଅନ୍ତି କିନ୍ତୁ କିଛି ତ ମୋର ନାହିଁ ଆଉ ଚଳୁଛି ଅନ୍ୟର ରୋଜଗାରରେ । ପାଖରେ ଯୋଗ୍ୟତା ଥାଇ ମଧ୍ୟ ଚାକିରିଠାରୁ ଦୂରେଇଯାଇଛି ପରିବାରର ଶାନ୍ତି ପାଇଁ । କିନ୍ତୁ ପରିବାର ଭିତରେ ଏତେବର୍ଷ ଘାଣ୍ଟିହୋଇ ଜୀବନଯାକର ଶ୍ରମକୁ ଅଜାଡ଼ି ଦେଇଛି ବିନା ସ୍ୱାର୍ଥରେ ଆଉ ଚାହିଁନି ତା'ର ପାଉଣା । କିନ୍ତୁ ଆଜି ମନ୍ଦିରରେ କେତେ ବା ଟଙ୍କା ଦେଲିବୋଲି ଶୁଣିବାକୁ ମିଳୁଛି କିଛି ମୋତେ । ନିଜେ ଟଙ୍କା ରୋଜଗାର ନ କଲେ ନିଜର ଅଧିକାର ଆସିବ କେମିତି ଟଙ୍କା ଉପରେ ? ଅନ୍ୟର ଅଧିକାରକୁ ନିଜର କରି ସାବ୍ୟସ୍ତ କରି ଦେଲେ କ'ଣ ନିଜର ହୋଇଯିବ କି ଟଙ୍କା ପଇସା ସବୁ । ମୁଁ କହିଲି - ହଁ ମ କେତେ ଟଙ୍କା ଖାଇବା ପିଇବାରେ ଯାଉଛି । ଆଉ ଦାନ ଦକ୍ଷିଣାରେ କେତେଟଙ୍କା ଦେଲେ କ'ଣ ଟଙ୍କା ସରିଯିବ କି ? ଟଙ୍କାଟା କ'ଣ ସରିଯାଏ କି ? ଜଣ ପାଖରୁ ଆଉ ଜଣଙ୍କ ପାଖକୁ ଚାଲିଯାଏ । ଆଜି ଆମେ ଦେଇଥିବା ଟଙ୍କା ଅନ୍ୟର କାମରେ ଲାଗିଲା । ଆଉ ସରିଗଲା ଟଙ୍କା କୁଆଡ଼େ ? କିଏ ତ ପେଟପୁରା ଗଣ୍ଡେ ଖାଇଥିବ ଏ ଟଙ୍କାରେ ?

ସଂଜିତ୍ କହିଲେ - ମନଟା ବଡ଼ ବୋଲି ଏମିତି କହୁଛ ।

- ମୋ ମନ ବଡ଼ଛୋଟରୁ କ'ଣ ମିଳିବ ? ମୋ ପାଖରେ ଟଙ୍କା ନାହିଁ କି ମୁଁ ଏ ଘରେ ରୋଜଗାର କରୁନି । ତେଣୁ ଟଙ୍କା ବାଣ୍ଟିଦେବାର ଅଧିକାର ଉପରେ ତମମାନଙ୍କ ନଜର ନିଶ୍ଚୟ ପଡ଼ିବ । ଆମେ ଯେମିତି ଠାକୁରଙ୍କୁ କିଛି ମାଗୁଛେ ଆଉ ପାଇଲେ ଖୁସି ହୋଇ କୃତଜ୍ଞତା ଜଣାଉଛେ ସେମିତି କିଏ ଆମଠୁ ପାଇଲେ କିଛି ତ ଆଶୀର୍ବାଦ କରିବ । ଦେବା ନେବାରେ ଚାଲିଛି ସଂସାର । ଏଠି କିଛି ପାଇଲାମାନେ କିଛି ଦେବାକୁ ପଡ଼ିବ । ଏତେ ଗରୀବ ଲୋକଙ୍କୁ ଦେଖିଲେ ମନଟା ବିଚଳିତ ହୁଏ, ଆଉ ଆମର ଏପରି ଦାନ କିଛି ନୁହେଁ । ଠାକୁରଙ୍କ ଆଶୀର୍ବାଦ ଏକ ବଡ଼ ଦାନ ଆମ ପାଇଁ । ତା'ଠାରୁ ଆମର ଦାନର ମୂଲ୍ୟ କେତେ ନଗନ୍ୟ ? ସଂସାରରେ କିଏ କେତେ କାହାକୁ ଦେଇ ଦେଉଛି ଲୋଭ ଛାଡ଼ିକି କହିଲ ? କିନ୍ତୁ ଭଗବାନଙ୍କ ଦେବାଟା କେତେ ପବିତ୍ର ଭାବି ପାରିଛ କି ? ପାଇବାଠାରୁ ଆମ ଦେବାଟା କେତେ କମ୍ !

କଥାକୁ ସେଠି ସମାପ୍ତ କରି ଆଦ୍ୟାଶା ଚୁପ୍ କରି ଘରୁ ବାହାରି ଆସିଲା ବାହାରକୁ । ବାହାରେ ଭିକାରୀ ବୁଢ଼ାଟି ମାଗୁଥିଲା - ମା' ମୋତେ ଦୟାକର । କିଛି ଖାଇବାକୁ ମିଳିଯାଉ ।

ଦୁଇଟଙ୍କା କଏନ ନେଇ ଦେବାକୁ ଗଲାବେଳେ କହିଲା- ମା' ଖାଇବାକୁ ମିଳିବକି ? ପୁଅ ବୋହୂ ମୋତେ ଘରୁ ତଡ଼ିଦେଲେ, ଛି କରିଦେଲି ସେମାନଙ୍କୁ ।

ଭଗବାନଙ୍କୁ ଭରସା କରି ଘର ଛାଡ଼ିଲି, ପେଟ ଅପୋଷା ରହୁନି । ସେମାନଙ୍କଠାରୁ ନିର୍ଯ୍ୟାତନ ପାଇବା ଅପେକ୍ଷା ଏଠାରେ ଭଲରେ ଅଛି ।

ଆଶ୍ଚର୍ଯ୍ୟ ହୋଇ ଆଦ୍ୟାଶା ଚାହିଁଲା ତା' ମୁହଁକୁ । ତେବେ ଶାନ୍ତି ଟିକିଏ ପାଇବା ପାଇଁ ମନ ତ ସବୁବେଳେ ବ୍ୟାକୁଳ, ଟଙ୍କା ସୁନାରୁ କ'ଣ ମିଳିବ ?

- ମା' କିଛି ଦିଅ ।

- ହଁ ଦଉଛି କହିଲି । ଫ୍ରିଜ୍‌ରୁ ପାଉଁରୁଟି ଚାରିପିସ୍ ନେଇ ତା' ଥାଳିରେ ଦେଇ ଆସିଲାବେଳେ ସେ ଭାବୁଥିଲା ଶୁଖିଲା ପାଉଁରୁଟି ଖାଇବ କେମିତି ?

ଈର୍ଷା, ଦ୍ୱେଷ, ଅବିଶ୍ୱାସ ଇତ୍ୟାଦିର ଭାଇରସ୍‌ମାନେ ହିଁ କଳିରୋଗକୁ ସୃଷ୍ଟି କରିଥାଆନ୍ତି । ଯାହାଫଳରେ ରୋଗର ଭଲ ହେବା କଥା ଚିନ୍ତା କରିବାକୁ ସମୟ ମିଳେନି । ଏମିତି ହୁଏ ଲୋକ ମରିଗଲେ ସୁଦ୍ଧା ନିଜ ପ୍ରକୃତି ବିଷୟ ସଚେତନ ନଥାଏ । ହଁ କଳିଆଙ୍କୁ ହିଁ କଳି ସୁଖ ଦେଇଥାଏ ଯଦିଓ ଅନ୍ୟମାନଙ୍କୁ ଦୁଃଖ ଦେଇଥାଏ ।

କଳିଦ୍ୱାରା ପରିବାର ସଦସ୍ୟଙ୍କ ମନ ଖଣ୍ଡ ଖଣ୍ଡ ହୋଇଯାଏ, ଜଣେ ଅନ୍ୟଜଣଙ୍କୁ ଭୁଲ୍ ବୁଝେ ତଥାପି କାହାର ହୃଦୟକୁ ବଦଳେଇ ପାରେନି । ଭିକାରୀର ବୋହୂଟି କ'ଣ ଏଡ଼େ ନିର୍ଦ୍ଦୟା ମହିଳାଟିଏ କି ?

॥ ନଅ ॥

ଆଖିକୁ ନିଦ ଆସୁନି । ଈଶ୍ୱରଙ୍କ ନାମ ଯେତେ ସ୍ମରଣ କଲେ ମଧ୍ୟ ନିଦ ମାଉସୀ ଟିକିଏ ପିଠିକୁ ଆଉଁସି ଦେଉନି । ଘରସାରା ଅନ୍ଧାର । ବେଡ଼ ରୁମ୍‌ରେ ବେଡ଼ଲାମ୍ପଟିର ଈଷତ୍ ଆଲୋକରେ ଝାପ୍‌ସା ଦେଖାଯାଉଛି ଆଦ୍ୟାଶାର ମୁହଁଟି । ସେ କେତେବେଳୁ ନିଘୋଡ଼ ନିଦରେ ଶୋଇଗଲାଣି । ଶୋଇବା ପୂର୍ବରୁ ଚେତେଇ ଦେଲା - "ମୋତେ ଡିସ୍‌ଟର୍ବ କରିବନି । ତମଘର କଥା ଶୁଣିବାକୁ ମୋର ଆଉ ମନ ନାହିଁ । ତିରିଶ ବର୍ଷ ହେଲା ତମଘର କଥା ଶୁଣି ଶୁଣି ମନଟା ଘସରା ହୋଇଗଲାଣି । କିଏ କାହାକୁ କମ୍ ନୁହଁ । ଉଣା ଅଧିକେ ସମସ୍ତଙ୍କ ପାଖରେ ସେ ଭଳିଆ ଗୁଣ ଅଛି । ତମେ ସମସ୍ତେ ସ୍ୱାର୍ଥପର ।"

ସଂଜିତଙ୍କୁ କଥାଗୁଡ଼ାକ ଖୁବ୍ ସତ ମନେହେଲା । ସେ ଆଉ କିଛି ନ କହି ଆଖି ବୁଜିବାକୁ ଚେଷ୍ଟା କଲେ । କିନ୍ତୁ ଏ କ'ଣ ! ନିଦ ଆଖିଠାରୁ ବିଦାୟ ନେଲାଣି ବୋଧେ । ତେଣୁ ମନ ଭିତରେ ବାରମ୍ବାର ପଶି ଆସୁଛି - ସାନଭାଇର କଥାଗୁଡ଼ାକ 'ତମେ କାହିଁକି ଆମକୁ ଟଙ୍କା ଦେଇ ପାଠ ପଢ଼ଉଥିଲ କି ? ଟଙ୍କା ନ ଦେଇଥିଲେ ଚଳିଥାଆନ୍ତା । ଘୃଣାରେ ଆମକୁ ଟଙ୍କା ଦେଉଥିଲ ।'

ହୃଦୟକୁ ଖୁବ୍ ଆଘାତ ଲାଗିଲା । ଯଦି ସେ ଘୃଣା କରୁଥିଲେ ତେବେ ଟଙ୍କାର ସାହାଯ୍ୟ କରିନଥାନ୍ତେ । ସେ ଭାଇମାନଙ୍କୁ ଭଲ ପାଉଥିଲେ ଆଉ ବାପାଙ୍କ ଦାୟିତ୍ୱ କିଛି ସମ୍ଭାଳି ନିଜ କର୍ତ୍ତବ୍ୟ କରିବାକୁ ଯାଇ କଷ୍ଟରେ ଟଙ୍କା ଦେଉଥିଲେ । ଅସୁବିଧାରେ ପଡ଼ି ମଧ୍ୟ ମାସର ପ୍ରଥମ ସପ୍ତାହରେ ଟଙ୍କା ମନିଅର୍ଡ଼ର କରୁଥିଲେ ଭାଇର ହଷ୍ଟେଲ ଠିକଣାରେ । ସତରେ ଦୁନିଆଁ ସ୍ୱାର୍ଥପର । କାମ ସରିଲା ପରେ ଭୁଲି ହୋଇଯାଏ ପାଇଥିବାର ପାଉଣା । ହଉ ଭୁଲନ୍ତୁ ।

କିନ୍ତୁ କାହିଁକି ସେ ଭୁଲି ପାରୁନାହାନ୍ତି ସେହି କଥାଗୁଡ଼ାକୁ ? ଚାକିରୀ କଲାପର ମାସରୁ ସେ ଭାଇଭଉଣୀ ଓ ଘରକୁ ଟଙ୍କା ସାହାଯ୍ୟ ଦେଇ ଚାଲିଥିଲେ । ଶାନ୍ତ ଓ ସରଳ

ବୋଲି ମନରେ ପଶିନଥିଲା ସ୍ୱାର୍ଥପର ହେବାର ନିଶା । ବାପା ମା'ଙ୍କୁ ସମ୍ମାନ ଦେଉଥିଲେ ବୋଲି ସେମାନଙ୍କ କଥାର ଗୁରୁତ୍ୱକୁ ଉପଲବ୍ଧ କରିପାରୁଥିଲେ । କିନ୍ତୁ ଆଜି ଏହି ସାନଭାଇମାନେ ତାଙ୍କୁ କେତେ ସମ୍ମାନ ବା ଗୁରୁତ୍ୱ ଦେଉଛନ୍ତି ? ମୁଣ୍ଡକୁ ହାତ ପାଇଗଲା । ଚାକିରୀ କରି ଟଙ୍କା ପଇସା ଜମେଇଲେ । କାହାକୁ ସାହାଯ୍ୟ କରିବାକୁ ଇଚ୍ଛା ନାହିଁ କି ଜୋର୍ ମଧ୍ୟ ନାହିଁ । ମନ ଇଚ୍ଛାରେ ଚଳିଲେ । ଏଥିରେ ପୁଣି ଏଡ଼େ ବହପ ଯେ ବଡ଼ଭାଇକୁ ଯାହା ଆସିଲା ତାହା କହି ପକାଇବେ ?

କାହିଁକି ସେ ଏତେକଥା ଶୁଣିଲେ ? କାହିଁକି ସେ ତା'ର ସଠିକ୍ ଉତ୍ତର ଦେଇ ପାରିଲେ ନାହିଁ । ସବୁକଥାରେ ସହିଯିବା ମାନେ ନୁହେଁଯେ ଆଖିକାନ ବୁଜି ସେମାନଙ୍କ ଭୁଲ୍ ମାଫ୍ କରିବେ । ସେ କ'ଣ ସେମାନଙ୍କର ଖାଇଛନ୍ତି ନା ପିଇଛନ୍ତି । ଦିନେହେଲେ ତ ସେମାନେ ଝିଅାରି ପୁତୁରାଙ୍କୁ ଭଲ ଡ୍ରେସଟିଏ କିଣି ଦେଇନାହାନ୍ତି । ହଁ ଚାକିରୀ କଲାପରେ କିଣିଥିଲେ ସାର୍ଟଟିଏ ପୁଅ ପାଇଁ । ଆଉ ଆଦ୍ୟାଶା ମଧ୍ୟ ସେ ସାର୍ଟର ଦାମ୍ ତାଙ୍କୁ ଦେଇଥିଲା । ବାପା ମା' ତ ବୁଝି ପାରିଲେନି ତାଙ୍କୁ । ବଡ଼କୁ ଅଣଦେଖା କରି ଘରର ଅନେକ ସିଦ୍ଧାନ୍ତ ସାନପୁଅକୁ ନେଇ ସ୍ଥିର କଲେ । ଯେଉଁମାନେ ଘରକୁ ଟଙ୍କା ପଇସା ସାହାଯ୍ୟ କରିବାକୁ ଗାଁ ବାହାରେ ଚାକିରି କଲେ ସେମାନଙ୍କ ମତ ଲୋଡ଼ିଲେନି ଥରେ । ଯିଏ ଘରକୁ ଟଙ୍କାଟିଏ ସାହାଯ୍ୟ ଦେଇନି ତା' କଥାରେ ଚଳିଲେ । ହଁ ମା' ଓ ବାପା ସାନମାନଙ୍କ ମୁହଁକୁ ଏମିତି ବଢ଼େଇ ଦେଇଛନ୍ତି ଯାହାଫଳରେ ସେମାନେ ବଡ଼ଭାଇଙ୍କୁ ଅସମ୍ମାନ କରିବାକୁ ପଛଉ ନାହାନ୍ତି ।

ହଉ ଯାହା ମନକୁ ଆସୁଛି କହିଯାଆନ୍ତୁ । କଥା କହିବାକୁ ପଇସା ଖର୍ଚ୍ଚ ହେଉନି । ଆହୁରି ସଞ୍ଚୟ ହେବ । ବଡ଼ଭାଇଙ୍କ ସୁବିଧା ଅସୁବିଧା ସମୟରେ ଜମାରୁ ଦୌଡ଼ିବାକୁ ପଡ଼ିବନି ଆଉ । ଯିଏ ଯାହାର ସୁବିଧାରେ ରହିବେ । କିଏ ଖୋଜୁଛି କାହାକୁ ? ଏଇ ବୋଧେ ଦୁନିଆର ରୀତି କି ?

ସଂଜିତ ଆଖି ବୁଜିଲେ । ଶୋଇବାର ଉପକ୍ରମ ଜାରି ରଖିଲେ ତଥାପି ମନଟି ଅସ୍ଥିର । ସଦିଚ୍ଛାର ଫଳ କ'ଣ ପିତା ହେବ ? କେଉଁ ଭୁଲ୍‌ଟା ସେ କହିଦେଲି କି ? ଏତିକି କହିଲେ - 'ମୋର ରିଟାୟାର୍ଡ଼ମେଣ୍ଟ ଆଉ ବର୍ଷେ ରହିଲା । ଗାଁରେ ଉପର ଘରଗୁଡ଼ିକ ପାଇଁ ଆବଶ୍ୟକ ପଡୁଥିବା ଅର୍ଥ ସାନ ଦୁଇ ଭାଇ ଦିଅନ୍ତୁ । ସେମାନେ ତ କାହାକୁ କିଛି ଦେଇନାହାନ୍ତି କି ଦେବାର ସୁଯୋଗ ପାଇଥିଲେ ସୁଦ୍ଧା ଆପଣେଇ ନାହାନ୍ତି । ତେଣୁ କିଛି ଟଙ୍କା ଘରକୁ ସାହାଯ୍ୟ କଲେ ମା'ଙ୍କ ଗଚ୍ଛିତ ଟଙ୍କାର ପରିମାଣ ବଢ଼ାଯିବ ଆଉ ଛାତ ଉପରେ ଦୁଇଟା ରୁମ୍ ହୋଇଯିବ । ରହିବେ ସେମାନେ ।'

ଜଣେ ଭାଇ ତ ସହର ଘର ଛାଡ଼ି ଗାଁରେ ଯାଇ ରହିବାକୁ ଇଚ୍ଛୁକ ନୁହେଁ ।

ଆଉ ସେ କ୍ୟାପିଟାଲ୍‌ରେ ଘରକରି ରହିବାର ଯୋଜନା କରିଥିଲେ ବୋଲି ଏଇ ଚରିବର୍ଷ ତଳେ ଘରଟିଏ କିଣି ଦେଲେ । ଖୋଦ୍ ବ୍ୟାଙ୍କ ଋଣରେ । ତାକୁ ଶୁଝିବାକୁ ଲାଗିପଡ଼ୁଛନ୍ତି । ପାଖରେ ବଳକା ବାଲାନ୍‌ସ୍ ରହୁନି । ଯେମିତି ହେଲେ ରିଟାୟାଡ୍ ପୂର୍ବରୁ ଋଣମୁକ୍ତ ହେବାକୁ ସେ ଚହୁଁଛନ୍ତି । ଦେଖାଯାଉ ।

ଭାଇ କହିଲା - ଏତେ ହଜାର ଟଙ୍କା ଦରମା ପାଉଛ । ତମପରି ଆମେ ପାଉଥିଲେ କେତେ ସାହାଯ୍ୟ କରନ୍ତୁ ।

ଧୂଆଁବାଣ । କଥା ବୁଲାଇବାରେ ଓସ୍ତାଦ । ପ୍ରଥମରୁ ଚକିରୀ କ୍ଷେତ୍ରରେ କାହାର ଦରମା ବଢ଼ିଯାଏନି । ରିଟାୟାର୍ଡ଼୍ ପାଖେଇ ଆସୁଥିବାରୁ ଦରମାର ପରିମାଣ ବୃଦ୍ଧି ଘଟିଲାଣି ।

କାହିଁ ତାଙ୍କର ତ ଆଉ ଭାଇପରି କୋଡ଼ିଏ କି ବାଇଶବର୍ଷ ଚକିରୀ ନାହିଁ । ସେତେବେଳକୁ ତା'ର ଦରମା ଲକ୍ଷ ଉପରକୁ ଟପିଯିବଣି ସେ କଥା ସେ ଆକଳନ କରିପାରୁନି । ଦେବାର ମନୋବୃତ୍ତି ତ ଜମାରୁ ନାହିଁ ଆଉ ଦେବ କେମିତି ?

ଛାଡ଼ ସେମାନଙ୍କ କଥା । ଦରଦାମ ତ ହୁ ହୁ ହୋଇ ବଢୁଛି । ତିରିଶ ବର୍ଷ ତଳେ ଦଶଟଙ୍କାରେ ପରିବା ବ୍ୟାଗ୍ ଭର୍ତ୍ତି ହୋଇଯାଉଥିଲା । ଏବେ ଦୁଇଶହ ଟଙ୍କାରେ ମଧ୍ୟ ବ୍ୟାଗ୍ ଖାଲି ପଡୁଛି । ଦରଦାମ ବିସ୍ଫୋରଣ । ଜନ ବିସ୍ଫୋରଣ । ଆଉ ପୁଣି ମନ ବିସ୍ଫୋରଣ ।

ଝରକା ଫାଙ୍କ ଦେଇ ଶୁଭ୍ର ଜହ୍ନ କିରଣ ଘର ଭିତରକୁ ପଶି ଆସିଲାଣି । ଇଚ୍ଛା ହେଉଛି ଆଦ୍ୟାଶାର ମୁହଁକୁ ଟିକିଏ ଛୁଇଁ ଦେବାକୁ । ହେଲେ ସେ ତାଗିଦ୍ କରି ଦେଇଛି ଓ ମୁଣ୍ଡ ଭାରି କରିଛି ମୋର ଅଭିବ୍ୟକ୍ତି ଶୁଣି । ସତେ ଯେମିତି ମୁଁ ମୋ ଏକେଲା ପାଇଁ ଦାୟୀ । ଶୋଇବା ପୂର୍ବରୁ କହିଲା - 'ସୁନାପୁଅ ପରି ମିଛରେ ହଁ, ସତରେ ହଁ ମାରିବା କେଉଁ ପୁରୁଷ ପଣିଆ କହିଲ ? ଛି ଛି । ସତ କହିବାର ସାହସ ଟିକିଏ ହରାଇଲ କେମିତି ? ବାପାଙ୍କ ମୃତ୍ୟୁପରେ ଏବେ ଗାଁ ଘର ତିଆରି ପାଇଁ ଅଣ୍ଟାଭିଡ଼ିଛ ? ଆଗରୁ କ'ଣ ଶୋଇପଡ଼ିଥିଲ କି ? ସତ କହିଥିଲେ କେଉଁକାଳୁ ଦୋମହଲା କୋଠା ଠିଆ ହୋଇଥାଆନ୍ତା । ସାନଭାଇମାନଙ୍କଠାରୁ ଠିକ୍‌ରେ ମାସକୁ ମାସ ଟଙ୍କା ଆଦାୟ କରି ଘର କାମ ସମ୍ପୂର୍ଣ୍ଣ ହୋଇଥାଆନ୍ତା । ବାପା କି ମା'ଙ୍କୁ ଭାରି ଡରନା ? ପାଟିରୁ ସତ କଥା ସ୍ଫୁରୁ ନଥିଲା । ଏବେ ସେମାନଙ୍କ ଅନୁପସ୍ଥିତିରେ ଭାରି ବଡ଼ବଡ଼ କଥା କହୁଛ । ତମେମାନେ ଯେମିତି ଘରକୁ ସାହାଯ୍ୟ କରୁଥିଲ ସାନମାନେ ମଧ୍ୟ ସେମିତି ସାହାଯ୍ୟ ଜାରି ରଖିଥାଆନ୍ତେ । ଘର ପାଇଁ ଆଉ ଚିନ୍ତାନଥାନ୍ତା । ସବୁ ଘରର ନୀତିନିୟମ ଏକାପ୍ରକାର ଲାଗୁହେବା ଦରକାର । କାହିଁକି ଏପରି ପକ୍ଷପାତିତା ଉଠିଲା ? ଭାବିଲେ ଦୁଃଖ ଲାଗୁଛି ଆଉ କଷ୍ଟ ଲାଗୁଛି । ରାତିସାରା ଭାବୁଥାଅ ତମ ଘରକଥା ।'

ସଂଜିତଙ୍କ ମନରେ ହଠାତ୍ ପଶିଆସିଲା - ଶୋଷଣ । ମାନେ ସରଳ ଆଉ ସ୍ନେହର ଶୋଷଣ । ପ୍ରତିବାଦର ସ୍ୱର ନ ଥିଲା ତାଙ୍କର । ଓଲଟି ମା' ପ୍ରତିବାଦ କରି କହେ - 'ସାନ ଭାଇମାନେ କାହିଁକି ବଡ଼ ଭାଇମାନଙ୍କୁ ଦେବେ ।'

ତେବେ ବାପା ନିୟମ କାହିଁକି ଟାଣ କରିଥିଲେ ଯେ - ଭାଇମାନଙ୍କ ପଢ଼ାକୁ ଟଙ୍କା ପଠାଅ । ନହେଲେ ପାଠପଢ଼ା ବନ୍ଦ କରିଦେବି । ମୋ ପାଖରେ ଟଙ୍କା ନାହିଁ । ମୁଁ ମୋ ପେନସନ୍‌ରେ ଚଳୁଛି ଏବେ ।

କାହିଁକି ସେତେବେଳେ ଯଦି ଭାଇ ଭାଇର ସାହାଯ୍ୟରେ ଆସିପାରିଲା ତେବେ ପରେ କାହିଁକି ସାହାଯ୍ୟ କଲାବେଳେ କୁଣ୍ଠା ପ୍ରକାଶ କରୁଛି । ସେଠି ବାପା ଓ ମା'ଙ୍କ ସ୍ୱର ନରମ କାହିଁକି ? କ'ଣ ସେ ଭୁଲିଗଲାଣି ପାଇଥିବା ଅର୍ଥରାଶିର ଅନୁଦାନ ।

ଘୃଣା । ପୁଣି କିଏ କାହାକୁ ଘୃଣାରେ ଟଙ୍କା ଦିଏନି । ଓଲଟା ଅର୍ଥ । କର୍ତ୍ତବ୍ୟବୋଧ ପାଇଁ ଟଙ୍କା ତ ଦେଇଛନ୍ତି । ଆନ୍ତରିକତା ଥିଲାବୋଲି କଷ୍ଟେମଷ୍ଟେ ନିଜେ ଚଳି ପିଲାଛୁଆଙ୍କୁ ଚଳାଇଛନ୍ତି । ଭାଇ ବୋଲି ସାହାଯ୍ୟ କଲେ । କାହିଁ ବାହାରର ଗରୀବ ପିଲାଟିକୁ ପାଠ ପଢ଼େଇବାକୁ ଟଙ୍କା ଦେଲେନି । ବରଂ ତାକୁ ସାହାଯ୍ୟ କରିଥିଲେ ସେ ବୋଧେ ଅନୁଗତ୍ୟ ଥାଆନ୍ତା । ଆଶାୟୀମାନଙ୍କୁ ଯେତେଦେଲେ କେବେ ସନ୍ତୁଷ୍ଟ ହେବେନି । କିନ୍ତୁ ନିରାଶା ଯା'ଙ୍କୁ କିଞ୍ଚିତ ସାହାଯ୍ୟ ସହଯୋଗ କଲେ ସେମାନେ କୃତକୃତ୍ୟ ହୋଇ ପଡ଼ନ୍ତି । ତେବେ ଆତ୍ମୀୟତା ଓ ଅନାତ୍ମୀୟତା ଭିତରେ ଫରକ କ'ଣ ଦେବା ନେବାରେ ସୀମାବଦ୍ଧ କି ? କେବେ ନୁହେଁ ? ରକ୍ତର ସଂପର୍କରେ ମଣିଷ ପରା ବନ୍ଧା । ଏଥିରୁ ସୃଷ୍ଟି ପରିବାର । ପରିବାରର ସାହାରା ଜୀବନକୁ ଖୁବ୍ ଋଦ୍ଧିମନ୍ତ କରେ ।

କିନ୍ତୁ ଆଜି ଖୁବ୍ ଆଘାତ ପାଇଛନ୍ତି ସଂଜିତ । ସେ ଖୁବ୍ ଏକେଲା । କିଏ ତାଙ୍କ ଦୁଃଖରେ ସାଥି ହେବାକୁ ଋହୁଁନାହାନ୍ତି ଯେମିତି । ଗରଗର ହୋଇ ଶୋଇଗଲାଣି ଆଦ୍ୟାଶା ।

ସତରେ ସେ ବା କେତେ ଶୁଣିବ ମୋ ଘର କଥା । ଶୁଣିଶୁଣି ସେ ତ ବେଳେବେଳେ ଚିଡ଼ିଯାଏ । କହେ - ମୋତେ ଆଉ ତମଘର କଥାରେ ମୁଣ୍ଡ ପଶାଅ ନାହିଁ । ଆଉ ଯେତେକ ଦିନ ବଞ୍ଚିବ ଟିକିଏ ଭଲରେ ବଞ୍ଚିବା ଚେଷ୍ଟାକର ।

- କହୁନ କ'ଣ କରିବି ମୁଁ ?

- ତମେ ଛୋଟପିଲା ନୁହଁ ଯେ ତମକୁ କିଛି ଶିଖା ହେବ । ନିଜ ବୁଦ୍ଧିରେ ଆଗକୁ ଋଲ । ଯେଉଁମାନଙ୍କ କଥାରେ ମନକୁ ଏତେ ଘାଣ୍ଟି ଚକଟି ଦେଲଣି ସେମାନଙ୍କଠାରୁ ମୋହ ଟିକିଏ କମାଇ ଦିଅ । ଦେଖିବ ଦୁଃଖ କି କଷ୍ଟ ଲାଗିବନି ଆଉ ।

- ଆରେ ମୁଁ ପରା ଭାଇ ଆଉ ତମେ ଭାଉଜ ।

- ଓଃହ ମୁଁ ପରଝିଅ । ତମ ରକ୍ତ ମୋର ଦେହରେ ପ୍ରବାହିତ ହେଉନି । ତେବେ ମୁଁ କାହିଁକି ହନ୍ତସନ୍ତ ହେଉଛି ? କ'ଣ ସହଧର୍ମିଣୀ ବୋଲି କି ? ମଣିଷକୁ ଟିକିଏ ଶାନ୍ତିରେ ରହିବାକୁ ଦେବେନି କି ଆଉ ?

- ହଉ, ଆଉ ମୁଁ କାହାକଥା ଭାବିବି ନାହିଁ । କିଏ ମୋର ନିଜର କି ?

- ପରଖୁ ଥାଅ ନିଜ ପରକୁ । ମୁଁ ଯାଏ ଶୋଇବାକୁ । କାମ ସରିଲା ପରେ କିଏ କାହାକୁ ପରୁରେ କି ?

ଅସ୍ୱସ୍ତି ଭିତରେ ସେ ଚକଟି ହେଲାବେଳେ କୋଇଲିର ସ୍ୱର ଶୁଣାଗଲା । ଭୋର୍ ହେଲାଣି । ରାତିଟା ଶୋଇହେଲାନି । କେମିତି ଅଫିସ୍ ଯିବେ ? କେମିତି ଦିନସାରା କାମ କରିବେ । ଏତେ ଚିନ୍ତା କାହିଁକି ? କହିବା ଲୋକବଡ଼ ନୁହେଁ, ସହିବା ଲୋକ ହିଁ ବଡ଼ । ଆଖି ବୁଜି ଆସିଲା । ନିଦ ଲାଗିଗଲାଣି । ଶୋଇଶୋଇ ସ୍ୱପ୍ନ ଦେଖିଲେଣି । କି ସୁନ୍ଦର ଘରଟିଏ ଆଉ ସେ ଖୁବ୍ ଆରାମ୍‌ରେ ତାସ ଖେଳରେ ଆସର ଜମାଇ ଦେଇଛନ୍ତି ଭାଇମାନଙ୍କ ଗହଣରେ । ଖୁବ୍ ମଜା ହେଉଛି ଖେଳଟା । ମା' ଡାଲାରେ ଡାଲାଏ ଆରିଶାପିଠା ଆଣି କହୁଛି - ନିଅ ଗରମ ଗରମ କଡ଼କଡ଼ିଆ ପିଠା ଖାଇବ । ଖୁବ୍ ଭଲ ଲାଗିବ ।

ସଂଜିତ୍ ଗୋଟିଏ ପିଠା ଆଣି ଖାଉ ଖାଉ କହିଲେ - ମା', କେଡେ ଭଲ ଲାଗୁଛି ଏ ପିଠା । ତୋ ହାତରନ୍ଧା କେଡ଼େ ମିଠା ।

ହଠାତ୍ ଆଦ୍ୟାଶାର କର୍କଶ ସ୍ୱର ଚମକେଇ ଦେଲା ସ୍ୱପ୍ନକୁ । ଆଖି ମଳିମଳି ଉଠିଲେ ସଂଜିତ ।

- କ'ଣ କଲେଜ ଯିବନିକି ଆଉ ?

- ନାହିଁ ଆଜି ଛୁଟିରେ ରହିବି । ଓହୋ ମୋର ମିଠା ସ୍ୱପ୍ନକୁ ଭାଙ୍ଗିଦେଲ କାହିଁକି କହିଲ ?

- ପିତା ସ୍ୱପ୍ନ ଦେଖକି ମିଠା ସ୍ୱପ୍ନ ଦେଖ । ମୁଁ ଯାଏ ମୋ କାମରେ ।

ଆଦ୍ୟାଶା ଚାଲିଗଲାଣି । ଆଖି ବୁଜି ସ୍ୱପ୍ନକୁ ପୁଣିଥରେ ଯୋଡ଼ିବାକୁ ଚେଷ୍ଟା କରୁଥିଲେ ସଂଜିତ । କିନ୍ତୁ ଏ କ'ଣ ସ୍ୱପ୍ନ ଥରେ ଭାଙ୍ଗିଗଲେ ଆଉ କ'ଣ ଯୋଡ଼ିହୋଇ ପାରେକି ? ଏ କଥା ସେ ନିଜେ ବୁଝୁନାହାନ୍ତି କାହିଁକି ? ଶୋଇଶୋଇ ଭାବୁଥିଲେ ସେଦିନର କଥା ।

।। ଦଶ ।।

ନିଜେ ନିଜ ଭିତରେ ଛଟପଟ ହେଲେ କିଏ ବୁଝିପାରିବେନି କାହାକଥା । ନିଜେ ସତ୍ୟକୁ ସାମ୍ନା ନକରି ମିଥ୍ୟାର ଆଶ୍ରୟ ନେଲେ କିଏ ଯଦିଓ ତମକୁ ପରଖିବାକୁ ଚାହିଁବେନାହିଁ ତଥାପି ନିଜ ଆତ୍ମାପାଖରେ ହିଁ ମିଥ୍ୟାବାଦୀ ହେବ । ନିଜେ ନିଜ ଭିତରକୁ ଅଶାନ୍ତମୟ କରି ତୋଳିବାର ତାତ୍ପର୍ଯ୍ୟ କ'ଣ ? ଯଦି କାହାକୁ ମନଖୋଲି ଅନ୍ତର କଥା କହିବାର ଶକ୍ତିକୁ ହରେଇ ସାରିଛ ତେବେ ତମେ ସତରେ ମଣିଷ କି ? ମଣିଷ ପାଇଁ ମଣିଷପଣିଆ ଟିକକ ରହିବା ଦରକାର । ଯଦି ମିଥ୍ୟା, ପ୍ରତାରଣା ଓ ପ୍ରହେଳିକାର କୁଣ୍ଡଳୀରେ ତମେ ଆକ୍ରାମାକ୍ରା ତେବେ ତମେ ହିଁ ତା'ପ୍ରଭାବ ଭୋଗିବ ।

ଏଇତ ଦିନେ ମଝିଆଭାଇ ଗାଁକୁ ଫୋନ୍ କରି ଜଣାଇଦେଲେ - ମୁଁ ଯାଇପାରୁନି । ଅଫିସ୍ କାମରେ ବ୍ୟସ୍ତ ଅଛି ।

ବାସ୍, ଦୁଇଟା ବାକ୍ୟ । ମିଛ ହୋଇପାରେ । କିନ୍ତୁ ଯେତେବେଳେ ଯାହା ଚାଲିଛି ଅନ୍ୟର ଅନୁପସ୍ଥିତିରେ ମଧ୍ୟ ସରିଯିବ । କିନ୍ତୁ କିଛି ଅସନ୍ତୁଷ୍ଟର ପରିପ୍ରକାଶ କାହା ପାଖରେ ଦେଖାଯାଇପାରେ ।

ବଡ଼ଭାଇ ଟିକିଏ ବିରକ୍ତି ମିଶା ସ୍ୱରରେ କହିଲେ - ବାପାଙ୍କ ବର୍ଷିକିୟା, ତଥାପି ସମୟ ନାହିଁ ?

ପାଖରେ ଥିବା ସାନ ମଝିଆଭାଇ କହିଲା - ତମେ ବାଧ୍ୟ କରି ଡାକ ।

- ତମେମାନେ ଆଉ ଛୋଟପିଲା ନୁହଁ ଯେ ମୋ ବାଧ୍ୟବାଧକତାରେ ତମେ କାମ କରିବ । ବର୍ତ୍ତମାନ ଢ଼େର ବୟସ୍କ । ନିଜ ବିବେକ ଅନୁସାରେ କାମ କରୁଛ କି ନାହିଁ ମୁଁ ମଧ୍ୟ କହିପାରିବିନି । ତମ ଇଚ୍ଛାରେ ମୁଁ ପାହାଡ଼ ଲଦି ଦେବାକୁ କିଏ କି ?

ସମୟ ସାଙ୍ଗରେ ସଂପର୍କ ମଧ୍ୟ ଓଲଟ ପାଲଟ ହୋଇଗଲାଣି । କିଏ ଭଲ,

କିଏ ଖରାପ ତାକୁ ମଧ୍ୟ ଚିହ୍ନିବା କଷ୍ଟ । ହଉ ସେଥିରୁ କ'ଣ ମିଳିବ । ଯିଏ ଯାହା ସଂସାରରେ ସୁଖରେ ଥାଆନ୍ତୁ । ଏଇ କଥା ତ ବଡ଼ ଭାଇ କହନ୍ତି । ଆଉ ଅନ୍ୟମାନେ ଶୁଣନ୍ତି ସାନଭାଇ ଆସନରେ ଉପବିଷ୍ଟ ହୋଇ । ଯେଉଁ ବଡ଼ ଭାଇଙ୍କ ପାଇଁ କିଛି ସମ୍ମାନ, ସ୍ନେହ, ଶ୍ରଦ୍ଧା ଥିଲା ସବୁ ଗଲା କୁଆଡେ ? କିଏ ଏଥିପାଇଁ ଦାୟୀ ?

ଗାଁକୁ ନ ଯାଇ ଅଫିସ୍‌ରେ କାମ କଲେ ସୁଦ୍ଧା ମନ ରହିବ ନାହିଁ କାମରେ । ବାରମ୍ବାର ମନ ଭିତରକୁ ଧସେଇ ପଶିଆସୁଥିବ ଗାଁର ମୁହଁ । ମା' ଅନ୍ୟପୁଅ ଅପେକ୍ଷା ସାନ ମଝିଆଭାଇ ପାଇଁ ଅଧିକା ସ୍ନେହ ଅଜାଡ଼ି ଦେଇ ଅନ୍ୟ ଆଗରେ କହିପାରୁଥିଲା – ମୋର ସେ ପୁଅଟି ସବୁଠୁ ଭଲ ।

ମା'ର ବିଶ୍ୱାସରେ ସେ କ'ଣ ବିଶ୍ୱାସଘାତକତା କଲା ? ମା' କ'ଣ ବୁଝିପାରିବନି ତା' ମନର କଥା ? ତଥାପି ଲୋକଦେଖାଣିଆ ହେଉପଛେ ସେ ତ ଆସିପାରିଲା ନାହିଁ । କିଏ କେତେ କଥା କହୁଥିବେ । କହନ୍ତୁ । ଆଉ କ'ଣ ଶୁଣିବାକୁ ବାକି ଅଛି କି ? ଯେଉଁ ଝିଅକୁ ନିଜଠାରୁ ଅଧିକ ଭଲପାଉଥିଲେ ସେ ତ ନିଜମନ ଇଚ୍ଛାରେ ବାହାହେବାକୁ ଚାହିଁଲା । ବାଧହୋଇ ଯାହାତାହି ଭାବରେ ବିବାହଟା ସାରି ଦେଇଥିଲେ ଏଇ ଅଳ୍ପଦିନ ତଳେ । ଗାଁକୁ ଗଲେ ବିଭିନ୍ନ ଲୋକଙ୍କ ବିଭିନ୍ନ ପ୍ରଶ୍ନର ସାମ୍‌ନା କରିବାକୁ ପଡ଼ିବ – ଝିଅଟି ଆମ ଜାତିରେ ବାହାହୋଇଛି ତ ? ଭଲରେ ଅଛି ତ ଆଉ କେତେ କ'ଣ ।

ଏଇ କେଇଟାବର୍ଷ ଭିତରେ କେମିତି ସବୁ ଓଲଟପାଲଟ ହୋଇଗଲା । ସହରରେ ଘର ତୋଳିଲାପରେ ଆସ୍ତେ ଆସ୍ତେ ଗାଁଘର ପ୍ରତି ଥିବା ମୋହ କମି ଆସିଲା । କିନ୍ତୁ ଯେତେ ବୟସ୍କ ହେଲେ ମଧ୍ୟ ବାପା, ମା'ଙ୍କ ସ୍ନେହ ପିଲାଙ୍କ ପ୍ରତି କମିଯାଏନି । ପୁଅ ହେବା ସହଜ କିନ୍ତୁ ବାପା ହେବା କଷ୍ଟ ।

ମନେଅଛି ଯେତେ ଭଲ ଜିନିଷ ଘରକୁ ଆସେ ବାପା ଆଗ ପିଲାଙ୍କୁ ଦିଅନ୍ତି । ସେ ଖାଇଲେ କି ନାହିଁ କାହାର ପଚାରିବା ଦରକାର ପଡ଼େନି । ଆରଥର ବାପା ଆସିଥିଲେ ଆଉ ଫ୍ରିଜ୍‌ରୁ ଗୋଟିଏ ସରମଲେଇ ନେଇ ଖାଇଦେବାରୁ ଆଦ୍ୟାଶା ରାଗରେ ଫାଟିପଡ଼ି କହିଥିଲା– ବୁଢ଼ାଲୋକ ଏତେ ମିଠା ଖାଇବା କି ଦରକାର ? ଯେତେଖାଇଲେ ମନ ବୁଝୁନି । କେଉଁ ସାହସରେ ନିଜେ ଫ୍ରିଜ୍ ଖୋଲି ଖାଇଦେଲେ ? ଡାଇବେଟିସ୍ ବଢ଼ିଯିବ ।

ସଂଜିତ୍ ଏତକ ଶୁଣି ଆଉ ଚୁପ୍‌ହୋଇ ରହିନପାରି କହିଥିଲେ – ବାପା ହେବା ସାହସରେ ମୋ ବାପା ମୋ ଘରେ ଯାହା କଲେ ତମର କ'ଣ କହିବାର ଅଛି କି ? ମୁଁ ତାଙ୍କୁ କହିଛି– ବାପା ଏଇଟା ତୁମର ଘର । କାହାକୁ ଡରି ଚଳିବନି ।

ଗାରେଡ଼େଇ ଅନାଇ ଆଦ୍ୟାଶା କହିଥିଲା - ଏଥର ତମେ ତମ ବାପାଙ୍କ ଦାୟିତ୍ୱ ବୁଝ । ମୁଁ ତ ଏଠି ଖାଇପିଇ ବଞ୍ଚିଛି, ମୋ ଘରଦ୍ୱାର ବୋଲି କିଛି ନାହିଁ ଯେମିତି ।

- ଏମିତି ଛୋଟଛୋଟ କଥାକୁ ନେଇ କଳି କର କାହିଁକି ? ମଣିଷ ଟିକିଏ ଶାନ୍ତିରେ ରହିଲେ ସିନା କିଛି ସୃଜନଶୀଳତା ବଢ଼େଇବ । ପୁରୁଷ କ'ଣ ଷ୍ଟେଣ ପାଲଟିଯାଉଛି କି ?

ସଂଜିତ ନିଜ ଭିତରେ ନିଜେ ଯେମିତି ଶରବିଦ୍ଧପକ୍ଷୀ ପରି ଯନ୍ତ୍ରଣା ଅନୁଭବ କଲେ । ସତ୍ୟକୁ ସାମ୍‌ନା କରିବାକୁ ସେ କାହିଁକି ମନୋବଳ ଜୁଟେଇ ପାରୁନଥିଲେ ଅନ୍ୟ ଆଗରେ ।

କ'ଣ ଭଲପାଇବାରେ ତ୍ରୁଟି ରହିଯାଇଥିଲା କି ?

ଏଇ ଟିକିଏ କଥା ତାଙ୍କ ମନର ବ୍ୟଥା ଭାରି କରିଦେଲା ତତ୍‌କ୍ଷଣାତ୍ । ସେ ଟିକିଏ ଦୁଃଖିତ ହୋଇ କହିପକାଇଲେ - ଟିକିଏ ମିଠା ଆଣ ?

କ'ଣ ପାଇଁ ? କେଉଁ ଖୁସିରେ ।

କିଛି ସମୟପରେ କଲରାଜୁସ୍ ଆଣି ଧରେଇଦେଇ ଆଦ୍ୟାଶା କହିଲା - ପିଅ ଖାଲିପେଟରେ । ବ୍ଲଡ଼ସୁଗାର କମିଯିବ ।

- ଏତେ ପିତା, ଟିକିଏ ମିଠା ଆଣ ।

- ହୋଇ ପାରିବନି ତମ କଥା । ମୋ ଅନୁସାରେ ଖାଦ୍ୟ ଖାଇବ ।

ବିକଳ ହୋଇ ସଂଜିତ ଚାହିଁଲେ ଆଦ୍ୟାଶା ମୁହଁକୁ । ତେବେ ତାଙ୍କ ବଞ୍ଚିବାପାଇଁ ଏବେ ସମସ୍ତେ ତତ୍‌ପର ଯେମିତି । କିନ୍ତୁ ମନଟିକୁ ବୁଝିବାକୁ ନାହିଁ କାହାର ମନୋବୃତ୍ତି ଯେମିତି ।

- ଚାହିଁଛି କ'ଣ ? ଢ଼କଢ଼କ କରି ପିଇଦିଅ ।

- ଆଖି ବୁଜି ପିଇ ଦେଉଦେଉ ଭାବୁଥିଲେ ସେ ଯେମିତି ଆଖିବୁଜି ଦେଇଛନ୍ତି ନିଜ ଅତୀତ ପରିବାରକୁ ଆଉ ଦୌଡ଼ୁଛନ୍ତି ନିଜ ନୂଆ ପରିବାର ସୀମା ସରହଦରେ । ଅସ୍ପଷ୍ଟ ହୋଇ ପଡୁଛି ନିଃସଙ୍ଗ ସ୍ମୃତିଗୁଡ଼ିକ । ସ୍ମରଣ କରିବାକୁ ହେବ କିନ୍ତୁ ସେମାନେ ତ ଦୂରକୁ ଦୂର ଭାସିଯାଉଛନ୍ତି । କଥା କ'ଣ ?

- ଗ୍ଲାସ୍ ଦିଅ, ଏମିତି ପ୍ରତିଦିନ ପିଇବ । ତେବେ ରୋଗ କମିବ । ଡାଇବେଟିସ୍ ରୋଗରେ ମିଠା ଖାଇବାକୁ ମନ ତ ଖାଲି ହାଇଁପାଇଁ ।

କିଛି ପ୍ରତିରୋଧ କରିପାରିଲେନି ସଂଜିତ । ଫିସ୍ ଫିସ୍ ହେଲେ - ମଣିଷ କେତେ କଷ୍ଟ ପାଇଲା ।

ବୁଲିପଡ଼ି ଆଦ୍ୟାଶା କହିଲା - ସତ୍ୟକୁ ସାମ୍‌ନା କରିବାକୁ ଡରୁଛ କାହିଁକି ? ପୁଅପିଲା ତ !

ସଂଜିତଙ୍କ ଦେହରେ କଣ୍ଟାଫୋଡ଼ି ହୋଇଯାଉଥିଲା ଯେମିତି । ସତରେ ସେ ଭୀରୁ ହୋଇଗଲେ କେମିତି ? ନିଜ ଭିତରେ ନିଜକୁ ଖୋଜିବାକୁ ହେବ । ଆଖିରୁ ଗଡ଼ିଗଲା ଲୁହ ନିଜ ଅକ୍ଷମତାର । ଝରକାକୁ ଚାହିଁରହି ଭାବୁଥିଲେ... ଆଃ କୁଆଡ଼େ ଗଲା ପଚିଶବର୍ଷ !

।। ଏଗାର ।।

ସ୍ତ୍ରୀଟିଏ ଅଲାଜୁକି ପରି ବାରମ୍ବାର ସେଇ କଥାକୁ ଦୋହରାଇଥାଏ ଯଦିଓ ସ୍ୱାମୀଟି ସେ ପ୍ରତି ଦୃଷ୍ଟିଦେବାକୁ ଚାହିଁନଥାଏ। ସ୍ୱାମୀ ଏତେ ଅଣଦେଖା ସ୍ତ୍ରୀକୁ କରେ କାହିଁକି ? ସେ ମଣିଷ ମାଇପିଟିଏ ତ। ମାଙ୍କଡ଼ଟିଏ ନୁହେଁ। ମନପ୍ରାଣ ଦେଇ ଢ଼ାଳିଦିଏ ତା' ପ୍ରେମ ସ୍ୱାମୀ ଆଉ ପିଲାମାନଙ୍କ ପ୍ରତି। ଏକ ଅଦ୍‌ଭୁତ ଆକର୍ଷଣରେ ଅତି ନିଜର ଭାବିନିଏ ପରିବାର ସଦସ୍ୟଙ୍କୁ। ବାପଘର ଛାଡ଼ି ଆସିବାର ଦୁଃଖ ସବୁ ଲିଭିଯାଏ ସୁଖର ସ୍ୱପ୍ନ ଦେଖିପାରି ନିଜ ଭିତରେ। ସଂସାର ଜାଲରେ ପଶିଗଲାବେଳ ମନ ଚାହେଁନି ମୁକୁଳିବାକୁ।

ବୃକ୍ଷଟିଏ ପାଲଟିଯାଏ ନାରୀଟି। ସମସ୍ତଙ୍କୁ ଆଶ୍ରା ଦେବାପାଇଁ ଶାଖା ପ୍ରଶାଖା ଖୋଲି ଚାଲେ। ସଭିଁଙ୍କର ଇଚ୍ଛାକୁ ଜୀବନରେ ତୋଳି ଧରିବାକୁ ବଦ୍ଧପରିକର ହୁଏ। ନିଜକୁ ଅବହେଳା କରେ। ନିଜକୁ ଭୁଲିବାକୁ ଚାହେଁ। ନିଜେ ନିଃସ୍ୱାର୍ଥପର ହେବାର ହୋମାଗ୍ନିରେ କର୍ତ୍ତବ୍ୟ କରିଚାଲେ।

ତେବେ ? ଯେତେବେଳେ ଯନ୍ତ୍ରଣାରେ ଛଟପଟ ହୁଏ ସେତେବେଳେ ତାକୁ ସାହାରା ବଦଳରେ ମିଳେ ପୁଣି ଲାଞ୍ଛନା। ସମସ୍ତେ ଦୋଷରୁ ମୁକ୍ତ ହୋଇଯିବାର ବାହାନା ଖୋଜି ଚାଲନ୍ତି। ଆଖିର ସ୍ୱପ୍ନ ସବୁ ଛଳଛଳ ଲୁହହୋଇ ବୋହିବାକୁ ଲାଗନ୍ତି।

ପୁଣି ମନକୁ ଶକ୍ତକରେ ନାରୀଟି। କାହିଁକି ସେ ବାରମ୍ବାର ଆଘାତ ପାଇବ ? ସଂସାରରେ ତା'ର ମୂଲ୍ୟ ସମସ୍ତଙ୍କଠାରୁ ଅଧିକ। ସେ ହିଁ ସଂସାରର ସୃଷ୍ଟିକୁ ନିଜ କୋଳରେ ତୋଳି ଧରି ମାତୃତ୍ୱର ଗର୍ବରେ ଗର୍ବୀତ। ସେ ହିଁ ସ୍ନେହମୟୀ ମା'ଟିଏ। ତା'ର ଦରଦକୁ ଯଦି ଅନ୍ୟମାନେ ନ ବୁଝିଲେ ତେବେ ସେ ନିଜ ଅଧିକାରକୁ ଦାବି କରିବନି କାହିଁକି ?

ପୁରୁଷ ନିଜକୁ ଭାବେ କ'ଣ କି ? ମନେ ମନେ ଖୁବ୍ ସମ୍ମାନର ଅଧିକାରୀ

ବୋଲି ଧରି ବସିଥାଏ ତ ! ବସିଥାଉ । ସ୍ତ୍ରୀର ମଧ୍ୟ ସ୍ୱାଭିମାନ ଅଛି । ସେ ତା' ସ୍ୱାଭିମାନକୁ ପୁରୁଷ ପାଦ ତଳେ ଝାଡୁ ମାରି ସଫା କରି ଦେବନି ତ ! ଯେଉଁ ସ୍ୱାମୀ ସ୍ତ୍ରୀର ମନକୁ ବୁଝିପାରି ଅବୁଝାହୁଏ ତା' ପ୍ରତି ମନ ପ୍ରାଣ ଢ଼ାଳିଦେଇ ଅଶ୍ରୁମୟୀ ହେବା କି ଦରକାର ?

- ଆଜି ମୋ 'ଅଦୃଶ୍ୟ ଆଖି' ବହିଟି ଉନ୍ମୋଚ଼ନ ହେବ । ସମସ୍ତେ ଠିକ୍ ଚ଼ାରିଟାବେଳେ ସଭାମଣ୍ଡପରେ ପହଁଞ୍ଚିବା । ଶୁଣାଗଲା ସଂଜିତଙ୍କ ଆଦେଶପୂର୍ଣ୍ଣ ସ୍ୱର ।

- ଜାଣିଛି । ଶୁଣାଗଲା କ୍ଷୀଣସ୍ୱର ଆଦ୍ୟାଶାର ।

'ନମସ୍କାର । ଆପଣ ଆଜି ପାଞ୍ଚଟାସୁଦ୍ଧା ସଭାମଣ୍ଡପରେ ପହଞ୍ଚିବେ । ମୋର କବିତା ବହିଟିଏ ଆଜି ଉନ୍ମୋଚ଼ନ ହେବ ।' ସଂଜିତ୍ ଫୋନ୍‌ରେ କହିଚ଼ାଲିଥିଲେ ।

ସକାଳୁ ଦଶଟା ଭିତରେ ପ୍ରାୟ କୋଡ଼ିଏ ଜଣଙ୍କ ଏମିତି ଉନ୍ମୋଚ଼ନ କଥା ଶୁଣେଇ ଆସିବାପାଇଁ ନିମନ୍ତ୍ରଣ କରିସାରିଲେଣି ସଂଜିତ୍ । ଆଦ୍ୟାଶା ଶୁଣିବାକୁ ଆଉ ଭଲ ଲାଗୁନାହିଁ । ତେଣୁ ସେ ଟିକିଏ ଚିଡ଼ିଯାଇ କହିଲା - କେତେ କହିଚ଼ାଲିଛ ଅନ୍ୟମାନଙ୍କୁ । ଯାହାକୁ ମନ ତାକୁ ଡାକି ଦେଇ କି ଲାଭ ପାଇବ ? ଯାହାର ଇଚ୍ଛା ଅଛି ସେ ଆସୁ ନଚେ଼ତ୍ ନାହିଁ । ଏତେ ଢେ଼ଙ୍ଗୁରା ପିଟିବା ଦରକାର ନାହିଁ ।

- ପୁସ୍ତକଟିଏ ପ୍ରକାଶିତ ହେଲେ ସନ୍ତାନଟିଏ ପ୍ରସବ ହେଲାପରି ।

- ଛାଡ଼ ସେକଥା । ପୁରୁଷ ତ ସନ୍ତାନ ପ୍ରସବ କରିପାରିବନି ତେଣୁ ମନେ ମନେ ବହି ସାଙ୍ଗରେ ସନ୍ତାନକୁ ତୁଳନା କରିଦେବ । ସନ୍ତାନ ପ୍ରସବ କଷ୍ଟର ଅନୁଭୂତି ମା' ହିଁ ଜାଣେ, ବାପ ନୁହେଁ । ତେଣୁ ଯନ୍ତ୍ରଣାରେ ଅନଭ୍ୟସ୍ତ ଥିବା ସ୍ୱାମୀଟି ହିଁ ଏୟା କହିବେ ।

- ତମେ ତ ଲେଖୁଛ, ତଥାପି ଏପରି କହୁଛ ?

- ହଁ । ଲେଖିବା ତା' ବାଟରେ । ଘର ସମ୍ଭାଳୁଛି ତା' ବାଟରେ । ପିଲାଙ୍କ ପାଇଁ କର୍ତ୍ତବ୍ୟ କରୁଛି ମଧ୍ୟ ତା' ବାଟରେ । କବାଟ କିଳି ଚୁପ୍‌ଚା଼ପ୍ ବସି ନିରୋଳା ମୁହୂର୍ତ୍ତ ଖୋଜୁନି ଲେଖିବାପାଇଁ । ଏଇ ତ ଦୁଃଖ ଗୋଟିଏ ନାରୀର ! ସେ ସମସ୍ତଙ୍କ ମନକୁ ଚିହ୍ନିବ ଅଥଚ଼ ତା' ମନକୁ ଚିହ୍ନିବାକୁ ତମମାନଙ୍କୁ ଅସମ୍ମାନ ଲାଗିବ । ଜୀବନରେ ତମେମାନେ ଯେମିତି ଉପରକୁ ଉଠିବାକୁ ଚ଼ାହଁ ନାରୀ ମଧ୍ୟ ସେମିତି ଚ଼ାହେଁ । ହେଲେ ତମେମାନେ ତା' ଗୋଡ଼ ଟାଣିବାକୁ ଚ଼ାହଁ କାହିଁକି ?

- ଯାଅ ଲେଖିବ । ଅଯଥାରେ ମୋ ଉପରେ କାହିଁକି ଗାରୁ ଗାରୁ ହେଉଛ ?

- କାହିଁକି କାହାଉପରେ ଅଭିମାନ କରିବି ? ନିଜ ଉପରେ ଅଭିମାନ କରି ଖପରାରେ ଖାଇବାର ମୂଲ୍ୟ ମଧ୍ୟ ନାହିଁ । ଯେସାକୁ ତେସା ନୀତି ଅବଲମ୍ବନ କରିବି ।

- କ'ଣ କହିଲ !

- ମୁଁ ମଧ୍ୟ ତୁମମାନଙ୍କ ପରି ସ୍ୱାର୍ଥପର ହୋଇଯିବି ।

- କେବେ ନୁହେଁ । କାରଣ ତୁମେ ମା' ଆଉ ସ୍ତ୍ରୀଟିଏ ପରା !

- ଠିକ୍ ଅଛି, ତମେ ସ୍ୱାମୀ ଓ ବାପା ମଧ୍ୟ । ଜଣେ ସ୍ତ୍ରୀର ଭଲମନ୍ଦ ବୁଝିବା ଦରକାର । ଆଉ ଚୌକିରେ ବସି ଖାଲି ଆଦେଶ ଦେଲେ ଚଳିବନି ।

- କିଏ ଘର କାମ କରେ କି ?

- ହଁ, ଆମ ଭାରତୀୟ ପୁରୁଷଙ୍କ ଭାରି ଗଁଡ । ଘର କାମ କଲେ ସତେ ଯେମିତି ସମ୍ମାନହାନି ହୋଇଯିବ ବୋଲି ଭାବନ୍ତି । ଏୟା ସବୁ ତମ ମନର ଗର୍ବ । ହେଲେ ସ୍ତ୍ରୀଟି ଉପରେ ଦାୟିତ୍ୱକୁ ଲଦି ଦେଲାବେଳେ ତମମାନଙ୍କ ବିବେକ ଶୋଇ ପଡ଼ିଥାଏ କାହିଁକି ?

- ଛାଡ଼ ଏସବୁ ଯୁକ୍ତି ତର୍କ । ମୋ ବହି ଉନ୍ମୋଚିତ ହେବ ତେଣୁ ନ କହିଲେ କିଏ କାହିଁକି ଆସିବେ ?

- ମୁଁ କିନ୍ତୁ ଯାଇପାରିବିନି । ଘଣ୍ଟାଘଣ୍ଟା ସେଠି ବସିପାରିବିନି । ଠିକ୍ ସମୟରେ ସଭା ଆରମ୍ଭ ନ ହୋଇ ହେବ ଘଣ୍ଟାଏ ବିଳମ୍ବରେ । ଆଜିକାଲି ତ ଆଉ ଗୋଟିଏ କଥା ମନକୁ ଆସୁଛି । କାହିଁକି ସଭାରେ ମୁଖ୍ୟ ଅତିଥି କରି ଡାକୁଛନ୍ତି ସାହିତ୍ୟରେ ନାଁ କରିନ ଥିବା ବ୍ୟକ୍ତିଙ୍କୁ । ସେମାନେ ସମସ୍ତେ ତ କବି, ଲେଖକ ନୁହଁନ୍ତି । ସେମାନଙ୍କୁ ଦେଖିବାକୁ ତମମାନଙ୍କ ପରି ବୁଦ୍ଧିଜୀବୀମାନେ ଏତେ ଉଦ୍‌ବିଗ୍ନ କାହିଁକି । ଯିଏ ଲେଖକ ତାଙ୍କୁ ନିମନ୍ତ୍ରଣ କରି ଡାକିପାରିବ । କିନ୍ତୁ ଅନ୍ୟମାନଙ୍କୁ ଡାକି ଏତେ କୃତ୍ୟକୃତ୍ୟ ହୋଇଯାଅ କାହିଁକି ? ଇଏ ଭୋଟ ପ୍ରଚାର ନୁହେଁ ତ ! ଏଠି ଜ୍ଞାନ ବିଷୟରେ ଚର୍ଚ୍ଚା ହେବପରା ।

- ତମ ବହି ଉନ୍ମୋଚନ କରିବ ତ ?

- ଥାଉ । ମୋ ବହି ଉନ୍ମୋଚନ କଲେ ମୁଁ ଆତ୍ମହରା ନୁହେଁ କିଏ ମୋତେ ତୋଷାମଦ କଲେ ଭଲଲାଗେନି ମଧ୍ୟ । ସାଧାରଣତଃ ଜଣେ ଲେଖକ ଟିକିଏ ବାସ୍ତବବାଦୀ ଆଉ ସତକୁ ଭଲପାଏ । ତା'ର ମନର ଆବେଗର ଭାବନା ହିଁ ତା' ଲେଖାର ବିଷୟବସ୍ତୁ ପାଲଟିଥାଏ । ତମେ ତ ଲେଖକ ତଥାପି ମୋ ମନକୁ ବୁଝିଛ କେତେ ?

- ଯେତେ ଭଲହେଲେ ମଧ୍ୟ ତମଠାରୁ ପ୍ରଶଂସା ପାଇବା କଷ୍ଟ ।

- ମୋ ଦୃଷ୍ଟିରେ ତମେ ତ ଶତପ୍ରତିଶତ ଗୁଣଧାରୀ ନୁହଁ । ତମେ ଭଲ ସ୍ୱାମୀ କି ଭଲବାପା ହୋଇପାରିଲ କେବେ ?

- ବାହାର ଲୋକ ମୋତେ ଭଲ କହିବେ ।

- କାରଣ ସେମାନେ ତମକୁ ଅତିପାଖରୁ ଚିହ୍ନନ୍ତି କେତେ ?

- ମୋତେ ତ ଅନେକ ଭଲ ପାଆନ୍ତି ।

- ହୋଇପାରେ । କିନ୍ତୁ ମୋ ଭଲପାଇବା ସମସ୍ତଙ୍କଠାରୁ ଅଧିକ ଆଉ ମୋତେ ତମର ଭଲପାଇବା ମୋଠାରୁ କମ୍ । ବେଳେବେଳେ ଭାବେ କୋଡ଼ିଏ ବର୍ଷ ପୁରିନଥିବା ଝିଅଟିଏ ବୋହୂହୋଇ ଆସିଲାବେଳେ ତା' ଉପରେ ପରିବାରର ବୋଝ ଏତେ ଲଦି ଦିଆଯାଏ କାହିଁକି ? ଆଜି ବୟସ୍କ ବୋହୂମାନେ ତ ଘରର ଦାୟିତ୍ୱକୁ ମୁଣ୍ଡେଇବାକୁ ପ୍ରସ୍ତୁତ ନୁହଁନ୍ତି ।

- ଏସବୁ ଏବର ପିଢ଼ିର ବଦଳନୀତି ।

- ଆମଠାରୁ ଆମ ଶାଶୁଶ୍ୱଶୁର ଓ ପରିବାର ସଦସ୍ୟ ଯାହା ଆଶା କରୁଥିଲେ ସେଗୁଡ଼ିକ ପୁରଣ କରିବାକୁ ଆମେ ପ୍ରତିଶ୍ରୁତିବଦ୍ଧ ଥିଲୁ । ହେଲେ ଆଜିକାଲି ସ୍ୱାମୀ ସ୍ତ୍ରୀ ଭିତରେ ଭାବନାର ଅଦଳବଦଳ କରି ଠିକ୍ ନିଷ୍ପତ୍ତି ନେବାର ସମୟ କାହିଁ ? ଦୌଡୁଛ ତ ଦୌଡୁଥାଅ ।

- ସମୟର ଅଭାବପରା ଲାଗିଛି । ମୋର ଅଫିସ କାମର ବ୍ୟସ୍ତତା ଭିତରେ ତମକୁ ସମୟ ଦେଇ ପାରିନଥିଲି ବୋଲି ଏବେ ଅତୀତକୁ ଧରି ଘାଣ୍ଟି ହେଉଛ । ଛାଡ଼ ସେ ଗଲା କଥା ।

- ଗଲାକଥା ଯିବ କୁଆଡ଼େ ? ମୋ ମନରେ ତ ଖାଲି ଲହଡ଼ି ମାରୁଛନ୍ତି କୂଳରେ ଲାଗିବାକୁ, ବୁଝିଲ ବାବୁ !

- ଲେଖିପକାଅ କାଗଜ କଲମରେ ଯାହାପାରୁଛ । ହେଲେ ମୋପରି ସ୍ୱାମୀ କାହାକୁ ମିଳିଛି କି ?

- ଓଃ, ଯେତେ ମଣିଷ ସେତେ ମୁହଁ, ସେତେ ଗୁଣ । ତମପରି କି ମୋ ପରି ଆଉ ଜଣେ କେମିତି ହେବ ? ଜାଆଁଳା ଭାଇଭଉଣୀଙ୍କ ଗୁଣ ମିଶି ଯିବ । କିନ୍ତୁ ଅନ୍ୟ ଭାଇ ଭଉଣୀଙ୍କ ଗୁଣ ଓ ଗଠନ ତ ଅଲଗା ଅଲଗା ।

- ତେବେ ମୁଁ ଠିକ୍ ସମୟରେ ଯାଇ ପହଞ୍ଚିଯିବି । ତମ ଇଚ୍ଛାରେ ତମେ ଆସୁଥାଅ ।

- ଚିନ୍ତା କରନି । ମୁଁ ଠିକ୍ ସମୟରେ ଯାଇ ପହଞ୍ଚିବି ।

ସଭାକାର୍ଯ୍ୟ ଆରମ୍ଭ ହେଉ ହେଉ ଘଣ୍ଟାଏ ବିଳମ୍ବ ହେଲାଣି । ଆଜିକାଲି ସାହିତ୍ୟସଭାକୁ ଲୋକଙ୍କର ଯଦିଓ ଆଗମନ ବଢ଼ିଲାଣି ତଥାପି ମନ୍ଥର । ସଂଜିତ ଚେୟାର ଉପରଆଡ଼େ ଆଖିବୁଲାଇ ଆଣିଲେ - ପଚିଶ ବା ତିରିଶଜଣ ଲୋକ

ବସିଛନ୍ତି, ଯାହାର ବହି ଉନ୍ମୋଚନ ହେବ କି ଯିଏ ପୁରସ୍କାର ପାଇବେ ସେମାନେ ଆସିଛନ୍ତି ବୋଧେ। ଅନ୍ୟମାନେ ଷ୍ଟଲ୍ ବୁଲୁଥିବେ। ମନ୍ତ୍ରୀମାନେ ଆସିଲାବେଳକୁ ହିଁ ଭର୍ତ୍ତି ହୋଇଯିବ ସଭାମଣ୍ଡପ। ବିଭିନ୍ନ ଟି.ଭି. ଚ୍ୟାନେଲର ଫଟୋଗ୍ରାଫରମାନଙ୍କ ଭିଡ଼ ମଧ୍ୟ ଲାଗିଯିବ। ଯେତିକି ପ୍ରଚାର କରାଯିବନି ଲେଖକ ବା କବିଙ୍କର ବାଖ୍ୟା ତାଠାରୁ ଅଧିକ ପ୍ରଚାର କରାଯିବ ନେତାଙ୍କ ଭାଷଣର ସାରମର୍ମ। ଏଠି ବୁଝିବାକୁ ହେବ; ଯାହାର ଶକ୍ତି ଅଧିକ ସେ ହିଁ ବଳବାନ୍। ଲେଖକ ଏତେ କଷ୍ଟକରି ଲେଖି କି ସୁଖ ପାଇବ ଆଉ ?

ଯାରି ଭିତରେ ଆଦ୍ୟାଶା ନିଜକୁ ପ୍ରସ୍ତୁତ କରୁଛି ସଭାମଣ୍ଡପକୁ ଯିବାକୁ। ଡ୍ରାଇଭର ଆସି କଲିଙ୍ଗ୍ ବେଲ ମାରିଲାଣି।

ତରତର ହୋଇ ଡ୍ରଇଂରୁମ୍ କବାଟ ଖୋଲି ଆଦ୍ୟାଶା କହିଲା - ଗ୍ୟାରେଜରୁ ଗାଡ଼ି ବାହାର କର। ଚାବି ନିଏ। ମୁଁ ଆସୁଛି।

ସଭାମଣ୍ଡପ ପାଖରେ ପହଞ୍ଚିଲାବେଳକୁ ସଭାକାର୍ଯ୍ୟ ଯଦିଓ ଆରମ୍ଭ ହୋଇ ଯାଇଥିଲା ତଥାପି ପୁସ୍ତକ ଉନ୍ମୋଚନ ଡେରିରେ ହେବାର ଥିଲା। ସଂଜିତ ଆଦ୍ୟାଶାକୁ ଦେଖି କହିଲେ - ଆଉ ଟିକିଏ ଡେରିରେ ଆସିଥିଲେ ଚଳିଥାଆନ୍ତା।

- କାହିଁକି ଡେରି କରିବି ? ଶେଷରେ ଗଂଜଣା ଦେବ ସ୍ତ୍ରୀ ହୋଇ ଶେଷରେ ଆସିଲ କି ? ସ୍ୱାମୀମାନଙ୍କ ଭୁଲ ଦେଖାଯିବନି ପରା। ସ୍ତ୍ରୀ ଭୁଲ୍ ତ ଜଳଜଳ ହୋଇ ଦିଶିବ ସ୍ୱାମୀମାନଙ୍କୁ।

- ତମେ ଖାଲି ଏପରି ଭାବୁଛ ତ !

ଅଧଘଣ୍ଟାପରେ ବହି ଉନ୍ମୋଚନର ପର୍ବ ଆରମ୍ଭ ହେଲା। ସଂଜିତଙ୍କୁ କିଛି କହିବାକୁ ନିର୍ଦ୍ଦେଶ ମିଳିଲା ମଞ୍ଚାସୀନ ଅତିଥିଙ୍କଠାରୁ। ସଂଜିତ ଭାଷଣ ଆରମ୍ଭ କରି କହିଲେ - ଏହି ବହିର ପ୍ରେରଣା ହିଁ ମୋ ସ୍ତ୍ରୀ। ତା' ବ୍ୟତୀତ ମୋର ଲେଖା ଆଗକୁ ଯାଇପାରନ୍ତା ନାହିଁ।

ଆବାକ୍ ହୋଇ ଆଦ୍ୟାଶା ଚାହିଁଲା ସଂଜିତଙ୍କ ମୁହଁକୁ। ଏଇ ମଣିଷ ଯିଏ ଅଧିକାଂଶ ବେଳେ ଚିଡ଼ିଚିଡ଼ି ହେଉଥିବେ ସେ ପୁଣି ଶ୍ରେୟ ଦେବେ ନିଜ ସ୍ତ୍ରୀକୁ। ବୋଧେ ସ୍ତ୍ରୀକୁ ଖୁସି କରିବାକୁ ଏପରି କହିଥିବେ। ବୋଧେ ବୟସ ବଢ଼ିଗଲେ ନିଜକୁ ଅସହାୟ ମନେ କରୁଥିବେ। ବୋଧେ ବୁଦ୍ଧି ଉଦୟ ହୋଇଥିବ, ବୟସ ବଢ଼ିଗଲେ ପୁଅ ବୋହୂ ହୁଅନ୍ତୁ କି ଝିଅ ଜ୍ୱାଇଁ ହୁଅନ୍ତୁ କିଏ କେତେ ପଚାରିବେ ଆଉ ? ତେଣୁ ସ୍ତ୍ରୀ ହିଁ ସୁଖଦୁଃଖର ସାଥି ହୋଇ ଶେଷପର୍ଯ୍ୟନ୍ତ ଥିବ। ଆଜିର ପିଢ଼ି ବଦଳିବାକୁ ଯାଉଛି କିନ୍ତୁ ତାଙ୍କ ପିଢ଼ିରେ ସ୍ତ୍ରୀମାନେ ସ୍ୱାମୀଙ୍କୁ ଉଚ୍ଚ ଆସନରେ ବସାଉଥିଲେ। ଏବେ

ନୂଆପିଢ଼ିର ମତିଗତି ଦେଖି ସେ ମଧ୍ୟ ବଦଳିବାକୁ ଚାହୁଁଛି କି ? ବୋଧେ ସେ ଏବେ ନିଜକୁ ଏ ପ୍ରଶ୍ନ ପଚାରିବା ଉଚିତ୍ । ବୟସ ବଢ଼ିଗଲେ ଆପଣାପଣ ବଢ଼ିଯାଏ ସ୍ୱାମୀ ସ୍ତ୍ରୀ ଭିତରେ ତ ନିଶ୍ଚୟ । ସେଇ ନିଶ୍ଚୟତାରୁ ବୋଧେ ରାଗରୋଷ ଅଭିମାନ ଟିକିଏ ବଢ଼ିଯାଇଥାଏ । ସଙ୍କୋଚ଼ପଣ ଥାଏ କେଉଁଠି କି ଆଉ ? ତେବେ ଇଏ ହେଉଛି ଭଲପାଇବାର ନିଦର୍ଶନ ।

- କେମିତି ଲାଗିଲା ମୋ ଭାଷଣ ? ସଂଜିତ ପଚାରିଲେ ।

- ଭଲ ଲାଗିଲା । ତମେ ତ ଭାଷଣ ଦେବାରେ ଓସ୍ତାଦ । ତମର ଭାଷଣ ଯିଏ ଶୁଣିଛି ସେ ତ ପ୍ରଶଂସା କରିଛି । ସତରେ ମୋତେ ତମେ ତମର ଶ୍ରେୟ ଦିଅ କି ?

- ଦେଖିଲ ତ ତମ ଚେତନାକୁ ଚହଲେଇ ଦେଲି କେମିତି ? ମୃଦୁ ହସି ଉଠିଲେ ସଂଜିତ ।

ଆଖି ଫେରାଇ ଆଣି ଚାହିଁଲା ଷ୍ଟେଜକୁ ଆଦ୍ୟାଶା । ଯାରି ଭିତରେ ଜଣେ ଖବରକାଗଜର ପିଲାଟିଏ ଆସି କହିଲା - ପ୍ଲିଜ୍ ମ୍ୟାଡ଼ାମ୍ କହନ୍ତୁ ତ ଆପଣଙ୍କ ଗପପୁସ୍ତକର ପ୍ରେରଣା କାହାଠାରୁ ପାଇଛନ୍ତି । ବୋଧେ ସାର୍‌ଙ୍କଠାରୁ !

- ମୁଁ ସାର୍‌ଙ୍କ ଗପ, କବିତା ପଢ଼ିଛି । ପଢ଼ିଲାପରେ ନିଜକୁ ପଚାରିଛି ଇଏ କ'ଣ ବଡ଼ଲୋକଙ୍କ ଗପକବିତା କି ? ମୁଁ ତ ଏମିତି ବହି ମୋ ବାହାଘର ପୂର୍ବରୁ କେବେ ପଢ଼ିବାର ସୁଯୋଗ ପାଇନି । ତେଣୁ ଏମିତି ଲେଖାପ୍ରତି ଆଗେଇ ଆସିଥାଆନ୍ତି କାହିଁକି ?

- ତେବେ ?

- ଝିଅଟିଏ ବିବାହ ପୂର୍ବର ଖୁବ୍ ସଂଯତ ଥାଏ । ସାମାଜିକ ପାରିପାର୍ଶ୍ୱିକ ଅବସ୍ଥା ପ୍ରତି ସଚେ଼ତନ ଥାଏ । କିନ୍ତୁ ବାହାଘର ପରେ ତା'ର ଲଜ୍ଜାବୋଧ ଟିକିଏ କମିଯାଏ । ସେ ଝିଅଠାରୁ ସ୍ତ୍ରୀକୁ ଉତ୍ତୀର୍ଣ୍ଣ ହୋଇଯାଇଥାଏ । ତାରି ଭିତରେ ସେ ନିଜ ଅସ୍ତିତ୍ୱକୁ ବିଶ୍ଳେଷଣ କରେ । ନିଜର ବିଶ୍ୱାସକୁ ପ୍ରଗାଢ଼ କରେ । ନିଜ ଭିତରେ ନିଜ ପ୍ରେରଣାକୁ ଉଜ୍ଜୀବିତ କରେ । ନିଜେ ପ୍ରେରଣାରେ ହିଁ ସେ ହୁଏ ଯଶସ୍ୱୀ ।

- ତେବେ ?

- ମୁଁ ମୋ ନିଜ ପ୍ରେରଣାରେ ହିଁ ଲେଖେ । ସ୍ୱାମୀଙ୍କ ଅଣଦେଖାକୁ ଚ୍ୟାଲେଞ୍ଜ କରେ । ପୁରୁଷ ତ କେବେ ନାରୀଠାରୁ ଆଗେଇପାରିବନି । ନାରୀ ଯଦି ସୃଷ୍ଟିରେ ମା' ହୋଇପାରିଲା ତେବେ ସେ ଯାହା ଚାହିଁବ ତାହା ହୋଇପାରିବ । ତା'ର ଆତ୍ମବିଶ୍ୱାସ ହିଁ ତାକୁ ବଳିୟାନ କରେ । ଏଠି କୌଣସି ପୁରୁଷର ଭୂମିକା କାହିଁ ?

ସଂଜିତଙ୍କ ମୁହଁର ବିବର୍ଣ୍ଣତାକୁ ଠିକ୍‌ରେ ପଢ଼ି ପାରିଲା ଆଦ୍ୟାଶା । ଶୁଖିଲା

ହସଟିଏ ଖେଳେଇ ସେ କହିଲେ ସେହି ପ୍ରଶ୍ନକର୍ତ୍ତାଙ୍କୁ - ଆପଣ ନାରୀଙ୍କୁ କମ୍ ଭାବନ୍ତୁ ନାହିଁ । କାରଣ ଜଣେ ପୁରୁଷର ପ୍ରତିକ୍ଷେତ୍ରରେ ନାରୀର ଭୂମିକା କେତେ ଗୁରୁତ୍ୱପୂର୍ଣ୍ଣ ସେ କଥା ହିଁ ପୁରୁଷ ଜାଣେ !

ହସି ଉଠିଲେ ପ୍ରଶ୍ନକର୍ତ୍ତା । କହିଲେ - ୟାଙ୍କୁ କହନ୍ତି ଜଣେ ସଫଳ ସ୍ୱାମୀ ।

॥ ବାର ॥

ଛାତ ଉପରକୁ ଚାଲିଯାଇ ସୀମାହୀନ ଆକାଶର ମଥାନକୁ ନିର୍ନିମେଷ ନୟନରେ ଚାହିଁ ଏକ ଗଭୀର ଆଶ୍ୱସ୍ତିର ନିଃଶ୍ୱାସ ଛାଡ଼ିଲା ଆଦ୍ୟାଶା । ଆଃ କି ଆନନ୍ଦ, କି ଶାନ୍ତି ଏ ନିର୍ମଳ ନିରବ ଆକାଶର ଦୃଷ୍ଟିପାତରେ ସୃଷ୍ଟି ହେଉଛି । ସତେ ଯେମିତି ଦୂର ହୋଇଯାଉଛି ମନରେ ଜମାଟ ବାନ୍ଧିଥିବା ବିଷଣ୍ଣତାର ହତାଶ ଓ କ୍ରୋଧ । ମନଟା ତୃପ୍ତିରେ ଭରିଯାଉଛି, ଭାବିବାକୁ ଇଚ୍ଛା ହେଉନି ସେହି ଛଳନାମୟୀ ଶାଶୁଙ୍କ କଥା । କିନ୍ତୁ କ'ଣ ସେ ଦୂର କରିପାରୁଛି ସେହି ଡୋରିର ସଂପର୍କକୁ । ବାରମ୍ବାର ଶାଶୁଙ୍କ ମୁହଁଟା ଉଙ୍କିମାରୁଛି ତା' ମନରେ । ସେ ଅଣନିଃଶ୍ୱାସୀ ହୋଇ ପଡ଼ୁଛି । କେମିତି ମା' ନିଜର ପୁଅମାନଙ୍କ ଅମଙ୍ଗଳ ଚିନ୍ତା କରନ୍ତି ଭାବିପାରୁନି । ତଥାପି ଶାଶୁଙ୍କ ଷଡ଼ଯନ୍ତ୍ର ଓ କୁମ୍ଭୀର କାନ୍ଦଣା ଆଗରେ ପୁଅମାନଙ୍କ ମାତୃଭକ୍ତିଟା ଜାଗ୍ରତ ହୋଇଉଠୁଛି । ସେମାନେ ବୁଝିବାକୁ ଅକ୍ଷମ ମା'ର ଛଳନାମୟୀ ରୂପ । ସବୁ ମିଛସତ ଲାଗୁଛି । ଆଉ ଶାଶୁ ମିଛ କହି ପୁଅମାନଙ୍କ ପାଖରେ ପ୍ରିୟ ହେବାକୁ ତତ୍‌ପର କିନ୍ତୁ ହିତୈଶୀ ହେବାକୁ ନୁହେଁ । ଏଇତ ବ୍ୟତିକ୍ରମ ଜଣେ ମା'ର ! ଏଇ ତ ଅଭାବବୋଧ ଜଣେ ମା'ର ! ସ୍ୱାର୍ଥ ପାଇଁ ମା' ଝିଅ ପୁଅମାନଙ୍କ ଅମଙ୍ଗଳ ଚିନ୍ତାରେ ମଗ୍ନହେବା କ୍ୱଚିତ୍ ଦେଖାଯାଏ । ଜଣେ ପୁଅ ବିରୁଦ୍ଧରେ ଅନ୍ୟପୁଅ ଆଗରେ ବାଗେଇଚୂନେଇ କହି ପ୍ରିୟ ହେବା ଯେତିକି ଦୁଃଖଦାୟକ ସେତିକି ଘରର ଉନ୍ନତି ପାଇଁ କ୍ଷତିକାରକ ସେ କଥା ମା'ଟି ବୁଝିପାରେନା । ଭଲେଇହୋଇ ପ୍ରିୟ ଶବ୍ଦଟା ପାଇବା ଯେତିକି ବାହାଦୂରୀ ସେତିକି ଚତୁରୀର ଖେଳ ମଧ୍ୟ । ଦେଖୁ ଦେଖୁ ତିରିଶ ବର୍ଷ କଟିଗଲାଣି ଶାଶୁଘର ଚଳଣିରେ । କିନ୍ତୁ ଆଦ୍ୟାଶା ନିରୁପାୟ । କାରଣ ସେ ମିଛ କହିପାରେନା । ଛଳନା କରିପାରେନା । ତେଣୁ ପ୍ରିୟ ହୋଇ ଅନ୍ୟର ଦୁଃଖର ପଛରେ ଖୁସିହେବା କଥା ସେ ବୁଝେନା । ସେ ବୁଝେ ପରିବାର ସଦସ୍ୟଙ୍କ ଉନ୍ନତି କଥା । ସେଥିପାଇଁ ସତଟା ତା'ପାଟିରୁ ବାହାରିଯାଏ । ଆଉ ସତକଥା ଶୁଣିବାକୁ ମିଛ

ଲୋକଙ୍କ ପାଖରେ ଯଦିଓ କଠିନ ହୃଦୟ ଥାଏ ତଥାପି ସେଇଟା ସତର ସ୍ପର୍ଶରେ ଦୁର୍ବଳ ହୋଇଯାଏ । ଜଣକ ପଛରେ ଚକ୍ରାନ୍ତ କରିବା ସହଜ କିନ୍ତୁ ସତର ସାମ୍ନା କରିବା କେତେ କଷ୍ଟ ସେଇକଥା କ'ଣ ବୁଝିପାରିବେ ଅବୁଝା ଲୋକମାନେ ?

ହଁ, ଶାଶୁଙ୍କ ବୟସ ପଞ୍ଚସ୍ତରି ହେଲାଣି । ରୋଗରେ ପଡ଼ିଲେଣି । ତଥାପି ମନୋବଳଟା ଭାରି ଦୃଢ଼ । ମିଛର ଛାୟାଟା ଆଜି ମଧ୍ୟ ତାଙ୍କୁ ଗୁଡ଼ାଇ ଦେଇଛି । ସେ ମାୟା ସଂସାରର ପ୍ରହେଳିକାରେ ସତରେ ଯେମିତି ମାୟା ଜାଲ ବୁଣି ଚାଲିଛନ୍ତି । ସେ ମାୟାଜାଲରେ ତାଙ୍କ ମନଟା ସତେଜ ଅଛି କାରଣ ଆଜି ପରେ କାଲିର ଦୁର୍ବୁଦ୍ଧିର ଭାବିବା ଶକ୍ତିଟା ତାଙ୍କ ପାଖରେ ଠିକ୍ କାମ କରୁଛି । ତେଣୁ ତାଙ୍କୁ ଗୁଣବତୀ କହିବାର ତାତ୍ପର୍ଯ୍ୟ ରହିଛି ସେମାନଙ୍କର ଯେଉଁମାନେ ତାଙ୍କଠାରୁ ପାଇବାର ଆଶା ରଖିଛନ୍ତି ଆଉ ପ୍ରିୟ ମଧ୍ୟ ହୋଇଛନ୍ତି ।

କିନ୍ତୁ ଆଦ୍ୟାଶା ମନରେ ଆଜି ମଧ୍ୟ ବିଦ୍ରୋହ ବହ୍ନି ଜଳୁଛି । ଏତେ ବର୍ଷପରେ ଶାଶୁଙ୍କର ସେ ଦୁର୍ବୁଦ୍ଧିଟା ଭୁଲି ହୋଇ ଯାଉନି କାହିଁକି ? ଯଦି ସେ ନେତ୍ରୀ ହୋଇଥାଆନ୍ତେ ତେବେ ଭଲ ପଲିଟିକ୍ସ କରିଥାଆନ୍ତେ । ହଁ ବେଳେବେଳେ ବାହାଦୂରୀ ଦେଖାଇ କହିଥାଆନ୍ତି - ଦେଶରେ ଯେମିତି ରାଜନୀତି ଚାଲିଛି ସେମିତି ଘରେ ଚାଲିଲେ କ୍ଷତି କ'ଣ ? ଘରେ ମଧ୍ୟ ପଲ୍‌ଟିକ୍ସ ଚାଲିବା କଥା ।

ଆଶ୍ଚର୍ଯ୍ୟ ହୋଇ ଚାହିଁଥିଲା ଶାଶୁଙ୍କ ମୁହଁକୁ ଆଦ୍ୟାଶା ସେଦିନ । ଘରେ ଦଶପନ୍ଦର ଜଣ ସଦସ୍ୟଙ୍କୁ ନେଇ ଏ କି ରାଜନୀତି କରୁଛନ୍ତି ? ଆଉ ସେ ନୀତିରେ ଘାଣ୍ଟି ହେଉଛନ୍ତି ନିଜର ପୁଅ, ଝିଅ, ବୋହୂ, ଜ୍ୱାଇଁ କି ଅନ୍ୟ ସଦସ୍ୟ । ଭଲରେ ଖେଳ ? ଏମିତି ଶାଶୁଙ୍କୁ ବୁଦ୍ଧିମତୀ ବଦଳରେ ବୁଦ୍ଧିଶୂନ୍ୟା କହିବାକୁ କୁଣ୍ଠାବୋଧ କରେ । କିନ୍ତୁ ସମ୍ମାନନୀୟା ଯୋଗୁ କହି ପାରେନା । ବାଃରେ ନାରୀ ଯିଏ ଜନ୍ମ ଦେଇଥିବା ପିଲାମାନଙ୍କୁ ନେଇ ଆରମ୍ଭ କରେ କଳି ଓ ଷଡ଼ଯନ୍ତ୍ର !

ଭାବିବା ଶକ୍ତି ଭିତରକୁ ପ୍ରଥମେ ପଶି ଆସିଲା ତା' ବଡ଼ ନଣନ୍ଦ, ଯିଏ ସ୍ୱାମୀ ପରିତ୍ୟକ୍ତା । କିନ୍ତୁ ଧୈର୍ଯ୍ୟ ନ ହରାଇ ସେ ନିଜ ପିଲାଙ୍କୁ ପାଠ ପଢ଼ାଇ ମଣିଷ କରିଛନ୍ତି । ତାଙ୍କୁ ବାପା, ମା' କିଏ ପଚାରିନାହାନ୍ତି । ଆଉ ଭାଇମାନଙ୍କ କଥା ଛାଡ଼ । ଯେଉଁଠି ବାପା, ମା' କହିବେ "ଝିଅର ଦ୍ୱାର ପଡ଼ିଲା । ତୁ ଆମଘରକୁ ଆସିବୁ ନାହିଁ ।" ସେଠି ଭାଇମାନଙ୍କୁ ତ ସୁବର୍ଣ୍ଣ ସୁଯୋଗ ମିଳିଗଲା କିଛି ଭଉଣୀର ଖର୍ଚ୍ଚରୁ । ଯଦି ଜନ୍ମକଲା ମା' ଝିଅର ବିରୁଦ୍ଧରେ ସ୍ୱାମୀ, ପୁଅ ବୋହୂ ଆଗରେ ବଖାଣିବେ ଅନେକ ଲୁକ୍‌କାୟିତ କଥା ସେଠାରେ ଭାଉଜମାନଙ୍କର ଶ୍ରଦ୍ଧା ବା ସହାନୁଭୂତି ଜନ୍ମିବ କାହିଁକି ନଣନ୍ଦର ଦୁର୍ଦ୍ଦଶା ପ୍ରତି ? ଆଖି ବୁଜିଦେବା ଶ୍ରେୟହେବ ସେମାନଙ୍କ କାମ୍ୟ । ସେମାନେ ତ

ପରଝିଅ । ନୁହଁନ୍ତି ନଣନ୍ଦ ରକ୍ତର । ନିଜରକ୍ତ ଯଦି ନିଜରକ୍ତ ବିରୁଦ୍ଧରେ ଷଡ଼ଯନ୍ତ୍ରର ଖେଳ ଖେଳେ ସେଠି ପର ରକ୍ତଟା କେତେ ନିଜର ହୋଇପାରିବ ଆଉ ? ସେ ବଡ଼ନଣନ୍ଦଙ୍କ ବ୍ୟାପରରେ ଚୁପ୍ ରହିଗଲା । ଗୋଟିଏ ଘରେ ମା'ର ଭୂମିକା ଗୁରୁତ୍ୱପୂର୍ଣ୍ଣ । ସେଠି ଯଦି ମା'ଟି ନିଜ ଝିଅ ଦୁଃଖ ଦେଖି ଆଖି ବୁଜିଦିଏ ଓ ଝିଅପାଇଁ କାନ୍ଦିପାରେନା ସେଠି ସେ ମା'ର ଭୂମିକାକୁ କେତେ ସୁଚାରୁରୂପେ ନିଭାଇଥିଲେ ବୁଝିଥିବେ । ଆମେ ତାଙ୍କୁ ଗୁଣବତୀ କହିବାଟା କେତେ ବଡ଼ ଧୋକା ଜାଣୁଥିବେ । ମା'ର ହୃଦୟ ପିଲାଙ୍କ ପାଇଁ କାନ୍ଦି ଉଠେ । ସବୁ ପିଲାଙ୍କ ପାଇଁ ସ୍ନେହଟା ଝରିଯାଏ କୁଳୁକୁଳୁ ହୋଇ । କିନ୍ତୁ ସ୍ନେହଟା ଯଦି ଶୂନ୍ୟହୋଇ ଯାଏ ତେବେ ସେ ଶ୍ରୀହୀନା ମା'ରେ ପରିଣତ ହୁଏ । ଦୋଷ ଶାଶୁଙ୍କର ଓ ଶ୍ୱଶୁରଙ୍କର । କିନ୍ତୁ ଦୋଷତ୍ରୁଟିକୁ ଦେଖି କିଛି ନ କହି ଚୁପ୍ ରହିବାଟା ତା'ର ଦୋଷରେ ଅନ୍ତର୍ଭୁକ୍ତ । ଆଉ ପରିବାରର ଅନ୍ୟାନ୍ୟ ସଦସ୍ୟ ମଧ୍ୟ ଏଥିରେ ଭାଗିଦାର । କାହିଁକି ନା ତାଙ୍କର ବାକ୍ ସ୍ୱାଧୀନତା ନାହିଁ । କିଏ ଅପ୍ରିୟ ହେବାକୁ ଚାହୁଁନାହାନ୍ତି । ବରଂ ଭଉଣୀର ହିତୈଶୀ ହେବାକୁ ମଧ୍ୟ ମନରେ ସାହସ ନାହିଁ । କହିବେ ନା ଆମେ ବଡ଼ ବଡ଼ ଚାକିରି କରୁଛୁ । ଆମ ମୁହଁକୁ ଚାହିଁଲେ ଲୋକଙ୍କ ମନ ବଦଳେଇ ଦେବେ । କାହିଁ ବାପା ମା'ଙ୍କ ମନକୁ ବଦଳେଇ ପାରିଲେନି ପାରିବାର ଭାଇମାନେ । ଭଉଣୀର ଦୁଃଖର ଲଳିତାବିଡ଼ା ଉପରେ ଆହୁରି ଦୁଃଖର ବୋଝ ଲଦିଦେଇ ନିଜମୁଣ୍ଡକୁ ଉସ୍ୱାସ କରି କହିଦେଲେ – 'ସବୁ ଦୋଷ ଆମ ଭଉଣୀର ।'

ସେ ଭାବୁଥିଲା ନଣନ୍ଦଙ୍କ ଦୋଷରେ ଏମାନେ ସମସ୍ତେ ଭାଗିବାର । ପରିବାରର ଜଣଙ୍କ ଦୁଃଖରେ ଅନ୍ୟଜଣଙ୍କର ସହାନୁଭୂତି ତ ନାହିଁ ଅଛି ତାଚ୍ଛଲ୍ୟ ସ୍ୱର । ଏହି ପରିବାରର ସମସ୍ତେ ଶିକ୍ଷିତ ହୋଇପାରନ୍ତି କିନ୍ତୁ ବିବେକଶୂନ୍ୟ, ଯାହାକୁ ଉତ୍ତରାଧିକାରୀ ସୂତ୍ରରେ ଗ୍ରହଣ କରିଛନ୍ତି ନିଜ ଜନ୍ମଦାତ୍ରୀ ବା ଜନ୍ମଦାତାଙ୍କଠାରୁ । ସ୍ୱଭାବ ତ ବଦଳା ଯାଇପାରିବନି । ଏଠି କିପରି ନିର୍ଭୀକ ଭାବରେ ପରିବାରର ସାମ୍ନା କରିବ ତା' ପାଖରେ ସେ ସାହସ ନଥିଲା । ଯଦି ଶାଶୁଙ୍କ ସାମ୍ନାରେ କିଛି ସତକଥା କହି ବସେ ତେବେ ତା' ଶାଶୁ ବାଘୁଣୀ ପରି ତା' ଉପରକୁ ଝାମ୍ପି ପଡ଼ିବେ । ଆଉ ଯେତେ ପାରନ୍ତି ମିଛସତ ଯୋଡ଼ି ପୁଅମାନଙ୍କ ଆଗରେ ତା' ନାଁରେ କୁତ୍ସାରଚନା କରିବେ । ଆଉ ସୁନା ପୁଅ ହୋଇ ସଂଜିତ୍ ମିଛକୁ ସତ ଭାବି ସ୍ତ୍ରୀ ଉପରେ ଆରମ୍ଭ କରିବେ ଅତ୍ୟାଚାର । ବୁଝି ପାରିବେ ନାହିଁ ମା'ର ପ୍ରହେଳିକାର ଛଳନାମୟୀ ଅଭିନୟକୁ । ତେଣୁ ବାଧହୋଇ ତା'ର ଚୁପ୍ ରହିଯିବା ଉଚିତ୍ ଥିଲା କାରଣ ସେ ନିଜ ଗୋଡ଼ରେ ଠିଆହୋଇ ସ୍ୱାବଲମ୍ବନଶୀଳା ନଥିଲା । ତା' ପାଖରେ ଅର୍ଥନୈତିକ ମାନଦଣ୍ଡକୁ ସୁଦୃଢ଼ କରିବାକୁ ଚାକିରି ଖଣ୍ଡେ ନଥିଲା । ଛାଡ଼ି ଆସିଥିବା ବାପ ଘରର ଆଭିଜାତ୍ୟର ମର୍ଯ୍ୟାଦାଟା ତାକୁ

ସତ୍ୟ କହିବାକୁ ସତେ ଯେମିତି ବାଧା ଦେଉଥିଲା । ଆଉ ଶାଶୁଘରର ସଦସ୍ୟଙ୍କ ପାଖରୁ ମିଛ ଶୁଣି ଶୁଣି ସେ ଯଦିଓ ବିଚଳିତ ହେଉଥିଲା ତଥାପି କିଂକର୍ତ୍ତବ୍ୟବିମୁଢ଼ ଥିଲା । ମିଛର ସାହାରା ନେଇ ତା' ପାଖରେ ନିଜର ସ୍ୱାର୍ଥ ମଧ୍ୟ ହାସଲ କରିଛନ୍ତି । ଏ କଥା ଆଦ୍ୟାଶା ଜାଣେ । ସ୍ୱାମୀଙ୍କୁ ଚିହ୍ନିବା କେଉଁ ସ୍ତ୍ରୀ ପକ୍ଷରେ ଅସମ୍ଭବ କି ? ସଂଜିତ୍‌ଙ୍କୁ ରାଗିଲେ ବେଳେବେଳେ କୁହେ - ଯେମିତି ଗଛ ସେମିତି ଫଳ । ଏଥିରେ ଦୋଷ ବା କାହାର । ତମ ଜିନ୍‌ର । ସେ ତ ପୁରୁଷ ପୁରୁଷ ଧରି ବାନ୍ଧି ହୋଇଛି ତମ ଗୁଣସୂତ୍ରରେ ।

ସଂଜିତଙ୍କ ସ୍ୱର ଶୁଣାଯାଏ - ମୋର ସବୁଠାରୁ କମ୍ ।

- ହଁ ସେ କମ୍‌ଟା ମୋ ପାଇଁ ଢ଼େର ବେଶି । ଦେଖି ନ କି ଶାଶୁଙ୍କ ପାଖରେ ବିକୃତ କରୁଥିବା ସ୍ନେହ ଟିକକୁ । ବାହାହୋଇ ଆସିଲାବେଳେ ମନେଅଛି ଦିନକର ଘଟଣା । ବଡ଼ ଝିଅକୁ ଭଲ ପାଉନାହାନ୍ତି ବୋଲି ସେ ଶୋଇଯିବାପରେ ମିଠାଖଜା ଅନ୍ୟପୁଅ ଝିଅମାନଙ୍କ ସହ ମିଶି ଖାଇବା କେତେ ଯୁକ୍ତି ଯୁକ୍ତ ? ସେତେବେଳେ ବଡ଼ ଝିଅଠାରୁ ବୋହୂକୁ ବୋଧେ ବେଶି ଭଲପାଉଥିଲେ ତେଣୁ ସେମାନଙ୍କ ମିଠାଖଜାର କିଛି ଅଂଶ ଆଦ୍ୟାଶାକୁ ଦେଇ କହିଥିଲେ ଖାଆ ।

- ନାନୀଙ୍କ ପାଇଁ ରଖିଛ ତ ?

- ତୋର ସେଥିରୁ କ'ଣ ମିଳିବ ? ତୁ ଖାଇଲୁ- ଶାଶୁଙ୍କର ସ୍ନେହ ବୋଳା ସ୍ୱର ଥିଲା ।

ସଂଜିତ ପାନରେ ଚୂନ ଲଗାଇଲା ପରି କହିଥିଲେ - ଆଗ ତମେ ଖାଇଲ ।

ନୂଆନୂଆ ବୋହୂଟା ଆଶ୍ଚର୍ଯ୍ୟ ହୋଇଥିଲା ଶାଶୁ ଓ ସ୍ୱାମୀର ଗୁଣରେ । ଆଉ ଛୋଟଛୋଟ ନଣନ୍ଦ ଦିଅର ଶିଖିବେ କ'ଣ ? ଏଭଳି ପରିସ୍ଥିତିରେ ରହିରହି ସ୍ୱାର୍ଥପର ହେବାଟା ଗୋଟିଏ ଭଲଗୁଣ ହୋଇଯାଇଥିବ ସେମାନଙ୍କ ଦୃଷ୍ଟିରେ ନିଶ୍ଚୟ । ସେ ଯାହା ନିଜ ବାପଘରେ ଦେଖିନଥିଲା ଏଠି ସେହି ଗୁଣଗୁଡ଼ିକ ବଡ଼ମାନଙ୍କଠାରେ ଦେଖି ଚକିତ ହେଲା । ତା'ର ଆଖିରେ ଲୁହ ଛଳ ଛଳ ହୋଇଗଲା । ବିଶ୍ୱାସ ଓ ସ୍ନେହର ଡୋରିରେ ପରିବାରର ପ୍ରତି ସଦସ୍ୟ ବନ୍ଧାହେବା ବଦଳରେ ଏଠି ସେମାନଙ୍କୁ ସ୍ନେହରୁ ବଞ୍ଚିତ କରିବାର ପ୍ରୟାସ ଜାରି ରହିଛି । ଖୋଦ୍ ନିଜ ମା' ଏଥିର ମାର୍ଗଦର୍ଶକ ସାଜିଛନ୍ତି । ଶୁଣିଲେ ଆଶ୍ଚର୍ଯ୍ୟ ଲାଗୁଛି । ଏଠାରେ ସେ ଶାଶୁଙ୍କୁ ଶାଠରେ ବୁଦ୍ଧିମତୀ କହିବାକୁ କୁଣ୍ଠାବୋଧ କରୁନି ମଧ୍ୟ ।

ହଁ, ଶାଶୁ ପୁଅ ପୁଅ ଭିତରେ ରହିଥିବା ସୁସଂପର୍କରେ କୁଠାରାଘାତ କରିବାକୁ ତତ୍‌ପର । କାରଣ ସେ ଜନ୍ମ ନେଇଥିଲେ ପରାଧୀନ ଭାରତରେ । ଆଉ ପରାଧୀନ ହୋଇ କାହାପାଖରେ ବଞ୍ଚିବାକୁ ଚାହାନ୍ତି ନାହିଁ । ସ୍ୱାଧୀନ ଭାରତରେ ସେ ସ୍ୱାଧୀନ

ଭାବରେ ଚଳିବାବେଳେ ତାଙ୍କର ଅନୁଗତ ତ ପରାଧୀନ ହେବା ନିଶ୍ଚିତ ଶୁଭଙ୍କର ତାଙ୍କ ପାଇଁ । ଇଂରେଜ ଶାସନର ଡିଭାଇଡ୍ ଆଣ୍ଡ ରୁଲ୍ ପଲିସିକୁ ସେ ମନେମନେ ବୋଧେ ଆଜି ପର୍ଯ୍ୟନ୍ତ ଅନୁସରଣ କରିଆସିଛନ୍ତି । ସେଥିପାଇଁ ଯଦି ସବୁ ପୁଅମାନଙ୍କ ମନ ଏକ ହୋଇ ଗୋଟିଏ ସ୍ୱାଧୀନ ଡୋରିରେ ଗୁଡ଼େଇ ହୋଇଯାଏ ତେବେ ତାଙ୍କର ବୁଦ୍ଧିଟା ହଜିଯିବ । ତେଣୁ ବିଭିନ୍ନ ଛଳ୍ ବଳରେ ସେ ଗୋଟିଏ ପୁଅଠାରୁ ଅନ୍ୟ ପୁଅ ମନକୁ ଦୂରେଇ ରଖିଛନ୍ତି । ବିଦ୍ୱେଷ ଭରିବାରେ ସେ ଭାରି ସିଦ୍ଧହସ୍ତା । ତେଣୁ ମିଛ କହିବାରେ ଦ୍ୱିଧା କାହିଁକି ? ସେ ସେଥିପାଇଁ ଯେଉଁଦିନ ଜାଣିଲେ ବଡ଼ ଦୁଇ ପୁଅ ଏକାଠି ଜାଗା କିଣି ଏକାମନରେ ଚଳିବାକୁ ବସିଛନ୍ତି ଆଉ ବାପାଙ୍କ ମୃତ୍ୟୁପରେ ସେମାନେ ମା'କୁ ଘର ଦାୟିତ୍ୱରୁ ମୁକ୍ତ କରିବାକୁ ଯାଉଛନ୍ତି ସେତେବେଳେ ସେ ଘାବରେଇ ଗଲେ । ଏତେଦିନ କ୍ଷମତାକୁ ଜାବୁଡ଼ି ଧରିଥିବା ମହିଳାଙ୍କଠାରୁ ଯଦି ସବୁ କ୍ଷମତା କାଢ଼ି ଦିଆଯାଏ ତେବେ ତାଙ୍କର ଭୂମିକା କ'ଣ ଗୌଣ ହୋଇଯିବନି ? ସ୍ୱାମୀଙ୍କ ମୃତ୍ୟୁରେ ସେ କ'ଣ କ୍ଷମତା ଲୋଭରୁ ମୁକ୍ତ ହୋଇଯିବେକି ? ଏହା କେମିତି ସମ୍ଭବ ହେବ ? ମନରେ ବିଭିନ୍ନ ପ୍ରକାର କୁଚିନ୍ତା ବସାବାନ୍ଧିଲା । ଆଉ ସେ ମଧ୍ୟ ସଫଳ ହେଲେ ନିଜ କୁବୁଦ୍ଧିରେ । କଳିଯୁଗରେ କଳିର ତ ବିଜୟ ହେବା ନିଶ୍ଚିତ । ତା'ପରେ ସାନଭାଇର ସ୍ୱର କଠୋର ହୋଇ ଉଠିଲା । ଆଉ ସଂଜିତ ଦୁର୍ବଳମନ ଓ ଦୁର୍ବଳ ସ୍ୱାସ୍ଥ୍ୟରେ କେମିତି ସହ୍ୟ କରି ପାରିବେ ସେ ବିଷଜ୍ୱାଳାକୁ ?

ସଂଜିତ ମନ ପରିବର୍ତ୍ତନ କରିଦେଲେ । ସାନଭାଇ ପାଖରେ ରହିବାର ସ୍ୱପ୍ନକୁ ଧୂଳିସାତ୍ କଲେ । ଆଉ ଶାଶୁ ଡିଭାଇଡ୍ ଆଣ୍ଡ ରୁଲର ଫାଇଦା ଉଠାଇ ପ୍ରିୟ ହୋଇଗଲେ ଅନ୍ୟମାନଙ୍କ ପାଖରେ । ଆଦ୍ୟାଶା ଜାଣେ ପ୍ରିୟ ହେବାଠାରୁ ହିତୈଶୀ ହେବା ଭଲ । ତଥାପି ସେ ଦିଅରଙ୍କୁ କହିଥିଲା – "ତୁମ ଝିଅକୁ ପ୍ଲସ୍‌ଟୁରେ ଆର୍ଟସ୍ ପଢ଼ାଅନି । ସାଇନ୍‌ସ୍ ପଢ଼ାଅ । ଟେକ୍‌ନିକାଲ୍ ଲାଇନ ପାଇଯିବ । ସୁବିଧା ହେବ ଓ ବାହାଘର ବଜାରରେ ମଧ୍ୟ ସୁବିଧା ହେବ । କାରଣ ଆଜିକାଲି ସମସ୍ତେ ଖୋଜୁଛନ୍ତି ଝିଅ ସାଇନ୍‌ସ୍ ଷ୍ଟୁଡ଼େଣ୍ଟ, ଡାକ୍ତର କି ଇଞ୍ଜିନିୟର ହୋଇଥିବ ।"

ସେ ତ କାହାର ଅପକାର କରିନି । ଉପକାର କରିବାକୁ ମନ ବାନ୍ଧି କହିଛି ଏଥିରେ ତା'ର ଭୁଲ୍ କେଉଁଠି ?

ଘରେ ଯଦି ସ୍ୱାମୀ ସ୍ତ୍ରୀଙ୍କ ଭିତରେ ଝଗଡ଼ା ଅଧିକାଂଶ ଦିନ ଲାଗିରହେ ତେବେ ପିଲାଙ୍କ ଉପରେ ତା'ର କୁପ୍ରଭାବ ପଡ଼ିବା ନିଶ୍ଚିତ । ତେଣୁ ଯେତେଦୂର ହେଉ ଘରଟା ଭିତରେ ଶାନ୍ତି ପରିବେଶ ରଖିବା ଦରକାର । ହେଲେ ସେ ଜାଣେ ତା' ଶାଶୁ ଶାନ୍ତି ବଦଳରେ ଅଶାନ୍ତିକୁ ବେଶି ଭଲପାଆନ୍ତି । କଳିର ମଞ୍ଜି ପୋତି କଳିକୁ ନିମନ୍ତ୍ରଣ

କରନ୍ତି । ସହିବା ଶକ୍ତି ଲୋପପାଇଲେ ଆଦ୍ୟାଶା ବାଧହୋଇ ଶାଶୁଙ୍କୁ ବୁଝାଇବା ଢ଼ଙ୍ଗରେ କୁହେ- ଅନ୍ୟର ଖରାପ ଚିନ୍ତା କରିବା ପାପ । ଯଦି ଆଗରେ କହିବାର ସାହସ ତମର ନାହିଁ ତେବେ ନିଜ ପିଲାଙ୍କ ପଛରେ କହୁଛ କାହିଁକି ? ଆଗରେ କହିଲେ ସତ କହିବାକୁ ହେବ ଆଉ ସେମାନଙ୍କ ପଛରେ ମିଛ କହିଲେ ଚଳିବ । ସତକୁ ସାମ୍ନା କରିବା କଠିନ କଥା । ନିଜ ପିଲାଙ୍କ ଅସୁବିଧାକୁ କେଉଁ ମା' ଖୁସିରେ ଗ୍ରହଣ କରିପାରେ ସେ ତ ଜାଣିନଥିଲା । ଯେତେବେଳେ ଜାଣିଲା ତା' ଶାଶୁ ସେଥିରୁ ଅନ୍ୟତମ ସେତେବେଳେ ସେ ଆଶ୍ଚର୍ଯ୍ୟ ହୋଇଥିଲା । ଆଉ ସଂସାରରେ ଏମିତିଆ ମା'ମାନଙ୍କ ଅବସ୍ଥିତି ରହିଛି । ଦିନେ ଶାଶୁ ମଝିଆଦିଅରଙ୍କ ଉପରେ ରାଗିଯାଇ କହିଥିଲେ - ବୁଲ୍‌ଡ଼ୋଜର୍ ଆସି ଯଦି ତା' ଦୋକାନକୁ ଭାଙ୍ଗିଦିଅନ୍ତା ତେବେ ସେ ବାଟକୁ ଆସିଯାଆନ୍ତା !

ଶାଶୁଙ୍କ ଏ କଥା ଶୁଣି ସଂଜିତ ରାଗିଯାଇ କହିଥିଲେ - ସେ ପୁଅ ଅସୁବିଧାରେ ଚଳିଲେ ତୁ ଖୁସି ହେବୁ ? ଏହି ଦୋକାନରୁ ସେ ଯାହାକିଛି ପାଉଛି ସେଥିରେ ସେ ପିଲାଙ୍କ ପଢ଼ାଖର୍ଚ୍ଚ ତୁଲାଉଛି । ସେ କଷ୍ଟରେ ଅଛି । କିଏ ଆମେ ତାକୁ ଟଙ୍କା ସାହାଯ୍ୟ କରିନେ । ଯିଏ ଯାହା ବାଟରେ ନିଜର ପରିବାର ଚଳଉଛନ୍ତି । ଆଉ ତୁ ତୋ ସାନପୁଅ କଥାରେ ରାଗିଯାଇ ମଝିଆପୁଅକୁ ଗାଳି କରୁଛୁ କେମିତି ? ତୁ ପରା ମା' । ଆମ ପଛରେ ଆମକୁ ଗାଳି ଦେଉଥିବୁ । ଏଇଟା ତୋର ଅଭ୍ୟାସ ।

ଶାଶୁ ବ୍ୟଥିତ ହୋଇ କହିଲେ - ତମକୁ କାହିଁକି ଗାଳି କରିବି ? ସେ ପରା ସାନ ସାଙ୍ଗରେ କଳିଗୋଳ କରୁଛି ।

- କିଏ ଗାଁରେ କଳି କରୁଛି ମୁଁ ଜାଣେ । ଆଉ ଅଧିକା ମୋତେ କୁହନା । କିଏ ରସଗୋଲା ଖାଇଦେଲା, କିଏ ଖିର ପିଇଦେଲା ଏଇ କଥାକୁ ନେଇ ତୁ ତ ଆଗ କଳିର ମଞ୍ଜି ପୋତିଥାଉ । ନାତୁଣୀକୁ ଗୋଟିଏ ରସଗୋଲା ଦୋଲାବେଳକୁ କହିଲୁ ପରା - ସେ ଖାଇଛି । ଆଉ କାହିଁକି ଦେବି । ତୁ ବୁଝିନୁ ପିଲାର ମନଟା । ହିସାବ କରୁଛୁ ଖାଇବା ନ ଖାଇବାର ।

ସଂଜିତଙ୍କଠାରୁ ଏ ସବୁ ଶୁଣିଲା ପରେ ଶାଶୁ ମନେମନେ ରାଗିଥିବେ । ନିଜ ପୁଅଠାରୁ ପରଝିଅବୋହୂକୁ ରାଗିବା ବା ଦୋଷଦେବା ମା'ର ଲକ୍ଷଣ। ମନେମନେ ଭାବିଥିବେ - ମୋ କଥା ଅନୁସାରେ ଚଳୁଥିବା ସୁନାମୁଣ୍ଡା ପୁଅଟା ବୋହୂ ପାଲ୍‌ରେ ପଡ଼ି ପିତଳ ହୋଇଗଲା । ନହେଲେ ମୋ ମୁହଁରେ ଭରକ୍ଷିପାରି କଥା କହୁନଥିବା ତୁନିମୁନି ପୁଅଟା ହଠାତ୍ ବଦଳି ଯାଆନ୍ତା କେମିତି ? ସବୁ ଦୋଷ ବୋହୂର । ଯାହାକୁ ଦିନେ ମୁଁ ବୋକୀ ବୋଲି ଭାବି ବୋହୂ କରି ଆଣିଥିଲି ସେ ଏମିତି ଚାଲାକ କେମିତି

ହୋଇଗଲା ? ଭାବିଥିଲି ଚୁପ୍‌ଚାପ୍ ଭଲିଟାକୁ ବୋହୂ କରି ଆଣିଲେ ଆମ କଥାରେ ଉତ୍ତରଦେବନି ଆଉ ମୋ ସାମ୍ନାରେ କି ମୋ ପୁଅ ଆଗରେ କିଛି ଅଭିଯୋଗ ନ ଆଣି ଯେତେ ସବୁ ନିର୍ଯ୍ୟାତନା ସହିଯିବ ହସି ହସି ।

କିନ୍ତୁ ଆଦ୍ୟାଶା ଆଜି ବଦଳିଯାଇଛି । ସତକଥା ସହିବା ଶକ୍ତି ଅଛି ତା' ପାଖରେ । କିନ୍ତୁ ମିଛକୁ ସହିବା ଶକ୍ତି ତା'ର ଲୋପପାଇଛି । ତିରିଶି ବର୍ଷ ହେଲା ଘିଅକୁ ତେଲ କି ମିଠାକୁ ପିତା କହିଲେ ଶୁଣି ଚୁପ୍ ହୋଇ ରହି ଆସୁଥିଲା । ଏବେ କିନ୍ତୁ ନୁହେଁ । ତା' ଝିଅର ବାହାଘର ସରିଲାଣି । ଶାଶୁ ଚିନାଟିଏ ହେଲେ ସୁନା ନାତୁଣୀକୁ ଜନ୍ମଠାରୁ ବାହାଘର ପର୍ଯ୍ୟନ୍ତ ଦେଇନଥିଲେ କି ବାହାଘର ବେଳେ ମଧ୍ୟ ଦେଲେନି । ଓଲଟି କାହାଠାରୁ ପାଇଥିବା ଖଣ୍ଡିଏ ଥୁଆପୁରୁଣା ଶାଢ଼ୀକୁ ନାତୁଣୀର ତୋରାଣୀପିଆ ଶାଢ଼ୀ କହି ଆଦ୍ୟାଶାକୁ ଦେଲେ । ଆଉ ଆଦ୍ୟାଶା ଝିଅବାହାଘର ବେଳେ ଶାଶୁଙ୍କ ପାଇଁ ଗୋଟିଏ ପାଟ କିଣିଥିଲା । ଏଥିପାଇଁ ସଂଜିତ ଅନେକଥର ଆଦ୍ୟାଶାକୁ କହିଛନ୍ତି - ତମର ଏତେ ଦାମୀ ଶାଢ଼ୀ ମା' ପାଇଁ କିଣିବା କି ଦରକାର ଥିଲା ? ନିଜ ପାଇଁ ଆଉ ଦୁଇ ଖଣ୍ଡ ଭଲ ଶାଢ଼ୀ କିଣିଥାଆନ୍ତ !

- ସେ ନ ଦିଅନ୍ତୁ ଆମର ଦୁଃଖ କାହିଁକି ? ତମଝିଅ ବାହାଘରରେ ତମ ମା' ପାଟ ପିନ୍ଧିବେନି କେମିତି ? ପୁଣି ତମ ଟଙ୍କାରେ । ନହେଲେ ଅନ୍ୟାୟ ହେବ ।

- ମା' ତ ନ୍ୟାୟ କଥା ବୁଝୁନି । ତମେ ଘର ପ୍ରତିଷ୍ଠାବେଳକୁ ମା' ପାଇଁ ଶାଢ଼ୀ କିଣିଲ । ଦୁଇମାସ ରହିଥିଲା ବୋଲି ଛଅଶହ ଟଙ୍କାର ଶାଢ଼ୀ କିଣି ଦେଲ । ଆଉ ଗାଁକୁ ଗଲେ ମଧ୍ୟ ମଝିରେ ମଝିରେ ଦିଅ । ସେ ତମକୁ କେବେ ଖଣ୍ଡେ ଶାଢ଼ୀ ଦେଇଛି କହିଲ ?

- ବାଦୁଆଗୁଣ ଛାଡ଼ । ପିନ୍ଧନ୍ତୁ ତମ ଟଙ୍କାରେ । ତମ ମା' ପରା ।

- ମା' ତ ସ୍ୱାର୍ଥପର । ସେ ଆମକୁ ଶିଖାଇଛି ଏସବୁ ।

- ହଉ ତମେ ଶିଖିଲ କାହିଁକି ?

ସେ ଜାଣେ ଶାଢ଼ୀ ପ୍ରତି ଶାଶୁଙ୍କ ଦୁର୍ବଳତା ବେଶି । ଝିଅ ବାହାଘର ବେଳେ ତିନି ଖଣ୍ଡ ଶାଢ଼ୀ ନେଲେ । ପାଟ ଶାଢ଼ୀ ଛଡ଼ା ଖଣ୍ଡେ କଟନ ସାଙ୍ଗକୁ ଝିଅଘର ମର୍ଯ୍ୟାଦାରେ ଖଣ୍ଡେ ଟାଙ୍ଗାଇଲ୍ ଶାଢ଼ୀ । ତଥାପି ଅସନ୍ତୁଷ୍ଟର ଅଗ୍ନି ତାଙ୍କ ମୁଖରେ ଜଳୁଥିଲା । ଅନ୍ୟ ଆଗରେ କହିଲେ - ମୋ ଅନ୍ତର କାନ୍ଦୁଛି । ମୋ ଗାଁରେ ଆହୁରି ଅଧିକ ଲୋକ ଆସିଥାଆନ୍ତେ । ଆମକୁ କିଛି ପଚାରିଲା ନାହିଁ ।

ଆଦ୍ୟାଶା ଶୁଣିଲା ନିଜ ଆତ୍ମୀୟ ମୁହଁରୁ ଶାଶୁଙ୍କ କଥା । ଯେତେ ପଚାରିଲେ ମଧ୍ୟ ସେ ସନ୍ତୁଷ୍ଟ ହେବେନି । କାରଣ ଏଠାରେ ବାହାଘର ବେଳେ ତାଙ୍କର ରୋଲ୍

ନଥିଲା, ଥିଲା ପୁଅ ବୋହୂଙ୍କର ରୋଲ୍ । ସେ ଚୁପ୍‌ଚାପ୍ ଦେଖୁଥିଲେ । ସଂଜିତ ତାଙ୍କଠାରୁ କିଛି ପରାମର୍ଶ ଚାହିଁନଥିଲେ । କାରଣ ସେ ନିଜେ ଏ ବିଷୟରେ ପୁଅ ବୋହୂଙ୍କୁ ପାଟି କରିପାରିବେ ନାହିଁ । ଭୁଲଟା ତାଙ୍କର । ନାତୁଣୀ ପାଇଁ ଗାଁକୁ ଆସିଥିବା ବିବାହ ପ୍ରସ୍ତାବକୁ ସଂଜିତଙ୍କୁ ନ ଜଣାଇ ସାନପୁଅ ସହ ମିଶି ନିଜ ଭାଇର ଝିଅପାଇଁ କରି ବାହାଦୂରୀ ନେଲେ । ଯେତେବେଳେ ସଂଜିତ ଏକଥା ଜାଣିଲେ ରାଗିଯାଇ କହିଥିଲେ - ଏଥର ମୋ ଝିଅର ବାହାଘର କଥା ତତେ ଜଣାଇବି ନାହିଁ । ତୁ ତ ମୋତେ ପର କରିଦେଲୁ !

ସେହି ଦୃଷ୍ଟିରୁ ଶାଶୁଙ୍କ କାଟ୍‌ତି ନାତୁଣୀ ବାହାଘର ବେଳେ ଆଉ ନଥିଲା । ଜାଣନ୍ତି, ବୋହୂ ଏବେ ନିଜେ ଧାଁଧପଡ଼ କରି ପୁଅକୁ ସହଯୋଗ କରି କାମଟା କରିନେଲା ଅଥଚ୍ ଅନ୍ୟ ଭାଇମାନଙ୍କ ସାହାଯ୍ୟ ପାଇଁ ଟିକିଏ ଅନେଇ ନଥିଲା । ଆଦ୍ୟାଶା ଜାଣେ ଶାଶୁ ମିଛ କହୁଥିବା, ଛଳନା କରୁଥିବା ଲୋକଙ୍କୁ ଭଲପାଆନ୍ତି । ଏଇଟା ତ ସ୍ୱାଭାବିକ । ନିଜ ଗୁଣର ଲୋକ ମିଳିଗଲେ ସାଙ୍ଗ ହେବା ସହଜ । କାଲି ସାନଦିଅର ଆସିଥିଲେ । ତାଙ୍କ ମୁହଁରୁ ଶୁଣିଲି ସେ ଏବେ ଗୋଟିଏ ବିଜିନେସ୍ ନିଜ ସ୍ତ୍ରୀ ନାଁରେ ଆରମ୍ଭ କରିଛନ୍ତି । ଆଉ କିଛି ଟଙ୍କାର ସାହାଯ୍ୟ ମଧ୍ୟ ବଡ଼ଭାଇଠାରୁ ଚାହୁଁଛନ୍ତି । ଏକମହଲା ଘର ସରିଗଲାଣି ଏବେ ଉପରମହଲା ଘର କାମ ଜୋର୍‌ରେ ଚାଲିଛି । ତେଣୁ ଟଙ୍କା ଦରକାର । ଅନ୍ୟଭାଇମାନେ କିଛି ସାହାଯ୍ୟ ଦେଇଛନ୍ତି କିନ୍ତୁ ସଂଜିତ କହିଦେଲେ- ମୁଁ ଏକ ମହଲା ଘର କରିଛି ଯେ ବ୍ୟାଙ୍କର ଲୋନ୍ ରିଟାୟାର୍ଡ଼ପରେ ଆହୁରି ଆଠବର୍ଷ ସୁଝିବାକୁ ଅଛି । ତତେ କୁଆଡୁ ଟଙ୍କା ଧାର ଦେବି ?

- ତମେମାନେ ଏତେଟଙ୍କା ପାଉଛ ତଥାପି ଦେଇପାରୁନ । ମୁଁ କେମିତି ଏତେ ବଡ଼ ଯୋଜନା କରୁଛି । ସାନ ଦିଅରଙ୍କ ଅଭିଯୋଗର ସ୍ୱର ଥିଲା ।

- ତୋର କିଛି ଟେନ୍‌ସନ୍ ନାହିଁ ତେଣୁ ତୁ କରିପାରୁଛୁ ।

ଆଦ୍ୟାଶା ଭାବୁଥିଲା 'ଏତେ ଟଙ୍କା ପାଉଛ' ଉକ୍ତିଟା ସାନଦିଅରର କହିବାର ତାତ୍ପର୍ଯ୍ୟ କ'ଣ ? ଯେତେବେଳେ ସାନମାନେ ପାଠପଢୁଥିଲେ ସେତେବେଳେ ସଂଜିତ ସେମାନଙ୍କୁ ସାହାଯ୍ୟ କରିବାଟା ଯୁକ୍ତିଯୁକ୍ତ । କିନ୍ତୁ ବର୍ତ୍ତମାନ ସମସ୍ତେ ରୋଜଗାରକ୍ଷମ । ସାନମାନଙ୍କର କାହାକୁ ଦେବାକୁ ନାହିଁ । ଘରେ ରହି ଘରଭଡ଼ା ଦେବାର ସୁଯୋଗ ସେମାନଙ୍କୁ ମିଳିନି । ଶ୍ୱଶୁରଙ୍କ ପେନସନ୍ ଟଙ୍କାରେ କିଛିବର୍ଷ ଚଳିଗଲେ । ଏକକାଳୀନ ଯାହା ପାଇଲେ ଖର୍ଚ୍ଚ ନକରି ବ୍ୟାଙ୍କ୍‌ରେ ରଖିଲେ । ସେଥିରେ ଜମି କିଣ କି ଜାଗା କିଣ କିଏ ପ୍ରଶ୍ନ କଲେନି । ଓଲଟି ଶାଶୁ ଖୁସିହେଲେ ସାନପୁଅର ପାରିଲାପଣିଆରେ । ଆଉ ଯେତେବେଳେ ବଡ଼ମାନେ ଜାଗା କିଣି ଘର କଲେ ସେତେବେଳେ ମନଦୁଃଖ କରି କହିଲେ 'ଗାଁ ଘର କଥା କିଏ ବୁଝିଲେ ନାହିଁ । ନିଜେ ନିଜ ଘର କରିଲେ ସହରରେ ।'

କାହିଁ ଏବେ ଗାଁରେ ଅନ୍ୟତ୍ର ଯେତେବେଳେ ସାନପୁଅ ଘର ତୋଳିଲା ସେଥିରେ ଖୁସିହେଲେ ଆଉ କହିଲେ – 'ବଡ଼ ଭାଇ ପରା ସାନଭାଇକୁ ସାହାଯ୍ୟ କଲାନି ।'

"ସାହାଯ୍ୟ" ଶବ୍ଦଟା ଉଚିତ୍ ବାଟରେ ହେବା ଦରକାର । ଭାଇମାନଙ୍କ ପଢ଼ାବେଳେ ଟଙ୍କା ନ ଦେଇଥିଲେ ମନଟାରେ ଅବଶୋଷ ରହିଥାଆନ୍ତା ଯଦି କୌଣସି ଭାଇ ବେରୋଜଗାରିଆ ହୋଇଥାଆନ୍ତେ । ସାନମାନେ ଚାକିରି କରନ୍ତୁ ପଛକେ କାହାକୁ ଦେବାକୁ ନାହିଁ ତାଙ୍କ ପାଖରେ । ଆଉ ରହିଲା ଘରକଥା । ସଂଜିତ ତ ପଇସାକୁ ଜଗି ଏକ ମହଲା କଲେ । କାହିଁ ଏତେଟଙ୍କା ଦରମା ପାଉଥିବା ବ୍ୟକ୍ତି ଜଣକ ପ୍ରଥମରୁ ଦୁଇମହଲା କରିବାର ସାହସ ଜୁଟେଇ ପାରିଲେ ନାହିଁ ? ତଥାପି ବେଳେବେଳେ କହନ୍ତି – ଲକ୍ଷଲକ୍ଷ ଟଙ୍କା ବ୍ୟାଙ୍କରେ ବାକି । ରିଟାୟାର୍ଡ଼ ଆଉ ତିନିବର୍ଷ ରହିଲା । ଟେନ୍‌ସନ ହେଉଛି । ଯାହା ଟଙ୍କା ପାଇବି ଋଣ ଶୁଝିଦେବି । ଟଙ୍କା ବଳକାହେଲେ ଉପରଘର କରିବି ନହେଲେ ନାହିଁ ।

ଆଦ୍ୟାଶା ଭାବୁଥିଲା ଭାଇମାନେ ତ ବଡ଼ଭାଇଙ୍କ ରୋଗ ଶୋକ ଓ ଟେନସନ୍ ବିଷୟରେ ଜାଣନ୍ତି । ବାହାହେବାବେଳକୁ ସଂଜିତଙ୍କ ପାଖରେ ଯେଉଁ ଟେନସନ୍ ଥିଲା ତାହା ଆଜି ମଧ୍ୟ ସାଙ୍ଗ ହୋଇ ଚାଲିଛି । ଆଦ୍ୟାଶା ଜାଣେ ସଂଜିତଙ୍କ ଗୁଣ । ନିଜ କଥା ନିଜ ରୋଗ ବିଷୟରେ ସେ ସଚେ୍‌ତନ । ଶ୍ୱଶୁର ଏବେ ନାହାନ୍ତି । ବଞ୍ଚିଥିବାବେଳେ ପୁଅର ରୋଗ ବିଷୟରେ ସଚେ୍‌ତନ ହୋଇ ଚିଠି ଲେଖନ୍ତି ଏଇଟା ମାନି ଚଳିବାକୁ । ନାଲି ପେନ୍‌ରେ ଅକ୍ଷର ତଳେ ଅଣ୍ଡରଲାଇନ୍ କରିଥାଆନ୍ତି । ତାଙ୍କର ଭଲପାଇବାକୁ ସେମାନେ ଅନୁଭବ କରିଚନ୍ତି । ତଥାପି ବେଳେବେଳେ ବାପାଙ୍କ ଚିଠିର ପଢ଼ାରେ ବିରକ୍ତିହୋଇ କହନ୍ତି "ମୁଁ ଚୁପ୍‌ଚାପ୍ ବୋଲି ମୋ ଉପରେ ବେଶି ଚାପ ଓ ବେଶି ରାଗ ।"

ଆଜି ସାନଭାଇର କଥା ଶୁଣି ସଂଜିତ ରାତିରେ ଶୋଇପାରିଲେ ନାହିଁ । ତାଙ୍କର ଇଚ୍ଛା ହେଉଥିଲା ଟେନସନ୍‌ଠାରୁ ଦୂରେଇ ରହିବାକୁ । ଭାଇର ବାହାପିଆ କଥା, ଗୁଣ୍ଡାଗିରିକୁ ସେ ଶୁଣିଥିଲେ ହେଲେ ତାକୁ ବନ୍ଦ କେମିତି କରିବେ ! ମା' ତ ତାକୁ ପ୍ରୋତ୍ସାହନ ଯୋଗାଉଛି । ତେଣୁ ଚୁପ୍ ହୋଇଯିବେ । ନିଜେ ଟଙ୍କା ଋଣକରି କେମିତି ଶୁଝିବେ ସେହି ଚିନ୍ତାଟା ମନରେ ରହୁଛି । ଟଙ୍କା ସାହାଯ୍ୟ ସେ କ'ଣ କରିବେ ଆଉ ! ନିଜ ଚାକିରି ଟଙ୍କାରେ ମାପିଚୁପି ଆଜି ପର୍ଯ୍ୟନ୍ତ ଚଳିଆସିଛନ୍ତି । ପିଲାଙ୍କ ପଢ଼ା ପାଇଁ କି ଝିଅ ବାହାଘର ପାଇଁ କାହାଠାରୁ ଧାର ଆଣିନାହାନ୍ତି । ଯେତିକି ଚୂନା ସେତିକି ପିଠା ନିତିରେ ସେ ଚାଲିଛନ୍ତି । ଅଧିକା କିଛି କରିବାର ସ୍ପୃହା ନାହିଁ । ଭାଇପାଖରେ ଯଦି ଟଙ୍କା ନାହିଁ ତେବେ ଉପର ଘର କରିବା ବନ୍ଦରଖି ଦେଉନି କାହିଁକି ? ଆଜି ସମସ୍ତେ

ବଡ଼ ହୋଇଯାଇଛନ୍ତି । ଯିଏ ଯାହାର ଇଚ୍ଛାରେ ତାହା କରୁଛନ୍ତି । ବଡ଼ ଭାଇମାନଙ୍କୁ କିଏ ପଚାରୁଛି ? ସାନଭାଇ ଯିବାବେଳେ କହିଥିଲା - "ଆମ ମା'ଟା ଭାରି ବୁଦ୍ଧିମତୀ ।"

ଚୁପ୍ ରହିଥିଲେ ସେମାନେ । ସେମାନେ ଯିବାପରେ ସଂଜିତ କହିଥିଲେ - ମା' ବୁଦ୍ଧିମତୀ କେଉଁ ବାଟରେ ମୁଁ ଜାଣିପାରୁନି । ପିଲାଙ୍କ ଭିତରେ କଳିଗୋଳ କରି ବିଚ୍‌କ୍ଷଣ ବୁଦ୍ଧିର ପରିଚ୍ୟ ଦେଉଛି ମା' । ବଡ଼ ଝିଅର ସଂସାର ଭାଙ୍ଗିଗଲା ଆଉ ସାନଝିଅ ସଂସାରରେ କଳିଗୋଳ ଲାଗି ରହିଛି । ବୁଦ୍ଧିମତୀ ମା' କି ଶିକ୍ଷା ଝିଅମାନଙ୍କୁ ଦେଇଛି ମୁଁ ବୁଝିପାରୁନି । ଆମ ଭାଇମାନଙ୍କ ଭିତରେ ଥିବା ସଂପର୍କର ସୂତାକୁ ଛିଣ୍ଡାଇ ଦେବାକୁ ମା'ର କି ରଣନୀତି ମୁଁ ଉପଲବ୍ଧି କରିପାରୁନି । ତେବେ 'ମୋ ମା' ବୁଦ୍ଧିମତୀ', ମୁଁ ଏ କଥାରେ ଏକମତ ହୋଇପାରୁନି । ହଁ ମା' ବାହାର କାମରେ, କିଣାକିଣିରେ, ରୋଷେଇବାସରେ, ଅନ୍ୟର ମନକୁ ଜିଣିବାରେ ବୁଦ୍ଧିମତୀ । କିନ୍ତୁ ନିଜ ପିଲାଙ୍କ ଭିତରେ କଳିଗୋଳ କରିବାର ପାରଦର୍ଶିତା ଲାଭ କରିଛି । ମା' ପ୍ରଥମେ ନିଜ ଘର ନିଜ ପିଲାଙ୍କ ଚିନ୍ତା ଭାବିବା କଥା କିନ୍ତୁ ଆମ ମା' ଅନ୍ୟ ଆଗରେ ବେଶି ଭଲେଇ ହୁଏ କାହିଁକି ?

ଆଦ୍ୟାଶା ଉତ୍ତର ଥିଲା - ସବୁଠାରେ ପ୍ରିୟ ହେବାପାଇଁ ଚେଷ୍ଟା କରୁଛନ୍ତି । ତମ ପାଖରେ ଅପ୍ରିୟ ହେଲେ ତମେ କ'ଣ ବାହାରେ କହିବ କି ?

- ଯେତେହେଲେ ସେ ଆମର ମା' । ତା' ବିରୁଦ୍ଧରେ କହିବା ଉଚିତ୍ ନୁହେଁ ।

- ଯେତେବେଳେ ମା'ଙ୍କର କହିବାଶକ୍ତିଟା ସୀମାଲଘଂନ କରିବ ସେତେବେଳେ ତମ କ'ଣ ଚୁପ୍ ରହିବ କି ?

- ଆମେ ମଧ୍ୟ କହିବୁ ଆଉ ପ୍ରଚାର କରିବୁ ମା'ର ବିଚ୍‌କ୍ଷଣ ନୀତିକୁ ।

- ବାସ୍ ବନ୍ଦ ରହୁ ଏ ଯୁକ୍ତି ତର୍କ । ତମ ମା' ଆମ ସମସ୍ତଙ୍କଠାରୁ ବୁଦ୍ଧିମତୀ ।

- କେଉଁ ବାଟରେ ?

- ସଂସାର ଚଳଣିରେ । ଭଲ ଶୁଣିବାରେ । ଆଉ ମିଛ କହିବାରେ ।

- ବୋହୂମାନେ ଅନୁପ୍ରାଣିତ ହୁଅ ଶାଶୁଙ୍କ ଗୁଣରେ ।

- ମୋଦ୍ୱାରା ସେ ଗୁଣ ପାଳନ ହୋଇପାରିବ ନାହିଁ । ଯାହାର ମନ ପାଉଛି ସେ ଅନୁପ୍ରାଣୀତ ହେଉ । ଆଉ ବୁଦ୍ଧିମତୀ ଶାଶୁଙ୍କ ବୁଦ୍ଧିମତୀ ବୋହୂ ବନିଯାଉ । ମୋର ଦରକାର ନାହିଁ ଏଇମିତିଆ ବୁଦ୍ଧିରୁ କାଣିଚାଏ ଗୁଣ ମଧ୍ୟ । ମୁଁ ଅପ୍ରିୟ ହେବି ପଛକେ ହିତୈଶୀ ହେବି । ନିଜଲୋକଙ୍କ ଭୁଲକୁ ଆଖିବୁଜି ନ ଦେଖିବାର ଛଳନା କରିବି ନାହିଁ । ନିଜ ରକ୍ତ ନିଜ ରକ୍ତକୁ ଚିହ୍ନିବା କଥା । ଯଦି ସେଠି ପାର୍ଥକ୍ୟତା ଦେଖା

ଗଲା ତେବେ ପରିବାରଟାରେ ଅଶାନ୍ତି ଆସିବ ଆଉ ନିର୍ମଳଶ୍ରଦ୍ଧାର ଦୁଆରକୁ ଭାଙ୍ଗି ଦେବ ।

- ତମ କଥା ସତ ଯେ !

- ହେଲେ ତମ ମା' ମାନେ ମୋ ଶାଶୁମା' ମୋତେ ମାନେ ତାଙ୍କ ବୋହୂକୁ ଏ ଅପ୍ରିୟ କଥା ପାଇଁ କ୍ଷମା କରିଦିଅନ୍ତୁ । ଆଉ ଯଦି କେଉଁ ଶାଶୁ ମା' ଏମିତି ଗୁଣର ଅଧିକାରିଣୀ ତେବେ ପରିତ୍ୟାଗ କରନ୍ତୁ ଏ ଦୁର୍ଗୁଣକୁ । ଦେଖାଇ ଦିଅନ୍ତୁ ବୁଦ୍ଧିମତୀ ଶାଶୁର ପାରଦର୍ଶିତାକୁ । ଘର ହସିବ । ସଂସାରଟା ଭାରି ମିଠା ଲାଗିବ ଆଉ ବଞ୍ଚିବାର ସ୍ପୃହା ବଢ଼ିଯିବ । ଘରୁ ସବୁ ଟେନସନ୍ ଦୂରହେବ ଆଉ ବଂଶଧରଙ୍କ ଭବିଷ୍ୟତ ଉଜ୍ଜଳ ହେବ ।

- ତଥାସ୍ତୁ, ତମେ ଗୁଣବତୀ ଶାଶୁ ହୁଅ । ହସି ହସି କହିଲେ ସଂଜିତ ।

- କିଏ କହିପାରିବ ଭବିଷ୍ୟତକୁ ? ମୁଁ ମୋ ପାରୁପର୍ଯ୍ୟନ୍ତ ଚେଷ୍ଟା କରିବି ମୋ ପିଲାମାନଙ୍କୁ ଖୁସି ଭରି ଦେବାକୁ ସେମାନଙ୍କ ଭବିଷ୍ୟତରେ । ମୁଁ ତ ଛଳନାମୟୀ ନୁହେଁ ଯେ ପିଲାଙ୍କ ଭାବନାକୁ ନେଇ ଖେଳିବି । ପିଲାଙ୍କ ଖୁସିରେ ମୁଁ ଖୁସି ।

- ତମକଥା ରହୁ । ତମେ ହସ ଓ ପିଲାଙ୍କୁ ହସାଅ ।

ହଠାତ୍ ଫୋନ୍‌ର କ୍ରିଂ କ୍ରିଂ ଶବ୍ଦ । ସଂଜିତ ରିସିଭର୍ ଉଠାଇ ହ୍ୟାଲୋ କରୁ କରୁ ଝିଅର ଶାଶୁଙ୍କ ସ୍ୱର ଶୁଣାଗଲା - ସମୁଦି, ନମସ୍କାର ।

ସମୁଦିଆଣୀ ନମସ୍କାର - ସଂଜିତ କହିଲେ ।

- ଆଚ୍ଛା କୁଆଡ଼େ ଗଲେ ସମୁଦିଆଣୀ ?

- ଦେଉଛି କହି ସଂଜିତ ଡାକିଲେ ଆଦ୍ୟାଶାକୁ । ନିଅ ସମୁଦିଆଣୀଙ୍କ ଫୋନ୍ ।

ଫୋନ୍‌ର ରିସିଭର୍‌ଟି ଧରି ଆଦ୍ୟାଶା ହସି ହସି କହିଲା- ସମୁଦିଆଣୀ ନମସ୍କାର ।

- ନମସ୍କାର । ଯାଇଥିଲି ପୁଅ ବୋହୂଙ୍କ ପାଖକୁ । ସାତଦିନ ରହି ଆସିଲି । ଭଲ ଲାଗିଲା ।

- ହଁ ଏମିତି ଗଲେ ଭଲକଥା ।

- ଯାହାକୁହ ତମ ଝିଅପରି ବୋହୂଟେ ପାଇବା ବଡ଼କଥା । ଭାଗ୍ୟରେ ଥିଲେ ମିଳେ ।

- ଯାହାହେଉ ମୋ ଝିଅର ପ୍ରଶଂସାପତ୍ର ତ ତା' ପଛରେ ଶୁଣିଲି । ଆପଣ ତ ଭଲ ଶାଶୁଟିଏ !

- କିଏ କହୁଥିଲା ?

- ମୁଁ କହୁଛି । ଦୃଢ଼ୋକ୍ତିରେ କହିଲା ଆଦ୍ୟାଶା ।

- ଆଜିକାଲି ଆମେ ଭଲଶାଶୁ ହୋଇପାରିବା । ଆମବେଳେ ଆମ ଶାଶୁମାନେ ଅଲଗା ପ୍ରକାରର ଥିଲେ ?

- ମାନେ ବୋହୂମାନଙ୍କ ଦୋଷ ଦେଖିବାକୁ ଚାହିଁ ବସିଥିଲେ ନା ?

- ହଁ ସତକଥା । ଜେନେରେସନ ବଦଳିଯିବା ସହ ଆମମାନଙ୍କ ମନ ବଦଳିଗଲାଣି ।

- ଗୋଟିଏ ଦୁଇଟା ପିଲାଙ୍କୁ ନେଇ ଆମେ ଚଳିଲେ । ସେମାନଙ୍କ ଖୁସି ଆମର ଖୁସି । ଆମେ କିଛି ତ ସେମାନଙ୍କଠାରୁ ଚାହୁଁନେ । ଭଲରେ କଥାବାର୍ତ୍ତା କରିବା ଆମପାଇଁ ବଡ଼ ।

- ଯାହା କୁହ ପଛକେ ଆପଣଙ୍କ ସ୍ପଷ୍ଟବାଦିତା କଥାଶୁଣି ଆମେ ଆମ ଝିଅକୁ ଆପଣଙ୍କ ପୁଅ ସାଙ୍ଗରେ ବାହାଦେବାକୁ ସ୍ଥିର କଲୁ । ମଧ୍ୟସ୍ଥିର ଦରକାର ପଡ଼ିନି ବାହାଘର କଥାରେ ।

- ତମେ ତ ମଧ୍ୟ ସ୍ପଷ୍ଟବାଦିନୀ ।

- ହଁ ସେଥିପାଇଁ ପରସ୍ପର ଭିତରେ ଯାହା କଥାବାର୍ତ୍ତା ଆମେ ମୁହଁଖୋଲି ହୋଇ ପାରିଥିଲେ । ଯାହା ହେଉ ମୋ ଝିଅକୁ ଭଲ ବୋହୂ ବୋଲି କହିପାରୁଛନ୍ତି । ସେ ତ ସତ କୁହେ । ମୁଁ ପିଲାଙ୍କୁ ମିଛ କହିବାକୁ ପ୍ରଶ୍ରୟ ଦେଇନି କେବେ ।

- ହଁ ଯାହାଘରେ ଅଭାବଅସୁବିଧା ଥିବ ସେଠୁ ଝିଅ ଆଣିଲେ ଛୋଟ ପ୍ରକୃତି ଆସିଥାଏ ବୋହୂ ପାଖରେ । ଘରୁ ଯାହା ଶିଖିବେ ତାହା ଶାଶୁଘରେ ଦେଖାଇବେ ।

- ଯାହାକୁହ ସମୁଦିଆଣୀ ମୋ ବାପଘରର ଅଭାବ ଅସୁବିଧା ନଥିଲା । ତଥାପି ଗୋଟିଏ କଥା ଶିଖିନଥିଲି ବାପଘରେ ।

- ସେଇଟା ପୁଣି କ'ଣ ?

- ମିଛ କହିବା, ଛଳନା କରିବା । ଯେତେ ପାଠପଢ଼ିଲେ କ'ଣ ମୁଁ ଚାଲାକ୍ ବୋହୂ ହୋଇ ପାରିଛି କି ମୋ ଶାଶୁଙ୍କ ଦୃଷ୍ଟିରେ ।

- ଏ କି କଥା ମ ?

- ସତକଥା । ମୋ ଶାଶୁ ବୁଦ୍ଧିମତୀ ହୋଇପାରିଛନ୍ତି ମିଛ ବଖାଣିବାରେ ଆଉ ଛଳନା କରିବାରେ । ଆଉ ତାଙ୍କ ଆଗରେ ମୋର କୁବୁଦ୍ଧିର ଶୂନଘରକୁ ଦେଖି ସେ କେଉଁ ହିସାବରେ ମୋତେ ବୁଦ୍ଧିମତୀ କହିପାରନ୍ତେ ?

- ତମେ ତ ଯାହା ସତକଥା କହିପାର ଆଉ କୌଣସି ସ୍ତ୍ରୀ ଏମିତି ସ୍ପଷ୍ଟ କହିପାରିବ ନାହିଁ ।

- ତେବେ ତ ମୋର ଦୁଃଖ ଯେ ମୁଁ ଭଲବୋହୂ ହୋଇପାରିଲି ନାହିଁ । ସତ ଓ

ମିଛର ଯୋଟକ କେବେ ପଡ଼ିପାରିବ କି ?

ସମୁଦିଆଣୀ ହସିହସି କହିଲେ – ଯାହାହେଉ ତମେ ତ ସ୍ୱୀକାର କରିପାରୁଛ ସତ୍ୟର ସ୍ଫୁଟନକୁ । ଅସତ୍ୟଠାରୁ ଦୂରେଇ ରହିଛ ।

– କେବେ ଘର ଆଡ଼େ ଆସନ୍ତୁ କହି ରିସିଭର୍ ରଖିଲା ଆଦ୍ୟାଶା ।

ଆଦ୍ୟାଶାର ଆଖିରୁ ଲୁହ ବୋହି ଆସିଲା । ସଂଜିତ ହତାଶ ସ୍ୱରରେ ପଚାରିଲେ – ସମୁଦିଆଣୀ ଝିଅ ବିରୁଦ୍ଧରେ କିଛି କହିଲେ କି ?

ପଣତରେ ଲୁହ ପୋଛି ପ୍ରସନ୍ନିତ୍ୱ ହୋଇ ଆଦ୍ୟାଶା କହିଲା – ଏ ଲୁହ ଖୁସିର ଲୁହ । ଆମ ଝିଅକୁ ତା' ଶାଶୁଘରର ସମସ୍ତେ ଭଲପାଆନ୍ତି । ଏହାଠାରୁ ଆଉ କିଛି ବଡ଼ କଥା ନାହିଁ ।

– କାହା ଝିଅ ସେ ଜାଣ ?

– ହଁ ସେ ମୋ ଝିଅ ଆଉ ତମର ଝିଅ ମଧ୍ୟ । ହେଲେ ତମେ ତମ ମା'ଙ୍କଠାରୁ କ'ଣ ଶିଖିଛ ଯେ ଝିଅକୁ ଶିକ୍ଷା ଦେଇଥାଆନ୍ତ ?

ସଂଜିତଙ୍କ ମୁହଁଟା ବିଷଣ୍ଣ ଦେଖାଗଲା । କହିଲେ – ନାରୀର ଭୂମିକା ସଦା ସର୍ବଦା ମହନୀୟ ହେବା ଉଚିତ୍ । ନାରୀ ସର୍ବଂସହା, ଦୟାଶୀଳା । ଦେବୀ ସ୍ୱରୂପା ଗୁଣରେ ସେ ଘରେ ସମସ୍ତଙ୍କ ମନରେ ନିର୍ମଳ ସ୍ନେହ ଶ୍ରଦ୍ଧା ଭରି ଦେଇଥାଏ । ପରଶପଥର ସ୍ପର୍ଶରେ ଲୁହା ସୁନା ହୋଇଯାଏ । ସେମିତି ମା'ର ଗୁଣରେ ପିଲାମାନଙ୍କ କଠୋର ମନ ତରଳିଯାଇଥାଏ । ନିର୍ବୋଧ ଶିଶୁ ବୁଝେ କ'ଣ ? ମା'ର କୋଳରେ ବଡ଼ ହେବା ଭିତରେ ମା'ର କାର୍ଯ୍ୟକଳାପକୁ ଖୁବ୍ ସତର୍କତାରେ ଅନୁସରଣ କରିଚାଲେ । ତା' ଜୀବନର ଛାପରେ ମା'ର କିଛିଟା ପ୍ରଭାବ ପଡ଼ିବା ସ୍ୱାଭାବିକ ।

– କ'ଣ କହିବାକୁ ଚାହୁଁଛ ତମେ ? ସତ କୁହ ।

– ଆଦୌ ମୁଁ କିଛି କହିପାରିବ ନାହିଁ । ତମେ ଯାହା ବୁଝିଲ ବୁଝ । ମା' ବିରୁଦ୍ଧରେ ଗୋଟିଏ ଶବ୍ଦ କହିବା ମୋ' ନୀତି ବିରୁଦ୍ଧ ।

– ଯାହାହେଉ ମା'ଙ୍କ ପ୍ରତି ଥିବା ଶ୍ରଦ୍ଧାର ତମେ ହିଁ ଜ୍ୱଳନ୍ତ ଉଦାହରଣ । ନିଃସ୍ୱାର୍ଥ ପ୍ରେମରେ ଘରଟା ଝଲସି ଉଠିବ । କିନ୍ତୁ କିଛି ସ୍ପର୍ଶକାତର କଥାରେ ଘରଟା ହାହାକାରରେ ଭରିଯିବ । ଭୂମିକା ଶେଷ ପରେ ପାଦ ଦୁଇଟିର ଭାରସାମ୍ୟ ବିପନ୍ନ ହେବ । ପରିପୂର୍ଣ୍ଣ ଲକ୍ଷ୍ୟସ୍ଥଳ ବଦଳରେ ଆଞ୍ଜୁଳାଏ ଜ୍ୱାଳା ସଞ୍ଚରିଯିବ ନିରବ ମନରେ ସଂଘର୍ଷର ଦୁର୍ଭାଗ୍ୟ ହୋଇ । ଚିନ୍ତାଗ୍ରସ୍ତ ମନଟା ଅଣନିଃଶ୍ୱାସୀ ହୋଇ ଭାବିବ – ସେହି ହିଁ ଦୁର୍ଭାଗ୍ୟର ଜନ୍ମଦାତ୍ରୀ । ତ୍ରୁଟିପୂର୍ଣ୍ଣ ଭାବନାରେ ପରିବାରର ମାନସିକ ସ୍ଥିତି ସିନା ଭାରସାମ୍ୟ ହରାଇଥାଏ, ହେଲେ ଏହି ଅସ୍ଥାୟୀ ମାନସିକ ସ୍ଥିତିକୁ ବିପନ୍ନ କରି ବା

ଆକ୍ରାନ୍ତ କରି କେତେଦିନ ସତ୍ୟଠାରୁ ଦୂରେଇ ରହିବାକୁ ପ୍ରରୋଚନା ମିଳିପାରେ ? ସତ୍ୟ ଦିନେ ଉଦ୍‌ଭାସିତ ହୋଇ ଭାସିଆସେ । ସେତେବେଳେ ବିଷଣ୍ଣତାର ସ୍ୱର ଭାସି ଆସେ ପରିବାରର ଅଭ୍ୟନ୍ତରରେ । ଆକ୍ଷେପ କରିବାକୁ କି ଅବଜ୍ଞାର ଦୁଃସାହାସ ମନରେ ସଂଚରିଯାଏ । ବାଧ୍ୟ ହୋଇ ଗଭୀର ଉଦ୍‌ବେଗରେ ପାଟି ଖୋଲେ । ଆଜି ଶାଶୁଙ୍କ ଆଧିପତ୍ୟ ଓ କର୍ତ୍ତୃତ୍ୱ ପ୍ରତି ସନ୍ଦିହାନ ଆଦ୍ୟାଶା । ନିଜେ ଅଙ୍ଗେ ନିଭାଇଥିବା ଏକ ସଂପର୍କର ଲଜ୍ଜାକର ଅନୁଭୂତି ତାକୁ ଖୁବ୍ ଧକ୍‌କା ଦେଇଛି । ଏଇ ଅଭିଜ୍ଞତାରେ ସେ ବହୁତ ଯନ୍ତ୍ରଣା ପାଇଛି । ଅନ୍ୟ କେଉଁ ଝିଅର ଶାଶୁଘର ପରିସ୍ଥିତି ଏତେ ଜଟିଳ ନ ହେଉ । ବୋହୂ ଶାଶୁଙ୍କ ସଂପର୍କ ଅହଙ୍କାରରେ କ୍ଷତବିକ୍ଷତ ନ ହେଉ ।

- କେଉଁ ମନ୍ତ୍ରରେ ଦୀକ୍ଷିତ ହୋଇ ଭାବି ଚାଲିଛ ?

- ସ୍ନେହ ପ୍ରେମ ମନ୍ତ୍ରରେ ଆଉ ସତ୍ୟର ପରିଭାଷା ତତ୍ତ୍ୱରେ ।

ସଂଜିତ ଶ୍ରଦ୍ଧାପୂର୍ଣ୍ଣ ହସ ହସି କହିଲେ - କ୍ଷମା କଲି ତମର ସତ୍ୟବଚନର ଆତ୍ମସମର୍ପଣକୁ । ମମତାସିକ୍ତ ଆଞ୍ଚଲ୍‌ରେ ଧୋଇ ଦିଅ ଅଭିଶପ୍ତ ମଣିଷର ଘୃଣାର ଭାବକୁ । ସଂପ୍ରସାରିତ ହେଉ ସଂପର୍କର ବାତାବରଣ । ଭୁଲିଯାଅ ନୈରାଶ୍ୟର କ୍ଷଣକୁ । ନୂତନ ଭୂମିକାର ଅମୟାରମ୍ଭ କର ।

ଆଦ୍ୟାଶା ଚିନ୍ତାରହିତ ଅବସ୍ଥାରେ କହିଲା - ତଥାସ୍ତୁ ।

॥ ତେର ॥

କୃଷ୍ଣଚୂଡ଼ା ଗଛର ମୂଳରେ ଆଦ୍ୟାଶା ପାଣି ଦେଲାବେଳେ ଭାବୁଥିଲା - ଯାର ବୟସ ତ ଏବେ ଆଠବର୍ଷ ଟପିଲା । ଉପରକୁ ମୁଣ୍ଡଟେକି ଚାହିଁଲା । ଲାଲରଙ୍ଗର ପେନ୍ଥାପେନ୍ଥା ଫୁଲଗୁଡ଼ିକ ତା' ମନକୁ ମୋହି ନେଉଥିଲେ । ଯାରି ଭିତରେ ଛୋଟ ଗଛଟି ବଡ଼ ହୋଇଗଲାଣି । କୋଇଲି କଣ୍ଠରୁ ଝରୁଥିବା ସୁମଧୁର କୁହୁତାନ ତା' ହୃଦୟରେ ପ୍ରୀତିର ପରଶ ଉତ୍ପନ୍ନ କଲା ।

ସେ ଚାହିଁଲା ଦୂରଦିଗ୍‌ବଳୟକୁ । ସୂର୍ଯ୍ୟଙ୍କ ଅସ୍ତମିତ କିରଣ ତା' ମନରେ ସନ୍ଦିହାନ ଭରିଦେଲା । ତା'ର ଅସୀମ ବିଶ୍ୱାସର ଉଜ୍ଜ୍ୱଳ ଜ୍ୟୋତିରେ କାଳିମାର ଛାଇ ଘେରିଯିବନି ତ ଆଉ ?

ନୀରବତାର ଅଭ୍ୟନ୍ତର ମନରେ ଗୁଞ୍ଜରଣ ହେଲା - ଏଇ ଗଛଟିକୁ ମୁଁ ନିଜ ହାତରେ କେଡ଼େ ଯତ୍ନରେ ଲଗାଇଥିଲି । ତାକୁ ବଢ଼ାଇବାରେ ମୋର ଯତ୍ନରେ ସ୍ୱାର୍ଥପରତାକୁ ଆଶ୍ରୟ ଦେଇନଥିଲି ।

ଆଜି ଆଉ ସେଦିନର ପାଦଚିହ୍ନ ନାହିଁ ଏଠି । ଅଳ୍ପ ମାଟିଥିବା କୁଣ୍ଡଟିରେ ଚାରା କୃଷ୍ଣଚୂଡ଼ାଟିକୁ ବାଲୁକାଶଯ୍ୟାରେ ଥାପିଲା ବେଳେ ତା' ସ୍ୱାମୀ କହିଲେ - ଏଠି ବଞ୍ଚିପାରିବ ତ ?

- ତମେ ବ୍ୟସ୍ତ ହୁଅନି । ଜିଇଁବାପାଇଁ ଆମେ ଚେଷ୍ଟା କରିବା, ହାରିବା ଅପେକ୍ଷା ଜିତିବା ଶିଖ । ପାହାଡ଼ର ପଥର ସନ୍ଧିରେ କେତେକେତେ ଗଛ ନିଜର ଅସ୍ତିତ୍ୱକୁ ବଜାଇ ରଖି ଟାଙ୍ଗରା ଭୂମିକୁ ଶ୍ୟାମଳିମାରେ ଭରିଦେଇଥାଆନ୍ତି କେବେ ଭାବିଛ କି ? କୌଣସି କାର୍ଯ୍ୟରେ ହାତ ଦେବା ପୂର୍ବରୁ ଶଙ୍କା କାହିଁକି ? ବୁଝିଲ ତମ ହାତରେ ଗଛ ବଞ୍ଚିପାରିବନି, ତମେ ତାକୁ କେଞ୍ଚିମେଞ୍ଚି ରୋପଣ କର । ଖୁବ୍ ଆଦରରେ ତାକୁ ଲଗାଇଲେ ସେ ତ ବଞ୍ଚିବ ନିଶ୍ଚୟ । ତମ ମା'ଙ୍କ ହାତରେ ଗଛଗୁଡ଼ିକ ଜୀବନ୍ୟାସ ପାଇଥାଆନ୍ତି । ସେଥିପାଇଁ ମା' କହୁଥିଲେ - ମୁଁ ଯେଉଁ ଗଛ ପୋତିବି ସେ ବଞ୍ଚିଯାଏ ।

- ତମ ହାତରେ ତ ଗଛ ବଞ୍ଚନ୍ତି । ନାରୀ ସୃଷ୍ଟି କରେ । ତେଣୁ ନାରୀମାନଙ୍କୁ ଗଛମାନେ ଭଲ ପାଆନ୍ତି ।

- ନା, ସେମାନେ ନାରୀଙ୍କ କୋମଳତା ଆଉ ଯତ୍ନକୁ ଭଲ ପାଆନ୍ତି । ଗଛମାନଙ୍କ ଜୀବନ ଅଛି ପରା, ସେମାନେ କଥା ନକହି ପାରିଲେ ମଧ୍ୟ ଅନୁଭବ କରି ପାରନ୍ତି ।

- ଲାଜକୁଳିଲତାକୁ ଛୁଇଁଦେଲେ ତା' ପତ୍ର ବନ୍ଦ ହୋଇଯାଏ ।

- ଜାଣିଛି । ମଣିଷ ନିଜର ସ୍ୱାର୍ଥପାଇଁ ଗଛକୁ କାଟିଦିଏ । ସେତେବେଳେ ତାଙ୍କୁ କଷ୍ଟ ହେଉଥିବ ତ !

- ମୁଁ ମଣିଷ । ଗଛ ଅନୁଭୂତି ମୋର ନାହିଁ ।

ଉପରୁ ଖସିପଡ଼ିଲା କେତୋଟି ଶୁଖିଲା ମଉଳା ଫୁଲ । ପ୍ରକୃତିସ୍ଥ ହେଲା ଆଦ୍ୟାଶା । ଅନୁଭବ କଲା 'ସମୟ ସରିଗଲେ ମଉଳିବା ନିଶ୍ଚିତ । ଏଥିରେ ଭାଙ୍ଗିପଡ଼ିବା କି ଦରକାର' ?

ପାଇପ୍‌କୁ ଟାଣିଆଣିଲା କୃଷ୍ଣଚୂଡ଼ା ଗଛ ମୂଳରୁ । ବଗିଚାର ଅନ୍ୟ ଗଛମାନଙ୍କୁ ପାଣି ଦେବାପାଇଁ ପ୍ରସ୍ତୁତ ହେଲାବେଳେ ପାଟି ଶୁଣାଗଲା- ଦିଅ ମୁଁ ପାଣି ଦେଇ ଦେବି । ତମେ ଲନ୍‌ରେ ବସିଯାଅ ।

ଚାହିଁଲା ସଂଜିତଙ୍କ ମୁହଁକୁ । ମୁହଁର ରଙ୍ଗରେ ଫିକା ହୋଇ ଆସିଗଲାଣି । ଗୋରା ଚେହେରାରେ ଟିକିଏ ଟିକିଏ କଳାଦାଗ ଦେଖାଗଲାଣି । ନିଶଦାଢ଼ି ପାଚିଗଲାଣି । କିନ୍ତୁ ମୁଣ୍ଡରେ ଚୂଳ ପୁରାପୁରି ଧବଳବର୍ଣ୍ଣ ଧାରଣ କରିନି । ଏଥିପାଇଁ ତ ସେ ବେଳେବେଳେ ଚିଡ଼ି ଉଠିଲେ କହେ - ବୁଢ଼ାହେଲଣି, କିଛି ବୁଝିପାରୁନ କେମିତି ?

ସାଙ୍ଗେ ସାଙ୍ଗେ ଉତ୍ତର ଦିଅନ୍ତି 'ମନ ତ ସବୁଜ ଅଛି । ମନ ବୁଢ଼ା ହୁଏନି ପରା' ।

ହସ ମାଡ଼ିଲା ଆଦ୍ୟାଶାକୁ । ହସିହସି କହିଲା - ଯାଅ, ଗ୍ୟାରେଜରୁ କାର୍ କାଢ଼ିବ । ଏଇ ସାଙ୍ଗେ ସାଙ୍ଗେ ପୁରା ସହର ବୁଲି ଆସିବା ।

ହାଇ ମାରିଲେ ସଂଜିତ, କହିଲେ - ହାଲିଆ ଲାଗିଲାଣି ।

- ତେବେ କାଲି ସକାଳୁ ସକାଳୁ କୋଣାର୍କ ଯିବା । ମନଭରି କାରୁକାର୍ଯ୍ୟ ଦେଖିନେବ । ବାରଶହ ବଢ଼େଇଙ୍କ ବାରବର୍ଷର ତପସ୍ୟାର ଫଳ ହେଉଛି କୋଣାର୍କର ଭାସ୍ୱର୍ଯ୍ୟ ।

- ମୁଁ ଏକା କାର୍ ଚଳେଇ ଏତେବାଟ ଯାଇପାରିବିନି । ଡ୍ରାଇଭର ସାଙ୍ଗରେ ଯିବା ।

- ବୁଝିଲ, ତମ ମନ ମଧ୍ୟ ସମୟର ତାଳେ ତାଳେ ନିରୁତା ହୋଇଗଲାଣି । ପଞ୍ଚତିରିଶ ବର୍ଷ ତଳର ଦାମ୍ଭିକତା ତମ ପାଖରେ ନାହିଁ ଆଉ ।

- କିଏ କହିଲା ?

- ମୁଁ କହିଲି ।

- ତୁମେ ଆଜିକାଲି ମୋଟି ହୋଇଗଲଣି ।

- ବୟସର ତାଳରେ ଶରୀର ମଧ୍ୟ ମୋଟେଇ ଯାଉଛି । ଦେଖୁନ ଗଛଟିକୁ । କେମିତି ମୋଟା ହୋଇ ଯାଇଛି।

- ଆରେ ତୁମେ ମଣିଷ । ନିଜ ଇଚ୍ଛାରେ ନିଜ ଶରୀର ଯତ୍ନ ନେଇପାରିବ ।

- ଜାଣେ ? କିନ୍ତୁ ମୋତେ ନିଜକଥା ଭାବିବାକୁ ସମୟ ମିଳିଲା କେବେ ?

- ତମର ଅପାରଗତା ପାଇଁ ତୁମେ ଦାୟୀ । ଭାବୁନ ନିଜକଥା । ସକାଳୁ ଚାଲ କହିଲେ ଶୁଣୁନ । କି ଘର କାମ କରୁଛ ତମେ ଜାଣ ?

- ବୁଝିପାରିବନି ନାରୀର ଘରକରଣା କାମ । ଦିନେ ରୋଷେଇ ବନ୍ଦ କରି ଦେଲେ ବୁଝିବ ପାଟିକୁ ଖାଦ୍ୟ ଆସୁଛି କେମିତି ?

- ଚିନ୍ତାନାହିଁ । ହୋଟେଇ ଅଛି ?

- କେତେଦିନ ପରେ ମନ ତ ଆପେ ଆପେ ଓହରିଯିବ ହୋଟେଲ ଖାଦ୍ୟରୁ ।

- ଓଃହ ମୋ ପେଟରେ ଯାଏନି ବୋଲି ନା ? ନହେଲେ ଘରଠାରୁ ହୋଟେଲ ଖାଦ୍ୟ ସୁଆଦ ।

ବାର୍ତ୍ତାଳାପର ପ୍ରାସଙ୍ଗିକତାକୁ ବଦଳେଇ ଆଦ୍ୟାଶା କହିଲା- ଅନ୍ୟ କୁଣ୍ଡମାନଙ୍କରେ ପାଣି ଦେଇ ଦେବ । ଖରାରେ ଗଛଗୁଡ଼ିକ ଝାଉଁଳି ପଡ଼ିଛନ୍ତି ।

- ଠିକ୍ ଅଛି ।

ଲନ୍‌ର ଚୌକିରେ ବସିଯାଇ ଅତୀତକୁ ଫେରୁଥିଲା ସେ । ଭବିଷ୍ୟତକୁ ସାଉଁଟିବାକୁ ଅତୀତରେ କେତେ କଷ୍ଟ କରିବାକୁ ପଡ଼ିନଥିଲା ତାକୁ ! ଭବିଷ୍ୟତ ଏବେ ପାଲଟି ଯାଇଛି ବର୍ତ୍ତମାନରେ । କେତେ ପାଇଛି ଆଉ କେତେ ହରେଇଛି ସେହିକଥା ତାକୁ ଆନ୍ଦୋଳିତ କଲା । ତା' ମନ ଆଗରେ ପ୍ରତିଧ୍ୱନିତ ହେଲା ଅତୀତ ।

ଐଶ୍ୱର୍ଯ୍ୟର ମଜଭୂତ ଅଟ୍ଟାଳିକାକୁ ଚାହିଁଲା ସେ । ଏବେ ଏଇଟି ସେମାନଙ୍କ ଘର ନାମରେ ପରିଚିତ । ଲକ୍ଷ ଲକ୍ଷ ଟଙ୍କା ଖର୍ଚ୍ଚ କରି ନିଜ ମନମୁତାକର ଏହି ଘରଟି ତୋଳିଛନ୍ତି ସଂଜିତ ।

ମନେପଡ଼ିଲା ଦଶବାର ଫୁଟ ଖାଲକୁ ପୋତି ଏହିପରି ଘର ତିଆରି କରିବାର ଦୁଃସାହସ ସଂଜିତ କରୁନଥିଲେ । କହିଲେ - ଏଠି ଆସି କିଏ ରହିବ ? ଚାରିପଟେ

ଗହୀର । ମଝିରେ ଗୋଟିଏ ଦୁଇଟା ଘର ତୋଳି ଆମକୁ ଦେବ ବିଲଡ଼ର । ରାତିରେ ଚୋରି ହେଲେ କିଏ ଆମ ପିଠିରେ ପଡ଼ିବ ?

ଆଦ୍ୟାଶା କହିଲା - ଠାକୁରଙ୍କୁ ଭରସା କରି ବଞ୍ଚିବା ଶିଖ । ଠାକୁର ଥିଲେ ଚିନ୍ତାନାହିଁ ।

- ଆଜି ଜନ୍ମାଷ୍ଟମୀ । କୃଷ୍ଣଙ୍କ ପବିତ୍ର ଜନ୍ମତିଥି । ଖବର କାଗଜରେ ବାହାରିଥିବା କୃଷ୍ଣଙ୍କ ଆର୍ଟିକିଲ୍‌ଟି ପଢ଼ିଛ ତ ? ହଉ ମୁଁ ପଢୁଛି । ଯମୁନା ତଟ ବ୍ରଜଭୂମି ମଥୁରା (ଚଉରାଅଶୀ କୋଶ ପରିମିତ)ରେ ୩୨୨୮ ଖ୍ରୀ.ପୂ. ଜୁଲାଇ ୧୯ ତାରିଖ ବୁଧବାର ଭାଦ୍ରବ କୃଷ୍ଣ ଅଷ୍ଟମୀରେ କୃଷ୍ଣ ଜନ୍ମ ହୋଇଥିବା କାଳ ନିର୍ଦ୍ଧାରଣ କରିଛନ୍ତି ବିଦ୍ୱାନ ବିଶ୍ୱନାଥ ଚକ୍ରବର୍ତ୍ତୀ ।

- ବହୁତ ବର୍ଷ ବଞ୍ଚିଥିଲେ କୃଷ୍ଣ ।

- କିନ୍ତୁ ଲେଖାହୋଇଛି ୧୨୫ ବର୍ଷ ଧରି ଲୀଳା ପ୍ରକଟ କରିଛନ୍ତି କୃଷ୍ଣ ।

- ଯାହାକୁହ ଆମର ଶ୍ରୀମତ ଭଗବତ୍ ଗୀତା ହିଁ କୃଷ୍ଣଙ୍କ ମୁଖ ନିଃସୃତ ବାଣୀ । ସେ ହେଉଛନ୍ତି ଧର୍ମ-ସ୍ଥାପନର ଉଦ୍‌ଗାତା । ପ୍ରକୃତରେ ୫୨୪୨ ବର୍ଷ କୃଷ୍ଣ ଚେତନା ଅମର ଓ ଅବିନାଶ ଆଉ ଏଯୁଗ ପାଇଁ ଅମୂଲ୍ୟ ସମ୍ବଳ ବୋଲି ମୁରଲୀଧର ସାମଲ 'ମୁଁ ଆତ୍ମା ଜଗତ ଈଶ୍ୱର' ଆର୍ଟିକିଲ୍‌ରେ ଲେଖିଛନ୍ତି ।

- ଆଜି ଆମେ କୃଷ୍ଣ ଚେତନାରେ ମଧ୍ୟ ଉଦ୍‌ବୁଦ୍ଧ । କିନ୍ତୁ ମୋତେ ଲାଗୁଛି ଯେଉଁ ଧାର୍ମିକଭାବନା ମନରେ ଦୃଢ଼ ହୋଇଥିଲା ତାହା ଆସ୍ତେ ଆସ୍ତେ କମିଯାଉଛି । ବୋଧେ ପାରିପାର୍ଶ୍ୱିକ ପରିସ୍ଥିତିର ବିଫଳତାର କାରଣରୁ ।

ତୁମ ବାପା କହୁଥିଲେ ପରା - ଠାକୁର ଯାହା କରନ୍ତି ତୁମର ମଙ୍ଗଳ ପାଇଁ ।

- ହଁ ସେହିକଥା ଠିକ୍ । ଆମେ ସେହି ସମୟ ଅନୁସାରେ ବୁଝିପାରୁନୁ ଉକ୍ତମର୍ମର ଅର୍ଥଟି ।

- ଚିଠି ଆସିଛି । ପୋଷ୍ଟମ୍ୟାନ୍‌ର ପାଟିରେ କବାଟ ଖୋଲିଲେ ସଂଜିତ ।

ଚିଠିଟିଏ ସାଙ୍ଗରେ ଆଉ ଗୋଟିଏ ପ୍ୟାକେଟ୍ ଧରି ଘରକୁ ଫେରି ଡ୍ରେଇଂରୁମ୍‌ର ସୋଫା ଉପରେ ବସିଗଲେ । ଆଦ୍ୟାଶା ଚିଠିଟି ଖୋଲି ଆଗ୍ରହରେ ପଢ଼ିଦେଇ କହିଲା - ଏଥର ତମର ବନ୍ଧୁମିଳନର ପର୍ବଟି ସିମିଳାରେ ହେବ ।

ଅନ୍ୟ ପ୍ୟାକେଟ୍ ଖୋଲିଦେଇ ଇଏ କହିଲେ - ଆମେ ଗୋଟିଏ ଚାନସ୍ ହରେଇ ଦେଲେ । ଏଇ ଦେଖ ସି.ଡ଼ି. ପଠାଇଛି ଅଜୟ । ଆମ ସାଙ୍ଗମାନେ ପରା ସିଙ୍ଗାପୁର ବୁଲିଯାଇଥିଲେ ଆଉ ତମକୁ କହିବାରୁ ତମେ ଓଲଟି କହିଲ "ପୁଅ ବାହାଘର ଏବେ ସରିଲା, ଆମେ ଯିବା କେମିତି ?"

- ସେୟା ଯେ, ବାହାଘର ପରେ ଭାରିହାଲିଆ ଲାଗିଲା । ଆଉ ବୁଲାବୁଲି କରିବାକୁ ଇଚ୍ଛା ନଥିଲା । ହଉ ସିଡ଼ିଟି ଲଗାଇ ଦେଇ ଚାଲ ସେ ଦର୍ଶନୀୟ ସ୍ଥାନ ଦେଖି ନେବା । ଆର ଥରକୁ ଯିବା ।

- ବୟସ ବଢ଼ିଗଲେ ଯିବାଆସିବା କଷ୍ଟ । ଘରଦ୍ୱାର ପିଲାଙ୍କ କାମ ପାଇଁ ଆମେ ବାପାମା' ଯେତେ ଉତ୍ସର୍ଗୀକୃତ ହେଲେଣି ସେକଥା ପିଲାମାନେ ହୃଦୟଙ୍ଗମ କରି ପାରିବେ ତ ? ବୟସର କୃଷ୍ଣଚୂଡ଼ା ଫିକା ପଡ଼ିଗଲା ପରେ ତା'ର ଛାପ ଶରୀରରେ ପଡ଼ିବ ନା ନାହିଁ ?

- ଏତେ ବ୍ୟସ୍ତ କାହିଁକି ହେଉଛ ? ମୁଁ ସିଡ଼ି ଡିଭିଡ୍ ପ୍ଲେୟାର୍‌ରେ ଲଗାଇବି ନା ଲାପ୍‌ଟପ୍‌ରେ ଲୋଡ଼କରି ପେନ୍‌ଡ୍ରାଇଭ୍‌ରେ ପଶାଇବି ?

- ଆଗ ଲାପ୍‌ଟପ୍‌ରେ ଟିକିଏ ଲଗାଇଲ । ଦେଖିବି ମୋ ସାଙ୍ଗମାନଙ୍କୁ କେତେ ମଜା କଲେ ।

- ବ୍ୟସ୍ତ ହୁଅନି । ଦେଖ ତମର ପୁରୁଣା ଦିନର ହଷ୍ଟେଲ ସାଙ୍ଗମାନଙ୍କୁ । ସେଦିନର ପିଲାମାନେ ଆଜି କେମିତି ବୁଢ଼ା ହୋଇଗଲେଣି ।

ଦୀର୍ଘଶ୍ୱାସ ଛାଡ଼ି ସଂଜିତ କହିଲେ - ସେ ଦିନ ଆଉ ଫେରିବନାହିଁ । ବହୁତ ପଛରେ ଛାଡ଼ି ଆସିଛୁ । କିନ୍ତୁ ମନ ତ ବୁଢ଼ା ହୋଇନି । ଠିକ୍ କାଲି ପରି ଅଛି ।

- ତେବେ ମନକୁ ନେଇ ବଞ୍ଚିଗଲେ ଶରୀରରୁ ସବୁ ରୋଗ ଉଭାନ୍ ହୋଇଯିବ ।

- ହଁ । କ୍ଷୀଣ ସ୍ୱରଟିଏ ଶୁଣାଗଲା ।

ଆଦ୍ୟାଶା ଚାହିଁଲା କୃଷ୍ଣଚୂଡ଼ା ଗଛକୁ । ଏତେଗୁଡ଼ିଏ ଫୁଲରେ ପୂର୍ଣ୍ଣ ଥିବା ଗଛଟି ଆସ୍ତେ ଆସ୍ତେ ଫୁଲମାନଙ୍କୁ ଝଡ଼େଇ ଦେଉଛି ପୁଣି ତ !

- ୟାରି ଭିତରେ ଆମର କେତେଜଣ ସାଙ୍ଗ ଆଉ ଦୁନିଆଁରେ ନାହାନ୍ତି । ଜଣକ ପରେ ଜଣେ ଚାଲିଯାଉଛନ୍ତି ।

- ଏ ତ ପ୍ରକୃତିର ନିୟମ । ଏଠି ବଞ୍ଚିବାପାଇଁ ଆମେ ଦୌଡ଼ିଛେ । ଆଉ ଏଇ ବୟସରେ ଏମିତି ସାଙ୍ଗସାଥି ମେଳରେ ଭାରାକାନ୍ତ ମନକୁ ଆହୁରି ଖୁସି କରି ଦେଉଛି । ତାକୁ ଆମେ ହାତଛଡ଼ା କରିବା କଥା ନୁହଁ ।

- ଠିକ୍ କହିଛ । ହସି କହିଲେ ସଂଜିତ ।

॥ ଚଉଦ ॥

ଆଦ୍ୟାଶା ଭାବୁଥିଲା - କେଉଁଠି ଥିଲି, କେଉଁଠୁ ଆସିଲି ତା' ବିଷୟରେ ପିଲାଦିନେ ମନରେ ପ୍ରଶ୍ନ ଉଠି ନଥିଲା । ଏତିକି ଜାଣିଥିଲି ମୋ ବାପା, ମା' ମୋ ପରିବାରର ସ୍ନେହ ମମତାରେ ମୋ ସଂପର୍କର ରଜ୍ଜୁ ବନ୍ଧା । ଝିଅଟିଏ ହୋଇ ଜନ୍ମ ହୋଇଥିଲି କିନ୍ତୁ ବାପଘରେ ମୋ ପ୍ରତିଥିବା କାହାର ସ୍ନେହ କମିଯାଇ ନଥିଲା । ଓଲଟି ଶୁଣିଥିଲି "ଝିଅକୁ ବାପା ଖୁବ୍ ଭଲ ପାଉଛନ୍ତି ।"

ଅତୀତକୁ ଆଖି ବୁଲାଇ ଆଣିଲେ, ଖୁବ୍ ମନେପଡ଼ନ୍ତି ମୋ ଦାଦା ଓ ଖୁଡ଼ୀ ମଧ୍ୟ । ସେମାନଙ୍କ ଭଲପାଇବାର ଆକର୍ଷଣରେ ଏବେ ମଧ୍ୟ ଆକାଶକୁ ନିରୀକ୍ଷଣ କଲେ ଆଖିରେ ପଡ଼େ ତାରାଗୁଡ଼ିକ । ସତରେ ଯାରି ଭିତରେ ସେମାନେ ତାରା ହୋଇଗଲେଣି ଗୋଟିଏ ଗୋଟିଏ । ଆଉ ମୋର ମଧ୍ୟ ତାରା ହୋଇଯିବାର ସମୟ ଆସି ଯାଉଛି । ତଥାପି ପରିବାରର ମାୟାମୋହ ଭିତରୁ ମନ ଛାଡୁନି କାହିଁକି ? କି ଅପୂର୍ବ ସମ୍ମୋହନରେ ଚିକ୍‌ଚିକ୍ କରୁଛି ମନ । ଏ ବ୍ୟତିକ୍ରମ କାହିଁକି ?

ହେତୁପାଇଲା ଦିନଠାରୁ ମନକୁହେ ଠାକୁରଙ୍କ ପାଦପଦ୍ମରେ ଶରୀର ଲୀନ ହୋଇଯାଉ ମୃତ୍ୟୁପରେ । ଏହି ଦୁର୍ଲଭ ଇଚ୍ଛା ପିଲାଦିନରୁ କାହିଁକି ମନରେ ଅଙ୍କୁରିତ ହୋଇଥିଲା ଆଜି ମଧ୍ୟ ବୁଝିପାରୁନି ।

ଆସ୍ତେ ଆସ୍ତେ ସଂସାରର ଦୁଃଖସୁଖ ସାଙ୍ଗରେ ମିଳିମିଶି ଚାଲୁଚାଲୁ ଜୀବନର ଜନ୍ମ ରହସ୍ୟକୁ ଖୋଜିବାକୁ ଭୁଲିଗଲା ମନ । ପାଠପଢ଼ାର ଚାପରେ ମନ କହିଲା - ଭଲ ପଢ଼ିବି ମୁଁ ।

କିନ୍ତୁ ଝିଅର ପାଠପଢ଼ାର ମୂଲ୍ୟ କିଏ ବା ବୁଝେ ? ଭଲ ପଢୁ କି ଖରାପ ପଢୁ କିଛି ଫରକ ପଡ଼େନି ବାପାଘରେ । ବାହାଘର ପାଇଁ ପାଠ ଦରକାର । ଯଦି ଭଲ ବର ମିଳିଗଲା ପାଠର ମୂଲ୍ୟ ଚୁଲୀ ମୁଣ୍ଡରେ ପୋଡ଼ି ପାଉଁଶ ହୋଇଗଲେ ସୁଦ୍ଧା କାହାର

ହୃଦୟ ତରଳିବ ନାହିଁ । ଝିଅଜନ୍ମ ପରଘରକୁ କହି ବାପାମା' ନିଜ ଉପରୁ ଝିଅ ପ୍ରତିଥିବା ମୋହମାୟାକୁ କେଇଟା ବର୍ଷରେ କମେଇ ଦେଇ ପାରନ୍ତି । ଆଉ ଝିଅଟିର ସାହସ ଜୁଟେନି ସଂସାରର ପରମ୍ପରା ବିରୁଦ୍ଧରେ ଠିଆ ହେବାକୁ !

ବାହାଘର ବେଦୀରେ ଯୌତୁକର ପ୍ରଶ୍ନ ବରଘର ଉଠାଇଲେ । ଦର କଷାକଷି ହୋଇଯାଇଥିଲା ନିର୍ବନ୍ଧ ସମୟରେ । ଯାହାନେବା କଥା ହାତଗଣ୍ଠି ପଡ଼ିବା ପୂର୍ବରୁ ଯେମିତି ହେଲେ ସେ ନେବେ । କାଳେ ହାତଗଣ୍ଠି ପଡ଼ିବା ପରେ ବରଘର ଠକିଯିବେ କି ଆଉ ! ଏଇ ଚିନ୍ତା ସେମାନଙ୍କୁ ଆକ୍ରାମାକ୍ରା କରିଥିଲା ।

ଯାହାହେଉ ଜାନି ଯୌତୁକ ଦେଇ ବାପା ଝିଅର ବାହାଘର କରି ଖୁବ୍ ଆଶ୍ୱସ୍ତି ହେଲେ । ମୁଣ୍ଡରୁ ଗୋଟିଏ ବୋଝ ଓହ୍ଲାଇ ଯିବାପରି ହାଲ୍‌କା ଅନୁଭବ କଲେ । ଆଗକୁ ମୋ ବି.ଏ.ର ଶେଷ ପରୀକ୍ଷା । ତା' ବିଷୟରେ କିଏ ଚିନ୍ତା କଲେନି । କହିଲେ – "ବାହାଘର ତା ବାଟରେ ହେବ ଆଉ ପରୀକ୍ଷାକୁ ତା ବାଟରେ ଛାଡ଼ିଦିଅ ।"

ଶିକ୍ଷିତ ପରିବାରରେ ଯଦି ପାଠର ଗୁରୁତ୍ୱକୁ ଅବହେଳା କରାଯାଏ ତେବେ ମୂର୍ଖ ପରିବାର କଥା ଛାଡ଼ । ବେଳେବେଳେ ଇଚ୍ଛାହୁଏ କହିବାକୁ "ଝିଅ ବୋଲି ଏତେ ହୀନମନ୍ୟତା କାହିଁକି ପ୍ରକାଶ କରୁଛ ?"

ବେଳେବେଳେ ଅଣନିଃଶ୍ୱାସୀ ହୋଇଉଠେ ମନ । କର୍ତ୍ତବ୍ୟର ଆରମ୍ଭ ହୋଇଯାଏ କର୍ମମୟ ଜୀବନରେ । ସମୟ ସୁଅରେ ଭାସି ଭାସି ସ୍ୱାମୀ, ପୁତ୍ର, କନ୍ୟାଙ୍କ ନୂତନତାର ମହକରେ ହର୍ଷୋଲ୍ଲାସରେ ସଂସାର ପୁରିଉଠେ । ଶାଶୁଘର ସଦସ୍ୟଙ୍କ ନୂଆ ଶବ୍ଦର ଉଚ୍ଚାରଣରେ ହୃଦୟରେ ଖେଳିଯାଏ ଆତ୍ମୀୟଙ୍କ ବିଭୋରତାପଣ । ଅନାସକ୍ତ ହୋଇପଡ଼େ ନିଜ ପ୍ରତି । ଘରର ବୋହୂ ହିସାବରେ ପାରସ୍ପରିକ ସଂପର୍କର ପରିଧିରେ କର୍ତ୍ତବ୍ୟକୁ ଗତିଶୀଳ କରେ । ଭାବେ "ଦୁହିତା ଦୁଇ କୂଳକୁ ହିତା ।"

ବେଳେବେଳେ ଉଲ୍‌କା ଖଣ୍ଡ ପରି ଜୀବନରେ ଦୁଃଖ ଆସି ଛିଟିକି ପଡ଼େ । ମନ ବୁଝିନିଏ ଏଇ ତ ଦୁଃଖ ସୁଖର ସଂସାର । ଏଠି ଈର୍ଷାଦ୍ୱେଷ ମାୟାମୋହ ଲାଗି ରହିଥିବ । ତେଣୁ ଦୁଃଖ କରିବ କେତେଦିନ ? ସମୟ ସାଙ୍ଗରେ ନିଷ୍ପ୍ରଭ ହୋଇଯିବ ଦୁଃଖର କରାଳ ସମୟ । ଅଦୃଶ୍ୟର ଆଜ୍ଞାକୁ ମାନି ଚଳିବାକୁ ପଡ଼ିବ ତ ?

ସ୍ତ୍ରୀର ଭୂମିକାରେ ଜୀବନର ପର୍ବ ଆରମ୍ଭ କରୁ କରୁ ତାରି ଭିତରେ ପୁଣି ଦେଖାଦିଏ ଝଡ଼ କଦବା କ୍ୱଚିତ୍ । ଦୁଇଜଣଙ୍କ ଭିତରେ ସୀମିତ ରହି ସଂଯମତାର ସୀମା ଅତିକ୍ରମ କରେନି । ଅସହଜ ହୋଇଯିବା ମନ ପୁଣି ସଜାଡ଼ି ହୋଇ ସଂସାରର ଚକରେ ସାମିଲ୍ ହୋଇଯାଏ । ବାହାରକୁ ଠିକ୍‌ଠାକ୍ ଲାଗିଲେ ଅନ୍ୟ ମୁହଁରୁ ଶୁଣିବ "ଯାହାହେଉ ଦୁଇଜଣଙ୍କ ଯୋଡ଼ି ସୁନ୍ଦର ।"

ହାଏରେ ପୁରୁଷ ! ନାରୀଠାରୁ ପ୍ରତିଶ୍ରୁତିରେ ପ୍ରତିଜ୍ଞାକୁ ଅନ୍ୟାୟ ଭାବରେ ଆଦାୟ କଲେ ସୁଦ୍ଧା ତମର ହୃଦୟ ତରଳି ଯାଏନି । ସ୍ୱାମୀ ସହିତ ଧର୍ମପତ୍ନୀହୋଇ ସଂସାର ପାତିବାର ବନ୍ଧପରିକରକୁ ନାରୀ ହିଁ ମାନିବାକୁ ବାଧ୍ୟ । ଆଉ ପୁରୁଷ ଖୁବ୍ ସ୍ୱାଧୀନ । ସେ ଯଦି ମାୟାବନ୍ଧନକୁ ଛିଣ୍ଡାଇ ଦେବ ତେବେ ସେଇଟା ହିଁ ତା'ର ଇଚ୍ଛା । ନାରୀର ଇଚ୍ଛା ଅନିଚ୍ଛାର ପ୍ରଶ୍ନ ଉଠୁନି ଯେମିତି ।

ଯାରି ଭିତରେ ତ ତେତିଶ ବର୍ଷ କଟିଗଲାଣି । ସ୍ୱାମୀଦେବ ଏବେ ଅବସର ନେଇ ଘର ଭିତରେ ଚବିଶ ଘଣ୍ଟା ଉପସ୍ଥିତ ରହି ମଧ୍ୟ ଘରକାର୍ଯ୍ୟ ପ୍ରତି ବିତସ୍ପୃହ । ସ୍ତ୍ରୀ ଯେମିତି କର୍ତ୍ତବ୍ୟ ସବୁକୁ ସମ୍ଭାଳିବା ଦାୟିତ୍ୱ ମରଣ ପର୍ଯ୍ୟନ୍ତ ନେଇଛି । ହାଏରେ ପୁରୁଷ ! କେଉଁ ପୂଣ୍ୟ କରିଥିଲ ବୋଲି ଏବେ ନାରୀଠାରୁ ଅଧିକ ଆରାମଦାୟକ ଜୀବନ ବିତାଉଛ ! ସକାଳୁ ଉଠିଲେ ଖବର କାଗଜକୁ ତନ୍ନତନ୍ନ କରି ପଢ଼ିଦେଇ କେଉଁଠି କି ଅଘଟନ ହେଲା କହି ବୁଲୁଛ । ସେହି ସବୁ ଅଘଟଣ ପାଇଁ ଦାୟୀ ପରା ତମ ପୁରୁଷ ଜାତି । ନାରୀମାନଙ୍କ ନଗ୍ନ ଫଟୋ ହେଉ କି ଅଶ୍ଳୀଳ କଥା ହେଉ ସବୁଠି ହିଁ ପୁରୁଷର କ୍ଷୁଧାର ନିଦର୍ଶନର ଶକ୍ତି ହିଁ ପରିପ୍ରକାଶିତ ଥାଏ । କାଠ ପିତୁଳା ପରି ନାରୀକୁ ନିରିମାଖୀ କରି ଭୁଲିଯାଅ ମା'ର ପଣତକାନି ବା ଭଉଣୀର ରକ୍ଷାବନ୍ଧନକୁ । କସ୍ମିନକାଳେ ନାରୀକୁ ସମ୍ମାନଦେଇ ଶିଖିନି ପୁରୁଷ । ଅନେକ ସ୍ତ୍ରୀ ମୁହଁ ଫିଟାଇ ନ କହିଲେ ମଧ୍ୟ ଅଙ୍ଗେ ଲିଭାଇ ଚାଲିଛନ୍ତି ସଂସାରକୁ ସମ୍ମାନ ଦେଇ । ନାରୀପାଇଁ ନିରବ ଢ଼ଙ୍ଗଟିଏ ବହୁକାଳୁ ଚଳି ଆସିଛି ପରମ୍ପରାଗତ ହୋଇ । ତଥାପି ଅସନ୍ତୋଷର ଘଣାରେ ପେଷି ହୋଇସୁଦ୍ଧା ସାରା ଜୀବନକୁ ସୁନ୍ଦର କରି ଗଢ଼ି ତୋଳିବାର ପରିକଳ୍ପନା ନାରୀ ହିଁ ତୋଳେ ! ଗୃହର ଯାବତୀୟ କାମ ସାଙ୍ଗକୁ ପିଲାମାନଙ୍କ ସରଳ ମୁହଁରେ ନିଷ୍ପ୍ରଭ କରିଦିଏ ନିଜର ସ୍ୱାର୍ଥକୁ । ମମତାର ପୂର୍ଣ୍ଣାଂଗ ଇଂଧନରେ ନିଜର ବାକି ଜୀବନକୁ ଅଜାଡ଼ିଦିଏ ସେମାନଙ୍କ ସୁଖ ସନ୍ଧାନରେ । ଏହି ଆପାଂକ୍ତେୟ ଇଚ୍ଛାରେ ଯେ କେତେବେଳେ ତା' ଚୂଳ ଧବଳବର୍ଣ୍ଣ ଧାରଣ କଲାଣି ଘଣ୍ଟାକୁ ଚାହେଁନି । ନିଜର କର୍ମମୟ ଜୀବନରେ ପିଲାଙ୍କୁ ପରୀକ୍ଷା ଯୁଦ୍ଧରେ ଅବତୀର୍ଣ୍ଣ କରି ସଫଳତାରେ ଖୁବ୍ ଆତ୍ମସନ୍ତୋଷ ଲାଭ କରି ପିଲାଙ୍କ ଗାରିମାକୁ ଡିବିଡ଼ିବି କରେ, ସତେ ଏଠି ମା' ବାପା ହିଁ ଶ୍ରେୟ ନିଅନ୍ତି ଯେମିତି ?

ଚଢ଼େଇର ପର ଲାଗିଗଲେ ମା' ତାକୁ ଉଡ଼େଇବାକୁ ଚେଷ୍ଟାକରେ । ଖୁବ୍ ଆତ୍ମସନ୍ତୋଷ ପାଏ ଛୁଆର କର୍ମମୟ ଜୀବନରେ । କିନ୍ତୁ ଯେଉଁଦିନ ଚଢ଼େଇର ପର ଶକ୍ତ ହୋଇଯାଏ ସେଦିନ ସେ ଭୁଲିଯାଏ ତା' ପରିବାରକୁ । ତ୍ୟାଗର ଯନ୍ତ୍ରଣା ତାରି ପାଖରେ ଅନୁତାପ କରେନି । ସେ ପାପ ପୂଣ୍ୟର ସଂଜ୍ଞାକୁ ହରାଇବସେ ଆଉ ନୂତନ

ଉଦ୍ଦୀପନାରେ ଭାବାବିଷ୍ଟ ହୋଇ ଯୁକ୍ତି କରିପାରେ "ଏସବୁ ବାପାମା'ଙ୍କ ଦାୟିତ୍ୱ ଥିଲା ।"

ବାସ୍ ଏଇଠୁ ଆରମ୍ଭ ହେବ ବାପାମା'ଙ୍କ ଧୂସର ଜୀବନ । ଅତୀତର ସ୍ମୃତିମାନେ ବୁଢ଼ିଆଣୀ ଜାଲିପରି ମନରେ ଗୁଡ଼େଇହୋଇ ବାରମ୍ବାର ମନେ ପକେଇ ଦେବେ "ଏତେ କର୍ମ କରି ପିଲାମାନଙ୍କଠାରୁ କି ଫଳ ମିଳିଲା ?"

ଆରେ ତମେମାନେ ଘୋରିହୁଅ କି ସରିହୁଅ ଏଥିରେ ପିଲାମାନଙ୍କ ଚିନ୍ତାନାହିଁ ପରା । ଏବେ ସେମାନଙ୍କ ବିବେକ ମରିଗଲାଣି । ସେମାନଙ୍କୁ ଆଧୁନିକତାର ଅପରମ୍ପାରିକ ଅଭିଜ୍ଞତାର ମନ ହଜେଇ ନେଇଛି ପରିବାରଠାରୁ । ଜୀବନ ଜିଇଁବା ଭିତରେ କିଏ ମନେ ରଖୁଛି ପଛ କଥା ? ତା' ଭାବନାରେ ଏବେ ସ୍ୱପ୍ନିଳ ମହଲ ଭବିଷ୍ୟତ ହୋଇ ଠିଆହୋଇଛି । ପୁରୁଣା ଜରାଜୀର୍ଣ୍ଣ ମହଲର ଆବଶ୍ୟକତା କ'ଣ ଅଛି ?

ବାପା କ'ଣ ତେଜ୍ୟପୁତ୍ର କରିବେ ପୁଅକୁ ? ପୁଅ ପରା ଏବେ ତେଜ୍ୟପିତା କରିଦେବ ବାପାଙ୍କୁ । ତେଣୁ ବାପାଙ୍କ ପାଟି ଚୁପ୍ । ଆରେ ମରିଗଲେ ପରା ମୁଖରେ ଟିକିଏ ଅଗ୍ନିଦେବ ପୁଅ । ଗୋଟିଏ ଦୁଇଟା ପିଲାଙ୍କଠାରୁ ଦୂରେଇ ରହିଲେ କ'ଣ ମିଳିବ ସୁଖ କି ? ଜରାନିବାସରେ ଜୀବନ ନିର୍ବାହ ତ ଖୁବ୍ ଲଜ୍ୟାକର ହେବ ଆଭିଜାତ୍ୟ ପ୍ରତି । ତେଣୁ ପାଟି ଚୁପ୍ କରି ତାମସା ଦେଖ । ହଁରେ ହଁ ମିଳାଇ ତାଳ ପକେଇ ଚାଲ । ନିଜଘରେ ବଞ୍ଚିପାରିବ ଆଉ ମରିପାରିବ ତ ?

କିନ୍ତୁ ମା'ଟିଏ ଦଶମାସ ଗର୍ଭରେ ଧରି ପିଲାଟିଏ ଜନ୍ମଦେଇଛି । ବୁଝିଛି ଅନ୍ତର ବେଦନା । ଭାବିପାରୁନି – ଇଏ ମୋ ରକ୍ତର ସନ୍ତାନ ତଥାପି ବଦଳିଗଲା କେମିତି ? ରାଗ ଉଠୁଛି ସ୍ୱାମୀ ଉପରେ । ଅଳସୁଆ, ସ୍ୱାର୍ଥପର ଲୋକର ସ୍ୱଭାବ କ'ଣ ବଦଳିପାରିବ କେବେ ? ମୁହଁରେ ଗୋଟିଏ କଥା ଆଉ ଭିତରେ ଗୋଟିଏ କଥା । ଏଇ ତ ଦେମୁହାଁ ନୀତି ! ତମେ ଯେତେ ଉଚ୍ଚଶିକ୍ଷିତ ହୁଅ କି ସମ୍ଭ୍ରାନ୍ତ ବ୍ୟକ୍ତି ହୁଏ ଚରିତ୍ର ନଥିଲେ ସବୁ ଅସାର ।

ଆଜି ପୁଅ ଶୁଣାଇଦେଲା 'ମା' ତମେ ଯେଉଁଠି ଠିକ୍ କରିବ ମୁଁ ସେଠି ବାହାହେଉନି । ମୁଁ ଯେଉଁ ଝିଅ ବାହାହେବି ଠିକ୍ କରିଛି ।'

ଆଦ୍ୟାଶା ଆବାକ୍ ହୋଇ ଚାହିଁଲା ପୁଅର ମୁହଁକୁ । ଇଏ ମୋ ପୁଅ ଯାହାକୁ ଆଜି ପର୍ଯ୍ୟନ୍ତ ଜୀବନଠାରୁ ଅଧିକ ଭଲପାଉଥିଲି ଆଉ ତାରି ସୁଖସମୃଦ୍ଧି ପାଇ ଜୀବନକୁ କଷ୍ଟ ଦେଲେ ସୁଦ୍ଧା ପ୍ରସବ ବେଦନା ପରି ଭୁଲିଯାଇଛି ସମୟର ତାଳେ ତାଳେ । ସତରେ କିଏ ବୁଲଡ଼ୋଜର ଲଗାଇ ଭାଙ୍ଗିଦେଲା ଭଲପାଇବାର ସଂପର୍କକୁ ? ଉଜୁଡ଼ି

ଗଲାଣି ମା'ର ମନ । ପୁଅ ଜୀବନକୁ ସରସ ସୁନ୍ଦର କରି ତୋଳିବାର ନିଶାଟି ହଠାତ୍ ଉତୁରି ପଡୁନି ମନରୁ କାହିଁକି ?

ତେବେ ମା' କ'ଣ ଭଲପାଇବାର ମମତାକୁ ଉଣାକରିବାକୁ ଚାହୁଁନି ଏବେ ମଧ୍ୟ । ସ୍ୱାମୀ ସଂଜିତ ଉପଦେଶ ଦେବା ଛଳରେ ଶୁଣେଇଦେଲେ - କାହିଁକି ଏମିତି ବ୍ୟସ୍ତ ହେଉଛ ? ଆଜିକାଲି ତ ଘରେ ଘରେ ଅନ୍ୟ ଜାତିର ବୋହୂ ଜ୍ୱାଇଁ ଦେଖାଦେଲେଣି । ଯୁଗ ପରିବର୍ତ୍ତନ ହେଉଛି । ସେହି ପରିବର୍ତ୍ତନ ଧାରାରେ ଆମ ପିଲା ସାମିଲ୍ ହେଲେ ଏଥିରେ ଦୁଃଖ କରିବାର ନାହିଁ ।

ଚାହିଁଲି ସ୍ୱାମୀଙ୍କ ସମ୍ବୋଧିତ କରୁଥିବା ମୁହଁକୁ । କାହିଁ ଦୁଃଖ କରିପାରିବାର ଚିହ୍ନତ ଦିଶୁନି ମୋ ଆଖିକୁ ? ତେବେ ବାପା ନିଶ୍ଚୟ ମା'ଠାରୁ କମ୍ ଭଲପାଏ ପିଲାଙ୍କୁ ବୋଲି ପ୍ରମାଣ ମିଳିଗଲା ମୋତେ । ହତଭମ୍ବ ହୋଇ କହିଲି - ତମେ କ'ଣ କହିବାକୁ ଚାହଁ ?

- କହୁଛି ପରା ଏବେ ସେମାନେ ବଡ଼ ହୋଇଗଲେଣି । ମାଡ଼ ଗାଳି ଦେଇ ସେମାନଙ୍କ ମନକୁ ବଦଳେଇ ପାରିବନି । ତମେ ତ ଏତେ ବୁଝେଇଲଣି ତଥାପି ସେ କ'ଣ ବୁଝୁଛି ଆମ କଥା ? ତା' ଇଚ୍ଛାରେ ବାହାହେଲେ ହବ । ଆମେ କାହିଁକି ଏତେ କଷ୍ଟ ପାଇବା । ଯିଏ ଯାହା କଥା ବୁଝୁଛି ବୁଝୁ । ଆମର ଆଉ କେତେ ବର୍ଷର ଜୀବନ ଅଛି ? ଆମେ ମଧ୍ୟ ବଞ୍ଚିବା । ଯିଏ ଦୋଷ କଲା ସେ ତ ସ୍ଥିର, ତେବେ ଆମେ ଅସ୍ଥିର କାହିଁକି ହେବା ?

- ହଉ ତେବେ ମୁଁ ବଞ୍ଚିବି, ହେଲେ ମୋହମାୟାଠାରୁ ଦୂରେଇ ଯିବି । ସଂପର୍କର ସୂତାଖିଅରେ ମୋତେ ଆଉ ଟାଣିବାକୁ ଚେଷ୍ଟା କରିବନି ।

- କି କଥା କହୁଛ ? କ'ଣ ସନ୍ୟାସିନୀ ହୋଇଯିବ କି ?

- ନାହିଁ । ମୁଁ ଗୃହିଣୀ ଥିବି କିନ୍ତୁ ସନ୍ୟାସିନୀର ଜୀବନ ଅତିବାହିତ କରୁଥିବି, ମୁଁ ମୋ ମନକୁ ସ୍ଥିର କରିଦେବି । ମୁଁ ଖୋଜିବି ମୋ ଈଶ୍ୱରଙ୍କୁ ଯାହାର ପାଦପଦ୍ମରେ ମୋ ମନ ଲାଗିବ ଆଉ ମୁକ୍ତି ପାଇଯିବ ପ୍ରାଣ ।

ଏତେ ବର୍ଷ ଅନ୍ୟମାନଙ୍କ ଇସାରାରେ ମୁଁ ବଞ୍ଚିଛି । ଏବେ ତମେମାନେ ମୋତେ ମୁକ୍ତି ଦିଅ ତମ ବନ୍ଧନରୁ । ସମସ୍ତେ ବଡ଼ହୋଇ ବୁଝିପାରୁଛ ଭଲମନ୍ଦର ପରିଭାଷା । ମା'ର ଦାୟିତ୍ୱ ଆଉ କ'ଣ ? ଇଚ୍ଛାକଲେ ରୋଷେୟା ରଖି ଖାଇପାରିବ । ମୁଁ ତମମାନଙ୍କ ମୋହମାୟାକୁ ଦୂରେଇ ଦେବାକୁ ଚେଷ୍ଟା କରିବି । ପ୍ରାଣ ତ ମୋର ନୁହଁ । ସେହି ପରମାତ୍ମାଙ୍କର । ମୃତ୍ୟୁପରେ ଶରୀର ତ୍ୟାଗ କରିବା ପୂର୍ବରୁ ଏବେ ବଞ୍ଚି ଥାଉଥାଉ ତାଙ୍କ ପାଦପଦ୍ମରେ ସମର୍ପିଦେଲେ ମୋର ଚିନ୍ତାନାହିଁ । ବେଳ ହୁଁ ସାବଧାନ । ଯାହାହେଉ

ମୋହମାୟା ତ୍ୟାଗ କରିବାପାଇଁ ମାଟି ସମତଳ ହୋଇଗଲାଣି । ସଂସାର କାମନା ସୁଖରେ ବଶୀଭୂତ ମନ ଏବେ ଯାହାହେଉ ନିରାସକ୍ତ ଆଡ଼କୁ ଚାଲିବ । ଏଠି ମୋ ସଂସାର ଉଜୁଡ଼ିଯାଇନି ବରଂ ମୋ ମନ ସଜାଡ଼ି ହୋଇଯାଇଛି ମୁକ୍ତି ମାର୍ଗକୁ ଅତିକ୍ରମ କରିବାକୁ । ଆତ୍ମୀୟତାର ରଙ୍ଗ ଖୁବ୍ ଗାଢ଼ଥିଲା ମୋ ପାଖରେ । ଏବେ ସେ ରଙ୍ଗ ଜଡ଼ତାରୁ ଉଧୁରିବାକୁ ଯାଇ ମନପକାଇ ଦେଇଛି ମୋର ଲକ୍ଷ୍ୟ କ'ଣ ?

ଏବେ ପ୍ରଶ୍ନ ଉଠୁଛି ଫେରିବି କେଉଁଠିକୁ ? ସଂସାରକୁ ପୁଣି ଫେରିବି କି ?

ଓଃ ଆଉ ସଂସାରକୁ ପରଖିବାକୁ ମନ ଚାହୁଁନି । ଯେତିକି ଦିନ ସଂସାର କଲି ତା'ର ସ୍ୱାଦ ଚାଖି ସାରିଲିଣି ? ଆଉ ମୋହମାୟାର ଚେହେରାଗୁଡ଼ିକର ଅଭିନୟ ଦେଖିବାକୁ ମନ ଚାହୁଁନି ।

ତେବେ ଯିବି କେଉଁଠି କି ଜାଣିନି ତ ? ଆକାଶକୁ ଚାହିଁଲି ଝିପ୍ ଝିପ୍ ବର୍ଷା ପଡ଼ିଲାଣି । ପୁଣି ଖରାର ତେଜ ମେଘଭିତରୁ ବାହାରି ଆସିଲାଣି । ଗରମ ହେଉଛି ଜୋର୍‌ରେ । ଝାଳ ଗମ୍ ଗମ୍ ବହୁଛି । ପୁଣି ଥଣ୍ଡାପବନ ସୁଲୁସୁଲୁ ହୋଇ ବହୁଛି ।

ତେବେ ମେଘ ଆସୁଛି ନା ଯାଉଛି ବୁଝିପାରିନି । ଚାହିଁଲା ଆକାଶକୁ । କିଛି କହିହେବନି । ତଥାପି ନିର୍ବାଣର ପଥକୁ କିଏ ବା ନ ଚାହେଁ ? ମୁନି ଋଷିମାନେ ପରା ବର୍ଷ ବର୍ଷର ତପସ୍ୟା କରି ନିର୍ବାପିତ କରିଛନ୍ତି ସାଂସାରିକ କାମନା ? ଟିକିଏ ମୁକ୍ତି ପାଇଁ ତ ସେମାନେ ତମାମ ଜୀବନକୁ ସାରି ଦେଇଛନ୍ତି ? କାହିଁ ସେମାନେ ତ ଅନୁତପ୍ତ ନୁହଁନ୍ତି ! ତେବେ ମୁଁ ସଂସାର ଭିତରୁ ଟିକିଏ ଅପାର କରୁଣା ଆଡ଼କୁ ମନ ଦେଲେ ପୁଣି ମାୟାବନ୍ଧନରେ ପଶିବି କାହିଁକି ?

ହାୟ ! ଏ କ'ଣ ସମ୍ଭବ ?

॥ ପନ୍ଦର ॥

ଘର ଠାକୁରଙ୍କ ପୂଜା ସରିଲାପରେ ପଢ଼ିଲି ଶ୍ରୀମତ ଭଗବତ୍ ଗୀତାର ଗୋଟିଏ ଅଧ୍ୟାୟ । କ୍ଳାନ୍ତମନକୁ ଶାନ୍ତି ଟିକିଏ ମିଳିଗଲା ତ । କିନ୍ତୁ କାହିଁ ତ ମୋହଭଙ୍ଗ ହେଉନି । ଆସକ୍ତି ଆଉ ଅନାସକ୍ତି ଭିତରେ ମନଟି ଦୋଳାୟିତ ହେଉଛି । ଇଚ୍ଛା ହେଉଛି ଘରସଂସାର ମୋହମାୟାକୁ ଛାଡ଼ି ନିରୋଳାରେ ନିଜର ଜୀବନକୁ ବଞ୍ଚାଇବାକୁ । କିନ୍ତୁ ଘରର ସଦସ୍ୟ କ'ଣ ମୋ ଉପରୁ ସେମାନଙ୍କ ହକ୍‌କୁ ଦୂରେଇବାକୁ ରାଜି ଅଛନ୍ତି କି ? ସକାଳୁ ସନ୍ଧ୍ୟାଯାଏ ସେମାନଙ୍କ କଥା ବୁଝୁବୁଝୁ ମୋର ପାଖରେ ମୋ ପାଇଁ ସମୟ ଟିକିଏ ଖୋଜିବା ମୁସ୍‌କିଲ୍ ହୋଇଉଠୁଛି । ମନ ଭାରି ବିରକ୍ତ ଲାଗୁଛି । ଏହି ଆତ୍ମୀୟମାନଙ୍କ ପାଇଁ ଏତେ ବର୍ଷ ସାରିଦେଲା ପରେ ମଧ୍ୟ ଏମାନେ ମୋତେ ଦେଲେ କ'ଣ ? ଓଲଟି ଏମାନଙ୍କଠାରୁ ଅପମାନ, ଲାଞ୍ଛନା ଆଉ କଟୁବାକ୍ୟ ଶୁଣି ମନରେ ବେଳେବେଳେ ଉଠେ ଅନାସକ୍ତର ଜୁଆର । ଇଚ୍ଛାହୁଏ ସେ ଜୁଆରରେ ଭାସି ଯାଇ ଲାଗିଯାଆନ୍ତି ସ୍ରଷ୍ଟାଙ୍କ ପଦାରବିନ୍ଦରେ !

ଜୀବନର ପରିପୂର୍ଣ୍ଣତା ଆବଶ୍ୟକ । ତାରି ଭିତରେ ଥିବା ଅସ୍ତିତ୍ୱର ସ୍ୱର୍ଣ୍ଣାଭ ଉଦ୍‌ଭାସ୍ ମଧ୍ୟ ଅପରିହାର୍ଯ୍ୟ । ଈଶ୍ୱର ଦେଇଥିବା ଜନ୍ମକୁ ସାର୍ଥକ କରିବା ଦରକାର । ଜୀବନ ଭୋଗବାଦୀ ନୁହେଁ । ସେ ଈଶ୍ୱରଙ୍କ ପାଖରେ ପ୍ରତିବଦ୍ଧତା । ପୃଥିବୀରେ ଜନ୍ମ ହୋଇଛି ମାନେ କର୍ତ୍ତବ୍ୟ ହିଁ କରିବ ।

ଓଃ କର୍ତ୍ତବ୍ୟ, କର୍ତ୍ତବ୍ୟର ଦ୍ୱାହି ଭିତରେ ଜୀବନ ତ ସମର୍ପିଯାଇଛି ମୋର । ଯାରି ଭିତରେ ଦୀର୍ଘ ତିରିଶବର୍ଷ ଅତିକ୍ରାନ୍ତ ହୋଇଗଲାଣି କେତେବେଳେ ବୁଝିପାରିନି । ତେବେ ଜୀବନ, ବହିଯିବା ଦିନଗୁଡ଼ିର ସମଷ୍ଟି ମାତ୍ର ତ !

- ମା', ମା', ମୋ ପୁଅକୁ ଟିକିଏ ଧରିନେଲୁ । ମୁଁ ଖାଇଦେଇ ଅଫିସ୍ ଯିବ ।

ମୁଁ ଚାହିଁଲି ଝିଅର ମୁହଁକୁ । ସେ ମୋ ପାଖରେ ତା'ର ଅଧିକାରକୁ ସାବ୍ୟସ୍ତ

କରିବାକୁ ଆସିଛି । ମୁଁ ମୋ ମମତା ଭିତରେ ତାକୁ ଆଉ ବାନ୍ଧିରଖିବାକୁ ଚାହୁଁନି । ମୁଁ ଭାରକ୍ରାନ୍ତ ମନରେ ମମତାଠାରୁ ଦୂରେଇ ଯିବାକୁ ଚାହୁଁଛି ।

ନାତି ଦୁଇହାତ ଟେକିଲାଣି । ସେ ମୋ ପାଖକୁ ଆସିବାକୁ ଉଚ୍ଛନ୍ନ । ଆପେ ଆପେ ମୋ ହାତ ତା' ଆଡ଼କୁ ଚାଲିଗଲା । ତାକୁ କୋଳେଇ ଆଣି ଖୁବ୍ ଗେଲ କଲି । ତା' ହସରେ ମୁଁ ହସିଲି ।

ତେବେ ଏସବୁ ଆସକ୍ତି ତ ମୋର । ଦୂରେଇ ରହିଲି କେଉଁଠି ? ଆପେ ଆପେ ପାଟିରୁ ବାହାରିଗଲା - ମୋ ସମୟକୁ ତମେମାନେ ସବୁ ହଜମ କରିଦେଲ । ମୋତେ ମୋ ସମୟ ଦେବାକୁ ତମକୁ ମୁଁ କାହିଁକି ବା ଅନୁରୋଧ କରିବି । ଓଲଟି ତମେମାନେ ସଚେତନତା ହୁଅ ଯେ ମା'ର ସମୟକୁ ଆମେମାନେ ଅଯଥାରେ କାହିଁକି ବ୍ୟବହାର କରିବୁ ।

- ଓଃ, ମା' ଟିକିଏ ରଖିନିଅ ।

ଚାହିଁଲି ଝିଅର ମୁହଁକୁ । ସେ ତା' ଅଧିକାରରେ ମୋତେ ଆକ୍ତାମାକ୍ତା କରିଦେବାକୁ ବସିଛି । ମୋ ମନକଥା ବୁଝିବ କିଏ ? ସମସ୍ତେ ସ୍ୱାର୍ଥପର । ସ୍ୱାମୀ, ଝିଅ, ପୁଅ କିଏ ହେଲେ ମୋ ମନ ବୁଝିଲେନି କି ବୁଝିବାକୁ ଚେଷ୍ଟା କରୁନାହାନ୍ତି । ତେବେ ମୁଁ ଏଥର ସେମାନଙ୍କ କଥା ବୁଝିବାକୁ ଏତେ ବ୍ୟଗ୍ର ହେବି କାହିଁକି ?

ଘର ଭିତରକୁ ପଶିଆସିଲା କାମବାଲୀ । ମୋ ମୁହଁକୁ ଚାହିଁ କହିଲା - ମା' ତମପାଖରେ ତମ ନାତି ଖୁସିରେ ଅଛି ।

ଦୁଃଖ, ସୁଖ ତ ଜୀବନର ସୋପାନ । ଦୁଃଖରେ ଜୀବନ ଭାଙ୍ଗିଗଲା ବେଳେ ସୁଖରେ ଜୀବନ ଭାସିବୁଲେ ଖୁବ୍ ଆତ୍ମସନ୍ତୋଷରେ । ସବୁ ତ ସ୍ୱପ୍ନପରି ପ୍ରତୀୟମାନ ହୁଏ । ତଥାପି ଭ୍ରମରେ ମନ ଦଉଡୁ ଦଉଡୁ ବୁଝିପାରେନି ସଂସାରର ଗତି । ଖୁବ୍ ଅହଂକାରରେ ଗାଇଯାଏ ନିଜ ଜୀବନଗାଥା ।

- ଏଠି ବସିଛ ଯେ ?

- କ'ଣ ଦେଖି ପାରୁନ କି ନାତିକୁ ମୁଁ ଧରିଛି ।

- ହଁ ଦେଖିଲି ଯେ । ହେଲେ ଏତେ ଚିଡ଼ିବାର କାରଣ କ'ଣ ?

- ତମେ ।

ଆଶ୍ଚର୍ଯ୍ୟ ହୋଇ ମୋ ସ୍ୱାମୀ ସଂଜିତ ଚାହିଁଲେ ମୋ ମୁହଁକୁ ।

- ଏମିତି ଚାହଁଛ କ'ଣ ? ତମେ ହିଁ ସବୁର ମୂଳ କାରଣ । ତମକୁ ବାହାହୋଇ ମୁଁ କି ସ୍ୱାଧୀନତା ପାଇଲି ଯେ ? ଘରର ପ୍ରତି କାର୍ଯ୍ୟରେ ତମର ମତ ହିଁ ପ୍ରଥମ । ଆଉ

ମୋ କଥାର ଗୁରୁତ୍ୱ କାହିଁ ? ତମ ପାଇଁ ମୁଁ ଦାୟୀ ହେବି ବୋଲି ତମ ବାପା ମୋତେ ଶୁଣାଇଥିଲେ ।

- ମୁଁ କ'ଣ ତମକୁ ଅବହେଳା କରେ ?

- ଖୁବ୍ ଅବହେଳା କର । ମୋର ଉପସ୍ଥିତିକୁ ତମେ ଗୁରୁତ୍ୱ ଦିଅନି, ଏତେ ବେଖାତିରି କର କାହିଁକି ? କ'ଣ ମୁଁ ତମକୁ ଉଚିତ୍ ସମ୍ମାନ ଦିଏ ବୋଲି ତ ? ଧୈର୍ଯ୍ୟହରା ହୋଇ ଆଦ୍ୟାଶା କହିଲା ।

ଅନ୍ୟମନସ୍କ ହୋଇ ଉଠିଲେ ସଂଜିତ । ସେ ନିଜକୁ ଖୁବ୍ ଉତ୍ତମ ପୁତ୍ର, ମଧ୍ୟମ ସ୍ୱାମୀ ଆଉ ଭଲ ପିତା ବୋଲି ଭାବି ନେଇଛନ୍ତି । କିନ୍ତୁ ତାଙ୍କ ଆଗରେ ଆଦ୍ୟାଶା କୁହେ - ତମେ କେଉଁ କର୍ତ୍ତବ୍ୟରେ ବଳିୟାନ ମୁଁ ତ ବୁଝିନି, ମୋ ଦୃଷ୍ଟିରେ ତମେ ହିଁ କର୍ତ୍ତବ୍ୟରେ ଅବହେଳା କରିଛ । ନିଜକୁ ତର୍ଜମା କର ।

- ବୟସ ତ ଷାଠିଏ ଉପରେ ହେଲା । ଯାହା ତ କର୍ତ୍ତବ୍ୟ ପାଳନ କଲି ଏବେ ଆଉ ତର୍ଜମା କରିବା କି ଦରକାର ?

- ପତିଦେବ, ତମେ ଖୁବ୍ ଆରାମ୍‌ରେ ଜୀବନ ଅତିବାହିତ କରିସାରିଛ । ତୁମ ମା' ତୁମକୁ 'ସୁକୁମାରିଆ ପୁଅ' ବୋଲି କହନ୍ତି । ବାପା, ମା' ସବୁ ସନ୍ତାନଙ୍କଠାରୁ ତୁମକୁ ଅଧିକ ଗୁରୁତ୍ୱ ଦିଅନ୍ତି ।

- ହଁ । ସେୟା ଠିକ୍ ଯେ ।

- ତମେ ଜ୍ୟେଷ୍ଠ ବୋଲି ନୁହେଁ । ଦାୟିତ୍ୱବାନ ବୋଲି । ଆଉ ମୁଁ ମଧ୍ୟ ମୋତେ କଷ୍ଟ ଦେଇ ତମକଥା ଠିକ୍‌ରେ ବୁଝେ । ଇଏ ମୋ ସ୍ୱାମୀସେବା ନୁହେଁ ? ଇଏ ହେଉଛି ଅସମର୍ଥତାକୁ କର୍ମଣ୍ୟ କରି ଆଗକୁ ମାଡ଼ିଯିବାର ଏକ ଉଦ୍ଦୀପନା । ତମେ ମୋତେ ଦେଇଛ କ'ଣ ?

- ସବୁ ଦେଇଛି । ପୁଅ, ଝିଅ, ଘରଦ୍ୱାର ସବୁ ତ ତମର ।

ଆଦ୍ୟାଶା ହସିଲା । କହିଲା - ମୋର କିଛି ନୁହେଁ । ଏଥର ମୁଁ ତମକୁ ତମର ସବୁ ଫେରାଇ ଦେବାକୁ ଚାହୁଁଛି । ଭାର ବୋହିପାରୁନି ଆଉ । ମୋତେ ମୁକ୍ତି ଦିଅ ଏହି ବନ୍ଧନରୁ ।

ମୁରୁକି ହସି ସଂଜିତ କହିଲେ- ଯିବ କୁଆଡ଼େ ?

ବ୍ୟଙ୍ଗୋକ୍ତି ବାକ୍ୟ ଶୁଣି ସେ କହିଲା - ଯିବିନି କୌଣସି ଆଶ୍ରମ । ରହିବି ଏହି ଘରେ ଏକ ଆସକ୍ତିହୀନ ମନ ନେଇ । ମୋ ଉପରେ ତମେ କେବେ ହେଲେ ତମର ଅଧିକାର ଜାହିର୍ କରିବନି ? ମୁଁ ବଞ୍ଚିବି ମୋ ଇଚ୍ଛାରେ ଟିକିଏ ।

- ଏବେ କ'ଣ ତମେ ତମ ଇଚ୍ଛାରେ ବଞ୍ଚିନ କି ?

- ନା, ମୁଁ ବଞ୍ଚିଛି ତମ ଇଚ୍ଛାରେ ।

- ମା', ମା', କୁଆଡ଼େ ଗଲୁ ? ମୋର ଖାଇବା ବାଢ଼ି ଦିଏ ।

- ହେଇ ତ ତମପୁଅ ଡାକିଲେଣି । ବ୍ୟଙ୍ଗସ୍ୱରରେ କହିଲେ ସଂଜିତ ।

- ତାକୁ ମୋର ଚିନ୍ତାନାହିଁ କି ସରାଗ ଜାଗି ଉଠୁନି । ଏତେ ମୋହାବିଷ୍ଟ ମନରେ ହଠାତ୍ ବୈରାଗ୍ୟ ଆସିଲା କାହିଁକି ବୁଝିପାରୁନି ।

- ତମ କଥାର ଗୁରୁତ୍ୱକୁ ପୁଅ ଉପଲବ୍ଧି କଲାନି ବୋଲି ତମେ ଚିଡ଼ି ଉଠିଛ !

- ତମେ କିଏ ହେଲେ ମୋ କଥାର ଗୁରୁତ୍ୱକୁ ଚିନ୍ତା କଲନି । ତେଣୁ ତମକଥା ଏତେ ଭାବିବି କାହିଁକି ? ସମ୍ପର୍କର ଆତ୍ମୀୟତାର ନିଗୂଢ଼ତା ଶୈଶବରୁ ଆସ୍ତେ ଆସ୍ତେ ବଢ଼ିଯାଏ । ଧକ୍‌କା ଖାଇଲେ ହିଁ ଛିଣ୍ଡିଯାଏ ଆତ୍ମୀୟତାର ଜାଲ । ବକ୍ ବକ୍ କରନି ଆଉ । ଏଠୁ ଯାଅ ।

- ହଉ । ମୁଁ ତ ଆଉ ଟିକିଏ ପରେ ମାର୍କେଟ ଯିବି ।

କଲିଙ୍ଗ୍ ବେଲ୍‌ର ଶବ୍ଦ । କବାଟ ଖୋଲିଲା ଆଦ୍ୟାଶା ।

- ମା' ଆମେ ଆସିଛୁ ଜରାଶ୍ରମରୁ । କିଛି ସାହାଯ୍ୟ ଦେବେ ।

ଠିକ୍ ଅଛି କହି ଆଦ୍ୟାଶା ଘର ଭିତରକୁ ଗଲା । କିଛି ଟଙ୍କା ସେମାନଙ୍କୁ ଦେଇ କବାଟ ବନ୍ଦ କରି ଘର ଭିତରକୁ ପଶିଆସି ସୋଫାରେ ବସିଗଲା । ଇଚ୍ଛା ହେଉଥିଲା ଜରାଶ୍ରମ ବୁଲି ଆସିବାକୁ । ବାରମ୍ବାର ମନ ଭିତରେ ଜରାଶ୍ରମ ଶବ୍ଦଟି ପଶି ଆସୁଥିଲା । ନାତିର କାନ୍ଦ ଶୁଣି ସଂଜିତ ଆସି ନାତିକୁ କୋଳକୁ ଟେକି ନେଇ ଅନ୍ୟ ରୁମ୍‌କୁ ଚାଲିଗଲେ । ଆଦ୍ୟାଶା ଭାବନାରେ ନିବିଷ୍ଟ ହୋଇ ଭାବୁଥିଲା - ତେବେ ସନ୍ତାନମାନେ ଜନ୍ମଦାତା ଓ ଦାତ୍ରୀଙ୍କୁ ବୁଝିପାରନ୍ତି ନାହିଁ କାହିଁକି ? ଶେଷ ବୟସରେ ସେମାନଙ୍କୁ ଜରାଶ୍ରମରେ ଛାଡ଼ି ଅନୁଶୋଚନା କରନ୍ତି ନାହିଁ କେମିତି ? ହତାଶବୋଧରେ ଜୀବନ କାଟୁଥିବା ବୃଦ୍ଧ ପିତାମାତା ଶେଷରେ ସନ୍ତାନଙ୍କୁ ଆଶୀର୍ବାଦ ନା ଅଭିଶାପ ଦେଇ ମୃତ୍ୟୁବରଣ କରନ୍ତି, କିଏ କହିବ ?

ଆଦ୍ୟାଶା ତା' ଅନୁଭୂତିକୁ ସାଉଁଟିବାକୁ ଚେଷ୍ଟା କଲା । ପିଲାଙ୍କ ପାଇଁ ଦିନରାତି ଲାଗି ଲାଗି ତା'ର ଏତେବର୍ଷ କଟିଗଲା । ପିଲାଙ୍କ ପାଇଁ ପାଠ ପଢ଼ାରେ ବ୍ୟସ୍ତ ହୋଇ ହୋଇ ଶେଷରେ ସେମାନଙ୍କ ମୁଖରୁ ଶୁଣିଲା କେତେ ପଢ଼ିବାପାଇଁ କହୁଛୁ ଯେ !

ଏଥିରେ ମଧ୍ୟ ବାପାଙ୍କ ସମ୍ମତି - କାହିଁକି ପିଲାଙ୍କୁ ଏତେ କହୁଛ ? ସେମାନେ ବଡ଼ ହେଲେଣି, ବୁଝନ୍ତୁ କି ନ ବୁଝନ୍ତୁ, ତମେ ଚିନ୍ତା କରନି ଆଉ । ସମୟ ଆସିଲେ ନିଜେ ବୁଝି ପାରିବେ ତ ?

- ସତରେ ମଣିଷ ଜରାଶ୍ରମରେ ଶାନ୍ତିରେ ରୁହନ୍ତି କି ? ପ୍ରଶ୍ନ କଲା ଆଦ୍ୟାଶା ।

- ବରଂ ଘରଠାରୁ ଟିକିଏ ଅଧିକା ଶାନ୍ତି ପାଇବେ ତ । ଆଜିକାଲିକା ପୁଅ ବୋହୂମାନେ ଶାଶୁ ଶ୍ୱଶୁରଙ୍କ କେତେ ସେବା କରି ଖୁସିରେ ରଖୁଛନ୍ତି କି ଆଉ ? ବୁଢ଼ାବୁଢ଼ୀଙ୍କ ସହିତ ଭଲରେ ଟିକିଏ ଚଳିବାକୁ ଚାହୁଁନାହାନ୍ତି । ସେମାନଙ୍କୁ ଅଣଆଡ଼ିଆ କରି ରଖି ଦେଉଛନ୍ତି । ଯାହାହେଉ ଜରାଶ୍ରମରେ ସମସାମୟିକ ଲୋକଙ୍କ ଗହଣରେ ବନ୍ଧୁତା ସ୍ଥାପନ କରି ଖୁସିରେ ତ ବଞ୍ଚି ପାରୁଛନ୍ତି ।

- ଯାହାକୁହ ପାଖରେ ଧନ ଥିଲେ କିଛି ଭୟ ନାହିଁ । ପୁଅ ପଚାରୁ କି ନ ପଚାରୁ ଚିନ୍ତାନାହିଁ । ଧନହୀନ ବାପା ମା'ଙ୍କୁ ପୁଅମାନେ ହିଁ ବେଶୀ ହତାଦର କରନ୍ତି ।

- ମୁଁ କିନ୍ତୁ ପିଲାମାନଙ୍କ କଟୁକଥା ସମ୍ଭାଳି ପାରିବି ନାହିଁ । କିଏ ପରଜୀବନରେ ପଚାରବ ବୋଲି ସେମାନଙ୍କୁ ତୋଷାମଦ କରି ରଖିପାରିବିନି ତ ଆଉ ?

- ସେୟା ଯେ । ଆମ ପାଖରେ ଟଙ୍କା ନଥିଲେ କିଏ ପୋଷିବାକୁ ଆସିଯିବ କି ? ଆମେ ପିଲାଙ୍କ ଭରଣ ପୋଷଣ ଜନ୍ମରୁ କରି ଆସିଲେଣି ଆଜି ପର୍ଯ୍ୟନ୍ତ । ସେମାନଙ୍କ ସୁବିଧା ଅସୁବିଧା ବୁଝି ନିଜ ରୋଜଗାର ଅର୍ଥକୁ ଖର୍ଚ୍ଚ କରି ଚାଲିଛେ, ଯେତେବେଳେ ପାଖରୁ ସବୁ ଧନ ସରିଯିବ ସେତେବେଳେ କିଏ କେତେ ଆଦର କରିଦେବକି ? ନିଜର କାର୍ଯ୍ୟ ହାସଲ ହେଲାପରେ ବାପାମା'ଙ୍କୁ ପଚାରୁଛି କିଏ ମ ?

- ଚିନ୍ତା କରନି ଆମ ପାଖରେ ଧନ ଅଛି । ଭଲ ପେନସନ୍ ଗଣ୍ଡାକ ମଧ୍ୟ ବୁଢ଼ାବୁଢ଼ୀ ବେଳେ କାମରେ ଆସିବ । ଆଜି ପର୍ଯ୍ୟନ୍ତ ଧନସମ୍ପତ୍ତି ଯାହା ସବୁ ରୋଜଗାର କଲେ ତାହା ତ ପିଲାଙ୍କ ଆଉ ପରିବାରଙ୍କ ପାଇଁ ବିନିଯୋଗ କଲେ । ଏଥର ପିଲାମାନେ ତ ନିଜ ରୋଜଗାରରେ ଚଳନ୍ତୁ । ଆମର ଟଙ୍କା କିଞ୍ଚିତ ସଞ୍ଚିତ ହୋଇଯିବ ତ ।

- ଦେହ ଅସୁସ୍ଥବେଳେ ଟଙ୍କାର ପ୍ରୟୋଜନ ଅପେକ୍ଷା ସେବାର ପ୍ରୟୋଜନ ଦରକାର । ପିଲାମାନଙ୍କୁ ଗଢ଼ିବାବେଳେ ଆଶା ଆଉ ପ୍ରତ୍ୟାଶା ଭିତରୁ ଆମେ ଚାହୁଁଥିଲେ ପିଲାଙ୍କ ସୁଖମୟ ଜୀବନ । ସେମାନେ ଯଦି ପ୍ରତ୍ୟାଶାରେ ଅନ୍ତିମ ମୁହୂର୍ତ୍ତରେ ବୁଝିପାରିବେ ନାହିଁ ମଣିଷ ପଣିଆର ପରିଭାଷା ତେବେ ହତାଶ ହେବା କି ଦରକାର? ବରଂ ସେମାନଙ୍କ ହତାଦାରକୁ ଭୁଲିଯାଇ ଆମେ ହୋଇଯିବା ଆସକ୍ତିଶୂନ୍ୟ ।

- ସତରେ ଜୀବନ ସଂଗ୍ରାମରେ ବଞ୍ଚିବାକୁ ହେଲେ ହାରିଯିବା କାହିଁକି ? ଅବଶିଷ୍ଟ ଜୀବନକୁ ନେଇ ଶାନ୍ତିରେ ବଞ୍ଚିପାରିବାନି କାହିଁକି ?

- ମୋତେ ଲାଗେ ଜରାଶ୍ରମରେ ଅନ୍ତେବାସୀମାନେ ଘର ଅପେକ୍ଷା ଟିକିଏ ଭଲରେ ରହିପାରିବେ ।

- ଏବେ ପରା ପୁଅମାନେ ଘର ଅପେକ୍ଷା ବାପାମା'ଙ୍କୁ ଜରାଶ୍ରମରେ ଛାଡ଼ି ଆସୁଛନ୍ତି । କେତେ ଖୁସି ପାଆନ୍ତି ସେମାନେ ହିଁ ଜାଣନ୍ତି ।

- ଯେତେ କୁହ ପିଲାମାନଙ୍କ ପାଖରେ ଥିଲେ ମନରେ ଶାନ୍ତି ଆସେ । ମଉସା ପରା ଶେଷ ମୁହୂର୍ତ୍ତରେ ପୁଅ ପାଖରେ ଥିଲେ । ଯାହାକିଛି ଭଲ ଜିନିଷ ଖୁସିରେ ଖାଉଥିଲେ । ଏବେ ମଧ୍ୟ ମୋ ପିଇସୀ ଆଉ ପିଇସା ଅଶୀ ପାର ହୋଇଗଲେଣି । ପୁଅମାନଙ୍କ ପାଖରେ ନିଜଘରେ ରହି କାର୍ଯ୍ୟକ୍ଷମ ଅଛନ୍ତି । ନାନୀପରା ମୁଣ୍ଡର ଚୁଟିରେ ରଙ୍ଗ ମାଖି ବୁଲୁଛି । ଅହ୍ୟ ବେଶରେ ଶ୍ମଶାନକୁ ଯିବ ବୋଧେ ।

- ଯାହା କୁହ ମନ ଭଲଥିଲେ ସବୁ ସଉକିନିଆ ବାହାରିବ । ଯେଉଁ ଦିନ ମନ ମାରି ବସିଯିବ ସେଦିନ ତ ରୋଗ ମାଡ଼ି ବସିବ । ଏବେ ତ ଆଉ କାର୍ଯ୍ୟବ୍ୟସ୍ତତା ଭିତରେ ଚାଲବୁଲ କରିପାରୁନ । ଘର ଭିତରେ କି କାମ ଲଗାଇଛ ଯେ ବାହାରକୁ ବାହାରିବାକୁ ସମୟ ପାଉନ ?

ଆଦ୍ୟାଶା ରାଗି ଉଠିଲା । ଚଢ଼ା ଗଳାରେ କହିଲା - ମୋତେ ଏଠି ରାଣୀ କରି ରଖିନ ! ପୋଇଲି କରି ଦେଇଛ ।

- ଓଃ, ତମେ ବସିଗଲେ କ'ଣ ଘର କାମ ହେବନି କି ?

- ଆଉ ଏତେ ଦମ୍ଭିଲା କଥା ମୋତେ ଶୁଣାଅ ନାହିଁ । ଦେହ ଖରାପ ବେଳେ ବିସ୍କୁଟ ଖୁଆଇ ରଖିଦେବା ଲୋକ ତମେ ।

ଚୁପ୍ ପଡ଼ିଗଲେ ସ୍ୱାମୀଦେବ । ଶୁଖିଲା କଥା କହି ମୋ ମନକୁ କିଏ ମୋହି ପାରିବେ ନାହି । କଥା ଅପେକ୍ଷା ପାରଦର୍ଶିତା ଥିବା ଦରକାର । ଆତ୍ମୀୟତାର ଫର୍ଦ୍ଦରେ କିଏ କେଉଁପରି ତାକୁ ମୁଁ ଲେଖିସାରିଛି ମନରେ । ତେଣୁ ଟିକିଏ ଜୋର୍ ଦେଇ କହିଲି - ତମେ ମୋତେ କେତେ ସୁଖରେ ରଖିଛ ଆଗ ଭାବ । ତା'ପରେ କିଛି କହିବ ।

ଶଙ୍କିଗଲେନି ମୋ ସ୍ୱାମୀ । କହିଲେ - ଅନ୍ୟ ସ୍ୱାମୀମାନଙ୍କ ଅପେକ୍ଷା ମୁଁ ଭଲ ।

- ହୋଇପାରେ । ସେହି ତୁଳନା ମୋ ଆତ୍ମୀୟମାନଙ୍କ ସ୍ୱାମୀଙ୍କ ସହିତ କରିପାରିବି । ସତରେ ସ୍ୱାମୀମାନେ ଏତେ ମାତ୍ରାରେ ବୁଝିପାରନ୍ତି ନାହିଁ ସ୍ତ୍ରୀଙ୍କ ମନର କଥା । ତମକୁ ଦୋଷ ଦେଇ ଲାଭ କ'ଣ ?

- ତେବେ ସ୍ୱାମୀମାନଙ୍କୁ ଦୋଷ ଦେବା ଠିକ୍ କି ?

- ଠିକ୍ ଭୁଲ୍‌ର ପରିଭାଷାକୁ ମୁଁ ଅନୁଧ୍ୟାନ କରୁନି । ମୁଁ ଚାହୁଁଛି ତମେ ଠିକ୍ ହୁଅ ।

- ଆଉ ସମୟ ବା କାହିଁ ? ଏବେ ଆମେ ଖୁସିରେ ରହିବା ଦରକାର ।

ଆଖି ଛଳ ଛଳ ହୋଇଗଲା ଆଦ୍ୟାଶାର । ସ୍ୱାମୀଙ୍କୁ ଯେତେ କହିଲେ ସୁଦ୍ଧା ତା'ର ଭଲପାଇବା କେବେ କମିଯାଇନି ତାଙ୍କ ପାଖରୁ । ବୟସ ବଢ଼ିବା ସହିତ

ଆନ୍ତରିକତାର ଗାଢ଼ତା ବଢ଼ିଛି । କିଏ ତାଙ୍କ ପ୍ରତି ଅଙ୍ଗୁଳି ଉଠାଇଲେ ସେ ଉଚିତ୍ ଜବାବ୍ ଦେବାକୁ ପଛାଉନାହିଁ । ତେବେ ମୋହ ତୁଟିଛି କେଉଁଠି ?

- ସମୟ ଥିଲେ ବଳ ବାହାରିବ । ସମୟ ଗଲେ ମଣିଷ ପରା ଦୁର୍ବଳ ହୋଇଯାଏ ।

- ତମେ ମନେମନେ ଦୁର୍ବଳ ହୋଇ ବସ । ମୁଁ କିନ୍ତୁ ଯେତେ ବୟସ ହେଲେ ମଧ୍ୟ ମନକୁ ଦୃଢ଼ କରି ରଖିବି । ଆମେ ଯେମିତି ଆମର କର୍ତ୍ତବ୍ୟ ଠିକ୍‌ରେ କଲେ ପିଲାମାନେ ସେମାନଙ୍କ କର୍ତ୍ତବ୍ୟ ଜ୍ଞାନକୁ ବୁଝନ୍ତୁ । ସ୍ୱାର୍ଥପର ହୋଇ ବାପା ମା'ଙ୍କ ଋଣକୁ ଭୁଲି ନଯାଆନ୍ତୁ । ଯଦି ସେମାନେ ଭୁଲିଯିବେ ତେବେ ମୁଁ ମନପକେଇ ଦେବି । ଯଦି କର୍ତ୍ତବ୍ୟରେ ଅବହେଳା ପ୍ରଦର୍ଶନ କରିବେ ତେବେ ଅଧିକାର ଦାବି କରିବି । ସେମାନଙ୍କୁ ନେବା ଯେମିତି ଖୁସି ଲାଗୁଛି ଦେବା ମଧ୍ୟ ସେମିତି ଖୁସି ଲାଗୁ । ଏକତରଫା ହେଲେ ଚଳିବ କେମିତି ? ଜନ୍ମ କରିଛୁ ବୋଲି ସହିବୁ କି ଆଉ ?

- ଓଃ, ତମେ ଏମିତି ଭାବପ୍ରବଣ ହେଉଛ କାହିଁକି ?

- ଯାଅମ, କିଏ କାହାର ଦୟାକୁ ଚାହୁଁଛି ? ଈଶ୍ୱରଙ୍କ କରୁଣା ଦୟା ତ ସବୁଠାରୁ ବଡ଼ ଆଶୀର୍ବାଦ ଜୀବନର ଚଲାପଥରେ । ସେ ଥିଲେ ମନରେ ଦୁର୍ବଳ ଭାବନା ଆସିବ କାହିଁକି ? ଶ୍ରୀମତ୍ ଭଗବତ୍ ଗୀତା ପଢ଼ିଲାପରେ ମନରୁ ସବୁ ଅଶାନ୍ତି ଦୂର ହୋଇଗଲା ।

- ତମେ ତ ଘଣ୍ଟା ଘଣ୍ଟା ପୂଜା କଲଣି ।

- ତମର ଅସୁବିଧା କେଉଁଠି ? ତମ ସମୟ ତ ମୁଁ ଛଡ଼ାଇ ନେଉନି । ମୋ ସମୟ ମୁଁ ଈଶ୍ୱରଙ୍କ କାମରେ ବିନିଯୋଗ କଲେ ତମର ଚିନ୍ତା କାହିଁକି ? ମୋତେ ଟିକିଏ ମୋ ଇଚ୍ଛାରେ ବଞ୍ଚିବାକୁ ଦିଅ ।

।। ଷୋହଳ ।।

ଆଜି ପିଲାମାନେ ପାଖରେ ନାହାନ୍ତି । ପ୍ରଚୁର ଖାଲି ସମୟ ଅଛି । ମନ ଖୋଜୁଛି ସେହି କୋଳାହଳ ମୁହୂର୍ତ୍ତ ଯେଉଁଠି ନିଜକୁ ଭୁଲିଯିବ ମୁଁ ମଧ୍ୟ ।

ଆଜିକାଲି ଆଉ ଔଷଧ ଖାଇବାକୁ ଇଚ୍ଛା ହେଉନି । କିନ୍ତୁ ଔଷଧ ନ ଖାଇଲେ ରୋଗ ଯେ ବଢ଼ିଯିବ ଏହି ଆଶଙ୍କା ମନକୁ ଖାଇଯାଉଛି । ମରିବାକୁ କିଏ ବା ଚାହିଁବ ? ଜୀବନକୁ ଟିକିଏ ଲମ୍ବେଇଦେବାପାଇଁ ରୋଗବେଳେ ଆମେ ତ ତତ୍‌ପର ଔଷଧ ଗିଳୁଛେ । ଏଲୋପାଥି ହେଉ କି ଆୟୁର୍ବେଦୀ କି ହୋମିଓପାଥି ଏମିତି ଯେତେ ଚିକିତ୍ସା ଆସିଛି ତାକୁ ଉପଯୋଗ କରି ଦେହ ସୁସ୍ଥ ରଖିବାକୁ ସମସ୍ତେ ଚାହାଁନ୍ତି । ବୟସର ଛାପକୁ କମେଇଦେବା ପାଇଁ ବିଭିନ୍ନ ମାଧ୍ୟମରେ ହଜାର ହଜାର ଟଙ୍କା ଖର୍ଚ୍ଚ କରିବାକୁ ଅନେକ ଆଗଭର ।

ଭଲ କଥା । ମଣିଷ ସତେଜ ଆଉ ଦୀର୍ଘାୟୁ ହେଉ । ଓଃହ ଆଜିକାଲି ମଣିଷର ଜୀବନକାଳ ବଢ଼ିଗଲାଣି ପରା । କିନ୍ତୁ କୌଣସି ଗାଉଁଲୀଲୋକ ଏକଥାକୁ ଜମା ବିଶ୍ୱାସ କରିବେନି ଓଲଟି ଜବାବ୍ ଦେବେ - ଯାହାର ଯେତେ ଆୟୁଷ ସେ ତ ସେତେ ଦିନ ସଂସାରରେ ରହିବ ।

ଏଇ କଥା ମଧ୍ୟ ସତ୍ୟ । କିନ୍ତୁ ମନରେ ଗୋଟିଏ ପ୍ରଶ୍ନ ଆସେ ଏ କଥା ମଧ୍ୟ ଭୁଲ । ଦିନେ କଥା ପ୍ରସଙ୍ଗରେ ସଂଜିତ କହିଲେ - ଆଗ କାଳରେ ରୋଗ ଯୋଗୁ ବହୁତ ଲୋକଙ୍କ ଅକାଳରେ ମୃତ୍ୟୁ ହେଉଥିଲା । ବିଜ୍ଞାନର କରାମତି ଯୋଗୁ ବିଭିନ୍ନ ଔଷଧ ପ୍ରୟୋଗଦ୍ୱାରା ମଣିଷର ଜୀବନକାଳକୁ ବଢ଼ାଇ ଦିଆଯାଇଛି । ଯଦି ଆମେ ବିଶ୍ୱାସ କରିବା ଆଗରୁ ମଣିଷଙ୍କ ଆୟୁଷ କମ୍ ଥିଲା ଓ ଏବେ ବଢ଼ିଗଲା ତେବେ ଏ କ'ଣ ଭାଗ୍ୟ ରେଖା କି ? ପୁଣି ପାର୍ଥକ୍ୟ କେମିତି ହେଲା ?

ମୋତେ ବିଜ୍ଞାନ ଭଲ ଲାଗେ । ପରମ୍ପରା ଆଉ ବାସ୍ତବତା ଭିତରେ ଦ୍ୱନ୍ଦ୍ୱ

ଆସିଲେ ଠିକ୍ ଭୁଲରେ ମୁଣ୍ଡ ଭାରି ହୋଇଯାଏ । କେତେବେଳେ ଭାବେ ଔଷଧ ଖାଇ ରୋଗ ଠିକ୍ ହୋଇଗଲା ତ କେତେବେଳେ ଭାବେ ଔଷଧ ଖାଇ ଆଉ ଗୋଟିଏ ରୋଗ ବାହାରିଗଲା । ଆଦ୍ୟାଶା ଗୁଣୁଗୁଣୁ ହେଲା ।

ମନେପଡ଼ିଲା ସେଦିନର କଥାଟି । ଭାରି ହାଲିଆ ଲାଗୁଥିଲା ଆଦ୍ୟାଶାକୁ । ଚୁଲୀରେ ବସିଥିବା ଗରମ ପାଣିରେ ଚାଉଳକୁ ଧୋଇ ପକେଇଦେଲା । ରୋଷେଇ ଘରୁ ବାହାରି ଆସି କହିଲା - ଗୋଟିଏ ଭିଟାମିନ୍ ବଟିକା ଦେଲ । ଭାରି ହାଲିଆ ଲାଗୁଛି କହି ଆଁ କଲା ।

ସଂଜିତ ଥାକର ଗୋଟିଏ କନାଥଳୀରୁ ଗୋଟିଏ ଜରିରେ ପ୍ୟାକ୍ ଥିବା ଟାବ୍‌ଲେଟ୍ ଆଣି ତା' ଆଗରେ ଚିରି ପାଟିରେ ପକେଇଦେଲେ । ପାଣି ଗ୍ଲାସଟିଏ ଆଣି ତାକୁ ଢ଼ୋକିଦେଲା । ତା'ର ମଧ୍ୟ ଉଚିତ ଥିଲା ଟାବ୍‌ଲେଟ୍‌ର ରୂପ ଆଉ ଏକ୍‌ସ୍‌ପାଏରି ଡେଟ୍ ଦେଖିବାକୁ । କିନ୍ତୁ ଏହା ଫଳରେ ଯେ ତା'ର ଅନେକ ଅସୁବିଧା ହେବ ସେ ଜାଣି ପାରିନଥିଲା । ପେଟ ଭିତରକୁ ଯିବାର ଦଶମିନିଟ୍ ପରେ ତାକୁ କେମିତି ଅସୁସ୍ଥି ଲାଗିଲା । ଆଉ ଟିକିଏ ପାଣି ପିଇଲାବେଳେ ତଣ୍ଟିରେ ଗଳିଲାବେଳକୁ କଷ୍ଟ ଲାଗିଲା । ଚୁଲିରୁ ଭାତ ଗାଳିନି ତାରି ଭିତରେ ଏତେ ଅବସ୍ଥା । ସଂଜିତଙ୍କୁ ଯେତେ କହିଲା ଏହି ଔଷଧ ଯୋଗୁ ମୋତେ ଏମିତି ଲାଗୁଛି ତଥାପି ସେ ଶୁଣିବାକୁ ନାରାଜ । କହିଲେ - 'କିଛି ହେବନି । ତମର ଏସିଡ଼ିଟି ଥିଲା ତ ଏମିତି ହେଉଛି । ସକାଳୁ ପୁରୀ ଡାଲ୍‌ମା ଖାଇ ଦେଇଥିବାରୁ ଗ୍ୟାସ ହୋଇଗଲା ।'

- ଦୁଇ ଘଣ୍ଟା ପୂର୍ବରୁ ଜଳଖିଆ ଖାଇଥିଲି । ଆଗରୁ ତ କିଛି ହେଲାନି ବର୍ତ୍ତମାନ ଔଷଧ ଖାଇବାର ଦଶମିନିଟ୍‌ରେ କଷ୍ଟ ଲାଗିଲା କାହିଁକି ?

- ଆଉ ବ୍ୟସ୍ତ ହୁଅନି । ପାଖ ମେଡ଼ିକାଲ୍ ଷ୍ଟୋରରୁ ଔଷଧ ଆଣି ଖାଇଦେଲେ ଏସିଡ୍ କମିଯିବ ।

ପେଟକୁ ଚାପି ଧରିଥାଏ ଆଦ୍ୟାଶା । ରୋଗୀ ନିଜେ କଷ୍ଟ ଅନୁଭବ କରେ ପାଖଲୋକ ଯେତେ ନିଜର ହେଲେ ସୁଦ୍ଧା ସେ ଅନୁଭବ ପାଇବନାହିଁ । ମନେ ମନେ ଭାବିଲା 'ମୂର୍ଖ ଲୋକଙ୍କୁ ବୁଝାଇବା ସହଜ ଆଉ ଶିକ୍ଷିତ ଲୋକ ଔଷଧ ବିଷୟରେ କିଛି ଜ୍ଞାନ ଥିଲେ ତାଙ୍କୁ ବୁଝାଇବା କଷ୍ଟ ।'

- ଭାବୁଛ କ'ଣ ? ମୋର ମଧ୍ୟ ପିୟୁ ଓ ପି.ପି.ରେ ଦୁଇମାସ ଏତେ ଜୋର୍‌ରେ ପେଟ କାଟିଲା ଯେ ଯେତେ ଔଷଧ ଖାଇଲି କମିଲାନି । ଆସ୍ତେ ଆସ୍ତେ କମିଗଲା । ମୁଁ ପରା ଭୁକ୍ତଭୋଗୀ, ପେଟ କାଟିଲେ ଚାରିଦିଗ ଅନ୍ଧାର ଦିଶିବ ।

- ଏଇ ଔଷଧ ଖାଇ ମୋ ପେଟ କଣା ହୋଇଯିବ ଯେ !

– ନାଇଁ . ପେଟ ତ ଏମିତି କାଟେ । ହଉ ଯାହା ରାନ୍ଧିଛ ଖାଇବାକୁ ଦିଅ । ମୁଁ ଅଫିସରୁ ଫେରିଲା ବେଳକୁ ଔଷଧ ଆଣିଦେବି । କିଛି ଅସୁବିଧା ହେବନି ।

ପେଟ କାଟୁଥିବା ଭିତରେ କାମ ମଧ୍ୟ କରିଛି । ପିଲାଙ୍କ କଥା ବୁଝିଛି । ନାରୀର ଦୁଃଖ କି କଷ୍ଟ ପୁରୁଷ ବୁଝିପାରିବନାହିଁ । ସୁବିଧାବାଦୀ ପୁରୁଷ ଜାତି । ଏଥିପାଇଁ ତ ବେଳେବେଳେ ମୋତେ ଖୁବ ଚିଡ଼ିମାଡ଼େ ଆଉ କହେ – ନାରୀ ହେଲେ ହିଁ ନାରୀ ଭାବନାକୁ ସମ୍ମାନ ଦେଇପାରିବ ଆଉ ବୁଝି ପାରିବ ।

ମନକୁ ମନ ଆଶ୍ୱାସନା ଦେଲି ଭିଟାମିନ୍ ଖାଇଲେ ପେଟ ତ ଖରାପ ହେବନି । ବୋଧେ ଔଷଧର ଖୋଳ ଫାଟିଯାଇ ଆଉ କିଛି ରଙ୍ଗ ମିଶିଯାଇଛି କି ? ଆଖିରେ ଔଷଧ ନ ଦେଖି ପାଟିରେ ପକେଇ ସାଙ୍ଗେ ସାଙ୍ଗେ ଗିଳିଦେଲା କାହିଁକି ? ଖଟରୁ ଉଠି ସେହି କନାଖୋଳର ଆଉ ଯେତେ ଔଷଧ ବଟିକାଥିଲା ଖୋଲି ଦେଖିଲା ପ୍ରାୟ ଗୁଣ୍ଡ ହୋଇଯାଉଥିଲା । ନିଶ୍ଚୟ ଏହି ଖରାପ ଔଷଧର ପାର୍ଶ୍ୱ ପ୍ରତିକ୍ରିୟା ବୋଲି ଭାବିଲି । କାହାସାଙ୍ଗରେ ଏବେ ଡାକ୍ତରଙ୍କ ପାଖକୁ ଯିବି ? ଭାବି ବସିଲା ସେ ।

ଖଟରେ ଶୋଇଶୋଇ ପେଟକୁ ଚିପି ଧରିଥିଲା ଜୋର୍‌ରେ । ମନେ ପଡ଼ିଲା, ଆମ ଗାଁକୁ ଆଈ ଆସିଲେ ସାଙ୍ଗରେ ଦୁଇଟା ଟନିକ୍ ବୋତଲ କିଣି ନେଇଥାଏ । କହେ "କାମ ପଡ଼ିଲା ଦିନ ଠିପିଏ ଖାଇଦେଲେ ଗୋଡ଼ରେ ବଳ ଆସିଯିବ । ରୋଗ ପାଇଁ ଔଷଧ ଦରକାର । ଆଜିକାଲି ପରି ଡାକ୍ତରଖାନା ଥିଲେ ମୋର ଚରିପୁଅ ବଞ୍ଚି ଯାଇଥାଆନ୍ତେ ।"

ଆଈର ଏହି ଅବଶୋଷକୁ ଅନେକ ଥର ସେ ଶୁଣିଛି । ସେ ଡାକ୍ତରଙ୍କୁ ଭଗବାନ କହେ । ଷଠିବୁଢ଼ୀ ମା'ଙ୍କ ପରି ଜୀବନ ଦାନ ଦେଉଛନ୍ତି ବୋଲି କହେ । ସାକ୍ଷାତ ଷଠିବୁଢ଼ୀ ବୋଲି ଡକ୍ଟର ଜ୍ୟୋତ୍ସ୍ନା ଦେଈଙ୍କୁ କହିଥାଏ ।

କିନ୍ତୁ ଆଜିକାଲି ଅର୍ଥ ଲାଳସାରେ ଅନେକ ଡାକ୍ତର ଅନେକଗୁଡ଼ିଏ ପରୀକ୍ଷା କରିବାକୁ ବାଧ୍ୟ କରୁଛନ୍ତି ରୋଗୀକୁ । ବିଚ୍‌ରା ରୋଗୀଟି ଜୀବନ ବିକଳରେ ଧାର କରଜ କରି ବିକିଭାଙ୍ଗି ପରୀକ୍ଷା ନିରୀକ୍ଷା କରି ରିପୋର୍ଟ ଦେଉଛି ଡାକ୍ତରଙ୍କୁ । ତା'ପରେ ଔଷଧର ପ୍ରେସ୍‌କ୍ରିପ୍‌ସନ ଧରିଯାଉଛି ।

ଦେଖାଯାଉଛି ଅନେକ ରୋଗୀ କାକୁତିମିନତି ହୋଇ ଡାକ୍ତରଙ୍କୁ ଔଷଧ ଲେଖିଦେବାପାଇଁ କହୁଛନ୍ତି । ଆଉ ଡାକ୍ତର ରିପୋର୍ଟ ପାଇଲାପରେ ଲେଖାଯିବ ବୋଲି ବାଣୀ ଶୁଣାଇ ଦେଉଛନ୍ତି । ଆଗରୁ ତ ଏତେ ପରୀକ୍ଷା ପଦ୍ଧତି ନଥିଲା । ରୋଗୀର ସ୍ୱାସ୍ଥ୍ୟ ଆଉ ଲକ୍ଷଣ ଦେଖି ଔଷଧ ଡାକ୍ତର ଲେଖୁଥିଲେ । ଏପରି ଅସମାହିତ ପ୍ରଶ୍ନ ତା' ମନକୁ ଆନ୍ଦୋଳିତ କରେ ମଧ୍ୟ । ସେଦିନ ଖବର କାଗଜ ପଢ଼ିଲାବେଳେ ଗୋଟିଏ

ଆର୍ଟିକିଲ୍ ଉପରେ ଆଖି ପକାଇଲି । କୌଣସି ବିଜ୍ଞାନ ସମ୍ବନ୍ଧୀୟ ଖବରରେ ମୋର ରୁଚି ବେଶି ଥାଏ । ତେଣୁ ତାକୁ ପଢ଼ିଲାବେଳେ ଡାକ୍ତରଙ୍କ ଭୂମିକାକୁ ନେଇ ତା' ମନରେ ଅନେକ ପ୍ରଶ୍ନ ଉଠିଲା ।

ଆଦ୍ୟାଶା ଆଉ ଟିକିଏ ପଢ଼ିଲା - ୨୦୦୯ ବ୍ରିଟିଶ ନ୍ୟାସନାଲ ହେଲଥ୍‌ସିଷ୍ଟମର ସର୍ଭେରୁ ଜଣାଯାଏ ଯେ, ବ୍ରିଟେନ୍‌ରେ ଶତକଡ଼ା ୧୫ ଭାଗ ରୋଗୀ ଡାକ୍ତରଙ୍କ ତ୍ରୁଟିପୂର୍ଣ୍ଣ ନିଦାନ ଯୋଗୁ କ୍ଷତିଗ୍ରସ୍ତ ହୁଅନ୍ତି । ଆମ ପରି ଅନେକ ରୋଗୀ ତ୍ରୁଟିପୂର୍ଣ୍ଣ ଭେଷଜ ଦୋଷରୁ ମୃତ୍ୟୁ ମୁଖରେ ପଡ଼ନ୍ତି ।

ମୃତ୍ୟୁପରେ ଆମେ କହୁ - ତାଙ୍କର ତ ଏତକ ଆୟୁଷ ଥିଲା । ଡାକ୍ତର କ'ଣ କରିଥାଆନ୍ତେ ?

ଆମ ମନର ଆଶ୍ୱାସନା ହିଁ ସାନ୍ତ୍ୱନା ଦିଏ । ଅନେକ ରୋଗୀ ଔଷଧ ସେବନ ଯୋଗୁ ଭଲ ହୁଅନ୍ତି ତେଣୁ ଔଷଧର ପ୍ରତିକୂଳ ପ୍ରଭାବକୁ କିଏ ଖୋଜୁଛି ଆଉ । ଝାଡ଼ା ଜ୍ୱରକୁ ତ ସାଙ୍ଗେ ସାଙ୍ଗେ ଔଷଧ ଦେବାପାଇଁ ଆମେ ତତ୍‌ପର । କାରଣ ଶରୀର ଅବସ୍ଥା ବିଗିଡ଼ିଯାଏ ଦିନେ ଦୁଇଦିନ ଭିତରେ । ତେଣୁ ଦେଖିବାକୁ ଗଲେ ଔଷଧ ହିଁ ଆମ ଜୀବନର ରେଖାକୁ ବଢ଼ାଇ ଦେଇଛି । ନହେଲେ ଡାଇବେଟିସ୍ ବ୍ଲଡ଼ପ୍ରେସର ରୋଗୀଙ୍କ ଆୟୁଷ ବଢୁଛି କେମିତି ? ଯେତେ ପୁରୁଣା ରୋଗ ଦମନ କରାଯାଉଛି ସେତେ ନୂଆ ରୋଗ ଆସି ପହଞ୍ଚୁଯାଉଛି ।

ହଠାତ୍ ସ୍କୁଟରର ଶବ୍ଦ ଶୁଣାଗଲା । ଆଦ୍ୟାଶା କବାଟ୍ ଖୋଲିଲା । ଦେଖିଲା ସଂଜିତ ହାତରେ ଗୋଟିଏ ଔଷଧ ଷ୍ଟ୍ରିପ୍ ଧରି କହିଲେ - ଖାଇନିଅ ଗୋଟିଏ, କମିଯିବ । ମୋର ଅଫିସରୁ ଫେରୁଫେରୁ ଡେରି ହୋଇଯିବ ଭାବି ଡାକ୍ତରଙ୍କୁ ପଚାରି ଔଷଧ ଆଣିଛି । ଯାଉଛି ।

ଯା'ରି ଭିତରେ ସାତଦିନ ଅତିକ୍ରାନ୍ତ ହୋଇସାରିଛି । ଔଷଧର ମାତ୍ରା ବଢ଼ି ଚାଲିଛି କିନ୍ତୁ ପେଟ କଟା କମିନି । ରାତିରେ ସମସ୍ତେ ଶୋଇଗଲା ପରେ ଉଠି ପୁଣି ଔଷଧ ଖାଇ ସେ ପେଟକୁ ଚାପି ଶୋଇ ଆଖିରୁ ଲୁହ ଢ଼ାଳିଛି । ଭାବିଛି ଏତେ ଛୋଟ ଛୋଟ ପିଲା, ମା' ନଥିଲେ ଚଳିବେ କେମିତି ? ବାପାର କିଛି ଯାଏ ଆସେ ନାହିଁ । ସ୍ତ୍ରୀ ଚାଲିଗଲେ ଆଉଥରେ ବାହାହୋଇ ପଡ଼ିବ କିନ୍ତୁ ପିଲାଙ୍କୁ ମା' ମିଳିବ କୁଆଡୁ ? ସକାଳୁ ଉଠୁ ଉଠୁ ନିତ୍ୟକର୍ମ ସାରି ଜୋର୍‌ଦେଇ କହିଲା - ସାତଦିନ ହେଲା ଔଷଧ ଖାଇ କିଛି ସୁଫଳ ମିଳୁନି । ଆଜି ଯେମିତି ହେଲେ ଭଲ ଡାକ୍ତରଙ୍କୁ ନେଇ ଦେଖାଅ । କେତେ ଲୋଭ ଲାଗୁଛି କି ? ବିଭିନ୍ନ ବାହାନା କରି ରୋଗ ବଢ଼ଉଛ କାହିଁକି ? ମୋତେ ମାରିବାକୁ ବସିଛ କି ?

ଶଙ୍କିଯାଇ ସଂଜିତ୍ କହିଲେ – ଏମିତି କ'ଣ କହୁଛ ?

– ଠିକ୍ କହୁଛି ? ଆଦ୍ୟାଶା ଦୃଢ଼ସ୍ୱରରେ କହିଲା ।

ସେଦିନ ଭଲ ଡାକ୍ତରଙ୍କୁ ଦେଖାଇ ଔଷଧ ଖାଇଲାପରେ ରାତିକୁ ଆଉ ପେଟ କାଟିନି । ପୁରାପୁରି ଭଲ ମଣିଷ ପରି ଲାଗିଲା । ଭାବିଲା ଔଷଧ ନ ଖାଇଲେ ମଣିଷ ବଞ୍ଚିପାରିବନି । ଧନ୍ୟବାଦ ସେହି ବୈଜ୍ଞାନିକମାନଙ୍କୁ ଯେଉଁମାନଙ୍କ ତପସ୍ୟାର ଫଳସ୍ୱରୂପ ମିଳିଛି ଜୀବନରକ୍ଷାକାରୀ ଔଷଧ । ସତରେ ସେମାନେ ହିଁ ଭଗବାନ । ଜଣ ଜଣଙ୍କ ଭୁଲ୍ ପାଇଁ ସମୁଦାୟ ଡାକ୍ତର ସମାଜକୁ ଦୋଷ ତ ଦେଇ ପାରିବା ନାହିଁ । ସେମାନେ ହିଁ ରୋଗୀକୁ ବଞ୍ଚାଇବାକୁ ଯଥାସାଧ ଚେଷ୍ଟା କରୁଛନ୍ତି ।

– ମା', ମା', କୁଆଡ଼େ ଗଲୁ ?

– ଏତେ ବ୍ୟସ୍ତ କାହିଁକି ? ତୁ କ'ଣ ମା'ର ପଣତକାନି ଧରିବା ପିଲାକି ? ଆରେ ଡାକ୍ତର ହେଲୁ, ବାହାସାହା ହେଲୁ । ମା', ମା' ହେବା କି ଦରକାର ?

– ପଚାରୁଛି ପରା ବାପାଙ୍କ କାର୍‌କୁ କିଏ ଚେପା କରିଦେଲା ?

– ଗୋଟିଏ ଛୋଟ ଟ୍ରକ୍‌ଟିଏ ସାଇଡ୍‌ରୁ ଘସି ଦେଇଛି । ଆଉ ଆମ ଡ୍ରାଇଭର ଡୋର୍ ଲକ୍ କରି ଆରାମ୍‌ରେ ତାରି ଭିତରେ ଗୀତ ଶୁଣୁଛି । କାର୍‌କୁ ଟିକିଏ ସାଇଡ୍‌ରେ ରଖିବା କଥା । ରାସ୍ତା ଉପରେ ରଖିବ କାହିଁକି ? ଉଭୟଙ୍କ ଦୋଷ । ପାନଖାଇବ ଅନ୍ୟଦୁଆରେ ଛେପ ପକେଇବ ? ଘର ଅଳିଆ ଅନ୍ୟ ଘର ଆଗରେ ପକେଇବା କି ନୀତି ? ବିବେକ ବାଧା ଦେଉନି କେମିତି ? ଯେକୌଣସି ପେଶାରେ ନିଯୁକ୍ତ ହୁଅ କିନ୍ତୁ ବିବେକକୁ ଟିକିଏ ପଚାରି ଭୁଲ ଠିକ୍‌ର ଉତ୍ତର ମାଗ ।

– ଓଃ, ତତେ କ'ଣ ପଚାରିଲି ଆଉ ତୁ ଉତ୍ତର କ'ଣ ଦେଲୁ ?

– ଉତ୍ତର ସହିତ ଉପଦେଶ ଦେଉଛି । ଉତ୍ତମ ମଣିଷ ହୁଅ । ତୁ ପୁଅ, ପୁଅ ଧର୍ମକୁ ମନରଖି କାମକର । ପାଶ୍ଚାତ୍ୟ ସଭ୍ୟତା ଗ୍ରହଣ କରି ଆମ ସମାଜକୁ କଳୁଷିତ କରନି କି ନୈତିକ ଅଧଃପତନ ହରାଅନାହିଁ ।

– ହଉ ମୁଁ ଯାଉଛି ।

ମୁଁ ମନେ ମନେ ଭାବିଲି – ଭଲ କଥା ସମସ୍ତଙ୍କୁ ଗନ୍ଧାଇବ । ମଣିଷ ନିଜ ଇଚ୍ଛାରେ ଜୀଇଁବାକୁ ଧାଇଁଛି । ସ୍ୱାଧୀନତାର ମୂଲ୍ୟକୁ ଦୁରୂପଯୋଗ ନ କଲେ ଭଲ । ନଚେତ ନେଡ଼ିଗୁଡ଼ କହୁଣୀକୁ ବୋହିଯିବ । ଆମ ସମାଜରେ ଯୁବପିଢ଼ି ଶତକଡ଼ା ଷାଠିଏ ଉପରେ । ସେମାନେ ଚାହିଁଲେ ଆମ ସମାଜର ବିଶୃଙ୍ଖଳା ଦୂର ହୋଇଯିବ । ସେମାନଙ୍କ କର୍ତ୍ତବ୍ୟ ଯୋଗୁ ଘର ପରିବାର ଆଉ ସମାଜରେ ଖୁସି ଭରିଯିବ । କିନ୍ତୁ ବିଶୃଙ୍ଖଳ ହେଲେ ସମସ୍ତଙ୍କର କ୍ଷତି । ତେଣୁ ବଞ୍ଚିବା ଭିତରେ ଟିକିଏ ଭଲ ହେବାକୁ ଚାହିଁ ।

- ଏଠି ବସି କ'ଣ କରୁଛ ? ଔଷଧ ଖାଇଲଣି ?

- ମନେ ନାହିଁ । ଯାଏ ବ୍ଲଡ଼ପ୍ରେସର ଔଷଧ ଖାଇଦେବି ।

- କେମିତି ଠିକ୍‌ରେ ନିଜ କଥା ମନେପଡୁନି ମୁଁ ବୁଝିପାରୁନି ।

ଆଦ୍ୟାଶା କହିଲା ବୁଝେଇ ଦେଉଛି ତମେ ବାପା ଆଉ ମୁଁ ମା' । ମା' ନିଜକୁ ଭୁଲିଯାଏ ଘରସଂସାର ଭିତରେ ପରା । ଆଉ ଔଷଧ ଖାଇବା କଥା ଛାଡ଼ ! ଜୀବନରେ ନିଜଚିନ୍ତା କେବେ ତ କରିନି ତେଣୁ ନିଜକଥା ମନେପଡୁନି ଏବେ ।

- କେତେ ତମକୁ କହିବି ଆଉ ? ଗମ୍ଭୀର ସ୍ୱରରେ କହିଲେ ସଂଜିତ୍ ।

ଆଦ୍ୟାଶା ହସି ହସି କହିଲେ - ସ୍ୱର୍ଗକୁ ଚଢ଼ିଲାପର୍ଯ୍ୟନ୍ତ ତମେ ଟିକିଏ କୁହ । ମୁଁ ପରା ପାଶୋରି ଦେଉଛି ନିଜକଥା !

।। ସତର ।।

ବେଳେବେଳେ ଆଦ୍ୟାଶା ଦୂରେଇ ଯାଉଥିଲା ସଂସାରିକ ଜୀବନରୁ । ମାନେ ତା' ମୁଣ୍ଡଟା ଭାରି ଫାଙ୍କା ଲାଗୁଥିଲା । ଆଉ ସେ ସେହି ସମୟରେ ପରିବାରର କାହାକଥା ଭାବି ପାରୁନଥିଲା । ତାକୁ ଲାଗୁଥିଲା ସେ ଆସକ୍ତିଶୂନ୍ୟା ହୋଇଯାଉଛି । କୌଣସି ପ୍ରକାର ଲୋଭ ମୋହ ତାକୁ ଗ୍ରାସି ପାରୁନି । ଏପରିକି ସ୍ୱାମୀ ଓ ସନ୍ତାନମାନଙ୍କ ଲୋଭଠାରୁ ସେ ମଧ୍ୟ ଦୂରେଇ ଯିବାକୁ ବସିଛି ।

କିନ୍ତୁ କାହିଁକି ଏପରି ତାକୁ ଲାଗେ ? ସେ କଥା ଯେତେବେଳେ ସେ ସଂଜିତ୍‌ଙ୍କୁ ପଚାରେ ସେତେବେଳେ ସେ ଉତ୍ତର ଦିଅନ୍ତି - ଏବେ ତମର ଆଉ କି ଚିନ୍ତା ? ଝିଅ ତ ବାହାଘର ସରିଲା । ପୁଅ ତ ମେଡ଼ିକାଲ ପାଇଗଲା । ଘରତୋଳା କାମ ସରିଲା । ଆଉ ରୋଷେଇବାସ କରିବା ଦାୟିତ୍ୱଟା ମଧ୍ୟ କମିଗଲା ?

- କ'ଣ ଏସବୁ କାର୍ଯ୍ୟ ସରିଗଲା ବୋଲି ମୋ ମନଟା ଆସକ୍ତି ରହିତ ହୋଇ ଉଠୁଛି କି ?

- ହୋଇପାରେ । କିନ୍ତୁ ତମର ଏବେ କାମ ସରିନି । ପୁଅର ପାଠ ଶେଷପରେ ବାହାଘର କାମ ତମେ ବୁଝିବ । ତମେ ଆହୁରି ସାଂସରିକା ହୁଅ ।

- କେମିତି ? ପ୍ରଶ୍ନିଳ ଆଖିରେ ଆଦ୍ୟାଶା ପଚାରିଲା ।

- ସମୟ ବଳିଲେ ଚାଲ ମାର୍କେଟ ଯିବା । ଘରେ ଟି.ଭି. ଦେଖ । ପିଲାମାନଙ୍କୁ ପଚାରି ଭଲମନ୍ଦ ବୁଝ । ଆଉ ପରିବାରର ଅନ୍ୟମାନଙ୍କ କଥା ବୁଝ ।

- କାହା କଥା କହୁଛ ?

- ଦେଖ, ମୁଁ ମୋ ଭାଇ ଭଉଣୀଙ୍କ କଥା ଓ ମା' କଥା କହୁଛି ।

- ହଉ ସେମାନଙ୍କ କଥା ମୁଁ ବୁଝିବାକୁ ରାଜି ।

- ହେଲେ ସେମାନଙ୍କ ଗୋଟିଏ ଗୋଟିଏ କଥା ମୁଣ୍ଡବିନ୍ଧା ବାହାର କରିଦିଏ ।

ତମର ଯେତେ ଆସକ୍ତି ଥିବ ସେହି କଥା ମୁଣ୍ଡରେ ପଶିଲେ ସବୁ କମିଯିବ । ମୋତେ ସେମାନଙ୍କ କଥା ଶୁଣିବାକୁ ଇଚ୍ଛାନାହିଁ । ତମେ ତ ଶୁଣି ପାରୁଛ କେମିତି ? ସେମାନଙ୍କ ଗୋଳିଆକଥାରେ ମୁଣ୍ଡ ପଶେଇଲେ ତମର ଆସକ୍ତି ବଢ଼ିଯିବ ।

- ମୁଁ କିଛି ବୁଝି ପାରିଲି ନାହିଁ ।

- ବେଳେବେଳେ ସବୁ ବୁଝିଯିବ । ସମୟ ଦରକାର ।

ଆଜି ସକାଳୁ ସକାଳୁ ଗାଁରୁ ଦିଅର ଓ ଯାଆ ଆସିଥିଲେ । କଥା ହେଉ ହେଉ ଯାଆ କହିଲା - ନାନୀ, ମୋ ଝିଅପାଇଁ ଯେଉଁ ବାହାଘର ପ୍ରସ୍ତାବଟା ତମେ କହୁଥିଲ ସେଇଟା କେମିତି ମା'ଙ୍କ କାନରେ ପଡ଼ିଗଲା କି ? କହୁଥିଲେ "ତୋ ଝିଅ ବଦଳରେ ଏ ପ୍ରସ୍ତାବଟା ମଝିଆନନାଙ୍କ ଝିଅଙ୍କ ପାଇଁ ଠିକ୍ ହେବ ।"

- ହଁ ଯେ, ସେମାନଙ୍କ ବୟସର ତାରତମ୍ୟ ଗୋଟିଏ ବର୍ଷ ହେବ । ତେଣୁ ତୋ ଝିଅକୁ ସେ ଠିକ୍ ରହିବ ।

- କିନ୍ତୁ ?

- ଯାହାହେବା କଥା ପରେ ହେବ । ବାହାଘର ପ୍ରଜାପତି ଘଟସୂତ୍ର ତ ଆଗରୁ ଠିକ୍ ହୋଇ ସାରିଥାଏ ।

- ହଁ । ମା' ଏବେ ଆଉ ସେ ମିନାନାନୀଙ୍କ ପୁଅ ସାଙ୍ଗରେ ମଝିଆନନାଙ୍କ ଝିଅର ବାହାଘର ପାଇଁ ମନ ଦେଲେଣି ।

- କାହିଁକି ?

- ସେ ପୁଅଟା ସୁନ୍ଦର ଆଉ ମିନାନାନୀଘର ବଢ଼ିଆ ବୋଲି ।

- ହେଉ ଭଲ କଥା ।

- ହେଲେ ମା' କହୁଥିଲେ ସାନ ମଝିଆନାନୀ କୁଆଡ଼େ ପୂଜା ବହୁତ ସମୟ କରନ୍ତି ସେଥିପାଇଁ ତା' ଝିଅ ପାଇଁ ଭଲ ଘର ବର ଠିକ୍ ହୋଇଯିବ ।

- ମାନେ ସୁନ୍ଦର ବର ଯୋଗାଡ଼ କରିବେ ମା' ।

ମୋ ମନରେ ବାରମ୍ବାର ପଶିଆସୁଥିଲା -ମା' (ଶାଶୁ) ସବୁପୁଅଙ୍କୁ ସମାନ ଦୃଷ୍ଟିରେ ଦେଖନ୍ତି ନାହିଁ । ସବୁବେଳେ ସେ ଜଣକୁ ଅନ୍ୟ ଜଣଙ୍କ ସହ ତୁଳନା କରି ଅନ୍ୟମାନଙ୍କ ମନରେ ଆଘାତ ଦିଅନ୍ତି । ତଥାପି ତା' ପ୍ରତି ତ କେବେ ନଜର ଦେଇନଥାନ୍ତି । ତାଙ୍କୁ ତମେ ଯେତେ ଦେଲେ ମଧ୍ୟ ସେ ଖୁସି ହୋଇପାରନ୍ତି ନାହିଁ । ବୋହୂ ସାଙ୍ଗରେ ପ୍ରତିଦ୍ୱନ୍ଦୀ ହେବାକୁ ଭଲ ପାଆନ୍ତି କାହିଁକି ? ଏହାଫଳରେ ପୁଅ, ନାତି ନାତୁଣୀ କାହାକୁ ଟିକିଏ ମନଖୋଲି ଭଲ ପାଇନଥାନ୍ତି । ଉପର ଦେଖାଣିଆ ହୋଇ କହନ୍ତି - ମୁଁ ସବୁବେଳେ ମୋ ପିଲାଙ୍କ ଚିନ୍ତା କରେ ।

... କିନ୍ତୁ ଏଇଟା କ'ଣ ସମ୍ଭବ ଜଣେ ସତକୁ ମିଛ ମିଛକୁ ସତ କହୁଥିବା ସ୍ତ୍ରୀ ପକ୍ଷେ ? ଶାଶୁଙ୍କ ସ୍ନେହର ବିଶାଳ ହୃଦୟ ଏବେ ତିକ୍ତମୟ ହୋଇଯାଉଛି କାହିଁକି ? ଭରା ସଂସାର ଭିତରେ ଅଶାନ୍ତିର ଲୁହ ଫଟା ହୃଦୟରେ ଝରୁଛି କାହିଁକି ?

ଅନ୍ତରଭରି ଭଲପାଉଥିବା ମଣିଷଟି ନିଜର ପୁଅ ନାତି କି ନାତୁଣୀର ଅମଙ୍ଗଳଚିନ୍ତା ପଛରେ ମଧ୍ୟ କରିବନି । କିନ୍ତୁ ଶାଶୁ ତ ଅନ୍ୟମାନଙ୍କ ପଛରେ ଅମଙ୍ଗଳ ଚିନ୍ତା ମଧ୍ୟ ପ୍ରକାଶ କରନ୍ତି । ଯାହାକୁ ପ୍ରକୃତରେ ଭଲପାଉଥିବେ ତା' କଥା ନିଆରା । ସେ ତ ଆସିଥିବା ଦିଅର, ଯାଆଙ୍କ ବିରୁଦ୍ଧରେ ନାନା କଥା ଶାଶୁଙ୍କ ଠାରୁ ଶୁଣିଛି । ତଥାପି ଚୁପ୍ ରହିଛି । ସେମାନଙ୍କୁ ନ କହିବାକୁ ଚାହିଁଛି । ହେଲେ ଶାଶୁଙ୍କ ମିଛ କଥା ଶୁଣି ଶୁଣି ସେ ଏମିତି ଚିଡ଼ି ଗଲାଣି ଯେ ତାଙ୍କ କଥା ନ ଭାବିବାକୁ ମନ କହୁଛି । ଓଲଟି ସେ ଯେତେବେଳେ ସଂଜିତ୍‌ଙ୍କୁ କହିବ ଟିକିଏ ମା'ଙ୍କ ହାଲ୍ ଚାଲ୍ ବୁଝ ସେ ଓଲଟା ଜବାବ୍ ଦେବେ - କିଏ ମା' ସହ କଥା ହେବ ? ତାକୁ ଗୋଟିଏ କଥା ପଚାରିଲେ ସେ ତ ଆଉ ଗୋଟିଏ କଥା କହି ମନଟା ଖରାପ କରିଦେବ । ତାକୁ କିଛି କଥା ନ ଜଣେଇବା ଭଲ । ଯେଉଁ ଆମର ଶୁଭଚିନ୍ତକ ତ ସେ ?

ଆଉ କିଛି କହିବାକୁ ଚାହେନି ଆଦ୍ୟାଶା । ଶାଶୁ ତ ଯେମିତିଆ ଲୋକ ସେ ଜାଣେ । ହଁ ଝିଅପାଇଁ ଗାଁକୁ ଆସିଥିବା ପ୍ରସ୍ତାବକୁ ସେ ସଂଜିତଙ୍କୁ ନ ଜଣାଇ ନିଜ ଭାଇ ଝିଅପାଇଁ କରିଥିଲେ । ସେ ପୁଅଠାରୁ ଭାଇଙ୍କୁ ଭଲ ପାଆନ୍ତି ନିଶ୍ଚୟ । ନହେଲେ ଏତେବଡ଼ କଥାଟା ସେ ବୋହୂ ଓ ପୁଅକୁ ଜଣାଇଲେ ନାହିଁ କାହିଁକି ?

ପୁଅକୁ ବେଳେବେଳେ ମା' ଶତ୍ରୁ ବୋଲି ଭାବିପାରେ କେମିତି ? ନଚେତ୍ ପୁଅମାନଙ୍କ ଅମଙ୍ଗଳଚିନ୍ତା କରନ୍ତେ କେମିତି ? ଘରକୁ ଟଙ୍କା ଦିଅ କି ଭାଇଭଉଣୀଙ୍କୁ ପାଠ ପଢ଼ାଅ ତଥାପି ସବୁବେଳେ ଅଧିକା ଚାହାନ୍ତି ମା' ବଡ଼ ପୁଅଠାରୁ । ଯେତେଦେଲେ ସନ୍ତୁଷ୍ଟ ନୁହଁନ୍ତି ସେ । କଥା କଥାରେ ତୁଳନା କରନ୍ତି । ମା'ଙ୍କ ପରି କ'ଣ ସମସ୍ତଙ୍କ ମା' ଥିବେ କି ? ଆଜିକାଲି ତ ପିଲାଙ୍କଠାରୁ ମା'ମାନେ ବହୁତ ଭଲ । ସତରେ ଦୁନିଆରେ ସମସ୍ତଙ୍କୁ ଭଲ ମା'ଟିଏ ମିଳୁ । ସବୁ ପିଲାଙ୍କ ପ୍ରତି ସମାନ ସ୍ନେହ ଆଦର କରନ୍ତୁ । ଝିଅ ବାହାଘର ପରେ ଶାଶୁ ବିଭିନ୍ନ କଥା କହିଲେ । ସେମାନେ ସବୁ ରାଗରେ ଚୁପ୍ ରହିଲେ । ନିଜ ନାତୁଣୀ ଜ୍ୱାଇଁର ରୂପକୁ ଅନ୍ୟ ସାଙ୍ଗରେ ସେ ତୁଳନା ତ କରିଥିବେ ନିଶ୍ଚୟ । ବୋଧେ ସେଥିପାଇଁ ଶାଶୁ କହିଥିଲେ - ମିନାର ପୁଅକୁ ମଝିଆନନାଙ୍କ ଝିଅ ସହ କରିବି । କାରଣ ତା' ପୁଅଟା ଗୋରା ତକତକ ଓ ସୁନ୍ଦର ବୋଲି ତ ?

ଆଦ୍ୟାଶାର ମନ ଭିତରେ ପଶିଆସିଲା ଆସକ୍ତିର ଭାବ । ସମସ୍ତଙ୍କୁ ନିଜ ପିଲା ସୁନ୍ଦର । ବାପାମା'ଙ୍କୁ ତାଙ୍କ ପିଲାମାନେ ଭଲ । ତା' ଜ୍ୱାଇଁ ମଧ୍ୟ ଭଲ । ସେ ତ ରଙ୍ଗ

ଦେଖି ଜ୍ୱାଇଁ ଚୟନ କରିନଥିଲା । ଦେଖିଲା ପିଲାଟିର ଗୁଣ ଓ ଚରିତ୍ରକୁ । ଶାଶୁ ତ ନିଜ ଜ୍ୱାଇଁଙ୍କ ରୂପ ଓ ଘର ଦେଖି କରିଥିଲେ । ହେଲେ ଏବେ ନଣନ୍ଦେଇ ଦ୍ୱିତୀୟ ବିବାହ କରିସାରିଛନ୍ତି । ତେଣୁ ଜ୍ୱାଇଁର ଗୁଣଟା ବଡ଼ ବୋଲି ସଂଜିତ ମନେ ମନେ ଠିକ୍ କରିଥିଲେ । ସେ କାହାରି ଧନ, ଗାଡ଼ି ଦେଖି ଭୋଳିକି ଯାଇନଥିଲେ । ସେମାନଙ୍କ ପାଇଁ ତାଙ୍କ ଜ୍ୱାଇଁ ବଡ଼ । ତା ଝିଅଜ୍ୱାଇଁ ପୁଅମାନଙ୍କ ଉନ୍ନତି ତା'ର କାମ୍ୟ । ସେ ଯଦି ଆସକ୍ତିଶୂନ୍ୟା ହୋଇଯିବ ତେବେ ସେମାନଙ୍କ ଚିନ୍ତା କିଏ କରିବ ? ସେମାନଙ୍କ ମଙ୍ଗଳ କାମନା ତା'ର ପୂଜା ହେବ । ତା' ପିଲାମାନେ ଉପରକୁ ଉଠନ୍ତୁ ସେ ଚିନ୍ତା ତ ତା' ଶାଶୁ କି ଶାଶୁ ଘର ପରିବାରର ସଦସ୍ୟ କରିବେନାହିଁ । ତେଣୁ ସେ ତ ବଞ୍ଚିବ ମା'ଟିଏ ହୋଇ । ତା' ପିଲାଙ୍କ ପ୍ରତି ତା'ର ଆସକ୍ତି ନ ରହିଲେ କେମିତି ହେବ ? ଯାହାହେଉ ଶାଶୁଙ୍କ କଥାରୁ ତା'ର ଆସକ୍ତି ଆହୁରି ବଢ଼ିଗଲା ଲାଗିଲା । ଏବେ ସେ ତା' ପିଲାଙ୍କ କଥା ହିଁ ଭାବିବ । ତା' ଆସକ୍ତି ଏବେ କମିଯିବା ବଦଳରେ ବଢ଼ିବାକୁ ଲାଗିଲା । ତା' ମନ ଉଚ୍ଛନ୍ନ ହେଲା । ସେ ଫୋନ୍ ରିଙ୍ଗ କଲା ଜ୍ୱାଇଁ ଝିଅପାଖକୁ । ତା'ପରେ ପୁଅ ପାଖକୁ । ସେମାନଙ୍କ ସହ କଥାବାର୍ତ୍ତା ହେଲା । ତା' ମନଟା ହାଲ୍କା ଲାଗିଲା । ସେ ମନେମନେ ଭାବିଲା - ତମମାନଙ୍କ ସୁଖଚିନ୍ତା କରିବା ହିଁ ମୋର ଆସକ୍ତି । ମୁଁ କାହିଁକି ଦୂରେଇଯିବାକୁ ଚାହୁଁଛି ? ମୁଁ ତ ଜଣେ ମା' । କେବେ ମୁଁ କେମିତି ଆସକ୍ତିଶୂନ୍ୟା ହୋଇପାରିବି ? ସେମାନଙ୍କ ଭବିଷ୍ୟତ କଥା ଭାବିବାକୁ ମୋ ପାଖରେ ସମୟ ଅଛି । ସେମାନେ ପରୀକ୍ଷାରେ କୃତିତ୍ୱ ହାସଲ କରିବେ ଏଇ ଚିନ୍ତା ମୋର ହେବା ମଧ୍ୟ ଦରକାର । ମୋ ମୁଣ୍ଡଟା ମୋ ପରିବାରର ଉନ୍ନତି ଭାବନାରେ ପରିପୂର୍ଣ୍ଣ ହେବା ଦରକାର । କିନ୍ତୁ ମୁଁ କାହିଁ ସମସ୍ତଙ୍କଠାରୁ ଦୂରେଇଯିବାକୁ ଚାହୁଁଛି ଯଦିଓ ସେମାନଙ୍କର ପାଖରେ ମୋ ଉପସ୍ଥିତିଟା କେତେ ଜରୁରୀ । ଏଥର ମୁଁ କେବେ ଭୁଲ କରିବି ନାହିଁ ସାଂସାରିକ ଜୀବନରୁ ଦୂରେଇଯିବାକୁ । ମୁଁ ଜଣେ ସାଂସାରୀ । ମୋ ଆଗରେ ମୋ କର୍ତ୍ତବ୍ୟ ବଡ଼ । କର୍ତ୍ତବ୍ୟ ହିଁ ଭଗବାନ । କର୍ତ୍ତବ୍ୟ ବିନା ଯୋଗୀ କି ମୁନି ହୋଇପାରେନି କିଏ ? ଜନକ ତ ସଂସାର ଭିତରେ ଥାଇ ରାଜର୍ଷି ଥିଲେ । ହଁ, ମୁଁ ଜଣେ ସଂସାରୀ ଆଉ ମୋ ଚାରିପାଖରେ ମୋ ପରିବାରର ସଦସ୍ୟ । ସେମାନଙ୍କ ମଙ୍ଗଳଚିନ୍ତା ମୋର କାମ୍ୟ । ମୋର ଆସକ୍ତି କମିଯାଇ ପାରିବନି ।

।। ଅଠର ।।

ଘରର ଛାତ ଉପରକୁ ଚାଲିଗଲେ ଖୁବ୍ ଭଲଲାଗେ ଆଦ୍ୟାଶାକୁ । ଖୋଲା ଆକାଶକୁ ଚାହିଁଲେ ମନର ଦୁଃଖ ସବୁ ଉଭେଇଯାଏ । ଆଉ ଆଖି ଖୋଲି ଦେଇ ଘରର ଚାରିପଟକୁ ଚାହିଁଦେଲେ ସବୁ ଜମି ଦେଖାଯିବ । ଏଇ ଧରନ୍ତୁ ଆମେ ଗୋଟିଏ ଗହୀର ମଝିରେ ପ୍ରଥମେ ଘର ତିଆରି କଲୁ ଓ ରହିବାର ଦୁଃସାହସ କଲୁ । କିଏ କିଏ ମଧ୍ୟ ଭୟଭୀତ କଲେ- ରାତି ଅଧରେ ଚୋର ତସ୍କର ଘରେ ପଶିଲେ କିଏ ପିଠିରେ ପଡ଼ିବେ ନାହିଁ ।

ଏତକ ଶୁଣି ଅନ୍ୟମାନଙ୍କୁ ମଧ୍ୟ ଶୁଣାଇଦେଲୁ- ସବୁ ତ ଠାକୁରଙ୍କ ଇଚ୍ଛା । ଆମର ଏତେ ଡରିବାର ନାହିଁ ।

ସେ ଯାହାହେଉ ଏଇମିତି ଶଙ୍କାକୁଳ ଚିତ୍ତରେ ବର୍ଷେଖଣ୍ଡେ କଟିଲା ଏ ଘରେ । ଦେଖୁଦେଖୁ ଅନ୍ୟମାନେ ମଧ୍ୟ ସବୁଜ ଜମିକୁ ପୋତି ଦେଇ ଆରମ୍ଭ କଲେଣି ନିଜ ବାସସ୍ଥାନ । ଧଳାଧଳା ବଗଗୁଡ଼ିକ ପାଖାପାଖି ଜମିରେ ବସି ଥାଆନ୍ତି ଏକଲୟରେ ଧ୍ୟାନମଗ୍ନ ଋଷି ପରି । ଦେଖୁ ଦେଖୁ ସେମାନେ ମଧ୍ୟ ଘର ପାଖରୁ ଆଉ ଟିକିଏ ଦୂରକୁ ଘୁଞ୍ଚିଘୁଞ୍ଚି ଯାଉଥିଲେ ଖାଦ୍ୟ ଅନ୍ୱେଷଣରେ । ତଥାପି ସେମାନଙ୍କ ଧବଳରୂପ ଦେଖିଲେ ମନରେ ଖୁବ୍ ଆନନ୍ଦ ଭରିଯାଏ । ସ୍ମରଣ ହୁଏ ବଞ୍ଚିବାପାଇଁ ତ ସେମାନେ ସେମାନଙ୍କ ସ୍ଥାନ ପରିବର୍ତ୍ତନ କରିଛନ୍ତି । ହାରିଯାଇନାହାନ୍ତି ଆମମାନଙ୍କ ବିଶୃଙ୍ଖଳାରେ ଆଉ ସେମାନଙ୍କ ଆଶ୍ରୟସ୍ଥଳକୁ କାଟିକୁଟି ପୋତାପୋତି କରିଦେବାରେ !

ପାଖାପାଖି ଅନେକ ଅଧାତୋଳାଘର ମୁଣ୍ଡ ଟେକିବାକୁ ଲାଗିଲେ । ଯହାଫଳରେ ଅନେକ ମୁଲିଆ ମଜୁରିଆଙ୍କ ସାମୟିକ ଆଶ୍ରୟସ୍ଥଳ ପାଲଟିଗଲା ସେହି କବାଟ ଝରକା ନଥିବା ଘରଗୁଡ଼ିକ । କେଉଁ ପରିବାର ଅଖାବାନ୍ଧି ବା ଟିଣଦେଇ ଝରକା କବାଟ ରୂପ ଦେଲେ । ଯାହାହେଉ ଭିତରର ଦୃଶ୍ୟ ବାହାରକୁ ଦେଖାଯାଉନଥିଲା । କାମ କଲାବେଳେ ପାଖରେ ରେଡ଼ିଓ କି ମୋବାଇଲଟିଏ ରଖି ଗୀତ ଶୁଣିଶୁଣି ହାତ

ଚଳଉଥିଲେ ସେମାନେ । ସେମାନଙ୍କୁ ଦେଖିଲେ ଲାଗିବ ସେମାନଙ୍କ ଦୁଃଖ ନାହିଁ । ଆଉ ସେମାନଙ୍କ ଛୋଟଛୋଟ ପିଲାମାନେ ମଧ୍ୟ ବେଳେବେଳେ ସେମାନଙ୍କ ସହ କାମ କରନ୍ତି ଓ ବଢୁଥିବା ଛୋଟ ଛୋଟ ଭାଇଭଉଣୀମାନଙ୍କ ଦେଖାରହାଁ କରନ୍ତି । ଏଇମିତିରେ ସେମାନଙ୍କ ଶୈଶବ କଟିଥାଏ । ଯେଉଁ ନିୟମ ଅଛି ବାଳଶ୍ରମିକ ପାଇଁ ତାହା ସେମାନଙ୍କ କାନରେ ବାଜେନି । ସେମାନେ ବୁଝନ୍ତି ପେଟକୁ ମୁଠେ ଦାନା ଦିନକର ହେଉ କି ଦୁଇଦିନର । ଆଉ କିଛି ସଉକ କି ଦରକାର ? ଦଳେ ପିଲାଙ୍କୁ ନେଇ ସେମାନଙ୍କ ସଂସାର । ସେଇ ପିଲାମାନେ ହିଁ ସେମାନଙ୍କ ସାହା ଭରସା । ସେହି କୁନି କୁନି ପିଲା ମୁଣ୍ଡରେ ଦୁଇଚାରିଟା ଇଟାବୋହି ବାପାମା'ଙ୍କୁ ସାହାଯ୍ୟ କରନ୍ତି । ସେମାନଙ୍କ ପାଇଁ ପାଠ ବଦଳରେ ଖାଦ୍ୟ ନିହାତି ଦରକାର ।

ସେଦିନ ଗୋଟିଏ ପରିବାରର ଜଣେ ଷାଠିଏ ବର୍ଷର ବୁଢ଼ୀ କଥା ପ୍ରସଙ୍ଗରେ କହିଲା - ମା' ଆମଘରେ ଆମପିଲାମାନେ ବାପାମା'ଙ୍କ କଥା ବୁଝନ୍ତି । ହେଲେ ତମପରି ବଡ଼ ଘରମାନଙ୍କରେ ବାପାମା'ଙ୍କୁ ବୋଝ ବୋଲି ଭାବନ୍ତି ।

- ନାହିଁ ତ !

- ନାଇଁ ମା' । ଏଠି ମୋ ପୁଅବୋହୂ କାମକରି ପେଟ ପୋଷୁଛନ୍ତି ଆମପରି ଛଅପ୍ରାଣୀଙ୍କର । ଭାତ ସାଙ୍ଗରେ ଲୁଣଲଙ୍କା ହେଲେ ଆମର ଚଳିବ । ପେଟ ତ ପୂରିଗଲେ ଗଲା । ଆଉ ଏତେ ତିଅଣ କି ଦରକାର ? କିନ୍ତୁ ଘରେ ଧନଥାଇ ବାପାମା'ଙ୍କୁ ଗଣ୍ଡେ ଖାଇବାକୁ ଦେବା ଶିଖିନାହାନ୍ତି କେତେ ବଡ଼ଲୋକ । ତମେ କ'ଣ ଜାଣିନଥିବ କି ! ଆମ ଜାତିରେ ବନ୍ଧୁବାନ୍ଧବ ପରା ଏମିତି କର୍ମକଲେ ଛି ଛି କରିବେ ପୁଅବୋହୂଙ୍କୁ । ଆମପାଖରେ ମଣିଷପଣିଆ ମରିଯାଇନି, କିନ୍ତୁ ଶିକ୍ଷିତ ଘରେ ମଣିଷପଣିଆ ମରି ହଜିଯାଏ କେମିତି ? ମା' ଭୁଲ୍ କହିଲି କି ?

ଠିକ୍ ସେତିକିବେଳକୁ ତା'ର ଦଶବର୍ଷର ନାତି ଆସି କହିଲା - ଆସେ ମା' ଡାକୁଛି ।

ବୁଢ଼ୀଜଣକ ନାତିର ହାତଧରି ଚାଲିଗଲା । ଚାହିଁଲି କୁହୁଡ଼ିଘେରା ଧାନ ଜମିକୁ । ଦୂରରୁ ଆଉ କିଛି ଦେଖାଯାଉନି । ଖାଲି କୁହୁଡ଼ିମୟ । ତେବେ ଆମ ସମାଜର ଅବକ୍ଷୟ କ'ଣ କୁହୁଡ଼ିମୟ ଆଡ଼କୁ ଯାଉଛି କି ? କୁଆଡ଼େ ଗଲା ସବୁଜ ପରମ୍ପରାର ଦିଗ୍‌ବଳୟ ? କୁଆଡ଼େ ଗଲା ବାପାମା'ଙ୍କ ଆଦର୍ଶ ଆଉ ଉପଦେଶକୁ ଗ୍ରହଣ କରି ଚାଲିବାର ପରମ୍ପରା ? ଏଠି ତ ଆଉ ଶ୍ରବଣ କୁମାର ମିଳିବେ ନାହିଁ ? ତା' ବୋଲି ଜନ୍ମକଲା ବାପାମା'ଙ୍କୁ କୁକୁର ମାଙ୍କଡ଼ପରି ରଖିବାର ମନୋବୃତ୍ତି ବଦଳିଯିବନି କାହିଁକି ? ଆରେ ବାର୍ଦ୍ଧକ୍ୟ ତ ଏକ ରୋଗ ନୁହେଁ । ଏହା ଜୀବନର ଏକ ଅବସ୍ଥା । ଶରୀରରେ ଶିଥିଳତା ପଡ଼ିଗଲା

ପରେ ବାପାମା'ଙ୍କ ପ୍ରତି ଏତେ ଅବହେଳା କାହିଁକି ? ଏ ତ ହେଉଛି ବିବେକର ବିଡ଼ମ୍ବନା !

ଆଦ୍ୟାଶା ଭାବିଲା – ମୋ ଭିତରେ ବର୍ଷବର୍ଷ ଧରି ଯେଉଁ ଆଦର୍ଶ ରହିଆସିଛି ତା'ର ରୂପରେଖ ବଦଳିଯିବନି ତ ? ଏଇ କଥା ମୋ ମନକୁ ଆନ୍ଦୋଳିତ କଲା । ମୋ ବିବେକ ମୋତେ ଶୁଣେଇ ଦେଲା ବଞ୍ଚିବା ପାଇଁ ଯାହା ଦରକାର ତାହା ତ ମିଳିଯାଉଛି ତତେ । କାହିଁକି ଏତେ ପିପାସା ? ବିବେକର ମୃତ୍ୟୁ ହେଲେ ଆଉ କିଏ ସାହା ହେବ ?

ହଁ ମୋ ଶ୍ୱଶୁରଙ୍କ ମୃତ୍ୟୁ ତ ପାଞ୍ଚବର୍ଷ ହେବ ହେଲାଣି । ବାପାଙ୍କ କଥାକୁ ଅବଜ୍ଞା କରିବାର ଆମର ଜୁ ନଥିଲା । ସେ ତ ଆଜିକାଲି ପରି ପିଲାଙ୍କୁ ଡରି ଚଳିବା ବାପା ନଥିଲେ । ପିଲାଙ୍କ ତ୍ରୁଟିକୁ ସୁଧାରିବାପାଇଁ ଚେଷ୍ଟା କରୁଥିଲେ । ତେଣୁ ଦରକାର ବେଳେ ନିଜ ଅଧିକାରରେ ଥିବା ବାପ ଅସ୍ତ୍ର ପ୍ରୟୋଗ କରି ଶୁଣାଇ ଦେଉଥିଲେ ତ୍ୟଜପୁତ୍ର କରିଦେବି ବୋଲି ।

ଏତକ ଶୁଣିଲାପରେ ପୁତ୍ରମାନେ ଚୁପ୍ ହୋଇଯିବେ । ସେମାନଙ୍କ ବିବେକ ପୁଣି ଚେଇଁ ଉଠିବ । କିନ୍ତୁ ଆଜିକାଲି ବାପାଙ୍କ ଏପରି କଥା ଶୁଣି ପୁଅମାନେ ଖୁସି ଖୁସି ଚାଲିଯିବେ ନିଜ ରୋଜଗାରକୁ ସାଥି କରି । ଆଉ ଭୁଲିଯିବେ ବାପର ମହତ୍ତ୍ୱ ! ବାପାକି ମା'ର ଅଧୈର୍ଯ୍ୟପଣକୁ ବୁଝିପାରିବେ ନାହିଁ ।

ମୋତେ ଲାଗେ ଏମିତି ମୁଢ଼ ଅଜ୍ଞାନଙ୍କୁ ବୁଝାଇବା କି ଦରକାର ? ଯିଏ ଗଲା ଯାଉ । ତାକୁ ଝୁରି ହୋଇ ନିଜର ଆଖିକୁ ଲୁହରେ ଭସେଇ ଛାଡ଼ିଯାଇଥିବା ପାଦଚିହ୍ନକୁ ସାଉଁଟିବା କି ଦରକାର ? ଦୁନିଆଁ ବଦଳିଲା ପରା । ବାପା, ମା' ମଧ୍ୟ ବଦଳିଯାଆନ୍ତୁ । ଭୁଲ ନ ଥାଇ ଦଣ୍ଡ ପାଇବ କାହିଁକି ?

ଆଦ୍ୟାଶା ଘର ଭିତରକୁ ପଶିଲା । ଶୁଣିଲା କଲିଙ୍ଗ୍ ବେଲ୍‌ର ଶବ୍ଦ । ପାହାଚ୍‌ରେ ଓହ୍ଲାଇ କବାଟ ଖୋଲିଲା । ଦେଖିଲା ସେହି ଦଶବର୍ଷର ଶିଶୁ ଶ୍ରମିକ ପିଲାଟି ଦୁଆରେ ଠିଆ ହୋଇଛି । ଦେଖୁ ଦେଖୁ କହିଲା – ମା' ଆଚାର ଟିକିଏ ଦିଅନ୍ତୁ । ଭାତ ଖାଇବୁ ।

ପଚାରିଲା – କିଛି ତରକାରୀ ନାହିଁକି ?

ଚୁପ୍ ରହିଲା ସେ । ବୁଝିଗଲା ଭୋକ, ଶୋଷ ଅଭାବ ଦୁଃଖକୁ ନେଇ ଏମାନେ ହିଁ ବଞ୍ଚିବାର ପ୍ରୟାସ ଜାରିରଖି ଆମମାନଙ୍କ ପରି ଲୋକଙ୍କର ସୁଖସ୍ୱାଚ୍ଛନ୍ଦ୍ୟ ପାଇଁ ଘର କାମରେ ନିୟୋଜିତ ରହିଛନ୍ତି । ବିଚରା ପାଉଛନ୍ତି କ'ଣ ? ଘର କାମ ସରିଲେ ପୁଣି ଅଲଗା ଆଶ୍ରୟ ଖୋଜିବେ । ତଥାପି ସେମାନଙ୍କର ଦୁଃଖନାହିଁ । ଅସଜଡ଼ା ସ୍ୱପ୍ନକୁ ନେଇ ଦୌଡ଼ିଛନ୍ତି ଯେମିତି !

-ଆରେ ଠିଆହୁଅ ମୁଁ ଆଣୁଛି କହି ଘର ଭିତରକୁ ଗଲା ଆଦ୍ୟାଶା । ଆଚାର ଡବା ଅଣ୍ଡାଳିଲା । ତିନି ଚାରୋଟି ଡବାରେ ଅଧା ଅଧା ଆଚାର ଅଛି । ଘରେ ଭାତରେ ଆଚାର ଦରକାର ପଡ଼େନି । ସଂଜିତ୍ କହନ୍ତି - 'ଏସିଡ଼ିଟି ହେବ' । ତା'ର ମଧ୍ୟ ସେମିତି ଆଚାର ପ୍ରତି ରୁଚି ନାହିଁ । ଗାଁରୁ କେବେ ଆଚାର ଆସିଲେ, ପ୍ରଥମେ ଟିକିଏ ଖାଇ ଦେଇଥାଏ । ପରେ ସେ ସେମିତି ଠିପିବନ୍ଦ ହୋଇଥାଏ । ଯିଏ ନ ମାଗିବ ତାକୁ ଆଚାର ଯାଚି କରି ଦେବାର ସାହସ ତା'ର ନାହିଁ । କାରଣ ବାଲେଶ୍ୱର ଛାଡ଼ିଲାବେଳେ ଯେତେବେଳେ ଘର ଚାକରାଣୀ ଆଉ ସୁଇପରକୁ ଆଚାର ଡବା ନେବାପାଇଁ ଜାଚିଲା ସେମାନେ ଶୁଣାଇଦେଲେ - କିଏ ଆମର ଆଚାର ଖାଉନୁ । ପେଟ ଖରାପ ହେବ ।

ସେମାନେ ସାଙ୍ଗେ ସାଙ୍ଗେ ରୋଷେଇ କରି ଖାଆନ୍ତି । ଆମପରି ଫ୍ରିଜ୍‌ରେ ବାସିକରି ଖାଇବାର ରୁଚି ମଧ୍ୟ ନାହିଁ । ବାସି ରୁଟି ଖାଇବାକୁ ନାରାଜ । ଚାହା ସାଙ୍ଗରେ ବିସ୍କୁଟ ହେଲେ ମନଖୁସି । ଆଉ ଆମପରି ଲୋକ ହିଁ ଫ୍ରିଜ୍‌ରେ ସବୁ ବାସି କରି ଖାଇବାରେ ଓସ୍ତାଦ ।

ହାତରେ ଗୋଟିଏ ଆଚାର ଡବା ଆଣି କହିଲା- ନେଇଯାଆ ସବୁତକ । ଆମର କିଏ ଆଚାର ଖାଆନ୍ତି ନାହିଁ । ଆଉ ଏଇ ପଲିଥିନ୍‌ରେ ଆଳୁ ବାଇଗଣ ଦେଇଛି ମଧ୍ୟ ।

ସେ ଖୁସିରେ ସେତକ ନେଇ ଚାଲିଗଲା । ଆଦ୍ୟାଶା ମନେମନେ ଭାବିଲା ଯାହାହେଉ 'ଏ ପୁରୁଣା ଆଚାର ସରିଯାଉ' । ତଥାପି ମନରେ ଶଙ୍କାଥିଲା 'ସେମାନଙ୍କର କିଛି ଅସୁବିଧା ହେବନି ତ' ? ଯଦି ସେମାନଙ୍କୁ ଭଲ ଲାଗିବ ତେବେ ଆଉ ଯେତକ ଆଚାର ଡବା ଅଛି ଦେଇଦେଲେ ଘରର ଥାକଗୁଡ଼ିକ ଖାଲିହେବ । କିଏ ଆଚାର ଆମ୍ବୁଲ ଖାଉଛି କି ?

ଯାରି ଭିତରେ ସେହି ଛୋଟ ପିଲାଟି ଖୁବ୍ ନିଃସଙ୍କୋଚରେ ଗେଟ୍ ଖୋଲି ଆଗ ବଗିଚାର ଘାସ ବାଛିଦିଏ ଆପେ ଆପେ । ଘରର ଚାରିପଟ ଓଳେଇ ସଫା କରିଦିଏ । ଯାରି ବଦଳରେ କେତେବେଳେ ଟଙ୍କା ବା ପରିବାପତ୍ର କି ଫଳମୂଳ ପାଇ ଖୁସିହୁଏ । ଆଯାଚିତ ଭାବରେ ଖଟୁଥିବା ପିଲାଟି ପ୍ରତି ମନରେ ଦୟା ଆସେ । ଦିନେ ତାକୁ ଆଦ୍ୟାଶା କହିଲା - ଆରେ ତୋ ନାଁ ଲେଖି ଜାଣିଛୁ ?

- ନାଇଁ ମା' ।

କାଗଜ କଲମ ଦେଇ ସେହି ଖାତାରେ ସେ ତା' ନାଁ ଲେଖିଦେଲା । କହିଲା ପୁରାପୁରି ଖାତାରେ ନାଁ ଲେଖିସାରିଲା ବେଳକୁ ତୋର ଆଉ ନାଁ ଲେଖାରେ ଅସୁବିଧା ହେବନି । ଯା ଲେଖି ପକା ।

ଯଦି ସେମାନଙ୍କ ମନକୁ ତମେ ତର୍ଜମା କରିବ ତେବେ କେତେ ସରଳ ବୁଝିପାରିବ । ସେମାନଙ୍କ ହସରେ ଆବିଳତା ନାହିଁ, ସେମାନଙ୍କ କଥାରେ କପଟତା ନାହିଁ । ସେମାନେ ଗରୀବ ହେଲେ ସୁଦ୍ଧା ବିବେକରେ ଗରୀବ ନୁହଁନ୍ତି ଯେମିତି । କାରଣ ସେ ସେମାନଙ୍କୁ ଟିକିଏ ଭଲପାଏ ବୋଲି ସେମାନେ ଆଦ୍ୟାଶାକୁ ଭଲପାଆନ୍ତି । ତା' ପାଖରୁ ପାଆନ୍ତି ବୋଲି ପ୍ରତିଦାନ ରୂପେ ଫେରାଇବାରେ ବ୍ୟସ୍ତ ହୁଅନ୍ତି ଆଉ ତା' ବୁଢ଼ୀମା' କହେ - ମା' ଯେତେବେଳେ ଯାହା ଦରକାର ମୋତେ କହିଲେ ମୁଁ କରି ଦେବି ।

କିନ୍ତୁ ନିଜ ସନ୍ତାନମାନଙ୍କୁ ଏତେ ଦେଇ ସେମାନେ ଫେରାନ୍ତି କ'ଣ ? ଭଲପାଇବାର ସ୍ଥିତିକୁ ସେମାନେ ବୁଝନ୍ତିନି କାହିଁକି ? ପୁରୁଣା ଜାମା ପ୍ୟାଣ୍ଟ, ଶାଢ଼ୀ ପଟା କି ଘରକରଣା ଜିନିଷ ଦେଲେ ଖୁସିରେ ନିଅନ୍ତି ସେହି ମୂଲିଆ ଘର ଲୋକମାନେ । କୃତ କୃତ୍ୟ ହୋଇଯାଆନ୍ତି । ସେମାନଙ୍କ ଚାହାଁଣୀ ହୃଦୟକୁ ଛୁଇଁଯାଏ ।

ଆମେ ନିଜକୁ ବାହାଦୂରୀ ମାରୁ । ଭାବୁ ଏମାନେ ନିର୍ବୋଧ ବୋଲି ନା ? କିନ୍ତୁ ବଞ୍ଚିବାପାଇଁ ଉଦ୍ଦେଶ୍ୟହୀନ ଜୀବନକୁ କେବେ ପାଖରୁ ଦେଖିଲେ ଲାଗିବ ଆମର ଅହମିକା ସେମାନଙ୍କ ଆଗରେ ନ୍ୟୁନ ହୋଇଯିବ । ଆମେ ଖୁସି ଖୋଜି ଖୋଜି ନୟାନ୍ତ ଆଉ ସେମାନେ ଖୁସିକୁ ଅଙ୍ଗେଲିଭାଇ ଚଳିଛନ୍ତି ପ୍ରତିକୂଳ ମୁହୂର୍ତ୍ତରେ ମଧ୍ୟ । କିନ୍ତୁ ଆମର କ୍ଷୁଧା ତୃଷା ସୀମାହୀନ !

କାହିଁକି କେଜାଣି ସେଦିନ ସେହି ମୂଲିଆଘର ବୁଢ଼ୀମା' କାନ୍ଦିକାନ୍ଦି ମୋ ଦୁଆରକୁ ଆସି କହିଲା- ମା' ଆମ ସାନ ପିଲା ଦି'ଟାଙ୍କ ଦେହ ଭଲନାହିଁ । ଆମେ ତ ଗରୀବ ଲୋକ । ଆମର ଦୁଃଖରେ ହେଉକି ସୁଖରେ ହେଉ ସଂସାର ଚଳିଛି । କାହାର ଦୟାରେ ଆମେ ବଞ୍ଚୁନୁ, କିଏ ଆମକୁ ମାଗଣାରେ ଖାଦ୍ୟ ଦେଉଛି କି ?

- କଥା କ'ଣ ହେଲା ?

- ମା' ଆମ ସାନପିଲାଙ୍କ ଝାଡ଼ାବାନ୍ତି ହେଉଛି । ପିଲା ଦିଟା ଆଲେଜେଇ ପଡ଼ିଛନ୍ତି । କିଛି ଔଷଧ ଥିଲେ ଦିଅ ଟିକିଏ ।

- ଏମିତି କାହିଁକି ହେଲା ?

- ସେ ପାଖ ବାବୁଘରର ବାସି ଭୋଜି ଖାଇ ଆମର ଏ ଦଶା । ଯଦି ଜିନିଷ ଭଲ ନ ଥିବ ଆମକୁ ଦେବ କାହିଁକି ? ଆମ ପେଟରେ ବାସି ତେଲ ମସଲା ଭୋଜି ହଜମ ହେବନି । ଆମେ ଗରୀବ ଲୋକ । କୁଆଡୁ ଏତେ ଟଙ୍କା ଆଣିବୁ ପିଲାଙ୍କ ଦେହ ରୋଗ ପଛରେ ? ଯାହା ଅର୍ଜିଲୁ ସେହି ଦିନରେ ଶେଷ । ପରଦିନ କଥା ଚିନ୍ତା କରିନୁ ।

ଆଦ୍ୟାଶା ଡରିଗଲା । ଡାକ୍ତରଙ୍କ ବିନା ପରାମର୍ଶରେ ସେ ମଧ୍ୟ ଘରେଥିବା ଔଷଧ ଦେଇ ପାରିବିନି । କାଳେ ଯଦି କୁଆଡ଼େ କିଛି ହେବ ତେବେ ତାକୁ ମଧ୍ୟ ଦୋଷ ଦେବେ । ତେଣୁ କହିଲା ପାଖ ଡାକ୍ତରଖାନାକୁ ଚାଲିଯାଅ । ସେଠି ଡାକ୍ତରଙ୍କୁ ଦେଖାଇ ଆସିବ । ଯଦି ଡାକ୍ତରଖାନାରୁ ଔଷଧ ନ ମିଳିଲା ତେବେ କିଣି ଆଣିବ । ଟଙ୍କା କିଛି ନେବକି !

- ନାଇଁ ମା' । କିଛି ଟଙ୍କା ରଖିଛି ବୋହୂ । ଦରକାର ହେଲେ ନେବୁ ଆଉ ଶୁଝିଦେବୁ ।

ବୁଢ଼ୀ ଗଲାପରେ ଭାବିଲା ଆଦ୍ୟାଶା - ଇଏ ତ ସବୁବେଳେ ମୋତେ ସତର୍କ କରାନ୍ତି - ସେମାନଙ୍କୁ ଇଆଡୁ ସିଆଡୁ ଜିନିଷ ଦେବୁନି ଖାଇବାକୁ । ସେମାନେ ଭୋଜିଭାତ ଖାଇବାକୁ ଚାହାନ୍ତି ନାହିଁ ପରା । ଯେତେ ଡାକିଲେ ମଧ୍ୟ ବଳକା ଭୋଜି ନେବାକୁ ଆସନ୍ତିନି । ଆମ ଘର ପ୍ରତିଷ୍ଠାବେଳ କଥା ଭୁଲିଗଲ କି ? ଆମେ ସିନା ଯାତଯାମ ଖାଦ୍ୟ ଖାଉଛେ । ସେମାନେ ପରା ସାତ୍ତ୍ୱିକ ଆହାର ସାଙ୍ଗେ ସାଙ୍ଗେ ରାନ୍ଧି ଖାଉଛନ୍ତି ।

ଘର ଭିତରକୁ ପଶୁପଶୁ ସଂଜିତ୍ ପଚାରିଲେ - କାହାସାଙ୍ଗରେ କଥା ହେଉଥିଲେ ? କାହିଁକି ସେ ମୂଲିଆ ମଜୁରିଆଙ୍କ ସହିତ କଥା ହେଉଛ ?

- ଓଃ, ସେ ତାଙ୍କ ପିଲାଙ୍କ ଦେହ ଖରାପ କଥା କହୁଥିଲା ।

- ଔଷଧ ଦେଇନ ତ ? ଯଦି ଭଲ ନ ହେବ ତମର ଦୋଷ ହେବ । ଆଜିକାଲି କାହାକୁ ଦୟା କଲେ ଭାରି ଅସୁବିଧା । କାହା କଥାରେ ମୁଣ୍ଡ ପଶାଅନି । ଯିଏ ଯାହା ସଂସାରକୁ ନେଇ ଚଳନ୍ତୁ ।

ପାଟି ଚୁପ୍ ରଖି ବଟଲରୁ ପାଣି ଢ଼ୋକେ ପିଇଲା ଆଦ୍ୟାଶା । ମନେମନେ ଭାବିଲା ଦୟା ନାମକ ଶବ୍ଦ କ'ଣ ସତରେ କେତେ ବର୍ଷପରେ ସଂସାରରୁ ସରିଯିବକି ? କେବେ ନୁହେଁ । ମଣିଷ ତ ସବୁବେଳେ ଶାନ୍ତି ଚାହେଁ । ଦୟା ସହିତ ଶାନ୍ତି ହିଁ ସଂଶ୍ଳିଷ୍ଟ ।

- ସେଠି ଠିଆ ହୋଇ କ'ଣ କରୁଛ ?

- ପାଣି ଟିକିଏ ପିଇବାକୁ ଦେବନିକି ? ଚାହୁଁଛ କ'ଣ ?

- ଏଠିକି ଟିକିଏ ଆସ । ଦେଖିବ ଘରର ହିସାବଟି । କୋଡ଼ିଏ ଲକ୍ଷଟଙ୍କା ଖର୍ଚ୍ଚ ହୋଇଗଲା ଘର ତିଆରିରେ । ଚାକିରିର ସିଂହଭାଗ ଗଲା ଘର ତୋଳାରେ ।

- ମୋତେ ସେଠୁ କ'ଣ ମିଳିବ ?

- ତମେ କ'ଣ ଘରେ ରହୁନ କି ?

- ତମକୁ ବାହାହୋଇଛି ମାନେ ତମ ସାଥିରେ ରହିବାକୁ ବାଧ୍ୟ । ତମ ଘର ନୁହଁ ଏଇଟା ମୋ ଘର ।

ପୁଅର ପାଟି ଶୁଣାଗଲା - ସବୁ ବାପାଙ୍କର ।

- ଓଃ, ବାପାଙ୍କ ସାଙ୍ଗରେ ପାଳି ଧରିବାକୁ ପଳେଇ ଆସିଲୁ । ସବୁ ମୋର । କାରଣ ତୋ ଜେଜେମା' କହୁଥିଲେ ଏଇକଥା ।

ୟାଙ୍କର ପାଟିରୁ କଥା ବାହାରିଲା - ସତ କହିଲ, ସବୁଥିଲା ବାପାଙ୍କର । ମା' ସିନା 'ମୋର' କହୁଥିଲା ।

- ତେବେ ଏ ଘର ତମର । ଖୁସି ତ ଏଥର କହି ଆଦ୍ୟାଶା ସେଠୁ ପ୍ରସ୍ଥାନ କଲା । ଷ୍ଟେୟାର କେସ୍‌ର ପାହାଚ୍ ଚଢ଼ି ଖୋଲା ଛାତ ଉପରକୁ ଚାଲିଗଲା ସେ । ଦୂର ଦିଗ୍‌ବଳୟରେ ସୂର୍ଯ୍ୟଦେବ ବୁଡ଼ିବାକୁ ବସିଲେଣି । ଆକାଶର ରୂପ ଅପରୂପ ଥିଲା । ଏତେ ସୁନ୍ଦର ଆକାଶକୁ ଦେଖି ମନପଡ଼ିଗଲା ଗୋଟିଏ ପଂକ୍ତି 'ଆକାଶ ଦିଶେ କି ସୁନ୍ଦର, ତାହାକୁ ରଚିଲେ ଈଶ୍ୱର' ।

ଆତ୍ମ ବିଭୋର ହୋଇ ସେ ଚାହିଁ ରହିଥିଲା ଆକାଶର ଶୋଭାରାଜିକୁ । ଭୁଲିଗଲା ନିଜକୁ ନିଜେ । କେତେଗୁଡ଼ିଏ ପକ୍ଷୀ ଉଡ଼ି ଯାଉଥିଲେ ନିଜ ବସା ଆଡ଼କୁ କିଚିରିମିଚିରି ଶବ୍ଦ କରି । ଇଚ୍ଛାହେଲା ସେ ତାଙ୍କ ସହିତ ଉଡ଼ିଯାଆନ୍ତା କି ? କିନ୍ତୁ ତା'ର ଡେଣା କାହିଁ ? ତା'ର ଡେଣାକୁ କାଟି ଦିଆଯାଇଛି ବହୁତବର୍ଷ ତଳେ । ପଞ୍ଜୁରୀ ଭିତରର ଶାରୀଟିଏ ସେ କେବଳ !

।। ଉଣେଇଶି ।।

ବାଲ୍ୟକାଳେ ବାଲିଖେଳରୁ ସାଉଁଟିଥିବା ମନଖୋଲା ହସ ଓ ଖୁସିକୁ ବୟସର ପାହାଚ଼ ଗୁଡ଼ି ପରି ଗୋଟିକ ପରେ ଗୋଟିକୁ ଉଡ଼ାଇ ନେଇଥିଲା । ହାତରେ ରହିଯାଇଥିଲା ଅଛିଣ୍ଡା ସୂତାର ମୋହ । ସେହି ସୂତାକୁ ନିଜରଭାବି ଖୁସିର ମାହୋଲ ତୋଳି ପୁଣି ମନଖୋଲି ହସିବାକୁ ଚେଷ୍ଟା କଲାବେଳକୁ ବୟସର ସହଯୋଗ ଦୂରେଇ ଯାଇଥିଲା ଯେମିତି । ନିଜର ବୟସ ସହ ସମୟ ତ ଛାଇପରି ଚାଲିଛି ଆଉ ସେହି ଅସ୍ଥିର ଛାଇ ଭିତରୁ ନିଜକୁ ସାଉଁଟି ଆଣି ଆଇନା ସାମ୍ନାରେ ଠିଆ ହେଲାବେଳକୁ ନିଜର ପ୍ରତିବିମ୍ବ ଆଇନାରେ ଝାପ୍‌ସା ଦେଖାଯାଉଥିଲା । ଏଇଟା ଆଇନାର ଦୋଷନ ଥିଲା । ଥିଲା ବୟସର ଦୋଷ । ଆଖିର ଦୋଷ । ଆଜିକାଲି କାନକୁ ଆଉ ଭଲ ଶୁଣାଯାଉନି । ଅଧାଅଧି ମୁଣ୍ଡବାଳ ଶ୍ୱେତବର୍ଣ୍ଣ ଧାରଣ କଲେଣି । ଶରୀରରେ ଅବସାଦ ଓ ଆଳସ୍ୟ ଭରିଗଲାଣି । କଥା କ'ଣ ? ଆଦ୍ୟାଶା ସତରେ କେତେ ବଦଳିଯାଇଛି ! ତା'ର ଦେହ ମନ ସବୁ କ'ଣ ବୟସର ଚଲାପଥରେ କ୍ଳାନ୍ତ ହୋଇ ପଡ଼ିଲେ କି ? ହଜିଯାଇଥିବା ସମୟର ମନ ଖୋଲା ହସ ମୋତେ ଆସି ଆଉ କାହିଁ ହସାଇ ପାରୁନି ?

ପାଖ ସ୍କୁଲରୁ ଘଣ୍ଟାର ଠନ୍ ଠନ୍ ଶବ୍ଦ ଶୁଣାଗଲା । ପିଲାମାନେ କୋଳାହଳପୂର୍ଣ୍ଣ ବାତାବରଣ ଭିତରେ ବିଦ୍ୟାଳୟ ଗେଟ୍ ଅତିକ୍ରମ କରିଲେ । ଆଉ ସେ ବାଲ୍‌କୋନି ଉପରୁ ସେମାନଙ୍କ ମନଖୁସିକୁ ଉପଭୋଗ କରୁକରୁ ନିଜେ କେତେବେଳେ ସେମାନଙ୍କ ବୟସର ଗହଣରେ ନିଜ ବୟସକୁ କମାଇଦେଇଥିଲା ବୁଝି ପାରିଲାନି । ସେ ଦୌଡ଼ିଥିଲା ସ୍କୁଲ ବ୍ୟାଗ୍ କାନ୍ଧରେ ଓହଳାଇ ନିଜ ଘରକୁ । ଆଉ ତା' ଜେଜେମା ଦୁଆରେ ଚାହିଁ ବସିଥିଲା ତାକୁ । ପଚାରିଲା – ସ୍କୁଲ ଛୁଟି ହେଲା । ପିଲାଟିକୁ ଭୋକ ହେବଣି । ମୁଁ ତତେ ଚାହିଁ ବସିଛି । ଆସିଲେ ସାଙ୍ଗହୋଇ ଖାଇବା । ଘରକୁ ଚାଲେ ତୋ ଆଈ ଆସିଛି ।

ସେ ଉଲ୍ଲସିତ ହୋଇ ଘର ଦୁଆରବନ୍ଧ ଡେଇଁ ପାଟିକରି ଡାକିଲା - ଆଈ, ଆଈ । ମୋ ପାଇଁ କ'ଣ ଆଣିଛୁ ?

ତା' ଜେଜମା' ତା' ପଛେ ପଛେ ଆସିଯାଇଥିଲା । କହିଲା, ତୋ ଆଈ ତୋ ମନଲାଖି ରାଶିଲଡୁ ଆଣିଛି ।

- ଆଉ କ'ଣ ଆଣିଛି ?

- ଏମିତି ଅଧୈର୍ଯ୍ୟ ହେଲେ କ'ଣ ଚଳିବ ? ଆଗ ଗୋଡ଼ ହାତ ଧୋଇ ଖାଇନିଏ ।

- ନା ମୁଁ ଆଈ ପାଖକୁ ଯିବି କହି ଦୌଡ଼ିଲା ବାଡ଼ିପଟକୁ । ଡାକ ଛାଡ଼ିଲା - ଆଈ ଆଈ....।

- ଏଡ଼େ ବଡ଼ ଝିଅଟିଏ ହେଲୁଣି ଆଈକୁ ଦେଖିବାକୁ ବାଉଳି ହେଉଛି । ମୁଁ ଯାଉଛି । ତୁ ତନ୍ଦରା ହୋଇ ଦୌଡ଼ି ଆସେନି । ଦୁଆରବନ୍ଧ ଝୁଣ୍ଟି ଦେବୁ ।

ଆଈକୁ ଦେଖି ଗୋଟିଏ ନମସ୍କାର କରି କୋଳେଇ ପକେଇଲା । ସେ ପଚାରିଲା- ମୋ ପାଇଁ ଖାଲି ରାଶିଲଡୁ ଆଣିଛୁ ?

- ପିଠା, ମୁଆଁ ଆଣିଛି । ତୁ ତ କିଛି ଖାଇବାକୁ ଚାହୁଁନୁ । ଖାଲି ରସଗୋଲା ମିଠେଇ ଖାଇବୁ । କିଏ ତତେ ମିଠା ଖୁଆଇବ ? ଜେଜେମା କହିଲା - ମୋର ନାତୁଣୀ କ୍ୱାଇଁ ଖୁଆଇବ ।

ଆଜି ଆଦ୍ୟାଶାର ମିଠାଖାଇବାକୁ ବହୁତ ମନ ହେଲେ ମଧ୍ୟ ସେ ମିଠା ଖାଇବାକୁ ଡରୁଛି । ବ୍ଲଡ଼୍‌ସୁଗାର ବଢ଼ିଯିବ । ତା' ଆଈ କି ଜେଜେମା କିଏ ନାହାନ୍ତି । ସେମାନଙ୍କ ଭଲପାଇବାର ସୂତା ଏବେ ମଧ୍ୟ ତା' ମନରେ ବାନ୍ଧି ହୋଇଯାଇଛି । ସେଦିନର ଖୁସି ସେ ଆଉ ଭେଟିପାରୁନି । ଯଦି ପିଲାଦିନେ ବୁଝିପାରିଥାଆନ୍ତା ମିଠା ଖାଇଲେ ଡାଇବେଟିସ୍ ବଢ଼େ ବୋଲି ତେବେ ସେ ବୟସରେ ଆହୁରି ମିଠା ଖାଇଥାଆନ୍ତା । ମିଠା ତା' ପ୍ରିୟ, ତେଣୁ ମୁଆଁ, ଉଖୁଡ଼ାକୁ ସେ ଅନାଇନଥାଏ । ରାବିଡ଼ି ଛେନାପୋଡ଼, ରସଗୋଲା ମିଠାକୁ ସେ ପସନ୍ଦ କରେ । ଘରେ ବେଶି ମିଠା ଦେଖିଲା ପରେ ମଧ୍ୟ ଅରୁଚି ଲାଗେ ଖାଇବାକୁ । ବୋଉ ଯେଉଁଦିନ କୁହେ ହାଣ୍ଡିଶାଳ ଶିକାରେ ଛେନାପୋଡ଼ ଅଛି ଖାଇଦିଏ ଖଣ୍ଡିଏ । ସେ ଛେନାପୋଡ଼ ଟିକିଏ ଆଣି ରଖିଥାଏ । ଯଦି ବାସି ହୋଇଯାଇଛି ତେବେ ଖାଏନି । କୁହେ - ତୁ ହଳିଆକୁ ଖାଇବାକୁ ଦେଇଦିଏ ।

ଆଜିକାଲି ମିଠା ଖାଇବା ପାଇଁ ନିଷେଧ । ବାଧହୋଇ କଲରା ମେଞ୍ଚାଏ ପ୍ରତିଦିନ ଖାଏ । ପାଟି ପିତା ସାଙ୍ଗକୁ ମନଟା ମଧ୍ୟ ପିତା ହୋଇଯାଏ । କିନ୍ତୁ ବାଲ୍ୟକାଳର

ମିଠାର ସ୍ୱାଦ ଏବେ ମଧ୍ୟ ମୋତେ ଚେତେଇ ଦେଇଥାଏ - ଯାହା ଖାଇବା କଥା ପିଲାଦିନେ ଖାଇ ସାରିଛୁ । ମନଦୁଃଖ କରିବା କି ଦରକାର ।

ସତରେ ସେ ଦିନର ସ୍ମୃତି ଆଜିକାଲିର ଦୁଃଖକୁ ମଧ୍ୟ କିଛି ପରିମାଣରେ କମାଇ ଦେଉଛି । ଆଦ୍ୟାଶା ପୁଣି ଫେରି ଯାଉଛି ସେହି ପିଲାଦିନର ବୟସକୁ । ବୋଉ ତା ପାଇଁ ଗରମ ଗରମ ଭାତ ବାଢ଼ି ଘିଅ ଦୁଇପଳା ପକେଇ ଦେଲାବେଳେ ଅଝଟ କରି କହୁଛି - ବୋଉ ଆଉ ଘିଅ ଦିଏ । ମୁଁ ଘିଅ ସରସର ଭାତରେ ଭଜା ମୁଗଡ଼ାଲି ଗୋଳାଇ ଖାଇବି । ତରକାରୀ ସାଙ୍ଗକୁ ଆଉ ଆଳୁଭରତା କରିଛୁ ତ ?

- ଭେଣ୍ଡି, ଜହ୍ନି ଭଜା, ଶାଗଭଜା ।

- ଖାଲି ଏତିକି । ଆଳୁ ଭରତା କରିନୁ କାହିଁକି ?

- ହଁ କରିଛି ।

- ମୋତେ ମେଞ୍ଚାଏ ଆଳୁଭରତା ଦିଏ । ସେ ଜହ୍ନି ଭେଣ୍ଡି ଭଜା ଦିଏନି । ତରକାରୀ ଭଲ ସୁଆଦ କରିଛୁ ତ ?

- ଖାଇଲେ ସିନା ଜାଣିବୁ କହି ବୋଉ ସବୁ ଜିନିଷ ଆଣି ଥାଳି ପାଖରେ ଥୋଇଲାପରେ ଯାହା ଭଲ ଲାଗିଲା ଖାଇଲି ନଚେତ୍ ଥାଳୀରେ କିଛି ଛାଡ଼ି ଉଠିଗଲି । କିଏ ତମକୁ କିଛି କହିବେନି । ପିଲାଟିଏ ବୋଲି ସବୁ କଥା ମାଫ୍ କରି ଦେବେ ।

ଆଜି ସେ ଆଳୁଭରତାର ସ୍ୱାଦ ପାଉନି ! ଭଲ ଲାଗୁନଥିବା ଜିନିଷକୁ ବାଧ୍ୟ ହୋଇ ଖାଉଛି । ଉପଦେଶ ମଧ୍ୟ ଶୁଣୁଛି - ଏହି ଖାଦ୍ୟ ଦେହପାଇଁ ଭଲ ।

ଆଜି ଚୁପ୍‌ଚାପ୍ ସୁନାପିଲାଟିଏ ପରି ଖାଦ୍ୟ ଗିଳି ଦେଉଛି । କିନ୍ତୁ ପିଲାଦିନର ଖୁସି କାହିଁ ମିଳୁନି । ବଞ୍ଚିବା ପାଇଁ ଯେଉଁ ଖାଦ୍ୟ ଦରକାର ତା ହିଁ ଖାଇବାକୁ ହେବ । ଜୀବନର ମୂଲ୍ୟ ତ କମ୍ ନୁହେଁ । କେତେ ଜନ୍ମପରେ ମନୁଷ୍ୟ ଜନ୍ମ ପ୍ରାପ୍ତି । ଜାଣି ଜାଣି ଜୀବନକୁ ରୋଗାଗ୍ରସ୍ତ କରିବନି କେବେ । ରୋଗ ନିରାକରଣ ପାଇଁ ଖାଦ୍ୟପେୟରେ ସତର୍କତା ଅବଲମ୍ବନ ନିହାତି ଦରକାର ମଧ୍ୟ । ନିଜପାଇଁ ବଞ୍ଚିବା ସଙ୍ଗେ ସଙ୍ଗେ ଅନ୍ୟପାଇଁ ତ ପୁଣି ବଞ୍ଚିବାକୁ ହେବ । ନଚେତ୍ ଜଣଙ୍କ ମୃତ୍ୟୁରେ ପରିବାରର ବିଶୃଙ୍ଖଳା ବା ଯନ୍ତ୍ରଣାର ଆରମ୍ଭ ହୋଇଯାଏ । ମୋ ଜେଜେବାପା ଛପନ ବର୍ଷରେ ମୃତ୍ୟୁବରଣ କଲେ ସାଢ଼େ ଚାରିବର୍ଷ ଶଯ୍ୟାଶାୟୀ ହେବାପରେ । ଯାହାଫଳରେ ମୋ ବାପା ଚାକିରିରୁ ଇସ୍ତଫାଦେଲେ ଘର ସମ୍ଭାଳିବାପାଇଁ । କିନ୍ତୁ ସେ ସମୟ ଅତିକ୍ରାନ୍ତ ହୋଇଗଲାପରେ ଯେତେବେଳେ ଆମେମାନେ ବଡ଼ ହୋଇଗଲୁ ବାପାଙ୍କୁ କହିଲୁ - ଚାକିରି ଛାଡ଼ିବାନଥିଲା ତମ ପକ୍ଷରେ ।

ମୋ ବୋଉ କ୍ଷୋଭରେ କହିଥିଲା - ଚାକିରି ଛାଡ଼ି କେତେ ହଇରାଣ ହେଲଣି ।

କିଏ ଦେଖୁଛି ଆମର ଅବସ୍ଥା ? ଯିଏ ଯାହାର ସୁବିଧାରେ ରହିଲେ । ଅସୁବିଧା ବେଳର କଥା ସେମାନଙ୍କର ଆଉ କ'ଣ ମନେରହିବକି ?

ମୋ ବାପାଙ୍କ ଚଢ଼ାସ୍ୱର ଶୁଣାଗଲା – କ'ଣ କହିଲୁ ? ଯିଏ ଯେଉଁଠି ଅଛନ୍ତି ଭଲରେ ଥାଆନ୍ତୁ ।

ବୋଉ ମୋ ଆଡ଼କୁ ଅନାଇ କହିଥିଲା – ଦେଖିଲୁ ତ ତୋ ବାପାଙ୍କୁ । ମୋର ସୁନା ଗହଣା ଏ ଘର ପାଇଁ ବିକିଦେଲି । ପରେ ମତେ କିଏ ଦେଇଦେଲା କି ଆଉ ?

ବାପାଙ୍କ ସ୍ୱର ଶୁଣାଗଲା – ଯାହା ହେଉଛି ଭଲ ହେଉଛି । ଦୁଃଖ କାହିଁକି କରିବା । ଦେବାବାଲାହିଁ ସବୁବେଳେ ଦେବ ।

ଆଜି କିନ୍ତୁ ଟିକିଏ ଟିକିଏ କଥାରେ ଘରେ ଘରେ ଅଶାନ୍ତି ସୃଷ୍ଟି ହେଉଛି । ସେହି ଅଶାନ୍ତି ହିଁ ରୋଗର ମୂଳ କାରଣ । ମନକୁ ଏମିତି ଥଣ୍ଡା କରି ବସିଗଲେ ଘରର ସୁଖ ସ୍ୱାଚ୍ଛନ୍ଦ ଆସିଯିବନି ବୋଲି ମନ କୁହେ । ସେଥିପାଇଁ ମୁଁ ମୋ ପିଲାଙ୍କ ଭୁଲ ଦେଖିଲେ ସାଙ୍ଗେସାଙ୍ଗେ କହିଥାଏ – 'ଏଇଟା ତୋର ଭୁଲ' ।

ପିଲାମାନେ ଖରାପ ଭାବନ୍ତି ମୋ ଉପରେ ମଧ୍ୟ । ତଥାପି ମୁଁ ଚୁପ୍ ରହେନି ।

ପିଲାଦିନେ ଖାଇ ଦେଇ ସାରିଲାପରେ ଚିନ୍ତା କ'ଣ ? ପାଠ ପଢ଼ିବ ନଚେତ୍ ଖେଳିବ । ଘର ଚଳେଇବା ଭାରର ଓଜନ ତ ମୁଣ୍ଡରେ ନାହିଁ । ମନଟା ଖୁବ୍ ହାଲ୍‌କା ଥିଲା । କିଏ ତମକୁ ଆକ୍ଷେପ କରିବେ ନାହିଁ । ପିଲାଦିନର ଭୁଲ୍ ବଡ଼ମାନେ ମାଫ୍ କରିଦିଅନ୍ତି ପିଲାଟେ କହି । ଖାଲି ଭୟ ଥାଏ ବିଦ୍ୟାଳୟ ଶିକ୍ଷକଙ୍କ ବେତମାଡ଼କୁ । ଠିକ୍‌ରେ ପଣିକିଆ କି ପାଠ ନପଢ଼ି ଗଲେ କ୍ଲାସ ରୁମ୍ ବାହାରେ ଦଣ୍ଡାୟମାନ ହେବାର ଦଣ୍ଡ ମିଳିବା ସଙ୍ଗେ ସଙ୍ଗେ ପାଞ୍ଚ ଛଅ ପ୍ରହାର ବେତର କଷ୍ଟ ସହିବାକୁ ପଡ଼ିବ । ତେଣୁ ମୁଁ ଖାଇବା ପରେ ପରେ ବସିଯାଏ ବହି ଖୋଲି । ପଣିକିଆ ଘୋଷିପକାଏ ଆଉ ପାଠ ପଢ଼ିସାରିବା ପରେ ଦୌଡ଼େ ଦୁଆରକୁ । କେଉଁଦିନ ଲୁଚୁକାଳି ତ କେଉଁଦିନ ଦଉଡ଼ି ଡିଆଁ, କେଉଁଦିନ ପୁଚି କି କଣ୍ଢେଇ ଖେଳ ଭିତରେ ଦିନଗୁଡ଼ିକ ସରି ଯାଇଥାଏ । ଆଉ ଜାଣି ହୁଏନି ନିଜର ବୟସ ବଢ଼ିବା ସମୟକୁ । ଯେଉଁଦିନ ବୋଉ ଆକଟ କରେ – ଆଉ ତୁ ଦୁଆରକୁ ଯାଇ ଖେଳିବୁନି କି ଡିଆଁ ଡେଇଁ କରିବୁନି, ସେଦିନ ବୋଉକୁ ପଚାରେ କାହିଁକି ?

– ଝିଅମାନେ ବଡ଼ ହୋଇ ଆସିଲେ ଘର ଭିତରେ ରହିବାକଥା ବାହାରେ ଡେଇଁବା ଶୋଭା ପାଇବନି ଆଉ ବୋଲି ବୋଉ ଯୁକ୍ତିକରେ ।

ପଞ୍ଚମ ଶ୍ରେଣୀ ପାସ୍ କରିସାରିଲା ପରେ ଝିଅମାନଙ୍କ ପାଇଁ ଟିକିଏ ନିୟମ ଯୋଡ଼ହୁଏ । ତା' ପୂର୍ବରୁ ସାଙ୍ଗସାଥି ସାଙ୍ଗରେ ମନଇଚ୍ଛା ହସ ଖୁସିରେ ଖେଳି ପାରିବାର

ପାବନ୍ଧ ନଥିଲା । ଆସ୍ତେ ଆସ୍ତେ ହସରେ ମଧ୍ୟ ଅଙ୍କୁଶ ଲାଗିବ । ହେଁ ହେଁ ହୋଇ ବଡ଼ ପାଟିରେ କଥା କହିବନି । ନାକସିଧାରେ ସ୍କୁଲ ଯାଇ ଘରକୁ ଫେରିବ । ପୁଅପିଲାଙ୍କ ସହ କଥାବାର୍ତ୍ତା କରିବନି । ସେତେବେଳେ ମୋ ମନରେ ପ୍ରଶ୍ନ ଉଠେ - ମୋ ତଳ ଭାଇ ତ ଦୁଆରେ କେତେ ସୁନ୍ଦର ଖେଳ ଖେଳୁଛି ଅଥଚ୍ ମୋ ପାଇଁ ଏପରି ନିୟମ କାହିଁକି ଲାଗୁ କରୁଛନ୍ତି ପରିବାର ସଦସ୍ୟ ।

ଏହି ଉତ୍ତରର ସମାଧାନ କରି ଦିଏ ମୋ ଆଈ - 'ଝିଅମାନେ ବଡ଼ ହେବେ । ବାହାହେବେ । ଶାଶୁଘର ଗଲେ ସେଠାର ସମସ୍ତଙ୍କ ମନକୁ ଚାହିଁ ସେବା କରିବେ । ଝିଅମାନେ କ'ଣ ପୁଅପିଲାଙ୍କ ପରି ହୋଇପାରିବେ କି ? ପୁଅମାନେ ପାଠ ପଢ଼ି ଚାକିରି କରି ଘର ଚଳେଇବେ ।' ଝିଅ ପାଠ ପଢ଼ି ଚାକିରି କରି ଟଙ୍କା ରୋଜଗାର କଲେ ପୁଅ ସାଙ୍ଗରେ ସମାନ ହୋଇଯିବେ ବୋଲି ମୁଁ ଯୁକ୍ତିକରେ ।

- ତୁ ବୁଝି ପାରିବୁନି ଏବେ । ପିଲାଟିଏ ତୁ ।

ଆଜି ବୁଝି ପାରିଛି ଯେତେ ପାଠପଢ଼ ବା ଚାକିରି କର ସେଥିରେ ତମର ଅନେକ ଅଧିକାର ହାସଲ କରି ପାରିଲେ ସୁଦ୍ଧା ଯଦି ନିଜର ସହନଶୀଳତା ଓ ଧୈର୍ଯ୍ୟର ଅଭାବ ପରିଲକ୍ଷିତ ହୁଏ ତେବେ ଘରେ ଓ ପରିବାରରେ ଅଶାନ୍ତିର ନିଆଁ ଜଳିବ । ତେଣୁ ନାରୀଟିଏ ଅନେକ କ୍ଷେତ୍ରରେ ନିଜର ସହନଶୀଳତାର ପାରାକାଷ୍ଠା ପ୍ରଦର୍ଶନ କରି ଘରକୁ ସମ୍ଭାଳି ନିଏ ଯଦିଓ ପୁରୁଷ ପାଖରେ ଏ ଗୁଣର ଅଭାବ ଅନେକାଂଶରେ ଦେଖାଯାଏ । ଝିଅମାନଙ୍କ ମନ ଅଲଗା । ସେମାନେ ସମସ୍ତଙ୍କ ମନକୁ ଜିଣି ପରିବାର ଚଳେଇବାକୁ ଚାହାନ୍ତି, ଯଦିଓ ଆଜିକାଲି ଅନେକ ଝିଅଙ୍କ ମନ ଅଲଗା ହୋଇଗଲାଣି ।

ପାଠ ପଢ଼ି ପଢ଼ି ଯଦି ସେଠି ଗଡ଼ି ପଡ଼ିଛି ଚିନ୍ତା ନାହିଁ । ରାତିରେ ରୋଷେଇ ସରିବା ପରେ ବୋଉ ଉଠେଇ ନେଇ ନିଜ ହାତରେ ଖୁଆଇ ଆଣି ବିଛଣାରେ ଶୁଆଇଦେବ । ଆଉ ଯେଉଁଦିନ ଜେଜେମା'ର ହଳଦି ଲଗେଇବା ଦିନ ଥିବ ସେଦିନ ସଂଧ୍ୟାବେଳକୁ ଜେଜେମା' କହିଥିବ - 'ଆଜି ତୋ ଦେହରେ ହଳଦି ଘଷି ମଇଳା ଛଡ଼େଇ ଦେବି ।' ମୁଁ ଖାଇ ସାରିବାପରେ ଜେଜେମା' ନିଜେ ବାଟି ରଖିଥିବା ହଳଦି ଗିନାକୁ ଆଣି ମୁହଁଠାରୁ ଗୋଡ଼ ପର୍ଯ୍ୟନ୍ତ ଘଷି ଘଷି ଲଗେଇ ଦିଏ । ତା'ପରେ ଝାଡ଼ିଦେଇ କୁହେ ଯାଆ ଶୋଇପଡ଼ିବୁ । ଚଦରଟି ହଳଦି ହୋଇଗଲେ କାଲି ଧୋବାଘରେ ପଡ଼ିବ ନଚେତ୍ ସଫା ହେବାକୁ ଯିବ ।

ମୋର ଆଉ ଚିନ୍ତା କ'ଣ ? ସକାଳେ ବୋଉ ମୁଣ୍ଡରେ ତେଲ ଘଷି ମୁଣ୍ଡ କୁଣ୍ଡାଇ ରିବନ ବାନ୍ଧି ଦେବ । ମୁଁ ମୋ ପଢ଼ା ବହି ଧରି ବସିଯାଏ । ଆଉ କେତେବେଳେ ପିଲାଙ୍କ ଗପବହି ପଢ଼େ ମଧ୍ୟ । ପଢ଼ିବାକୁ ମୁଁ ଭଲପାଏ । କିନ୍ତୁ ଅନେକ ଥର ପିଇସିନାନୀ

କୁହେ - କେତେ ପଢୁଛୁ । ତୋ ବୟସର ମୋ ଝିଅ କେତେ କାମ ଶିଖିଗଲାଣି । ଘରର ରୋଷେଇ କାମ ଏକା କରିଦେଉଛି । ଯୋଡ଼ା ଯୋଡ଼ା ପାଣି କୂଅରୁ ବୋହିଆଣି ପାରୁଛି ।

ବୋଉ ମୋ ସପକ୍ଷରେ କୁହେ -ପଢୁ । ଛୋଟପିଲାଟା କି କାମ କରିବ କି ?

- ଛୋଟ କ'ଣ ? ବାର ତେର ବର୍ଷର ଝିଅ ହେଲାଣି । କାମ ଶିଖାଅ । ନହେଲେ ଶାଶୁଘରେ ହଇରାଣ ହେବ ।

ମୁଁ ଜାଣେ ମୋ ବୋଉ କି ବାପା ଝିଅମାନଙ୍କୁ କାମ କରେଇବା ସପକ୍ଷରେ ନଥାନ୍ତି । ପୁଅମାନଙ୍କ ଅପେକ୍ଷା ଝିଅମାନଙ୍କୁ ଅଧିକ ଯତ୍ନରେ ରଖନ୍ତି । ବୋଉ ମନଦୁଃଖ କରି କୁହେ - ମୁଁ ଯେତିକି ସୁଖ ପାଇଥିଲି ଛୋଟବେଳେ ସେହି ବାପଘରେ ହିଁ । ଏଠାକୁ ବୋହୂହୋଇ ଆସିଲାପରଠୁ ସବୁ ସୁଖ ଗଲା । କାହିଁକି ଝିଅମାନେ ବାପଘରେ କାମ କରିବେ ? ଜୀବନସାରା ତ ଶାଶୁଘରେ ଖଟିବାକୁ ପଡ଼ିବ । ବାପଘରେ ଟିକିଏ ସୁଖରେ ଥାଆନ୍ତୁ । ଶାଶୁଘରର ବୋଝ ଉଠାଇବା କମ୍ ନୁହେଁ ଯେ ପିଲାଟି ବେଳୁ ବାପଘରର କାମ ବୋଝ ତାଙ୍କ ଉପରେ ଲଦିଦେବ ।

ପିଇସୀନାନୀ ଚୁପ୍ ହୋଇଯାଏ । ମୋ ଆଈ ମଧ୍ୟ ବେଳେବେଳେ ତାଗିଦ୍ କରି କୁହେ - କିଛି ତ କାମ କରୁନୁ କେମିତି ଶାଶୁଘରେ ଚଳିବୁ ?

ମୋ ଜେଜେମା' କେବେହେଲେ ମୋତେ କାମ କରିବାକୁ କୁହେନି କି ଶାଶୁଘର କଥା କୁହେନି । ମୁଁ ଯେଉଁ କାମ ନ କରିବି ସେ କହିବ - ମୁଁ କରିଦେବି । ତୁ ତ ପିଲାଟିଏ ।

ଯଦି କେବେକେବେ ମୋତେ ଘର ଓଳାଇବାକୁ ପଡ଼େ ତେବେ ମୁଁ ଝାଡୁରେ ଘର ଓଳାଇ ଦିଏ ଆଉ ଦୁଆର ବନ୍ଧ ପାଖରେ ଘର ଅଳିଆ ଗଦେଇ ଦେଇଥାଏ । ବୋଉ ଓ ଜେଜେମା' ଜାଣନ୍ତି ମୁଁ ମଇଳା ଜିନିଷ ହାତରେ ଉଠାଇ ପାରେନି ବୋଲି । ତେଣୁ ସେମାନେ ନିଜେ ଉଠାଇ ନିଅନ୍ତି । ଆମର ବଡ଼ଘର ଯୋଗୁ ଓଳାଇଲାବେଳେ ମୋ ହାତ ମୁଠା ଦରଜ ହୁଏ । ସେଥିପାଇଁ ଆମର ହଳିଆ ପିଲା କି ବୋଉ କି ଜେଜେମା ଘର ଓଳାନ୍ତି । ଅନେକଙ୍କଠୁ ମୁଁ ଶୁଣିଛି 'ଶାଶୁଘରେ ତୁ କି କାମ କରିବୁ ? ଏତେ ସୁକୁମାରୀ ହେଲେ ଚଳିବୁ କେମିତି ?'

ଯେତେବେଳେ ମୁଁ ଶାଶୁଘର ଆସିଲି ସେତେବେଳେ ବୁଝିପାରିଲି ମୋ ମନ ଲାଖି ଶାଶୁ ଘରଟିଏ ପାଇଛି । କାରଣ ତାଙ୍କର ଘରଦ୍ୱାର ଓଳେଇବାକୁ ଝିଅଟିଏ ଅଛି । ରୋଷେଇ କାମରେ ସାହାଯ୍ୟ ମଧ୍ୟ ସେ କରୁଛି । ଶାଶୁଙ୍କ ବୟସ ପଚାଶ ଭିତରେ ଥିଲା । ତେଣୁ ସେ ରୋଷେଇ କାମ ସବୁ କରିଦେଉଥିଲେ । ଚୁଲୀରେ ବସିଥିବା ଭାତହାଣ୍ଡିକୁ ସେ ମୋତେ ମଧ୍ୟ ଗାଳିବାକୁ ଦେଉନଥିଲେ କାଳେ ପେଜ ମୋ ଉପରେ

ପଡ଼ିଯିବ ବୋଲି । ଆଉ ତରକାରୀ ଭଜା ସେ ସବୁ କରନ୍ତି । ମୁଁ ଖାଲି ଟିକିଏ ଯୋଗାଡ଼ି ଦିଏ । ଶାଶୁଙ୍କ ହାତର ରନ୍ଧା ଖୁବ୍ ସ୍ୱାଦଯୁକ୍ତ । ଆଉ ମୋହାତରେ ସେମିତି ରନ୍ଧଣା ହେବ କେମିତି ? କାରଣ ମୋ ଶାଶୁଘର ଲୋକଙ୍କ ଭଲ ସୁସ୍ୱାଦଯୁକ୍ତ ଖାଦ୍ୟ ଖାଇବା ଅଭ୍ୟାସ । ଯାହାର ମା' ଭଲ ରାନ୍ଧନ୍ତି ତାଙ୍କର ପିଲାମାନଙ୍କୁ ଭଲ ରାନ୍ଧଣା ଖାଇବାକୁ ଇଚ୍ଛାହୁଏ । ପାଣିଚିଆ କି ଅଲଣା ରାନ୍ଧଣା ନିଶ୍ଚୟ ରୁଚିବନି । ସେଥିପାଇଁ ମୋ ସ୍ୱାମୀ କହନ୍ତି - ମା' ଗରମ ଗରମ ପରିବା ସନ୍ତୁଳା କରି ଭାତ ସାଙ୍ଗରେ ଖାଇବାକୁ ଦିଏ । ସେ ସନ୍ତୁଳା କି ସୁଆଦ ଲାଗେ ? ଭୋକକୁ ସନ୍ତୁଳା ଆହୁରି ଭଲ ଲାଗେ ।

ମୁଁ ମଧ୍ୟ ଶାଶୁଙ୍କ ସପକ୍ଷରେ ଯୁକ୍ତି କରେ - ସତରେ ମା' ରାନ୍ଧିବାକାର୍ଯ୍ୟ ଏତେ ଯତ୍ନ ସହକାରେ କରନ୍ତି ଯେ ସବୁ ରନ୍ଧଣା ମୋତେ ମଧ୍ୟ ଭଲ ଲାଗେ । ବେଳେବେଳେ ଇଚ୍ଛା ହେଉଛି ମା'ଙ୍କ ଆରିଷାପିଠା ଖାଇବାକୁ । ଯେତେବେଳେ ଶାଶୁ ଆଉ ଚୁଲୀ ପାଖରେ ବସି ରାନ୍ଧି ପାରିଲେନି ସେତେବେଳେ ଚୁଲୀ ପାଖରେ ଠିଆହୋଇମୋତେ ଶିଖାଇଦେଲେ । ଟମାଟୋ ହାଲୁଆ କି ସୁଆଦ ଲାଗେ ଯେ ପାଟିରୁ ଛାଡ଼ିବନି । ଆମର ରନ୍ଧଣା ମା'ଙ୍କ ପରି ହୋଇ ପାରିବନି କେବେହେଲେ । କାରଣ ରାନ୍ଧଣାରେ ତାଙ୍କର ମନ ପୁରା ନିବେଶ ଥିଲା ।

- ଯାହା ହେଉ ମୋ ମା' ଭଲ ଖାଏ ବୋଲି ଭଲ ରାନ୍ଧେ । ଆମଘରର ଟଙ୍କା ଖାଇବା ପିଇବାରେ ହିଁ ଖର୍ଚ୍ଚ ହେଲା । ଗାଁରେ ଧନୀ ଘରଲୋକ ଯାହା ଖାଇନଥିବେ ମୋ ମା' ତାହା ଖାଇଥିବ । ଆମ ଭାଇମାନଙ୍କ ଓ ବାପାଙ୍କ ରୋଜଗାର ଟଙ୍କା ଖାଇବାରେ ହିଁ ଉଡ଼ିଗଲା । ସଂଜିତ୍ ଜୋରଦେଇ କହନ୍ତି ।

ମୁଁ ଜାଣେ ମୋ ଶ୍ୱଶୁର ଭଲ ଖାଇବା ଲୋକ । ରୋଜଗାର ଟଙ୍କାରେ ଘରଦ୍ୱାର ବଢ଼େଇବା ପରିବର୍ତ୍ତେ ସେ ଭଲ ଖାଇ ପିଇ ପିନ୍ଧି ପିଲାମାନଙ୍କୁ ପାଠ ପଢ଼େଇ ଶିକ୍ଷିତ କରିଛନ୍ତି । ଦେହର ଯତ୍ନ ନେଇ ଖାଦ୍ୟ ଖାଇବାକୁ ପରାମର୍ଶ ଦିଅନ୍ତି । ତେଣୁ ମୋ ଶାଶୁଘରେ ମୋର ଅସୁବିଧା କେଉଁଠି ? ଚୁଡ଼ା ମୁଢ଼ି ତ ସକାଳୁ ଜଳଖିଆରେ ଚଳେନି । ରୁଟି, ପରଟା, ଉପମା, ହାଲୁଆ ଆଦି ଜଳଖିଆ କରାଯାଏ । ତେଣୁ ବାହାଘର ପରେ ମୋ ଆଈକୁ କହିଥିଲି - ମୋ ଶାଶୁଘରେ ମୁଢ଼ି ଉଖୁଡ଼ା ଜଳଖିଆ ହୁଏନି ।

- ମୁଁ କ'ଣ ଜାଣିଥିଲି ତୋ ଶାଶୁଘର ଚଳଣି ?

- ଆଉ କହୁଥିଲୁ ମୋତେ ଯେ 'କେମିତି ଚଳିବୁ ଶାଶୁଘରେ ?'

- ହଉ ଭଲ ହେଲା । ତୋ ମନକୁ ଜାଣି ଶାଶୁଘରଟିଏ ମିଳି ଯାଇଛି ।

ମୋ ଶ୍ୱଶୁର ଦରମା ପାଇଲେ କେଜିଏ କେଜିଏ ଛେନାପୋଡ଼ପିଠା ଘରକୁ ଆଣନ୍ତି ଖାଇବା ପାଇଁ । ଏହାବାଦେ ଶାଶୁ ମିଠା ଦୋକାନରୁ ରସଗୋଲା ବରା ମଗେଇ

ଆଣନ୍ତି ଖାଇବା ପାଇଁ । ମୋ ଶ୍ୱଶୁରଙ୍କୁ ଘରର ରୁଟିକି ପରଟା ଭଲ ଲାଗେନି ବୋଲି ସେ ପ୍ରତିଦିନ ସକାଳେ ବରା, ଘୁଗୁନି ଜଳଖିଆ ଦୋକାନରୁ କିଣି ଆଣନ୍ତି ଖାଇବାପାଇଁ । ବେଳେବେଳେ ମିଠା ଆଣି ଥାଆନ୍ତି ପିଲାମାନଙ୍କ ପାଇଁ । ମୁଁ ଗାଁକୁ ଗଲେ ଶାଶୁ ଦୋକାନରୁ ମିଠା କିଣି ଆଣନ୍ତି । କହନ୍ତି – ମୋ ବୋହୂକୁ ମିଠା ଭଲ ଲାଗେ ।

ଆଜି ଶ୍ୱଶୁର ନାହାନ୍ତି କି ଶାଶୁ ନାହାନ୍ତି । ଏଇ ବର୍ଷ ଜୁନ୍ ଏକୋଇଶି ତାରିଖରେ ଶାଶୁଙ୍କର ମୃତ୍ୟୁ ହେଲା । ତା'ର ସାଢ଼େ ଛଅବର୍ଷ ପୂର୍ବରୁ ଶ୍ୱଶୁର ମଧ୍ୟ ଇହଲୀଳା ସମ୍ବରଣ କରିଥିଲେ । ମନର ଅନେକ କଥା ଶ୍ୱଶୁରଙ୍କ ଫଟୋ ଆଗରେ ପ୍ରକାଶ କରିଛି । ସତରେ ସେ ଶୁଣୁଛନ୍ତି କି ନାହିଁ ସେଇଟା ମୋ ଭାବନାରେ ଆସିନି । ମୋତେ ଲାଗେ ଆଜି ମଧ୍ୟ ସେ ଆମର ମଙ୍ଗଳ କାମନା କରୁଛନ୍ତି । ଆଉ ଶାଶୁଙ୍କ ମୃତ୍ୟୁକୁ ମୁଁ କାହିଁକି ମନରୁ ଦୂରେଇ ଦେଇ ପାରୁନି । ସ୍ୱର୍ଗଦ୍ୱାରରେ ଶବ ସଂସ୍କାର ହେଲାବେଳେ ମୁଁ ଉପସ୍ଥିତ ଥିଲି । ଗାଁରେ କ୍ରିୟାକର୍ମରେ ସହଯୋଗ କରିଛି ତଥାପି ଶାଶୁଙ୍କ ଅନୁପସ୍ଥିତିକୁ ମୋ ଭାବନା ଭିତରକୁ ପଶେଇପାରୁନି । ଲାଗୁଛି ଆଜି ମଧ୍ୟ ସେ ଅଛନ୍ତି । ଯଦି ବଞ୍ଚିବାଭିତରେ କେମିତି ସେ ମୋତେ ବୁଝିଥିଲେ ସେକଥା ତ ଆଜି ମୁଁ କହିପାରିବିନି କିନ୍ତୁ ଭାବୁଛି ମୃତ୍ୟୁପରେ ସେ ଠିକ୍ ବୁଝିଥିବେ ବୋଲି । କାରଣ କାହାଠାରୁ କିଛି ପାଇବାର ଲାଳସା ମୁଁ ରଖେନି କି ପାଇବା ପାଇଁ ମିଥ୍ୟା ତୋଷାମଦ କରିପାରେନି । ମିଥ୍ୟା ଅପେକ୍ଷା ସତ କହିଥାଏ ଯଦିଓ ଜଣକୁ ଭଲ ଲାଗିନପାରେ । ଯଦି ମୋ ସତକଥା ଅନ୍ୟ ଜଣେ ଅନ୍ୟ ପ୍ରକାରରେ ଗ୍ରହଣ କରିଲା ତେବେ ମୁଁ ବା କ'ଣ କରି ପାରିବି ? ମୁଁ ମୋ ଶାଶୁଙ୍କୁ ସମ୍ମାନ ଦିଏ, ତାଙ୍କ କଥାକୁ ସମ୍ମାନ ଦେଇ ଚଳିବା ଯଦି ମୋର ବୋକାମି ବୋଲି ସେ ଧରିଥାଆନ୍ତି ତେବେ ମୋର ଦୋଷ ନାହିଁ । କିନ୍ତୁ ଶାଶୁ ମୃତ୍ୟୁ ପୂର୍ବରୁ କିଛି କହିନଥିଲେ । ବୋଧେ ସେ ଭାବିଥିଲେ ଆହୁରି କେତେବର୍ଷ ବଞ୍ଚିଯାଇ ପାରିବେ ବୋଲି । ତାଙ୍କର ରୋଗ ବିଷୟରେ ତାଙ୍କୁ ଅନେକଥର ସଚେତନ କରାଇଛି ତଥାପି ଅନ୍ୟର ମିଥ୍ୟା ଭଲପାଇବାର ଛଳନା ଭିତରେ ସେ ବୁଝିପାରିନାହାନ୍ତି ରୋଗର ସଚେତନତା । ଭୁଲିଯାଇଛନ୍ତି ରୋଗର ପରିଣତିକୁ । ଯଦିଓ ଆଉ କେତେବର୍ଷ ବଞ୍ଚିଯାଇପାରିଥାଆନ୍ତେ ବୋଲି ମୁଁ ଭାବୁଛି ।

ଜନ୍ମ ଓ ମୃତ୍ୟୁ ତ କାହା ହାତରେ ନାହିଁ । ସମୟ ପୁରିଲେ ମୃତ୍ୟୁ ହେବ ଆଉ ସମୟର ଭୋଗ ପାଇଁ ଜନ୍ମ ନେବ ପୁଣିଥରେ । ଶ୍ୱଶୁରଙ୍କ ମୁଖରୁ ଅନେକଥର ଶୁଣିଛି – ବୋହୂମାନଙ୍କ ଭିତରେ ତୁ ପ୍ରଥମରେ ଅଛୁ । ତୁ ମୋ ପୁଅକୁ ଗାଇଡ୍ କରିବୁ । ତୁ ତୋ ପିଲାଙ୍କୁ ମଣିଷ କରିବୁ ।

ଆଜି ଶାଶୁ ଶ୍ୱଶୁର ନାହାନ୍ତି ଆମ ମୁଣ୍ଡରେ ହାତରଖି ଆଶୀର୍ବାଦ ଟିକିଏ ଦେବାକୁ ।

ଯେଉଁଠି ଥାଆନ୍ତୁ ଆଶୀର୍ବାଦ କରନ୍ତୁ ଟିକିଏ । ଏବେ ଦିଅର ନଣନ୍ଦଙ୍କ ଚିନ୍ତା ସରିଯାଇଛି । ଯିଏ ଯାହା ସଂସାରରେ ଦୁଃଖସୁଖରେ ଅଛନ୍ତି । ଗୋଟିଏ ଗୋଟିଏ କାମ ପଡ଼ିଲାବେଳେ ସମସ୍ତେ ଏକାଠି ହୁଅନ୍ତି । ମନଟି ଭଲ ଲାଗେ । ମନ ଭିତରେ ଯେତେ ରାଗ ଥିଲେ ମଧ୍ୟ ପାଣି ଫୋଟକା ପରି ମିଳେଇ ଯାଏ । ଆଜି ପୁଅର ଫୋନ୍ ଆସିଥିଲା । ଟ୍ରେନ୍‌ରେ ରିଜ୍‌ରଭେସନ୍ ମିଳୁନି । ତତ୍‌କାଳ ଟିକେଟ ସରିଗଲାଣି କୁଆଡ଼େ । ଦୁର୍ଗା ପୂଜାକୁ ଆସିବ କି ନାହିଁ ଠିକ୍ ନାହିଁ । ପିଲାମାନେ ପାଖରେ ଥିଲାବେଳେ ଆମେ ସେମାନଙ୍କ କଥା ଯେମିତି ବୁଝିବାକୁ ତତ୍‌ପର ଥିଲୁ ସେମାନେ ମଧ୍ୟ ଆମର ଭଲମନ୍ଦ ବୁଝୁଥିଲେ । ଏବେ ଦୂରରେ ଥିବାରୁ ଫୋନ୍‌ରେ କଥାବାର୍ତ୍ତା ଟିକିଏ ହେଲେ ମନ ସନ୍ତୋଷ ଲାଗୁଛି । ମୋ ପିଲାବେଳେ କଟି ଗୃହସ୍ଥ ଧର୍ମ ଭିତରେ ବାନ୍ଧି ହୋଇଗଲା ପରେ ବିଭିନ୍ନ ସଂପର୍କର ଖିଅରେ ଯୋଡ଼ି ହୋଇଯାଇଛି । ଆସ୍ତେ ଆସ୍ତେ ସଂପର୍କ ବଢୁଛି ବୟସ ସାଙ୍ଗରେ ତାଳମେଳେଇ । ଅକସ୍ମାତ ମୋ ଲେଖାକୁ ବ୍ୟାଘାତ ସୃଷ୍ଟି କରି ମୋବାଇଲ ବାଜି ଉଠିଲା । ମୋବାଇଲ ଅନ୍ କରୁ କରୁ ଝିଅ ପଚାରିଲା – ମା'କ'ଣ କରୁଥିଲୁ ? ଲେଖୁଥିଲୁ କି ?

– ହଁ । ତୋର ଦେହ ଭଲ ଅଛି ତ ?

– ସବୁ ଠିକ୍ ଅଛି କହି ତା' କଥା କହିଲା ।

ମୁଁ କହିଲି – ଆମେ ଫେବୃୟାରୀ ମାସରେ ସେଠାକୁ ଯିବୁ । ଏହାବାଦେ ଅନେକ ନିଜକଥା ତାକୁ କହିଲି ।

ଫୋନ୍‌ରେ କଥା ହେଉ ହେଉ ପନ୍ଦର ମିନିଟ୍ ହୋଇଗଲାଣି । ବାଧ୍ୟ ହୋଇ କହିଲି – ତୋର ବେଶି ଟଙ୍କା ପଡ଼ିବ ରହୁଛି ।

– ହଉ ମା' କହି ଝିଅ ଫୋନ୍ କାଟିଲା ।

ମୋ ଝିଅ ଓ ମୋ ପୁଅଙ୍କ ପାଇଁ ମୁଁ ମୋ ସମୟକୁ ସାରି ଦେଉଥିଲି । ସେମାନଙ୍କ ପିଲାଦିନର ସାଥି ହୋଇ ଖେଳିଛି ମଧ୍ୟ । ଏବେ ଯିଏ ଯୁଆଡ଼େ ରହିବାପରେ ମୋ ପାଖରେ ଅନେକ ସମୟ । କାଲି ଝିଅ, ବୋହୂ ଥିଲି, ଆଜି ମା' ହେଲି, ଆଗକୁ ଆଈ, ଜେଜେମା' ହେବି । ମୋ ଆଈ ଓ ମୋ ଜେଜେମା'ଙ୍କ ମନ ଭିତରୁ ମୁଁ ଖୋଜିବି ଭଲ ଗୁଣକୁ । ଚେଷ୍ଟା କରିବି ଭଲ ଆଈଟିଏ ଓ ଜେଜେମା'ଟିଏ ହେବାକୁ । ତା'ପରେ ପିଲାଦିନର ମନଖୋଲା ହସ ଟିକିଏରେ ବାଲିଖେଳ ଖେଳିବି ପୁଅଝିଅଙ୍କ ପିଲାମାନଙ୍କ ସହ । ଜୀବନର ଶେଷରେ ଖୋଜିବି ହଜିଯାଇଥିବା ହସ ଖୁସିକୁ । ସ୍ମୃତିର ସ୍ମରଣିକାରେ ମୁଁ ପୁଣି ପିଲାଟିଏ ହୋଇଯାଇଥିବି କେତେବେଳେ ଜାଣି ପାରିବିନି । ତା'ପରେ ଜୋର୍‌ରେ ହସିହସି ଲୋଟିପଡ଼ିବି ପିଲାଙ୍କ ପରି ।

॥ କୋଡ଼ିଏ ॥

ଦୁଇ ହଜାର ଏଗାର ମସିହା ସେପ୍‌ଟେମ୍ବର ଷୋହଳ ସମୟ ଗୋଟାଏ ତେୟାଳିଶ । ସୂର୍ଯ୍ୟ ମୁଣ୍ଡ ଉପରେ । ଖରାର ପ୍ରକୋପ ବେଶିନାହିଁ । ଆକାଶ ବେଳେବେଳେ ମେଘୁଆ ହୋଇଯାଉଛି । ବର୍ଷାର ପ୍ରକୋପ ଟିକିଏ କମିଛି ଏଇ ଚାରିଦିନ ହେବ । ତା'ପୂର୍ବରୁ ବନ୍ୟାଟା ହନ୍ତସନ୍ତ କରି ଦେଲାଣି ନଦୀ କୂଳରେ ଘର କରିଥିବା ଗାଁ ଗଣ୍ଡାଗୁଡ଼ିକୁ । ଲକ୍ଷାଧିକ ଲୋକ ବନ୍ୟା ପାଣି ଘେରରେ ବିପନ୍ନ । କାରଣ ମହାନଦୀ ଓ ଏହାର ଶାଖାନଦୀମାନଙ୍କରେ ପାଣି ବିପଦ ସଙ୍କେତ ଉପରେ ପ୍ରବାହିତ ହେଉଥିଲା ଯାହାଫଳରେ ବର୍ଷା ସାଙ୍ଗକୁ ଉପର ମୁଣ୍ଡର ଆଉ ତଳମୁଣ୍ଡର ପାଣି ଏକାକାର ହୋଇଗଲା । ଲୋକଙ୍କ ଅବସ୍ଥା କହିଲେ ନସରେ । କେଉଁଠିଘର ବୁଡ଼ିଗଲାଣି ତ କେଉଁଠି ଘର ଭାସିଗଲାଣି । ଉଚ୍ଚାଜାଗା, ନଦୀବନ୍ଧ ହିଁ ଲୋକଙ୍କ ଆଶ୍ରୟସ୍ଥଳ ସାଙ୍ଗକୁ ବନ୍ୟାବିପନ୍ନ ପାଇଁ ସରକାରୀ ବେସରକାରୀ ସୂତ୍ରରେ ଦିଆଯାଉଥିବା ଖାଦ୍ୟ ପୁଡ଼ିଆ ଆଉ ପାଣିପାଉଚ୍ ହିଁ ଜୀବନରକ୍ଷାର କବଚ୍ ହୋଇଛି । ତେଇଶି ଜଣ କୁଆଡ଼େ ଭାସି ମୃତ୍ୟୁବରଣ କଲେଣି । ତଥାପି ବନ୍ୟା ପରିସ୍ଥିତି ପୁରାପୁରି ନିୟନ୍ତ୍ରଣକୁ ଆସିନି । ପୁଣି ପାଣି ପାଗର ସୂଚ଼ନା "ଆହୁରି ବର୍ଷା ସମ୍ଭାବନା ଅଛି ।"

ଅସହାୟ ଲୋକଙ୍କ ଆଶାର କିରଣ ସାଜିଛି ମୋବାଇଲ୍ ଫୋନ୍ । ତାରିଦ୍ୱାରା କିଏ କେଉଁଠି ବିପଦରେ ଅଛି ସେ ଖବର ପହଞ୍ଚି ଯାଉଛି । ଯୋଗସୂତ୍ର ରକ୍ଷାକାରୀ ଭାବରେ ମୋବାଇଲ୍ ଫୋନ୍‌ର ପ୍ରଚ଼ଳନ ଏବେ ଖୁବ୍ ଆଦର ହେବା ସାଙ୍ଗକୁ ନିହାତି ଦରକାରୀ ଜିନିଷ ପାଲଟିଯାଇଛି । ବଡ଼ଲୋକମାନଙ୍କଠାରୁ ଆରମ୍ଭ କରି ଗରୀବ ମୂଲିଆ, ଶ୍ରମିକ ପାଖରେ ମଧ୍ୟ ମୋବାଇଲ୍‌ର ପ୍ରଚ଼ଳନ ହେଲାଣି । ଏଇତ ହେଉଛି ବିଂଶ ଶତାବ୍ଦୀର ଏକ ଯୁଗାନ୍ତକାରୀ ବୈଜ୍ଞାନିକ ଉଦ୍ଭାବନ ଯାହା ୧୯୭୩ ମସିହାରେ ମାର୍ଟିନ୍ କୁପରଙ୍କ ଦ୍ୱାରା ଉଦ୍ଭାବିତ ହୋଇଥିଲା । ଜଣକ ପାଖରୁ ଅନ୍ୟଜଣଙ୍କ ପାଖରେ ଖବର

ତ ଖୁବ୍ କମ୍ ସମୟରେ ପହଞ୍ଚିଯାଉଛି ଏହି ମୋବାଇଲଦ୍ୱାରା । ଏହାଠାରୁ ଆଉ କି ଉପକାରୀ ବସ୍ତୁ ହେବକି ?

ଏଇ ତ ଦୁଇହଜାର ନଅ ମସିହା ଜୁନ୍ ଏକୋଇଶ ରବିବାର ସକାଳ ନଅଟାବେଳେ ଶାଶୁଙ୍କର ଦେହାନ୍ତ ହେଲା ଗୋଟିଏ ନର୍ସିଂହୋମ୍‌ର ଆଇ.ସି.ୟୁରେ । ମୃତ୍ୟୁପୂର୍ବରୁ ସେ କାହାକୁ ଖୋଜିଲେ, କ'ଣ କହିଲେ ଆମେ ଘରଲୋକ ଜାଣିନୁ । ମୃତ୍ୟୁପରେ ଡାକ୍ତରଙ୍କ ଆଗମନ ପରେ ଆମକୁ ଜଣାଇ ଦିଆଗଲା ମା'ଙ୍କ ମୃତ୍ୟୁ ଖବରଟି । ଆମେମାନେ ସେହି ସମୟକୁ ମୃତ୍ୟୁର ସମୟ ବୋଲି ଧରିନେଲୁ । ସତରେ ନର୍ସିଂହୋମ୍‌ର ଏଇଟା କେଉଁ ନ୍ୟାୟ ବୁଝି ପାରିଲୁ ନାହିଁ । ମୃତ୍ୟୁର ସମୟକୁ ଲୁଚାଇରଖି କେତେ ଘଣ୍ଟାର ଟଙ୍କା ଆଦାୟ କରିବା କି ଯୁକ୍ତିଯୁକ୍ତ ? ତଥାପି ଆମେମାନେ ନିରୁପାୟ ।

ଦୁଇହଜାର ନଅ ମସିହାଠାରୁ ଆଜି ଦୁଇହଜାର ଏଗାର ମସିହା ସେପ୍‌ଟେମ୍ବର ମାସ ୧୬ ତାରିଖ ଭିତରେ ମା'ଙ୍କୁ ସ୍ୱପ୍ନରେ କେତେଥର ଦେଖିଲୁଣି । ମା'ଙ୍କ ସହିତ ସ୍ୱପ୍ନରେ କଥୋପକଥନ ମଧ୍ୟ ମୁଁ ଆଉ ମୋ ସ୍ୱାମୀ କରିଲୁଣି । ଏଇ ତ ଅପରପକ୍ଷ ଆରମ୍ଭ ଦିନ ମା'ଙ୍କ ସହିତ ଦେଖାହେଲା ସ୍ୱପ୍ନରେ । ସେ ବଞ୍ଚିଛନ୍ତି, ଆଉ କହୁଛନ୍ତି 'ବୋହୂ ଭୋକ ହେଲାଣି । ଖାଇବାକୁ ଦିଏ ।'

ମୁଁ ତରତର ହୋଇ ଚାହା କଲାବେଳକୁ ସସ୍‌ପେନ୍‌ଟି ହାତରୁ ଖସି ସବୁ ଚାହା ଢ଼ଳିଗଲାଣି । ସ୍ୱପ୍ନରେ ତ ସବୁ ସତ ଲାଗୁଛି । ମୃତ୍ୟୁଲୋକ ପ୍ରାପ୍ତି ଲୋକଙ୍କ ସହିତ ହିଁ ସ୍ୱପ୍ନ ଦୂରଦର୍ଶନର କାର୍ଯ୍ୟ କରୁଛି ।

ହଠାତ୍ ଚଉଁକିନା ମୋ ନିଦଟା ଭାଙ୍ଗିଗଲା । ଯେମିତି ଦୂରଦର୍ଶନର ସୁଇଚ୍ ଅଫ୍‌ହେଲା । କିନ୍ତୁ ମନଟା ଘାଣ୍ଟି ହେଲା, ମା'ଙ୍କୁ ଚାହା ଟିକିଏ ପିଇବାକୁ ଦେଇ ପାରିଲିନି । ତେବେ ମା'ଙ୍କୁ ଶ୍ରାଦ୍ଧବେଳେ ଚାହା ସାଙ୍ଗକୁ କିଛି ଖାଦ୍ୟ ପରଷିବି । ଅପରପକ୍ଷ ଆରମ୍ଭ ହୋଇଗଲା । ଏବେ ତ ମା' ନିଶ୍ଚୟ ଅପରପକ୍ଷରେ ପ୍ରତିପଦା ତିଥିରେ ମର୍ତ୍ତ୍ୟଲୋକକୁ ଅବତରଣ କରିଥିବେ । ସେଥିପାଇଁ ମୁଁ କିମ୍ବା ମୋ ସ୍ୱାମୀ ଏବେ ରାତିରେ ସ୍ୱପ୍ନରେ ଶାଶୁଙ୍କୁ ଦେଖିଲୁଣି । ମୁଁ ଯାଙ୍କୁ କହିଲି - ଏଥର ମା'ଙ୍କୁ ଆମେ ପିଣ୍ଡଦାନ ବିନ୍ଦୁସାଗରରେ କରିବା । ଗାଁରେ ଅସ୍ଥିପାଖରେ ତମଭାଇ ଖିରୀ ଖେଚୁଡ଼ି ଦିଅନ୍ତୁ । ମା'ଙ୍କୁ ଚାହା ଟିକିଏ ଦେବି ମଧ୍ୟ ।

- ତେବେ ଆମେ ସମ୍ବଲପୁରରୁ ତ ଭୁବନେଶ୍ୱର ଯାଉନେ । ରିଟାୟାର୍ଡ଼ ପରେ ଯାହାକିଛି ସମ୍ଭବ । ଏବେ ଗାଁରେ ଥିବା ଭାଇ ଶ୍ରାଦ୍ଧ କାମ ସାରିଦେଲେ ଚଳିବ ବୋଲି ପୁରୋହିତ କହୁଥିଲେ ।

କ'ଣ କରିବୁ ? ଏମିତି ଅନିଶ୍ଚିତ ଭିତରେ କାଲି କଲେଜରୁ ମୋ ସ୍ୱାମୀ

ସଂଜିତ୍ ମୋବାଇଲ ଫୋନ୍‌ରେ କହିଲେ - ମୋର ଭୁବନେଶ୍ୱରରେ ଅଫିସ କାମ କୋଡ଼ିଏ ତାରିଖରେ ଅଛି । ଯିବା କି ?

ଏ ଖବର ଶୁଣି ମୁଁ କହିଲି - ହଁ ଗଲେ ଏକୋଇଶ ତାରିଖରେ ଅପରପକ୍ଷ ଶ୍ରାଦ୍ଧ । ବିନ୍ଦୁସାଗରରେ କରି ଆସିବା, ତେଣୁ ତମେ ସକାଳୁ ଫେରିବା ଟିକେଟ କରିବନି, ମଧ୍ୟାହ୍ନରେ ଫେରିବା ଆମେ ।

- ହଉ ମୁଁ ଯିବା ଆସିବା ଟିକେଟ୍ ଆଜି କରିଦେବି ଏସି ବଗିରେ ।

ଫୋନ୍ କଟିଲା । ଏଇ ଗଲାମାସ ଅଗଷ୍ଟ ତିରିଶ ତାରିଖରୁ କାନଦୋଷ ବାହାରିଲାଣି ଯେ ଆଜି ପର୍ଯ୍ୟନ୍ତ ଠିକ୍ ଲାଗୁନି । ଗଣେଶ ପୂଜାବେଳକୁ ଭୁବନେଶ୍ୱର ଯାଇଥିଲି ଯେ ମୁଣ୍ଡ ଧୂଆଧୋଇ କରି ପୂଜା କଲି । ଆଉ ସେଦିନ ସଂଧ୍ୟାରେ କାନରେ ଦରଜ ଆରମ୍ଭ ହେଲା । ବହୁତ ଜୋର୍‌ରେ । ଆଣ୍ଟିବାୟୋଟିକ୍ ଖାଇ କମିଯାଇଛି ତଥାପି କାନ ଟିକିଏ ସେଁ ସେଁ ହେଉଛି । ଶ୍ରାଦ୍ଧ ଦିନ ମୁଣ୍ଡ ଧୋଇ ଶ୍ରାଦ୍ଧ ଦେବାକୁ ଯିବି । ସେଦିନକୁ କମିଯାଇଥିବ ମୋ କାନ ରୋଗ ବୋଲି ମୋର ଧାରଣା । ହଁ ବେଳେବେଳେ ମୁଁ ମା'ଙ୍କ ସହିତ କଥା ହେବାକୁ ଚହିଁଲେ ଟିକିଏ କୁହେ - ମା' ତମେ ଯେଉଁଠି ଥାଅ ଆମକଥା ଶୁଣ । ଆମକୁ ଆଶୀର୍ବାଦ ଦିଅ । ଆମ ଦୋଷ କ୍ଷମାକର । ତମ ପୁଅଙ୍କ କଥା ତ ଜାଣିଛ ।

ମା' ଶୁଣନ୍ତି କି ନାହିଁ ଜାଣିନି । କିନ୍ତୁ ମନରେ ବିଶ୍ୱାସ ଅଛି । ମା' ହିଁ ଶୁଣି ପାରୁଥିବେ । ଶ୍ରାଦ୍ଧ ଦେବାକୁ ମୋରି ଭାରି ଇଚ୍ଛା ଥିଲା । ଦେଖୁଦେଖୁ ଭୁବନେଶ୍ୱର ଯିବା ମଧ ଠିକ୍ ହୋଇଗଲା । ମନ ମଧ ଆଶ୍ୱସ୍ତି ହେଲା ଯାହାହେଉ ବଡ଼ପୁଅ ବୋହୂ ହିସାବରେ ଆମେ ଏଥର ପିଣ୍ଡଦାନ ଦେବୁ ।

ମୁଁ ତୋଷାମଦ କରି କଥା କୁହେନି କାହାକୁ । ତେଣୁ ପ୍ରାୟ ସତ କହିବାକୁ ପ୍ରୟାସ କରେ ଯାହାଦ୍ୱାରା ମା'ମଧ ମୋ ଉପରେ କେତେବେଳେ ଖରାପ ଭାବିଥିବେ କହି ପାରିବିନି । କିନ୍ତୁ ମା' ନିଶ୍ଚୟ ବୁଝିଥିବେ ବୋହୂର ଗୁଣ ଓ ସତ୍ୟ କଥାର ପରିଭାଷା । ଯଦି ମା'ଙ୍କୁ ମୁଁ ଦୁଃଖ ଦେଇଥାଏ ସେଥିପାଇଁ ଦୁଃଖିତା ମଧ । କିନ୍ତୁ କିଛି ବସ୍ତୁର ଆଶାରଖି ମୁଁ ତ ତାଙ୍କ ଶରୀର ବିରୁଦ୍ଧରେ ଅନୁଚିତ୍ କଥା କହିପାରିବି ନାହିଁ। ପାଟିକୁ ଭଲ ଲାଗୁଥିବା ରୋଗ ବଢ଼େଇବା ଖାଦ୍ୟ ଦେଇ ପାରିଲାବେଳକୁ ତାଙ୍କୁ ଚେତେଇ ଦେଇ କହେ - ମା' ଏଇ ଖାଦ୍ୟ ତମ ଦେହକୁ ଠିକ୍ ନୁହେଁ ।

ମୁଁ ଜାଣେ ମା'ଙ୍କ ତୃପ୍ତି ସୁସ୍ୱାଦ୍ୟ ଖାଦ୍ୟରେ । ଇହଲୋକରେ ବଞ୍ଚିଥିବାବେଳେ ମା' ହିଁ ଭଲ ଖାଦ୍ୟର ଶ୍ରଦ୍ଧା ରଖୁଥିଲେ । ନିଜେ ଭଲ ରାନ୍ଧୁଥିଲେ ଆଉ ଅନ୍ୟମାନଙ୍କୁ ଖୁଆଇ ପ୍ରଶଂସିତ ମଧ ହେଉଥିଲେ । ମା'ଙ୍କ ରୋଷେଇ ଖୁବ୍ ରୁଚିକର । ସେ ମନଧ୍ୟାନ

ଦେଇ ରୋଷେଇ କରନ୍ତି ଯାହାକି ମୋ ପକ୍ଷରେ ଅସମ୍ଭବ । ସେଥିପାଇଁ ଆଜି ମଧ୍ୟ ମୋ ପିଲାମାନେ ମା'ଙ୍କ ରାନ୍ଧଣାକୁ ଭଲ କହନ୍ତି ।

କିନ୍ତୁ ପରଲୋକଗତି ପ୍ରାପ୍ତିପରେ ବାର୍ଷିକ ଶ୍ରାଦ୍ଧ ଓ ମହାଳୟା ଶ୍ରାଦ୍ଧ ଭିତରେ ପାର୍ଥକ୍ୟ ଅଛି ଯେ ବାର୍ଷିକ ଶ୍ରାଦ୍ଧରେ ତିନିଗୋଟି ପିଣ୍ଡ ଓ ମହାଳୟା ଶ୍ରାଦ୍ଧରେ ଛଅଗୋଟି ପିଣ୍ଡ ପ୍ରଦାନ କରାଯାଇ ତୃପ୍ତ କରାଯାଏ ।

ବାର୍ଷିକ ଶ୍ରାଦ୍ଧରେ କର୍ତ୍ତା ପାର୍ବଣ ବିଧି ଅନୁସାରେ ନିଜର ତିନି ପୁରୁଷଙ୍କୁ ପିଣ୍ଡଦାନ କରିଥାଏ କିନ୍ତୁ ମହାଳୟା ଶ୍ରାଦ୍ଧରେ ଅଜାଘର ତିନି ପୁରୁଷଙ୍କୁ ସେଥିରେ ସାମିଲ୍ କରି ପିଣ୍ଡଦାନର ବ୍ୟବସ୍ଥା ଅଛି ।

ତେବେ ମା'ଙ୍କୁ ଆମେ ସ୍ୱପ୍ନରେ ଏତେଥର ଦେଖିଲୁଣି କାହିଁକି ? ଏଇ ତ ମୁଁ ଟିକିଏ ସମୟ ଆଗରୁ ମା'ଙ୍କ ସହିତ ସ୍ୱପ୍ନରେ କଥାହୋଇ ଆସିଲିଣି । ଦିବାସ୍ୱପ୍ନ ସତ ନୁହେଁ । ତଥାପି ମା'ଙ୍କ ସହିତ କଥୋପକଥନ ତ ସତପରି ଲାଗୁଛି । ରାତିସ୍ୱପ୍ନ ଆଉ ଦିବାସ୍ୱପ୍ନ ଭିତରେ ପାର୍ଥକ୍ୟ କେଉଁଠି ?

ମା'ଙ୍କୁ ଦେଖିଲି । ସେ ନିଜ ଜିନିଷପତ୍ର ଠିକ୍ ଠାକ୍ କରି ରଖୁଛନ୍ତି । ମୁଁ ପଚାରିଲି ମା' କ'ଣ କରୁଛ ? କହିଲେ - ଆଉ ଚାରିଦିନପରେ ଫେରିଯିବି ପରା । ଜିନିଷ ଠିକ୍ କରି ରଖୁଛି ।

ମୁଁ ପଚାରିପାରିଲିନି - କେଉଁଠିକୁ ଯିବ ବୋଲି । ସ୍ୱପ୍ନରେ ଭାବିଦେଲି - ମା' ଗାଁରୁ ଆମ ପାଖକୁ ଆସିଛନ୍ତି ଆଉ ଗାଁକୁ ଫେରିଯିବାକୁ ଚାହୁଁଛନ୍ତି ବୋଲି ।

ମା'ଙ୍କ ଅଭିମାନର ସ୍ୱର ପୁଣି ଶୁଣାଗଲା - ପୁଅ ମୋ ପାଖକୁ ଟିକିଏ ଫୋନ୍ କରୁନି ।

ମୋ ନିଦଟା ଚାଉଁକିନା ଭାଙ୍ଗିଗଲା । ସମୟ ଦିନ ଗୋଟାଏ ତେୟାଳିଶ । ଭାତ ଖିଆ ନିଦଟା ଲାଗିଯାଇଥିଲା, ମା' ଆସି ସ୍ୱପ୍ନରେ ଦେଖା ଦେଉଥିଲେ । ସ୍ୱପ୍ନବେଳେ ଭାବୁଥିଲି ୟାଙ୍କୁ କହିବି - ମା'ଙ୍କୁ ଫୋନ୍ କରିବାକୁ ।

ହଁ ମା'ଙ୍କ ମୋବାଇଲ୍ ଫୋନ୍‌ଟିଏ ଥିଲା । ସେହି ନମ୍ବର ଆମ ମୋବାଇଲ୍‌ରେ ଆଜି ପର୍ଯ୍ୟନ୍ତ ଅଛି । ମା'ଙ୍କ ମୃତ୍ୟୁ ପରେ ମଧ୍ୟ ମୋ ସ୍ୱାମୀ ମା'ଙ୍କ ମୋବାଇଲ ନମ୍ବରକୁ କଟେଇ ଦେଇନାହାନ୍ତି । ହଁ ମୁଁ ଦିନେ ମା'ଙ୍କ ମୋବାଇଲ ନମ୍ବର ଆମ ପୁରୁଣା ମୋବାଇଲ୍ ଫୋନ୍‌ର ଥିବା ଦେଖି ୟାଙ୍କୁ ପଚାରିଲି - ତମେ ମା'ଙ୍କ ଫୋନ୍ ନମ୍ବର ରଖିଛ ତ ?

- ହଁ ।

- ମୁଁ ଏବେ ପୁରୁଣା ମୋବାଇଲ୍ ସୁଇଚ୍ ଅନ୍ କରି ଏମ୍ ଇଂରାଜୀ ଅକ୍ଷରରେ

ପ୍ରଥମେ ମା' ନମ୍ବର ପଢ଼ିଲି । ଆଜି ମଧ୍ୟ ସେଇ ନମ୍ବରଟି ଆମ ପାଖରେ ଗଚ୍ଛିତ ଅଛି । କିନ୍ତୁ ମୋବାଇଲ୍‌ଟି ସାନ ଦିଅରଙ୍କ ପାଖରେ ଅଛି ମା'ଙ୍କ ସ୍ମୃତି ହୋଇ ।

ନମ୍ବର ପାଖକୁ ହାତ ଯାଇ ପୁଣି ଅଟକିଗଲା । କାରଣ ଏବେ ଫୋନ୍ କଲେ ଶୁଣିବେ ଦିଅର । କଥାବାର୍ତ୍ତା ହେବୁ ଦିଅରଙ୍କ ସହ । କିନ୍ତୁ ମା'ଙ୍କ ସହିତ ମୋବାଇଲ୍‌ଦ୍ୱାରା କଥା ହୋଇପାରିବୁନି । ସ୍ୱପ୍ନରେ ହିଁ କଥା ଆଉ ଦେଖା ହେଉଛି । ତେବେ ମା' ଏବେ କ'ଣ ଆମ ଆଖପାଖରେ ଅଛନ୍ତି କି ?

ପୁଣି ମନରୁ ଦ୍ୱନ୍ଦ୍ୱ ଦୂର ହୋଇଯାଉଛି । ବିଶ୍ୱାସର ଦୃଢ଼ତାରେ ମନ ଉଦ୍‌ଭାସିତ ହୋଇ ଯାଉଛି ଯେ ମା' ନିଶ୍ଚୟ ଆମପାଖକୁ ଆସିଛନ୍ତି । ଏଇ ତ ଘଣ୍ଟାଏ ତଳେ ଦେଖିଲି ପୁଣି ମିଛ କାହିଁକି ହେବ ? ମା' ଯେଉଁଠି ଥିଲେ ମଧ୍ୟ ଆମର ମଙ୍ଗଳ ଚାହିଁବେ । ଦୋଷ କ୍ଷମା କରିବେ । ମା' ହିଁ ମଙ୍ଗଳମୟୀ । ସେ ନିଜ ପିଲାଙ୍କ ପାଇଁ ସବୁବେଳେ ଚିନ୍ତିତ । ଏଇ ତ ଅଳ୍ପଦିନ ତଳେ ସ୍ୱପ୍ନରେ କାହାକୁ କ'ଣ ଦିଆନିଆକୁ ନେଇ ମା'ଙ୍କୁ ପଚାରିଲି 'ମା' ଦୁଇଶହ ଟଙ୍କା ଦେବାକି ?' ଖୁବ୍ ଜୋର୍‌ଦେଇ କହିଲେ – 'ତମେମାନେ ଏକଥାରେ ମୁଣ୍ଡ ପଶାଅନାହିଁ, ମୁଁ ବୁଝିବି ସେ କଥା ।'

ହଁ, ବଞ୍ଚିବାବେଳେ ସେ ପିଲାମାନଙ୍କୁ ଦାୟିତ୍ୱ ନ ଦେଇ ନିଜେ ବୁଝି ଆସୁଥିଲେ ଘରକଥା, ଗାଁକଥା, କୁଣିଆ ମଇତ୍ରଙ୍କ କଥା । ଆଜି ମଧ୍ୟ ଜୋର୍ ଦେଇ ସେୟା କହିଲେ । ସତରେ ମା' ନିଜ ପିଲାଙ୍କ ମୁଣ୍ଡରେ କୌଣସି ଚିନ୍ତା ଲଦି ଦେବାକୁ ଚାହାଁନ୍ତି ନାହାନ୍ତି କି ?

ମା'ଙ୍କ ଫୋନ୍ ଓ ଫୋନ୍ ନମ୍ବର ଅଛି କିନ୍ତୁ ମା' ନାହାନ୍ତି । ଫୋନ୍ କଲେ ମା' ଶୁଣିବେନି ଆଉ । କୁଆଡୁ ଝରିବ ମା'ଙ୍କ ଆଶୀର୍ବାଦର ସ୍ୱର – ଭଗବାନ ତୁମର ମଙ୍ଗଳ କରନ୍ତୁ । ତୁମେମାନେ ଭଲରେ ଅଛ ତ ?

ଶ୍ରାଦ୍ଧପିଣ୍ଡ ପାଇ ଗଲାପରେ ସତରେ ମା' ଫେରିଯିବେ । କୁଆଡ଼େ ? କାହିଁକି ଠିକଣାଟି ମୁଁ ପଚାରି ପାରିଲିନି ?

ଆଦ୍ୟାଶା ଚାହିଁଲା ଆକାଶକୁ । ସୂର୍ଯ୍ୟ ବୁଡ଼ିଯିବାକୁ ବସିଲେଣି, ଯାହାହେଉ ଲେଖାଟି ସରିଗଲା । ଗୁଣୁଗୁଣୁ ହେଲା ସେ ।

।। ଏକୋଇଶି ।।

ଆଜି ପୁରୀ ସମୁଦ୍ରର ଅଗଣିତ ଢ଼େଉକୁ ମୁଁ ଚାହୁଁଥିଲି ଖୁବ୍ ଆବେଗରେ । କିନ୍ତୁ ସମୁଦ୍ରର ଗର୍ଜନକୁ ମୁଁ ସହଜରେ ଗ୍ରହଣ କରି ପାରୁନଥିଲି । ସମୁଦ୍ରର ଶୀତଳପବନ ମୋତେ ରୋମାଞ୍ଚିତ କରୁଥିଲା । ଭଲ ଲାଗୁଥିଲା ସୂର୍ଯ୍ୟୋଦୟର ପ୍ରଥମ ଲାଲ୍ ଗୋଲାକାର ପିଣ୍ଡଟିକୁ । ଭୁଲିଯାଇଥିଲି ନିଜର ଉପସ୍ଥିତିକୁ । ଚମକେଇ ଦେଇ କହିଲେ ସଂଜିତ୍ 'ଆରେ ଟିକିଏ ସମୁଦ୍ର ପାଣିରେ ଠିଆହୁଏ, ଫଟୋଟିଏ ନେବି । ଖୁବ୍ ସୁନ୍ଦର ଦିଶୁଛ ।'

ଆଦ୍ୟାଶା ହସିଲା । ଟିକିଏ ବିଭୋର ପଣରେ କହିଲା - ଏତେ ବର୍ଷର ଦାମ୍ପତ୍ୟଜୀବନ ପରେ ତମେ ସତରେ ମୋତେ କେତେ ଚାହଁ ?

- ଓଃ, ତମେ ଠିକ୍ ନୂଆପରି ମୋ ସାମ୍ନାରେ ସବୁବେଳ ଥାଏ ।

- ତେବେ ମୋ ହୃଦୟ ଜିଣିବାପାଇଁ ତମର ପ୍ରଚେଷ୍ଟାକୁ ମୁଁ ପ୍ରଶଂସା କରି ରହିପାରୁନି ।

- ଏତେ ଲଜ୍ୟା କାହିଁକି ? ତମେ ମୋ ସ୍ତ୍ରୀ ।

- ଓଃ ଆଉ ମୋ ମନକୁ ତୁମ ପାଖରେ ବାନ୍ଧି ରଖିବାକୁ ଚେଷ୍ଟା କରନି । ଆମେ ଏବେ ଟିକିଏ ଟିକିଏ ମୋହଠାରୁ ଦୂରେଇବାକୁ ଚେଷ୍ଟା କରିବା । ନଚେତ୍ ପରେ ଜଣେ ଏକା ବଞ୍ଚିଲାବେଳେ ଅନ୍ୟଜଣଙ୍କ ବିରହରେ ପ୍ରତିଟି ମୁହୂର୍ତ୍ତ ଦୁଃଖମୟ ହୋଇଯିବ । ନିଜେ ସଚେତନ ହୋଇଗଲେ କ୍ଷତି କ'ଣ ?

- ତମେ ଆଜିକାଲି ଏସବୁ କ'ଣ ଭାବି ଚାଲିଛ ?

- ଆରେ ଏବେ ପରା ପୃଥିବୀର ସୃଷ୍ଟି ମୋତେ ସ୍ୱପ୍ନମୟ ଲାଗୁଛି ?

- କାହିଁକି ତମର ମନ ଏପରି କଳ୍ପନାମନସ୍କ ହୋଇଯାଉଛି ?

- ବୁଝିପାରୁନି ମୁଁ ମଧ୍ୟ ।

ବେଳାଭୂମିରେ ଦୁଇଟି ଓଟକୁ ନେଇ ତା'ର ମାଲିକ ଚାଲି ଚାଲି ଆମ ଆଡ଼କୁ ଆସିଲା । ଆଉ ଗୋଟିଏ ପିଲା ହାତରେ ନାଲି ନେଳି ବିଭିନ୍ନ ରଙ୍ଗର ମାଳିନେଇ ମୋତେ ଲକ୍ଷ୍ୟ କରି ପଚାରିଲା - ମା' ମାଳିନେବେ ? ବହୁତ ସୁନ୍ଦର ହୋଇଛି ।

- ମୁଁ ତ ଏସବୁ ପିନ୍ଧେନି । ଯା' ତୁ ଆଗକୁ ।

ଠିକ୍ ଏତିକିବେଳେ ଓଟର ମାଲିକଟି ପଚାରିଲା - ମା' ମୋ ଓଟରେ ବସିବେ କି ? ସିଡ଼ି ଯୋଡ଼ିଦେବି ।

ତା' ମୁହଁକୁ ଚାହିଁ ହସିଲି । ତା'ପରେ କହିଲି - ଆମର ଏବେ ଓଟପିଠିରେ ବସିବାର ବୟସ ନାହିଁ । ତୋର ଏ ସିଡ଼ିରେ ଚଢ଼ିଲାବେଳେ ଗଡ଼ି ପଡ଼ିବୁରେ । ଯା' ସେ ପିଲାଙ୍କ ପାଖକୁ ।

ସେ ଦୁଇଜଣ ଚାଲିଗଲେ । ଆଦ୍ୟାଶା ଚାହିଁଲା ସମୁଦ୍ରର ଦୂର ଦିଗ୍‌ବଳୟକୁ । ଆକାଶ ସହିତ ମିଶିଯାଇଛି ତ ସେ । ଠିକ୍ ଏତିକିବେଳେ ସଂଜିତ୍ ପଚାରିଲେ - ଓଟରେ ବସିବା ପ୍ରସ୍ତାବଟି ମନ୍ଦ ନଥିଲା ।

- ତେବେ ତମେ ବସିଲନି ।

- ଏକା ବସିବାକୁ ଇଚ୍ଛା ହେଲାନି । ଆସ ଓଟ ପାଖରେ ଠିଆହେବ ଗୋଟିଏ ଫଟୋ ଉଠାଇ ନେବି ।

- ଆରେ କାଲି ଯେଉଁ ଫଟୋଗ୍ରାଫରଟି ଫଟୋ ଉଠାଇଥିଲା, ସେ ତ ଫଟୋ ଦେଇନି !

- ବୋଧେ ଭଲ ଉଠିନଥିବ । ସୂର୍ଯ୍ୟାସ୍ତ ହୋଇସାରିଥିଲା ପରା ।

- ତେବେ ଲୋକମାନେ କେତେ କଷ୍ଟରେ ଜୀବିକା ଅର୍ଜନ କରୁଛନ୍ତି ।

- କିଏ ଜୀବନସାରା ଯାଯାବର ତ କିଏ ପରିବାର ପାଇଁ ପିଙ୍ଗିଦେଇଛି ନିଜର ସୁଖ । ଦୌଡୁଛି ଏକ ଅନ୍ତରଙ୍ଗତାର ସୂତ୍ରରେ ସଂସାର ବାନ୍ଧିବାକୁ ।

- ଆମେମାନେ ମାୟାରେ ଏତେ ବିମୋହିତ ଯେ ନିଜକୁ ଭୁଲିଯାଉଛେ ?

- ଏଇ ତ ଭଲପାଇବାର ଅସ୍ତିତ୍ୱ ଟିକକ ।

- ଆରେ ପୁଅ, ତୋ ଘର କ'ଣ ରାଜସ୍ଥାନ ?

- ନା, କଟକ । ମୁଁ ରାଜସ୍ଥାନରୁ ଓଟ କିଣି ଏଠି ବେପାର କରୁଛି ।

- କେତେ ଟଙ୍କାର ଓଟ କିଣୁ ?

- ପ୍ରାୟ ଲକ୍ଷେ ହେବ । ସତୁରି, ଅଶୀ ହଜାରରେ ମଧ୍ୟ ଓଟରୁ ମିଳିଯାଉଛି ! ଏଥିରୁ ଜୀବନ ଜୀବିକା ଚଳଉଛି ।

- କେତେ ବର୍ଷରେ ତୋ ପାଉଣା ଉଠିଯାଉଥବ ତ ?

- ହଁ । ହେଲେ ଏମାନଙ୍କୁ ଦାନା ଖୁଆଇବାରେ ତ ଟଙ୍କା ଖର୍ଚ୍ଚ ହେଉଛି । ଗୋରୁଦାନା ଖୁଆଉଛି ।

- ଓଃ ଓଟ କ'ଣ ଗୋରୁଦାନା ଖାଏ ?

- ହଁ । ମା' ବସିଲନି ।

- ଆମର ଆଣ୍ଠୁରୋଗ ହେଲାଣି । ଚଢ଼ିବୁ କେମିତି ?

ଦଳେ ଛୋଟଛୋଟ ପିଲା ଦୌଡ଼ି ଆସିଲେ ଓଟ ପାଖକୁ । ତାଙ୍କର ଅଭିଭାବକ ପଚାରିଲେ - କେତେ ନେବୁ ।

- ଶହେ ଟଙ୍କା ।

- ଏତେ ଦାମ୍ କାହିଁକି ? ହଉ ଏକାବେଳେ ଚାରିଜଣ ବସି ବୁଲିଆସ ଦାମ୍ ଉଠିଯିବ ।

ଆଦ୍ୟାଶା ଚାହିଁଲା ଓଟର ମୁହଁକୁ । ତା' ନାକ କଣା ହୋଇ ଦଉଡ଼ି ବନ୍ଧାଯାଇଛି । ପଶୁକୁ କଷ୍ଟ ହେଲେ କିଏ ବୁଝି ପାରିବେ ନାହିଁ । ସମସ୍ତେ ଲାଭ ଦେଖିବାରେ ବ୍ୟସ୍ତ । କ୍ଷତି କିଏ ଚାହୁଁଛି ?

ଗୋଟିଏ ପରେ ଗୋଟିଏ ପିଲା ସିଡ଼ି ଚଢ଼ି ଓଟରେ ବସିଲେ । ଓଟ ଧିରେ ଧିରେ ଆଗକୁ ଚାଲୁଥିଲା । ମୁଁ ଭାବୁଥିଲି ଭଗବାନ କେଉଁ ଲାଭ ପାଇଁ ପୃଥିବୀକୁ ସୃଷ୍ଟି କଲେ ? ସେ ତ କେବେ କ୍ଷତି ଚାହିଁନଥିବେ ପୃଥିବୀର । ତେବେ ଏ ପୃଥିବୀରେ ହିଂସାଦ୍ୱେଷ ଯୁଦ୍ଧ ଲାଗୁଛି କାହିଁକି ?

ଦୀର୍ଘଶ୍ୱାସ ପକାଇ ସେ ଚାହିଁଲା ସମୁଦ୍ରକୁ । ତିନିଭାଗ ଜଳରେ ଏକଭାଗ ସ୍ଥଳ । ସମୁଦ୍ର ସବୁ ଦେଶ ମହାଦେଶକୁ ଘେରି ରହିଛି । ତାରି ଭିତରେ ଆମ ନାଁ ଦେଉଛେ ସମୁଦ୍ରର ସୀମାରେଖାକୁ ମାପି । ସତରେ କ'ଣ ଜଣକର ଜଳ ଅନ୍ୟ ଜଣକର ଜଳଠାରୁ ଅଲଗା କି ? କେବେ ନୁହେଁ । ମଣିଷର ଜିନ୍‌ରେ ଯେମିତି ସାମଞ୍ଜସ୍ୟ ରହିଛି ସେଇମିତି ଜଳର ଧର୍ମରେ ମଧ୍ୟ ସାମଞ୍ଜସ୍ୟ ଥିବ । କିନ୍ତୁ ମଣିଷର ଧର୍ମରେ ହିଁ ବିଭେଦ ଆଉ ଅଶାନ୍ତିର ବାତାବରଣ କାହିଁକି ?

- ଥଣ୍ଡା ଲାଗିଲାଣି, ସାଲ୍ ଆଣିନ ତ ? ଚାଲ ଫେରିଯିବା ହୋଟେଲ୍‌କୁ । ସଂଧ୍ୟାବେଳେ ଆସିବା । ଏଇ ବୟସରେ ଆମେ ଦୁଇଜଣ ସମୁଦ୍ର କୂଳରେ ଏକା ଏକା ।

- ଦୀର୍ଘ ବର୍ଷ ହେଲାଣି ଆମ ବୈବାହିକ ଜୀବନ । ଯାରି ଭିତରେ ଆମର ସମୟ କେମିତି ସରିଛି ଜାଣି ହେଉନି । ସଂସାର ଜଞ୍ଜାଳ ଭିତରେ ଘାଣ୍ଟିଚ୍‌କଟି ହୋଇ ଚାଲିଛି ଆଜି ପର୍ଯ୍ୟନ୍ତ । କେବେ ନିଜପାଇଁ ସମୟ ଖୋଜିନେ । ହନିମୁନ୍ ପାଇଁ ଯିବାକୁ

ପଢ଼ିନଥିଲା ତ ଏବେ ଏତେ ବର୍ଷପରେ ବାହାରିଛେ ଆମେ ଦୁଇଜଣ । ପରିଣତ ବୟସରେ ବାହାଦୂରୀ ନେବ ତ ପୁଣି !

- ତମର ଏପରି ଅଭିଯୋଗ ସବୁବେଳେ ଚାଲିଥିବ । ମୁଁ ଯାହା ଠିକ୍ ଭାବେ ତମେ ତାକୁ ଭୁଲ କରିଦିଅ । ସେତେବେଳେ କଥା ଅଲଗା ଏବେ ତ ଅଲଗା କଥା । ବାପା ମା'ଙ୍କ କଥାକୁ ଗୁରୁତ୍ୱ ଦେଇ ଚାଲୁଥିଲି ଏବେ ନିଜକଥାକୁ ଗୁରୁତ୍ୱ ଦେଉଛି ।

- ହଉ ତୁମେ ତୁମର ସ୍ୱାଧିନତାରେ ବଞ୍ଚୁଛ ? କିନ୍ତୁ ସ୍ତ୍ରୀର କଥାର ଗୁରୁତ୍ୱକୁ କେବେ ଚାହଁନି । ସ୍ତ୍ରୀ ମନକୁ ବୁଝିପାରୁନଥିବା ସ୍ୱାମୀଟିଏ ତମେ ନୁହଁ ?

- ତମକୁ କୌଣସି କଥାରେ ସନ୍ତୁଷ୍ଟ କରି ହେବନି । ହଉ ଚାଲ ହୋଟେଲ୍‌କୁ । ସେଠି ଆମ ସାଙ୍ଗମାନଙ୍କର ମିଟିଙ୍ଗ୍ ହେବ କନ୍‌ଫରେନ୍‌ସ ହଲ୍‌ରେ । ଦେଖିବ ସ୍ତ୍ରୀମାନେ କେମିତି ସ୍ୱାମୀମାନଙ୍କୁ ପ୍ରଶଂସା କରିବେ ।

- ହୋଇପାରେ । ଏକାଠି ହେଲାପରେ ବୁଝିନେବି ।

ବାଲିରେ ପାଦ ପକେଇ ପକେଇ ହୋଟେଲ ମୁହାଁ ହେଲୁ ଆମେ । ଅନ୍ୟଜଣେ ବୃଦ୍ଧା ହାତରେ ଚପଲକୁ ଧରି ଚାଲୁଥିଲେ । ମୁଁ ତାଙ୍କୁ ଚାହିଁ ଭାବିନେଲି ଛିଣ୍ଡିଯିବ ବୋଲି ଧରିନେଇଛନ୍ତି ଚପଲକୁ । ମୋର ତ ନୂଆ ଚପଲ ।

ଏ କ'ଣ ଗୋଟିଏ ପାଦ ବାଲିରୁ ଉଠୁନି । ଚପଲର ତଳ ଅଧା ସୋଲ ବାଲି ଭିତରେ ପଶିଯାଇଛି ।

ତେବେ ମୋ ଚପଲ ମଧ୍ୟ ଛିଣ୍ଡିଗଲା । ମଣିଷ ଏବେ ଯିବ କେମିତି ?

- କ'ଣ ହେଲା ଯେ ଚାଲିପାରୁନ । ତାଗିଦ୍ ସ୍ୱର ଶୁଣାଗଲା ।

- ମୋର ଚପଲ ପରା ଛିଣ୍ଡିଗଲା ।

ପାଣିରେ ଚମଡ଼ାଚପଲ ଓଦା ହୋଇଯାଇଥିଲା ଆଉ ବାଲିରେ ପଶି ଚାଲୁଚାଲୁ ଛିଣ୍ଡିଯିବ ବୋଲି କ'ଣ ଜାଣିନଥିଲ ? ହାତରେ ଧରି ଚାଲିଲନି ।

- ଲାଜ ମାଡ଼ି ଥାଆନ୍ତା ।

ଏବେ ଚାଲ କାର୍ ପାଖକୁ । ସେଠାରେ ଥିବା ସ୍ଲିପର ପିନ୍ଧି ହୋଟେଲ ଯିବ ?

- କେବେ ନୁହେଁ । ଆଉ ମୁଁ ସ୍ଲିପର ଲଗେଇ ବୁଲିବି ନାହିଁ । ବରଂ ଚାଲ ଯିବା ମାର୍କେଟ କମ୍ପ୍ଲେକ୍ସ ଆଡ଼େ ଅନ୍ୟ ଚପଲ ହଲେ କିଣିନେବା ।

- ସମୟ ହୋଇଗଲାଣି ପରା । ପନ୍ଦର କି କୋଡ଼ିଏ ମିନିଟ୍ ଡେରିରେ ଆମ ପହଁଞ୍ଚିବା ।

- ହଉ ତେବେ ।

ମାର୍କେଟରୁ ଫେରୁଫେରୁ ସାଢ଼େ ଛଅଟା । ଅନ୍ଧାର ଗ୍ରାସି ସାରିଥିଲା

ଫେରିଆଡ଼େ । ହୋଟେଲ୍‌ରେ ପହଞ୍ଚିଲାବେଳକୁ ସୁନ୍ଦର ଲାଇଟରେ ଝିଲିମିଲି ଆଲୁଅରେ ଉଦ୍‌ଭାସିତ ହେଉଥିଲା ହୋଟେଲ୍‌ଟି । କାର୍ ରଖୁରଖୁ ଦରୱାନ୍ ଆସି ଗେଟ୍ ଖୋଲି ଦେଇ ନମସ୍କାରଟିଏ ପକାଇଦେଲା । କେତେଜଣ ସାଙ୍ଗ ସସ୍ତ୍ରୀକ ଲାଉଞ୍ଜରେ ଅପେକ୍ଷା କରିଥିଲେ ଅନ୍ୟମାନଙ୍କୁ । ସମସ୍ତେ ଏକତ୍ରିତ ହେବାପରେ କନଫରେନ୍‌ସ୍ ରୁମକୁ ଗଲୁ । ତାରି ଭିତରେ ପ୍ରବେଶ କରି ଚେୟାରରେ ଉପବିଷ୍ଟ ହେଲୁ ।

ଆରମ୍ଭ ହେଲା ସଭାକାର୍ଯ୍ୟ । ଯେଉଁ ସାଙ୍ଗ ମହାଶୟ ଏଠାରେ ନିଜ ପୁତ୍ରର ବାହାଘର ଭୋଜିରେ ଯୋଗ ଦେବାପାଇଁ ନିଜ ଅନ୍ତରଙ୍ଗ ସାଙ୍ଗମାନଙ୍କୁ ନିମନ୍ତ୍ରଣ କରିଥିଲେ ସେ ମଧ୍ୟ ସସ୍ତ୍ରୀକ ନିଜ ବ୍ୟସ୍ତ ବହୁଳ ସମୟରୁ କିଛି ସମୟ କାଢ଼ି ଉପସ୍ଥିତ ଥିଲେ ହଲ୍‌ରେ ।

ବହୁବର୍ଷପରେ ସାଙ୍ଗସାଥିମାନେ ଏକାଠି ହୋଇଥିବାରୁ ନିଜର କଲେଜ ବେଳର ସ୍ମୃତି ଚାରଣ କଲେ । ବର୍ତ୍ତମାନ ସେମାନେ ଆଉ ସେଦିନର ପିଲାନଥିଲେ । ବରଂ ସମାଜରେ ଭଦ୍ରବ୍ୟକ୍ତିରେ ଗଣ୍ୟ ଥିଲେ । ବିଭିନ୍ନ ଆଲୋଚନା ସାଙ୍ଗରେ ଗୋଟିଏ ପ୍ରଶ୍ନ ଜଣେ ସାଙ୍ଗ ଉତ୍‌ଥାପନ କଲେ ମହିଳାମାନଙ୍କୁ ଲକ୍ଷ୍ୟକରି - ଆପଣମାନେ କୁହନ୍ତୁ ତ ସ୍ୱାମୀମାନଙ୍କର ପାଞ୍ଚଟି ଭଲଗୁଣ ।

ଏହି ପ୍ରଶ୍ନ ଶୁଣି ଆମେ ସ୍ତ୍ରୀମାନେ ଟିକିଏ ଆ' ତା' ମୁହଁକୁ ଚାହିଁଥିଲୁ । ତା'ପରେ ଜଣେ ସ୍ତ୍ରୀ କହିଲେ - ପଚାଶଟି ଖରାପଗୁଣ କହିପାରିବୁ ହେଲେ ଭଲ ଗୁଣ କାହିଁ କେବେ ଦେଖିନୁ ।

ମୋର ଅନ୍ୟ ପାର୍ଶ୍ୱରେ ବସିଥିବା ଜଣେ ସାଙ୍ଗର ସ୍ତ୍ରୀ କହିଲେ - ଏଠି ଏମାନେ କେତେ ଶାନ୍ତଶିଷ୍ଟ ଜଣା ପଡୁଛନ୍ତି । ହେଲେ ବୋପାଲୋ ନାକ ଅଗରେ ରାଗ ରଖି ଘର କମ୍ପାଇଦେବେ । କି ଭଲ ଗୁଣ ଅଛି ଯେ ପ୍ରଶଂସା କରିବୁ ସ୍ତ୍ରୀମାନେ ?

ମୁଁ କହିଲି ସ୍ୱାମୀମାନଙ୍କ ଖରାପ ଗୁଣଥିଲେ ମଧ୍ୟ କହିବା ଉଚିତ୍ ନୁହେଁ । ସେମାନଙ୍କ ସମ୍ମାନହାନୀ ହେବ ।

- 'ତେବେ ଭଲ ଗୁଣ କହନ୍ତୁ' । ପୁଣି ପ୍ରଶ୍ନଟିଏ ଶୁଣିଲି ।

ସ୍ୱାମୀଙ୍କ ଭଲ ଗୁଣକୁ ମୁଁ ଖୋଜିବାକୁ ଚେଷ୍ଟା କଲି । ଯେତେଯାହା କହିଲେ ଏକାନରେ ପଶେଇ ସେ କାନରେ ବାହାର କରି ଦେବେ ସଂଜିତ । ଯଦି ଟେବୁଲ ପାଖରେ ବସିଥିବେ ଯେତେ ଡାକିଲେ ଶୁଣିବେନାହିଁ । ଟିକିଏ ଜୋର୍‌ରେ ଡାକିଲେ ଝପସି ଆସି ପଚାରିବେ - 'କ'ଣ ହେଲାକି ?' ଏମିତିରେ ମନ ରାଗରେ ଫାଟି ପଡୁଥିବ ବରଂ ନିଜ ଭିତରେ ନିଜ କ୍ରୋଧକୁ ଚାପିବାକୁ ଠିକ୍ କରି ତୁନି ରହିବି । ସେ

ଯାହାହେଉ ମୁଁ ଯେତେ ରାଗିଲେ ୟାଙ୍କ ଉପରେ କିଛି ପ୍ରଭାବ ପଡ଼ିବନି । ନିର୍ବିକାର ହୋଇ ଚାଲିଯିବେ । ମଣିଷ ରାଗିବ କାହାକୁ ?

- ଆପଣ କୁହନ୍ତୁ ତ ? ଜଣେ ସାଙ୍ଗ ପ୍ରଶ୍ନ କଲେ ଆଦ୍ୟାଶାକୁ ।

ପାଖରେ ବସିଥିବା ଜଣେ ସାଙ୍ଗର ସ୍ତ୍ରୀ କହିଲେ - ଲେଖିକା ତ, ଭଲ କହିପାରିବେ ?

ମୁଁ କହିଲି ଲେଖିକା ଲେଖିପାରିବେ କିନ୍ତୁ କହିପାରିବେ ନାହିଁ । କିନ୍ତୁ ସ୍ୱାମୀମାନଙ୍କ ଦୋଷ କୁହାଯାଇ ପାରିବନି ।

ଏମିତି ହାସ୍ୟରୋଳ ଭିତରେ ସାଙ୍ଗସାଥିରେ ମେଳଣ ସରିଲା । କାହାକୁ ବାଃ ବାଃ ଭୁରି ଭୁରି ପ୍ରଶଂସା କଲେ ସବୁ ସାଙ୍ଗ । ତା'ପରେ ହୋଟେଲ୍‌ରେ ଖାଇ ଫେରିଥିଲୁ ରୁମ୍‌କୁ ।

ସଂଜିତ୍ ରୁମ୍ ବନ୍ଦ କରି କହିଲେ - ଏତେ ବର୍ଷ ପରେ ଆମେ ଦୁଇ ଜଣ ଆଜି ଏଠି ।

ଆଶ୍ଚର୍ଯ୍ୟ ହୋଇ ଚାହିଁଲା ଆଦ୍ୟାଶା ସ୍ୱାମୀଙ୍କ ମୁହଁକୁ ? ତେବେ ଏତେ ବର୍ଷ ଆମେ ଥିଲେ କେଉଁଠି ବୋଲି ପ୍ରଶ୍ନ କଲା ।

- ଆମେ ଥିଲେ ଘରେ, ଜଞ୍ଜାଳ ଭିତରେ ଆଉ ପିଲାଙ୍କ ଗହଣରେ, ଏ ପରିବେଶ ଅଲଗା ତ ନିଶ୍ଚୟ ।

ବାଲ୍‌କୋନିକୁ ଗଲି । ଦୂରରୁ ସମୁଦ୍ର ଲହରୀ ମାଡ଼ି ଆସୁଥିଲା, ସମୁଦ୍ରର ଗର୍ଜନ ଶୁଣାଯାଉଥିଲା କିଞ୍ଚିତ । ଭାବୁଥିଲି ଏତେବର୍ଷ ସରିଗଲା କେତେବେଳେ ! ବାହାହୋଇ ଆସିବାବେଳେ ଲାଗୁଥିଲା ଆଗକୁ ଲମ୍ବାରାସ୍ତା, ତାକୁ ଅତିକ୍ରମ କରିବାକୁ ଧୈର୍ଯ୍ୟ ଆଉ ସାହସ ଦରକାର । ସେହି ରାସ୍ତା ଅତିକ୍ରମ କେତେବେଳେ ହେଲା ବୁଝାପଡ଼ିଲାନି କେମିତି ?

ସ୍ୱର୍ଗଦ୍ୱାରକୁ ଚାହିଁଲି । ଜୁଇ ଜଳୁଥିଲା । ଏମିତି ଦିନେ ମୋ ଶାଶୁ ଶ୍ୱଶୁରଙ୍କ ଜୁଇ ଏଠି ଜଳିଯାଇଛି । ସରିଯାଇଛି ତାଙ୍କ ଜୀବନର ସୁଖଦୁଃଖର କାହାଣୀ । ସୁଖଦୁଃଖ ବାଣ୍ଟି ସଂସାର ଗଢ଼ିଥିଲେ । କିନ୍ତୁ ଦିନେ ସ୍ୱପ୍ନପରି ସରିଗଲା । ତେବେ ଏଇ କ'ଣ ଜୀବନର ସ୍ୱର୍ଶ ନା ମାୟା । ଆଜିକାଲି ମୋତେ ଯେମିତି ବାସ୍ତବ କଥା ଓ ଘଟଣା ସ୍ୱପ୍ନପରି ପ୍ରତୀୟମାନ ହେଉଛି । ତେବେ ମୁଁ ସ୍ୱପ୍ନଭରା ହୋଇ ଉଠୁଛି କାହିଁକି ? କ'ଣ ମାୟାକୁ ଦୂରେଇଦେବାକୁ ଚାହୁଁଛି କି ? ନା ମୁକ୍ତିର ଲାଳସାରେ ଅସଲ ଚେହେରାରେ ଝାପ୍‌ସା କୁହୁଡ଼ିର ଆସ୍ତରଣ ଦେଖୁଛି ।

- ଆରେ ଏଠି ଠିଆ ହୋଇ ଭାବୁଛ କ'ଣ ? ଥଣ୍ଡା ଧରିନେବ ।

ବୁଲି ପଡ଼ି ମୁଁ ଚାହିଁଲି ଯାଙ୍କ ମୁହଁକୁ ଯାହାରି ଆଖିରେ ଭରି ରହିଥିଲା ଏତେ ସ୍ୱପ୍ନ ଯେ ତାକୁ ମୁଁ ବିଭୋରପଣରେ ଚାହିଁ ରହିଥିଲି । ଗୁଣୁଗୁଣୁ ହୋଇ କହିଲି - ଯାହାହେଉ ସ୍ୱପ୍ନରେ ଜୀଉଁଥିବା ମଣିଷଟିଏ ମୁଁ ପାଇଛି ଜୀବନ ସାଥିରେ । ଆଉ କ'ଣ ଲୋଡ଼ା ଏହି ମାୟା ସଂସାରରେ !

- ହଁ, ଏଇମିତି ଚାଲିଥିବା ଯେତେଦିନ ଥିବା ଆମେ । କହିଲ ମୁଁ କେମିତିଆ ମଣିଷଟିଏ ?

ଆଦ୍ୟାଶାର ଆଖିକୁ ନିଦ ଆସୁନଥିଲା । ଜୀବନର ସ୍ମୃତିର ମହକ ତା' ବାଟ ଓଗାଳିଲା । ସେ ମନେମନେ ଗୁଣୁଗୁଣୁ ହେଲା - ମୋ ସ୍ୱାମୀପରି କାହାର ସ୍ୱାମୀଟିଏ ନଥିବେ । କେତେ ରାଗିଲେ ମଧ୍ୟ ସହିଯାଆନ୍ତି କେମିତି ? ଅଭିମାନରେ ମୋ ଜୀବନ ସରିଯିବ ପଛକେ ତଥାପି ବୁଝିପାରିବେନି ମୋ କଥା । ଏଡ଼େ ସୁସ୍ଥିଆ ଲୋକଟେ କିପରି କେଜାଣି ?

ଆଦ୍ୟାଶାର ଆଖି ବୁଲିଆସିଲା ସଂଜିତଙ୍କ ଉପରେ । ଖୁବ୍ ଆରାମ୍‌ରେ ଶୋଇଛନ୍ତି । କେଡ଼େ ନିର୍ବିକାର ମଣିଷଟିଏ ଯେ ରାଗକୁ ମଧ୍ୟ ହଜମ କରି ଦେବା ଶକ୍ତି ଅଛି । ଅନୁତାପ ମନରେ ଆଦ୍ୟାଶା ନିଜ ଆଖିର ଲୁହକୁ ପୋଛିଲା । ସଂଜିତଙ୍କୁ ନେଇ ଘର ସଂସାର କରି ସାରିଲାଣି ଦୀର୍ଘ ବର୍ଷ ହେଲା । କେତେବେଳେ ନିର୍ବୋଧ ମନ ବୁଝିପାରେନି ସମୟର ମୂଲ୍ୟ । ଜୀବନ ତ ଖାଲି ନୁହେଁ ମରୀଚିକା । ଏଠି ମଧ୍ୟ ଗାଢ଼ ରଙ୍ଗୀନ ହୋଇପଡ଼େ ସଂପର୍କର ଇସ୍ତାହାର । ସୁନ୍ଦର ଦିଶେ ଘର ସଂସାର ଓ ଆତ୍ମୀୟଙ୍କ ମୁହଁମାନ । କିଏ ସ୍ୱାର୍ଥ ଆଉ ଈର୍ଷାରେ ଜର୍ଜରିତ ହୋଇ ସମୟ ସାରିଦେଲେ ମଧ୍ୟ ମନର ନିଆଁ ଲିଭିବନି ମୃତ୍ୟୁ ପର୍ଯ୍ୟନ୍ତ । କି ଲାଭଅଛି ଅନ୍ୟର ଅଭିନୟରେ ଦୁଃଖିତ ହୋଇ ନିଜ ସମୟରେ ଦୁଃଖ ଭରିବାରେ ? ଲୁହ ଝରେଇ ଜୀବନ ସରିଯିବ କେତେବେଳେ । ଆଉ କେତେବର୍ଷ ପରେ ଆମେ ନଥିବୁ, ଏହି ପୃଥିବୀ ଥିବ ଏଇ ପାଣି ପବନ ଥିବ । ଜୀବନଟା ବେଳାବାଲିରେ ଏକ ଆଲୋଡ଼ା ପାଦଟୀକା ପରି ଲିଭି ଲିଭି ଯାଇଥିବ । ନିଜର ଶୂନ୍ୟତାର ଝଲକ ଆସ୍ତେ ଆସ୍ତ ଭୁଲିଯିବ ଆତ୍ମୀୟ ପୁଣି ଜୀବନକୁ ଜଞ୍ଜାଳରେ ବାନ୍ଧିଦେଇ ଖୋଜୁଥିବ ନୂଆ ମୁହଁ, ଆଉ ନୂଆ ଅଧ୍ୟାୟ !

ତେବେ ଏବେ ଯେତେକ ଦିନ ବଞ୍ଚିଛି ହତାଶାର ମୁହୂର୍ତ୍ତରେ ଆକ୍ରାମାକ୍ରା ହେବା ଅପେକ୍ଷା ସ୍ନେହ ପ୍ରେମରେ ବାନ୍ଧିହୋଇ ନିଜର ସମୟକୁ ସାରିଦେବା ହିଁ ଉଚିତ । ମାୟା ମୋହ ତ ବଞ୍ଚିବାର ଏକ ପ୍ରତୀକ୍ଷା । ପାର୍ଥୀବ ଶରୀର ମାଟିରେ ମିଶିଲାପରେ ଯେତେ ଖୋଜିଲେ ଆଉ ମିଳିବନି । ଆତ୍ମା ଫେରିଯାଇଥିବ ନିଜ ଲକ୍ଷ୍ୟପଥରେ । ଯାରି ଭିତରେ ଶାଶୁ ଶ୍ୱଶୁର, ବାପ. ବୋଉ ତ ଚାଲିଗଲେଣି କୁଆଡ଼େ ଆଉ ଖୋଜିଲେ

ମିଳିବେନି । ସେମାନଙ୍କ ସ୍ମୃତି ହୋଇ ରହିଛି ଘର ଦ୍ୱାର ଓ ସେମାନଙ୍କ ଜିନିଷପତ୍ର । କିନ୍ତୁ ସେମାନଙ୍କ ଅଭାବରେ ଜୀବନର ବାଟ ଚାଲିବାକୁ ପଡୁଛି ଯାହା ମନ ଭାବି ପାରିନଥିଲା ଦିନେ ।

ଜୀବନ ସିନା ସଂଘର୍ଷ ତଥାପି ସୁନ୍ଦର । ଏଠି ଅଭିମାନର ସମୟ ନାହିଁ । କର୍ତ୍ତବ୍ୟ ହିଁ ଭଗବାନ । ଜୀବନର ଅଙ୍କାବଙ୍କା ରାସ୍ତାରେ ଛଳନା ପ୍ରତାରଣା ତ ଭରି ରହିଛି ସେଥିପାଇଁ ଏତେ ଦୁଃଖିତ କାହିଁକି ? ଜୀବନଦୀପ ଲିଭିଗଲେ ଆଉ ନିଜ ପାଖରେ କ'ଣ ବା ଥିବ ?

ଆଦ୍ୟାଶା ଟିକିଏ କଡ଼ ଲେଉଟିଲା । ସଂଜିତ୍‌ଙ୍କ ସ୍ୱର ଶୁଣାଗଲା - ଏତେବେଳଯାଏ ଶୋଇନ କାହିଁକି ?

- ନିଦ ହେଲାନି ।

- କ'ଣ ଭାବୁଛ ?

- ଭାବିଭାବି ଜୀବନକୁ ସାରି ଦେଲେ ମଧ୍ୟ ଭାବନା ସରିବନି ।

- ଏବେ ମୋ କଥା ଭାବ । ଯେତେଦିନ ଆମେ ଏକାଠିଥିବା ଖୁସିରେ ବଞ୍ଚିବା । ହତାଶବୋଧ ମନରୁ ଦୂର କରିଦିଅ ।

- ତେବେ ଦୁଇଜଣ ଏକାଠି ଯାତ୍ରା କରିବା କି ?

- ମାନେ ?

- ଶେଷଯାତ୍ରା କଥା କହୁଛି ପରା !

- ଆରେ ବଞ୍ଚିବା ଏକାଠି । ଯିବା ଏକା ଏକା ।

- ତେବେ ଏତେ ରାଗ ରୁଷା କାହିଁକି ?

- କାରଣ ଜନ୍ମ ଓ ମୃତ୍ୟୁର ଦୂରତାକୁ ବୁଝିପାରୁନି ପରା ମନୁଷ୍ୟ ।

- ତଥାପି !

- ହସ । ବଞ୍ଚ ଶାନ୍ତିରେ !

- କିନ୍ତୁ ମୋ ଭିତରେ ଏକ ଶୂନ୍ୟତା ଭରିଯାଉଛି । ବଞ୍ଚିବି କେମିତି ?

- ଏତେ ବୁଝାଇବା ପରେ ମଧ୍ୟ ।

- ଅନେକ ଦୁଃସହ୍ୟ ସମୟକୁ ପାର କରିସାରିଛି । ତଥାପି ମିଠା ସଂପର୍କର ସାମ୍ନାକରି ଭୁଲିବାକୁ ଚେଷ୍ଟା କରିଛି ଅନ୍ୟର ଈର୍ଷାତୁର ମନକୁ । ଆପଣାପଣରେ ହୃଦୟର ଭାବକୁ ଅକ୍ଷୁର୍ଣ୍ଣ ରଖିବାକୁ ଚେଷ୍ଟା କରିଛି । କାନ୍ଦକୁ ହସ ଭାବି ହସିଛି ମଧ୍ୟ ତୁମସାଥିରେ । ହଜିଯାଇଥିବା ଆତ୍ମୀୟଙ୍କ ଅଭାବବୋଧ ଏବେ ମଧ୍ୟ ଏକେଲାପଣରେ ମନକୁ ଭାରିକରି ଦେଇଥାଏ । ସେମାନଙ୍କ ଭିତରେ ବିତିଥିବା ପ୍ରେମର ଧାରା ଏବେ ମଧ୍ୟ ମୋ

ଶୂନ୍ୟହୃଦୟକୁ ପ୍ଲାବିତ କରେ। ନିଃସର୍ତ୍ତ ଭଲପାଇବାର ନିଚ୍ଛକଛବି ଏହି ପରିଣତ ବୟସରେ ମଧ୍ୟ ହିଲ୍ଲୋଳନ ସୃଷ୍ଟିକରୁଛି। ଅକ୍ଷୁର୍ଣ୍ଣ ଅଛି ସେହିଦିନର ଭଲପାଇବାର ସ୍ମୃତି। ବାସ୍ମାୟିତ ହୋଇଉଠୁଛି ବିଗତ ଅତୀତ। ଯେତେ ଲାଭକଲେ ମଧ୍ୟ ତୃଷ୍ଣା ତ ମେଣ୍ଟିନି। ସେହି ଚିହ୍ନାଚିହ୍ନା ମୁହଁ ଓ ସ୍ୱର ଭାବନା ଭିତରେ ସଂପର୍କର ସେତୁଟିକୁ ବାରମ୍ବାର ସ୍ମରଣ କରିଦେଉଛନ୍ତି। ରଙ୍ଗଛଡ଼ା ଲାଗୁନି ସେ ଅତୀତ ଦିଗନ୍ତର ଦିଗବଳୟ। ଭାବିପାରୁନି ସେମାନେ ବିଦେହ ହେଲେଣି ବୋଲି।

ସମୟକୁ ସାମ୍ନା କରୁକରୁ ଘୋରିହୋଇଯାଏ ଦେହ। ଏହି ସ୍ମୃତିର ସୂକ୍ଷ୍ମଡ଼ୋର ଆସ୍ତେ ଆସ୍ତେ ଛିଣ୍ଡିଯିବ ସମୟ ତାଳରେ।

ବିସ୍ମୟ ଲାଗୁଛି ତ ?

- କିଛି ତ ଚକିତ ହେବାର ନାହିଁ। ଶୂନ୍ୟତା ଭିତରେ ମଧ୍ୟ ପୂର୍ଣ୍ଣତା ଭରିରହିଛି। ଆଖିରେ ଶୂନ୍ୟ ଆକାଶ ଯେ ପ୍ରକୃତରେ ଶୂନ୍ୟ ନୁହେଁ। ବିଶ୍ୱବ୍ରହ୍ମାଣ୍ଡରେ ସବୁ ତ ପୁରି ରହିଛି। ନିଜ ଇଚ୍ଛା ଓ ଅନିଚ୍ଛାର ରହସ୍ୟ ଭିତରେ କେତେବେଳେ ହସିଛ ତ କେତେବେଳେ କାନ୍ଦିଛ। ସଂଜିତ୍ ଦାର୍ଶନିକ ଦୃଷ୍ଟିରେ କହିଲେ।

ପୃଥିବୀ ପୃଷ୍ଠରେ ମନୁଷ୍ୟ ସର୍ଜନା ହେଲା କେମିତି ? କେତେ ବିଶାଳ ସଭ୍ୟତା ଯେ ଦିନେ ସଦର୍ପରେ ମୁଣ୍ଡଟେକି ଠିଆ ହୋଇ ସମୟର କରାଘାତରେ ମାଟିରେ ମିଶିଗଲା।

- ହଁ। ଯେଉଁଠି ମଣିଷ ଧ୍ୱଂସ ପାଇଲା ସଭ୍ୟତା ଧୂଳିସାତ୍ ହେଲା। ପ୍ରଳୟ ହେଲେ ଏହି ପୃଥିବୀରୁ ଜୀବନ ସତ୍ତା ଲୋପ ପାଇଯିବ। କିଏ ତ ଅମର ଜୀବନ ପାଇନି ଯେ କାଳକାଳକୁ ବଞ୍ଚିଯିବ। ଯାହା ଚାଲିଛି ତା' ସାଙ୍ଗରେ ପାଦମେଳାଇ ଚାଲୁଚାଲୁ ମୋହାଚ୍ଛନ୍ନ ହୋଇ ଉଠୁଛି ତ ମନ।

ତେବେ ଆମେମାନେ କାହିଁକି ହସିବା ଶିଖୁନେ ?

ଅନ୍ୟକୁ ହସାଇ ପାରିଲେ ନିଜେ ହସିପାରିବ। ଏହି ଦୁନିଆଁରେ ହିଁ ଆନନ୍ଦରେ ପରିପୂର୍ଣ୍ଣ। ତାକୁ ଆୟତ କଲେ ଉଜ୍ଜ୍ୱଳ ଦିଶିବ ଦିଗ୍‌ବଳୟ। ଜୀବନର ପଦାବଳୀ ନୀଳ ଆଲୋକ ହିଁ ତୁମରି ମନକୁ ସ୍ପର୍ଶ କରିବ। ଭଲପାଇବା ଭିତରେ ଭରିରହିଛି ଜୀବନର ଖୁସି ଓ ଶାନ୍ତି। ଅଭିମାନରେ କାହିଁକି ବା ହାତଛଡ଼ା କରିବ ଆୟୁଷର କ୍ଷଣକୁ। ଯେଉଁଠି ଖୁସି ପରିବ୍ୟାପ୍ତ ହୋଇ ରହିଛି ସେଠି ଆମେ ନିଃସଙ୍ଗ ପଦାତିକ କେବେ ହୋଇପାରିବା ନାହିଁ। ଆମ ଅସ୍ତିତ୍ୱ ପରିଚୟ ଶୂନ୍ୟ ନୁହେଁ। ନିଜ ଅସ୍ତିତ୍ୱର ଦୀପଶିଖାରେ ଆଲୋକକୁ ଜଳାଇ ରଖିବା କଥା। ପୁରିରହିଛି ସବୁଆଡ଼େ ପୂର୍ଣ୍ଣତା।

ଭରିଯାଉଛି ମନରେ କାହିଁକି ତଥାପି ଶୂନ୍ୟତା !

- ପୁଅ ଝିଅ, ନାତି ନାତୁଣୀ, ଜ୍ୱାଇଁ ବୋହୂ, ଭାଇ ବନ୍ଧୁଙ୍କୁ ନେଇ ପରିବାରଟି କେତେ ସୁନ୍ଦର କିଏ ବୁଝିବ ଆଉ? ଜୀବନର ମଧୁରତମ ଅନୁଭବକୁ ଜୀବନ୍ୟାସ ଦିଅ । ବାସ୍ନାୟିତ ହୋଇଯିବ ଅଶ୍ରୁସିକ୍ତ ହୃଦୟ । ଚାଲ ଫେରିଯିବା ଘରକୁ । ସେମାନଙ୍କ ସାନିଧ୍ୟରେ ଆମ ବ୍ୟଥିତ ହୃଦୟରୁ ଭରିଯିବ ଉଲ୍ଲାସ ।

ଘରେ ପଶୁପଶୁ ସଂଜିତ୍ ଓ ଆଦ୍ୟାଶାଙ୍କୁ ବିସ୍ମୟାଭିଭୂତ କରିଦେଲା ବଡ଼ନାତି ରାଜାର ଲୁହ ।

ଆଦ୍ୟାଶା ସମବେଦନା ସ୍ୱରରେ ପଚାରିଲା - କିଏ ରାଗିଲା ? କିଏ କ'ଣ କହିଲା ?

କୁଣ୍ଢାଇ ପକାଇଲା ରାଜା ଆଈକୁ । କୋହ ମିଶା ସ୍ୱରରେ କହିଲା - ଆଈ ମୁଁ ଜାଣିପାରିନଥିଲି ତୋ ମନଦୁଃଖକୁ ।

- କିଏ ମନଦୁଃଖ କଲା କି ?

- ଆଈ ତୁ ସେଦିନ ବହୁତ ଜୋର୍‌ରେ କାନ୍ଦୁଥିଲୁ ନା ?

- ହଁ ।

- ମୁଁ ଠିକ୍‌ରେ ବୁଝିନଥିଲି ଅଣଅଜା, ଅଣଆଈ ଆଉ ଦୁନିଆରେ ନାହାନ୍ତି ବୋଲି । ଆଜି ଜାଣୁଛି ସେମାନେ କୌଣସି ଦୂର ଗାଁକୁ ଯାଇନାହାନ୍ତି । ସେମାନେ ଆକାଶର ତାରା ହୋଇଗଲେଣି । ଆଉ ଆମ ପାଖକୁ ଫେରିବେନି କେବେ ହେଲେ । ଅକପଟ ଉଦାସ ମୁହଁରେ ଝରିପଡୁଥିଲା ଦୁଇଆଖିରୁ ଲୁହ ।

- ତୁ ମନେ ରଖିଛୁ ସେମାନଙ୍କୁ ?

- ହଁ ଆଈ । ମୋତେ ଆଉ ଭୁଲାଇପାରିବୁନି ।

ଗୋଧୂଳିବେଳାରେ ଆଦ୍ୟାଶାର ଲୁହର ପରିଧି ଭିତରୁ ଶୁଣାଗଲା ଶବ୍ଦ - ଜୀବନର ସତ୍ୟତାକୁ ଲୁଚାଇ ହେବନିରେ । କିନ୍ତୁ ତୁମମାନଙ୍କ ଭଲପାଇବାର ବାସ୍ତବତା ଭୁଲିବାର ନୁହେଁ ଆଉ ଏ ଜୀବନରେ ।

ତଥାପି ନିଃଶବ୍ଦରେ ଆତ୍ମୀୟଙ୍କ ଆକର୍ଷଣର ଶୂନ୍ୟତା ମନକୁ ବିଚଳିତ କରି ପ୍ରଶ୍ନ କରୁଥିଲା - ଏବେ ସେମାନେ କେଉଁଠି ?

■■

BLACK EAGLE BOOKS

www.blackeaglebooks.org
info@blackeaglebooks.org

Black Eagle Books, an independent publisher, was founded as
a nonprofit organization in April, 2019. It is our mission to
connect and engage the Indian diaspora and the world at large
with the best of works of world literature published on a
collaborative platform, with special emphasis on
foregrounding Contemporary Classics and New Writing.